Outros títulos de literatura da Jambô

Dungeons & Dragons

A Lenda de Drizzt, Vol. 1 — Pátria
A Lenda de Drizzt, Vol. 2 — Exílio
A Lenda de Drizzt, Vol. 3 — Refúgio
A Lenda de Drizzt, Vol. 4 — O Fragmento de Cristal
A Lenda de Drizzt, Vol. 5 — Rios de Prata
A Lenda de Drizzt, Vol. 7 — Legado
A Lenda de Drizzt, Vol. 8 — Noite sem Estrelas
A Lenda de Drizzt, Vol. 9 — Cerco das Trevas
Crônicas de Dragonlance, Vol. 1 — Dragões do Crepúsculo do Outono
Crônicas de Dragonlance, Vol. 2 — Dragões da Noite do Inverno
Crônicas de Dragonlance, Vol. 3 — Dragões do Alvorecer da Primavera
Lendas de Dragonlance, Vol. 1 — Tempo dos Gêmeos
Lendas de Dragonlance, Vol. 2 — Guerra dos Gêmeos

Tormenta

A Deusa no Labirinto
A Flecha de Fogo
A Joia da Alma
Trilogia da Tormenta, Vol. 1 — O Inimigo do Mundo
Trilogia da Tormenta, Vol. 2 — O Crânio e o Corvo
Trilogia da Tormenta, Vol. 3 — O Terceiro Deus
Crônicas da Tormenta, Vol. 1
Crônicas da Tormenta, Vol. 2
Crônicas da Tormenta, Vol. 3

Outras séries

Dragon Age: O Trono Usurpado
Dragon Age: O Chamado
Profecias de Urag, Vol. 1 — O Caçador de Apóstolos
Profecias de Urag, Vol. 2 — Deus Máquina

Para saber mais sobre nossos títulos,
visite nosso site em www.jamboeditora.com.br.

LENDAS
VOLUME TRÊS

TESTE DOS GÊMEOS

Margaret Weis & Tracy Hickman

Poesia original por Michael Williams
Capa por Matt Stawicki
Arte interna por Valerie Valusek
Tradução por Ana Cristina Rodrigues

DUNGEONS & DRAGONS®

LENDAS VOL. 3 — TESTE DOS GÊMEOS

©2004 Wizards of the Coast, LLC. Todos os direitos reservados.
DUNGEONS & DRAGONS, D&D, DRAGONLANCE, WIZARDS OF THE COAST
e seus respectivos logos são marcas registradas de Wizards of the Coast, LLC.

TÍTULO ORIGINAL: Legends Vol. 3 — Test of the Twins
TRADUÇÃO: Ana Cristina Rodrigues
REVISÃO: Gilvan Gouvêa e Emerson Xavier
EDITOR: Vinicius Mendes
ILUSTRAÇÕES ADICIONAIS: Ana Carolina Gonçalves e Rodrigo Moser
DIAGRAMAÇÃO: Rodrigo Moser
EDITORA-CHEFE: Karen Soarele

EQUIPE DA JAMBÔ: Guilherme Dei Svaldi, Rafael Dei Svaldi, Leonel Caldela, Ana Carolina Gonçalves, André Schwertz de Oliveira, Andrew Frank, Cássia Bellmann, Dan Ramos, Daniel Boff, Davide Di Benedetto, Elisa Guimarães, Freddy Mees, Glauco Lessa, J. M. Trevisan, Karen Soarele, Matheus Tietbohl, Marcel Reis, Marcelo Cassaro, Marlon D'avila Vernes, Maurício Feijó, Pietra Nuñes, Priscilla Souza, Thiago Rosa, Tatiana Gomes, Tiago Guimarães, Vinicius Mendes.

Rua Coronel Genuíno, 209 • Porto Alegre, RS
CEP 90010-350 • Tel (51) 3391-0289
contato@jamboeditora.com.br • www.jamboeditora.com.br

Todos os direitos desta edição reservados à Jambô Editora. É proibida a reprodução total ou parcial, por quaisquer meios existentes ou que venham a ser criados, sem autorização prévia, por escrito, da editora.

1ª edição: abril de 2023 | ISBN: 978658863444-8

Dados Internacionais de Catalogação na Publicação

W426t Weis, Margaret
       Teste dos Gêmeos / Margaret Weis e Tracy Hickman; tradução
       de Ana Cristina Rodrigues. — Porto Alegre: Jambô, 2023.
       320 p. il.

              1. Literatura norte-americana. I. Tracy, Hickman. II. Rodrigues,
       Ana Cristina. III. Título.

                                                          CDU 869.0(81)-311

Ao meu irmão, Gerry Hickman,
que me ensinou como um irmão *deve* ser.
— *Tracy Hickman*

Para Tracy
Com um agradecimento emocionado
por me convidar para o seu mundo.
— *Margaret Weis*

AGRADECIMENTOS

Gostaríamos de agradecer aos membros originais da equipe de design de DRAGONLANCE: Tracy Hickman, Harold Johnson, Jeff Grubb, Michael Williams, Gali Sanchez, Gary Spiegel, e Charles Smith.

Queremos agradecer aqueles que vieram se juntar a nós em Krynn: Douglas Niles, Laura Hickman, Michael Dobson, Bruce Nesmith, Bruce Heard, Michael Brault, e Roger E. Moore.

Gostaríamos de agradecer ao nosso editor, Jean Blashfield Black, que esteve conosco através de nossas provações e nossos triunfos.

E, finalmente, queremos expressar uma profunda gratidão para todos aqueles que ofereceram incentivo e apoio: David "Zeb" Cook, Larry Elmore, Keith Parkinson, Clyde Caldwell, Jeff Easley, Ruth Hoyer, Carolyn Vanderbilt, Patrick L. Price, Bill Larson, Steve Sullivan, Denis Beauvais, Valerie Valusek, Dezra e Terry Phillips, Janet e Gary Pack, nossas famílias, e, por último, mas não menos importante, todos vocês que nos escreveram.

O Mundo de Krynn
O Continente de Ansalon

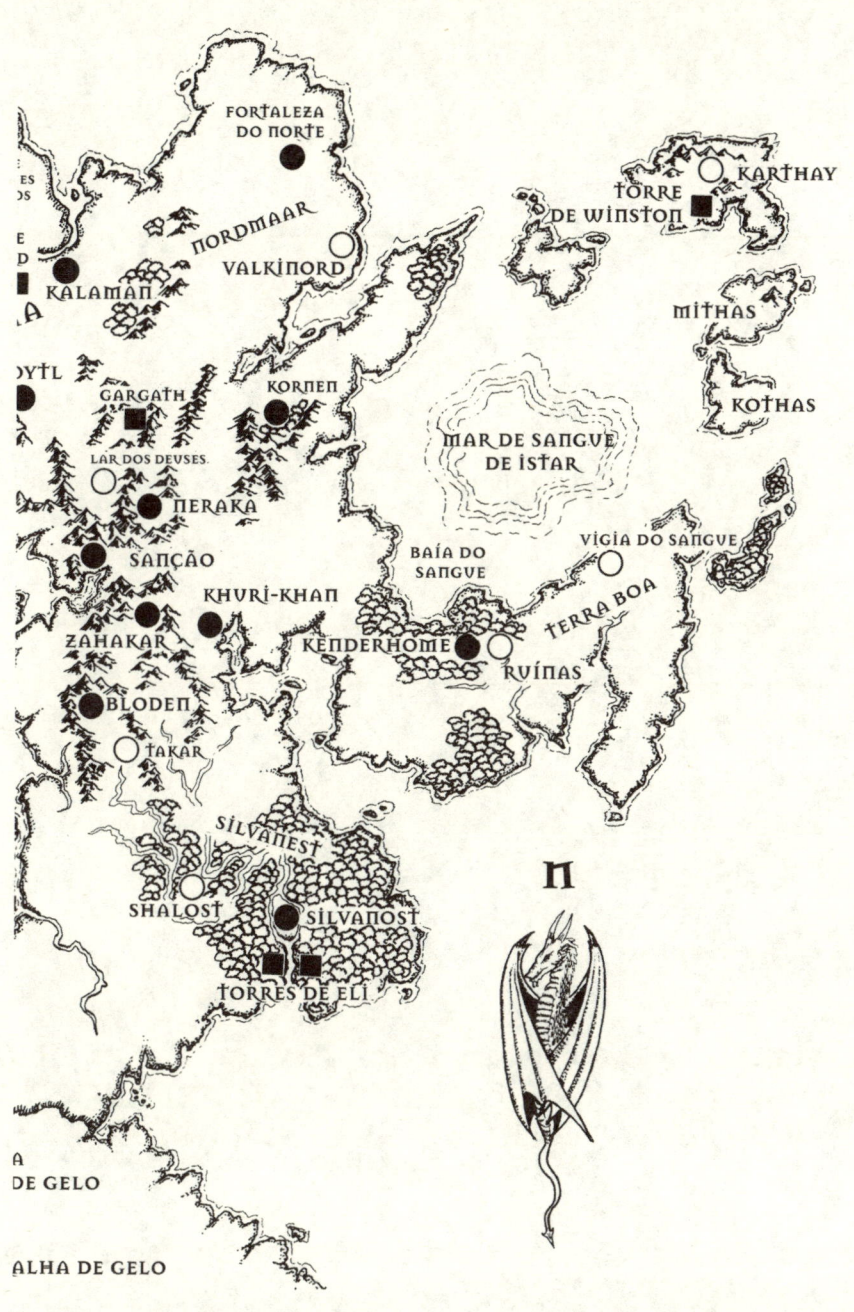

Livro 1

8

O martelo dos Deuses

Como aço afiado, o toque do trompete estilhaçou o ar de outono conforme os exércitos dos anões de Thorbardin desceram para as planícies de Dergoth para encontrar seu inimigo: seus parentes. Séculos de ódio e mal-entendidos entre os anões da colina e seus primos da montanha derramaram-se em vermelho sobre as planícies naquele dia. A vitória tornou-se sem sentido, um objetivo que ninguém buscava. Vingar os erros cometidos há muito tempo pelos avós há muito mortos era o objetivo de ambos os lados. Matar e matar e matar novamente, essa era a Guerra do Portão dos Anões.

Fiel à sua palavra, o herói anão, Kharas, lutou por seu Rei Abaixo da Montanha. De cara limpa, a barba sacrificada pela vergonha de lutar contra os que chamava de família, Kharas estava na vanguarda do exército, chorando enquanto matava. De repente, enquanto lutava, percebeu que a palavra *vitória* havia se distorcido até significar aniquilação. Viu os estandartes dos dois exércitos caírem, jazendo pisoteados e esquecidos sobre a planície sangrenta enquanto a loucura da vingança engolia os exércitos em uma temível onda vermelha. Quando percebeu que, não importava quem ganhasse, não haveria vencedor, Kharas jogou fora seu Martelo, o Martelo forjado com a ajuda de Reorx, Deus dos Anões, e deixou o campo.

Muitas foram as vozes que gritaram "covarde". Se Kharas ouviu, não deu atenção. Sabia o seu valor em seu próprio coração, sabia disso melhor do que ninguém. Limpando as lágrimas amargas dos olhos, lavando de suas mãos o sangue de seus parentes, Kharas procurou entre os mortos até encontrar os corpos dos dois filhos amados do Rei Duncan. Jogando os corpos estraçalhados e mutilados dos jovens anões nas costas de um cavalo, Kharas deixou as Planícies de Dergoth, retornando para Thorbardin com seu fardo.

Kharas cavalgou para longe, mas não o suficiente para escapar do som de vozes poucas clamando por vingança, do confronto do aço, dos gritos dos moribundos. Ele não olhou para trás. Tinha a sensação de que iria ouvir aquelas vozes até o fim de seus dias.

O herói dos anões tinha acabado de cavalgar para dentro dos primeiros contrafortes das Montanhas Kharolis quando ouviu um estrondo estranho.

O cavalo de Kharas se encolheu, nervoso. O anão sentiu e parou para acalmar o animal. Ao fazê-lo, olhou em volta, inquieto. O que fora aquilo? Não era som de guerra, nem um som natural.

Kharas se virou. O som veio de trás dele, das terras que acabara de deixar, terras onde seus parentes ainda se massacravam um ao outro em nome da justiça. O som aumentou de magnitude, tornando-se um barulho baixo, repetitivo e estrondoso que ficava cada vez mais alto. Kharas quase imaginou ver o som, chegando mais e mais perto. O herói dos anões estremeceu e abaixou a cabeça quando o terrível rugido se aproximou ainda mais, trovejando pelas Planícies.

"É Reorx", pensou ele ressentido e horrorizado. "É a voz de um deus com raiva. Estamos condenados."

O som atingiu Kharas, junto de uma onda de choque, uma explosão de calor e vento escaldante e fétido que quase o derrubaram da sela. Nuvens de areia, poeira e cinzas o envolveram, transformando o dia em uma noite horrível e pervertida. As árvores ao seu redor se dobravam e se retorciam, seus cavalos gritaram aterrorizados e quase fugiram. Por um momento, Kharas mal conseguiu manter o controle dos animais em pânico.

Cego pela nuvem de poeira pungente, engasgando-se e tossindo, Kharas cobriu a boca e tentou, o melhor que podia na estranha escuridão, cobrir os olhos dos cavalos também. Quanto tempo ficou naquela nuvem de areia, cinzas e vento quente, não se lembrava. Mas, de repente, como começou, passou.

A areia e a poeira assentaram. As árvores se endireitaram. Os cavalos ficaram calmos. A nuvem passou com os ventos mais suaves do outono, deixando para trás um silêncio mais terrível do que o barulho trovejante.

Cheio de pressentimentos terríveis, Kharas incitou seus cavalos cansados o mais rápido que pode e subiram as colinas, procurando desesperado um local mais vantajoso. Finalmente, encontrou um afloramento de rocha. Amarrando os animais de carga com seus tristes fardos em uma árvore, Kharas levou seu cavalo até a rocha e olhou para as planícies de Dergoth. Parou e encarou a cena abaixo dele com espanto.

Nada vivo se mexia. Na verdade, não havia nada e ponto; nada exceto areia e rochas enegrecidas e jateadas.

Ambos os exércitos foram completamente exterminados. Tão devastadora foi a explosão que nem cadáveres ficaram sobre a planície coberta de cinzas. Até a própria face da terra tinha mudado. O olhar horrorizado de Kharas

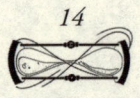

foi para onde a fortaleza mágica de Zhaman estivera, suas torres altas e graciosas governando as planícies. Também havia sido destruída, mas não totalmente. A fortaleza havia desmoronado sobre si mesma e agora, de forma horrível, suas ruínas pareciam com um crânio humano sentado, sorrindo para a árida Planície da Morte.

— Reorx, Pai, Forjador, perdoe-nos — murmurou Kharas, lágrimas embaçando sua visão. Então, com a cabeça baixa pelo luto, o herói anão deixou aquele local, retornando para Thorbardin.

Os anões acreditariam, pelo relato do próprio Kharas, que a destruição de ambos os exércitos nas planícies de Dergoth foi provocada por Reorx. O deus tinha, em sua raiva, atirado seu martelo sobre a terra, atingindo suas crianças.

Mas as *Crônicas de Astinus* registram o que aconteceu realmente nas Planícies de Dergoth naquele dia:

Agora no auge de seus poderes mágicos, o arquimago, Raistlin, conhecido também como Fistandantilus, e a clériga de branco de Paladine, Crysania, buscavam entrar no Portal que leva ao Abismo, para lá desafiar e lutar contra a Rainha das Trevas.

Crimes sombrios este arquimago havia cometido para alcançar este ponto, o auge de sua ambição. As vestes pretas que usava estavam manchadas com sangue que, em parte, era seu. E aquele homem conhecia o coração humano. Sabia como torcê-lo e contorcê-lo e fazer com que aqueles que deveriam insultá-lo e desprezá-lo, ao contrário, o admirassem. Uma dessas era a dama Crysania, da Casa de Tarinius. Uma Reverenda Filha da igreja, ela possuía uma falha fatal no branco mármore de sua alma. E essa falha Raistlin encontrou e alargou para que a rachadura se espalhasse por todo o seu ser e acabasse alcançando seu coração...

Crysania o seguiu para o terrível Portal. Aqui ela chamou seu deus e Paladine respondeu, pois ela era mesmo a sua escolhida. Raistlin convocou sua magia e foi bem-sucedido, pois nenhum mago jamais fora tão poderoso quanto aquele jovem.

O Portal abriu.

Raistlin começou a passar, mas um dispositivo mágico de viagem no tempo operado pelo irmão gêmeo do mago, Caramon, e pelo kender, Tasslehoff Burrfoot, interferiu com o poderoso feitiço do arquimago. O campo de magia foi quebrado...

...com consequências desastrosas e imprevisíveis.

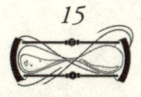

Capítulo 1

Opa — disse Tasslehoff Burrfoot. Caramon encarou o kender com um olhar severo.

— Não foi minha culpa! Sério, Caramon! — Tas protestou.

Mas, mesmo enquanto falava, o olhar do kender vasculhava os arredores, ia para Caramon, e de volta para seus arredores. O lábio inferior de Tas começou a tremer e ele pegou seu lenço, apenas no caso de sentir uma fungada chegando. Mas seu lenço não estava lá, suas bolsas não estavam lá. Tas suspirou. Na emoção do momento, tinha esquecido: tudo fora deixado para trás nas masmorras de Thorbardin.

E foi um momento realmente emocionante. Em um minuto, ele e Caramon estavam de pé na fortaleza mágica de Zhaman, ativando o dispositivo mágico de viagem no tempo; no minuto seguinte, Raistlin começou a fazer *sua* mágica e, antes que Tas percebesse, houve uma terrível comoção... pedras cantando e pedras rachando, e a sensação horrível de estar sendo puxado em seis direções diferentes de uma vez e então — WHOOSH — aqui estavam.

Onde quer que fosse. E, onde quer que fosse, com certeza não parecia estar onde era suposto estar.

Ele e Caramon estavam em uma trilha na montanha, perto de um grande pedregulho, até os tornozelos na lama cinza escorregadia que cobria por completo o solo abaixo deles até onde Tas podia ver. Aqui e lá, pontas irregulares de pedras quebradas projetavam-se da carne macia da cobertura de cinzas. Não havia sinais de vida. Nada poderia estar vivo naquela desolação. Nem as árvores permaneciam de pé; apenas tocos enegrecidos pelo fogo saiam da lama espessa. Até onde a vista alcançava, direto até o horizonte, em todas as direções, não havia nada além de total e completa devastação.

O próprio céu não oferecia alívio. Acima deles, era cinza e vazio. A oeste, no entanto, era de uma estranha cor violeta, fervendo com nuvens estranhas e luminosas enfeitadas com relâmpagos de azul brilhante. Além do estrondo distante do trovão, não havia som... movimento... nada.

Caramon respirou fundo e esfregou a mão no rosto. O calor era intenso e, apesar de estarem parados naquele lugar há apenas alguns minutos, sua pele suada já estava revestida com uma fina película de cinzas.

— Onde estamos? — ele perguntou em tons monótonos e calmos.

— Eu... eu com certeza não faço a menor ideia, Caramon — Tas disse. E, depois de uma pausa — E você?

— *Eu* fiz tudo do jeito que você falou — Caramon respondeu, sua voz ameaçadoramente calma. — Você disse que Gnimsh disse que tudo que tínhamos que fazer era *pensar* em onde queríamos ir e estaríamos lá. Eu sei que *eu* estava pensando em Consolação...

— Eu também estava! — Tas exclamou. Então, vendo Caramon olhar para ele, o kender vacilou. — Pelo menos, pensei nisso a *maior* parte do tempo.

— A *maior* parte do tempo? — Caramon perguntou, em uma voz calma terrível.

— Bem — Tas engoliu em seco — Eu... pensei uma vez, apenas por um instante, veja bem, sobre como... hum... seria divertido e interessante e, bem, único, se visitássemos a... hum...

— Hum o quê? — perguntou Caramon.

— A... uuuuuuun..

— O quê?

— Uuuuun — Tas resmungou.

Caramon prendeu a respiração.

— A lua! — Tas disse depressa.

— Lua! — repetiu Caramon, incrédulo. — Que lua? — ele perguntou depois de um instante, olhando ao redor.

— Oh — Tas deu de ombros — Qualquer uma das três. Eu acho que qualquer uma serviria. Bem parecidas, pelo que imagino. Exceto, claro, que Solinari seria toda de pedras de prata brilhantes e Lunitari, de rochas vermelhas brilhantes, e eu acho que a outra seria toda preta, embora eu não possa dizer com certeza, nunca tendo visto...

Caramon rosnou neste momento, e Tas decidiu que poderia ser melhor parar a língua. Ele fez isso, também, por cerca de três minutos, tempo em que

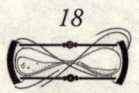

Caramon continuou a olhar ao seu redor com o rosto sério. Mas era necessária mais força de vontade do que o kender tinha dentro dele (ou uma faca afiada) para manter sua língua quieta por mais tempo.

— Caramon — ele irrompeu — você acha que realmente *fizemos* isso? Fomos para uma... uh... lua, sabe? Quer dizer, não parece com qualquer outro lugar em que eu já tenha estado antes. Não que essas pedras sejam prateadas, vermelhas ou pretas. São mais cor de pedra, mas...

— Eu não duvido — disse Caramon, sombrio — Afinal, você nos levou a uma cidade portuária que estava bem no meio de um deserto...

— Isso também não foi minha culpa! — disse indignado. — Por que até Tanis disse...

— Porém... — O rosto de Caramon enrugou-se, com seu espanto — Este lugar com certeza *parece* estranho, mas *parece* familiar de alguma maneira.

— Você está certo — disse Tas depois de um momento, encarando outra vez a paisagem cinza e sombria. — Me faz lembrar algum lugar, agora que você mencionou. Só que... — o kender estremeceu. — Não lembro de ter estado em um lugar tão terrível... exceto O Abismo — ele acrescentou, mas falando baixo.

As nuvens tumultuosas se aproximavam cada vez mais à medida que os dois conversavam, lançando mais uma mortalha sobre a terra estéril. Um vento quente surgiu e uma chuva fina começou a cair, misturando-se com as cinzas flutuando pelo ar. Tas estava prestes a comentar a qualidade viscosa da chuva quando de repente, sem aviso, o mundo explodiu.

Pelo menos, foi a primeira impressão de Tas. Uma luz brilhante e ofuscante, um som crepitante, um estalar, um estrondo que sacudiu o chão, e Tasslehoff se viu sentado na lama cinzenta, olhando sem entender para um buraco gigantesco que havia sido aberto na rocha a poucas centenas de metros de distância.

— Pelos deuses! — Caramon ofegou. Abaixando-se, colocou Tas de pé. — Você está bem?

— Eu... eu acho que sim... — disse Tas, um pouco abalado. Na frente dos seus olhos, um raio riscou o céu até o chão, das nuvens para terra, enviando rochas e cinzas pelo ar. — *Nossa!* Foi mesmo uma experiência interessante. Embora eu não queira repetir tão cedo — acrescentou apressado, temendo que o céu, que estava ficando mais e mais escuro a cada momento, pudesse decidir mimá-lo com essa experiência interessante outra vez.

— Onde quer que estejamos, é melhor sairmos do terreno elevado — Caramon murmurou. — Pelo menos tem uma trilha. Deve levar a algum lugar.

Olhando pela trilha lamacenta até o vale igualmente coberto de lama abaixo, Tas teve o pensamento fugaz de que "algum lugar" provavelmente seria

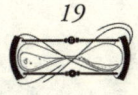

tão cinza e nojento quanto "aqui", mas, depois de um vislumbre do rosto sombrio de Caramon, o kender logo decidiu manter esses pensamentos para si mesmo.

Enquanto descem a trilha pela lama espessa, o vento quente soprou mais forte, lançando pedaços de madeira enegrecida e cinzas na sua carne. Raios dançavam entre as árvores, fazendo-as explodir em bolas brilhantes de chama verde ou azul. O chão tremeu com o rugido do trovão. E as nuvens de tempestade ainda se acumulavam no horizonte. Caramon apressou seus passos.

Enquanto descem ladeira abaixo, entraram no que Tas imaginou que já deveria ter sido um belo vale. Em algum momento, as árvores ali estariam iluminadas com os laranjas e os dourados do outono, ou do verde enevoado da primavera.

Aqui e ali, viu espirais de fumaça se enrolando, apenas para serem arrebatadas imediatamente pelo vento da tempestade. Sem dúvida, por causa de mais relâmpagos, ele pensou. Mas, de um jeito estranho, isso também o lembrava de algo. Como Caramon, estava ficando cada vez mais convencido de que conhecia aquele lugar.

Vadeando pela lama, tentando ignorar o que a substância nojenta estava fazendo com seus sapatos verdes e calças azuis brilhantes, Tas decidiu tentar um velho truque kender para Usar Quando Perdido. Fechando os olhos e apagando tudo de sua mente, ordenou ao seu cérebro que lhe fornecesse uma imagem do cenário ao seu redor. A interessante lógica kender por trás disso era que, como provavelmente algum kender na família de Tasslehoff sem dúvida já estivera naquele lugar antes, a memória era de alguma forma passada para seus descendentes. Embora isso nunca tenha sido cientificamente verificado (os gnomos estão trabalhando nisto, tendo enviado para um comitê), sem dúvida é verdade que, até hoje, nenhum kender foi dado como perdido em Krynn.

De qualquer forma, Tas, enfiado na lama, fechou os olhos e tentou evocar uma imagem de seus arredores. Uma veio até ele, tão vívida em sua clareza que ele ficou bastante espantado, certamente os mapas mentais de seus ancestrais nunca foram tão perfeitos. Havia árvores... árvores gigantes... havia montanhas no horizonte, havia um lago...

Abrindo os olhos, Tas se engasgou. Havia um lago! Ele não tinha notado antes, provavelmente porque era da mesma cor cinza de lodo como o solo coberto de cinzas. Ainda havia água lá? Ou estava cheio de lama?

"Eu me pergunto", pensou Tas, "se o tio Trapspringer já visitou uma lua. Se assim for, explicaria o fato de reconhecer este lugar. Mas ele com certeza teria contado a alguém. Talvez ele teria contado se os goblins não tivessem comido ele antes de ter a chance. Falando de comida, isso me lembra..."

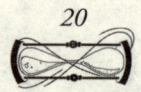

— Caramon — Tas gritou por cima do vento crescente e do estrondo do trovão. — Você trouxe alguma água? Eu não. Nem comida. Não achei que fôssemos precisar, já que estávamos indo de volta para casa. Mas...

Tas de repente viu alguma coisa que varreu pensamentos de comida, água e tio Trapspringer de sua mente.

— Ah, Caramon! — Tas agarrou o grande guerreiro, apontando. — Olha ali, você acha que aquilo é o sol?

— O que mais poderia ser? — Caramon retrucou com rispidez, seu olhar em um disco aquoso, amarelo-esverdeado, que apareceu através de uma fenda nas nuvens de tempestade. — E, não, eu não trouxe água. Então, não fale mais sobre isso, certo?

— Bem, você não precisa ser ru... — Tas começou a falar, mas viu o rosto de Caramon e se silenciou depressa.

Eles pararam de repente no meio da trilha, escorregando na lama. O vento quente soprava ao redor deles, fazendo o topete de Tas tremular como uma bandeira e sacudindo a capa de Caramon. O grande guerreiro estava encarando o lago, o mesmo lago que Tas havia notado. O rosto de Caramon estava pálido, seus olhos preocupados. Depois de um momento, começou a andar novamente, marchando pela trilha. Com um suspiro, Tas pisou na lama atrás dele. Tinha tomado uma decisão.

— Caramon — ele disse. — Vamos sair daqui. Vamos deixar este lugar. Mesmo se *for* uma lua que o tio Trapspringer tenha visitado antes dos goblins o comerem, não é muito divertida. A lua, quero dizer, não ser comido por goblins, o que eu suponho que não seja muito divertido também, se parar para pensar sobre isso. Para dizer a verdade, esta lua está tão chata quanto o Abismo e cheira tão mal quanto. Além do mais, lá eu não estava com sede. Não que esteja com sede agora — ele acrescentou precipitadamente, lembrando tarde demais que não deveria falar sobre isso —, mas minha língua meio que secou, se você me entende, o que deixa difícil falar. Nós temos o dispositivo mágico. — Ele mostrou o cetro incrustado de joias na mão, no caso de Caramon ter esquecido com o que ele se parecia na última meia hora. — E eu *prometo*... Juro solenemente que vou só pensar em Consolação com *todo* o meu cérebro desta vez, Caramon. Eu... Caramon?

— Silêncio, Tas — Caramon disse.

Tinham chegado ao fundo do vale, onde a lama chegava até o tornozelo de Caramon, e no meio da canela de Tas. Caramon tinha começado a mancar de novo por causa de quando caiu e torceu o joelho na fortaleza de Zhaman. Agora, além de preocupação, havia uma expressão de dor em seu rosto.

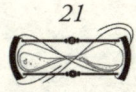

Havia outro olhar também. Um olhar que fez Tas se sentir todo arrepiado por dentro, um olhar de medo profundo. Tas, assustado, olhou em volta rapidamente, imaginando o que Caramon teria visto. A parte de baixo parecia muito com o topo, ele pensou: cinza, nojenta e horrível. Nada tinha mudado, exceto que estava ficando mais escuro. As nuvens de tempestade haviam obliterado o sol mais uma vez, para alívio de Tas, já que era um sol de aparência insalubre, que tornara o cenário sombrio e cinzento ainda pior. A chuva caia com mais força à medida que as nuvens de tempestade se aproximavam. Fora isso, sem dúvidas não parecia nada assustador.

O kender tentou ao máximo continuar quieto, mas as palavras pareceram pular da sua boca dele antes que pudesse impedir.

— Qual o problema, Caramon? Eu não vejo nada. É seu joelho incomodando? Eu...

— Fique quieto, Tas! — Caramon ordenou em voz tensa. Estava olhando ao seu redor, olhos arregalados, as mãos abrindo e fechando nervosas.

Tas suspirou e tapou a boca com a mão para impedir suas palavras, determinado a ficar quieto mesmo se isso o matasse. Quando estava quieto, de repente lhe ocorreu que estava quieto *demais* por ali. Não havia som quando o trovão não estava trovejando, nem mesmo os sons usuais que ele estava acostumado a ouvir quando chovia: água pingando das folhas das árvores e caindo no chão, o vento farfalhando nos galhos, pássaros cantando suas melodias de chuva, reclamando das penas molhadas...

Tas teve uma sensação estranha e trêmula. Olhou para os tocos das árvores queimadas mais de perto. Mesmo queimados, ainda eram enormes, as maiores árvores que tinha visto na vida exceto por...

Tas engoliu em seco. Folhas, cores de outono, a fumaça das lareiras cozinhando subindo do vale, o lago, azul e suave como cristal...

Piscando, ele esfregou os olhos para limpá-los da película gosmenta de lama e chuva. Ele olhou ao redor, olhando para trás pela trilha, até o enorme pedregulho... encarou o lago que podia ver claramente através dos tocos de árvores queimados. Olhou para as montanhas com seus picos afiados e irregulares. Não fora o Tio Trapspringer que estivera ali antes...

— Oh, Caramon! — ele sussurrou, horrorizado.

Capítulo

2

O que foi? — Caramon se virou, olhando de forma tão estranha para Tas que o kender sentiu seu arrepio espalhar-se para fora. Os pelos se ergueram em seus braços.

— Na... nada — gaguejou Tas. — Apenas minha imaginação. Caramon — ele acrescentou com urgência. — Vamos embora! Agora mesmo. Nós podemos ir aonde quisermos! Podemos voltar no tempo para quando estávamos todos juntos, quando estávamos todos felizes! Podemos voltar para quando Flint e Sturm estavam vivos, para quando Raistlin ainda vestia o vermelho e Tika...

— Cala a boca, Tas — retrucou Caramon em advertência, suas palavras acentuadas por um relâmpago que fez até o kender se encolher.

O vento estava aumentando, assobiando através dos tocos das árvores mortas com um som assustador, como alguém inspirando através de dentes cerrados. A chuva quente e viscosa cessou. As nuvens acima deles afastavam-se rodopiando, revelando o pálido sol cintilando no céu cinzento. Mas, no horizonte, as nuvens continuavam a se aglomerar, ficando cada vez mais escuras.

Raios multicoloridos cintilavam entre elas, dando-lhes uma beleza distante e mortal.

Caramon começou a caminhar pela trilha lamacenta, apertando os dentes com a dor da perna ferida. Mas Tas, olhando por aquela trilha que agora reconhecia tão bem, mesmo muitíssimo diferente, podia ver onde ela se curvava. Sabendo o que havia além daquela curva, parou onde estava, plantado firme no meio da estrada, olhando para as costas de Caramon.

Após alguns momentos de silêncio incomum, Caramon percebeu algo errado e olhou ao redor. Ele parou, seu rosto abatido com a dor e o cansaço.

— Vamos lá, Tas! — ele disse irritado.

Enrolando o topete de cabelo no dedo, Tas sacudiu a cabeça.

Caramon o encarou.

Tas finalmente explodiu.

— Essas são copadeiras, Caramon!

A expressão severa do grande homem suavizou.

— Eu sei, Tas — ele disse cansado. — É Consolação.

— Não, não é! — Tas exclamou. — É... é apenas um lugar que tem copadeiras! Deve haver muitos lugares que têm copa...

— E muitos lugares que têm o lago Cristalmir, Tas, ou as montanhas Kharolis ou aquela pedra onde você e eu vimos Flint sentado, esculpindo madeira, ou esta estrada que leva para...

— Você não sabe! — Tas gritou com raiva. — É possível! — De repente, ele correu, ou tentou correr, arrastando seus pés pela lama escorregadia e grudenta o mais rápido possível. Tropeçando em Caramon, agarrou a mão do grandalhão e a puxou. — Vamos! Vamos sair daqui! — Mais uma vez, ergueu o dispositivo de viagem no tempo. — Nós... nós podemos voltar para Tarsis! Onde os dragões derrubaram um prédio em cima de mim! Foi um momento divertido, muito interessante. Lembra? — A voz estridente guinchou entre as árvores queimadas.

Estendendo a mão, o rosto sombrio, Caramon agarrou o dispositivo mágico da mão do kender. Ignorando os frenéticos protestos de Tas, pegou o aparelho e começou a torcer e girar as joias, transformando-o aos poucos de um cetro cintilante em um pingente simples e sem nada de especial. Tas o observou com tristeza.

— Por que não vamos, Caramon? Este lugar é horrível. Nós não temos comida nem água e, pelo que tenho visto, não temos também muita probabilidade de encontrarmos. Mais ainda, estamos nos arriscando a sermos explodidos para longe de nossos sapatos se um daqueles raios nos atingir, e essa tempestade está se aproximando cada vez mais e você *sabe* que aqui não é Consolação...

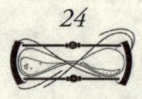

— Eu *não* sei, Tas — Caramon disse em voz baixa. — Mas estou indo descobrir. Qual é o problema? Você não está curioso? Desde quando um kender recusa a chance de uma aventura? — ele recomeçou a mancar pela trilha.

— Sou tão curioso quanto qualquer kender — Tas murmurou, abaixando a cabeça e marchando atrás de Caramon. — Mas uma coisa é ser curioso sobre algum lugar em que você nunca esteve antes, e outra completamente diferente é ser curioso sobre seu lar. Você não *deveria* ficar curioso sobre o seu lar! A sua casa não deveria mudar. Ela só fica lá, esperando você voltar. Lar é onde você diz 'Ora, parece estar exatamente como era quando eu saí!"não "Ora, parece que seis milhões de dragões voaram até aqui e destruíram tudo!' Lar *não é* um lugar para aventuras, Caramon!

Tas olhou para o rosto de Caramon para ver se seu argumento causara alguma impressão. Se teve, não ficou à mostra. Havia um olhar de severa resolução no rosto cheio de dor que surpreendeu um pouco Tas, surpreendeu e o assustou.

"Caramon mudou", percebeu Tas de repente. "E não é só por ter parado com a bebida. Há algo diferente nele... está mais sério e... parece estar mais responsável, acho. Mas há algo mais." Tas ponderou. Orgulho, decidiu depois de um minuto de profunda reflexão. Orgulho de si mesmo, orgulho e determinação.

"Este não é um Caramon que vai ceder facilmente", pensou Tas com o coração afundando. "Este não é um Caramon que precisa de um kender para mantê-lo longe de travessuras e tavernas". Tas suspirou, abalado. Ele até sentia falta daquele velho Caramon.

Chegaram à curva na estrada. Cada um a reconheceu, no entanto ninguém falou; Caramon, porque não havia nada a ser dito, e Tas por estar firmemente se recusando a admitir o que reconheceu. Mas ambos sentiram seus passos se arrastarem.

Antes, os viajantes que vinham por aquela curva teriam visto a Hospedaria do Lar Derradeiro, brilhando com luz. Eles sentiriam o cheiro das batatas temperadas de Otik, ouviriam os sons de risos e música saindo da porta toda vez que ela se abrisse para admitir um andarilho ou o cliente habitual de Consolação. Ambos, Caramon e Tas, pararam, como por um acordo, antes de virarem aquela curva.

Ainda sem dizer nada, mas cada um olhando ao redor, para a desolação, os tocos queimados e carbonizados, o terreno coberto de cinzas, as pedras

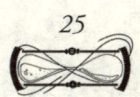

enegrecidas. Em seus ouvidos ressoava um silêncio mais alto e mais assustador que o estrondo do trovão. Porque ambos sabiam que deveriam ter ouvido Consolação, mesmo que não pudessem vê-la ainda. Deviam ter ouvido os sons da cidade: sons da forja, do dia de mercado, de vendedores ambulantes e crianças e mercadores, sons da pousada.

Mas não havia nada, apenas silêncio. E, ao longe, o sinistro estrondo do trovão.

Finalmente, Caramon suspirou.

— Vamos — disse ele, e mancou em frente.

Tas seguiu mais devagar, seus sapatos tão cheios de lama que era como se estivesse usando calçados de ferro anão. Mas seus sapatos não pesavam tanto quanto seu coração. Murmurou para si mesmo várias e várias: "Aqui não é Consolação, aqui não é Consolação, aqui não é Consolação, aqui não é Consolação", até aquilo começar a soar como uma das magias de Raistlin.

Ao virar na curva, Tas ergueu os olhos com medo...

... e soltou um profundo suspiro de alívio.

— O que eu disse para você, Caramon? — ele gritou por cima do lamento do vento. — Olha, não tem nada lá, nada. Nem Pousada, nem cidade, nada. — Ele escorregou a pequena mão para dentro da mão imensa de Caramon e tentou puxá-lo de volta. — Agora, vamos. Eu tive uma ideia. Podemos voltar para quando Fizban fez o trecho de ponte dourada *descer do céu...*

Mas Caramon, sacudindo o kender, continuava mancando para frente, seu rosto sério. Parando, ele encarou o chão.

— O que é isso então, Tas? — ele inquiriu, a voz tensa de medo.

Mastigando ansioso a ponta de seu topete, o kender foi até o lado de Caramon.

— O que é o quê? — ele perguntou, teimoso.

Caramon apontou.

Tas fungou.

— Então, é um grande espaço aberto. Tudo bem, pode ser que alguma coisa tenha estado aqui. Talvez um grande prédio. Mas não está aqui agora, então por que se preocupar com isso? Eu... Ah, Caramon!

O joelho ferido do grandalhão cedeu de repente. Ele cambaleou e teria caído se Tas não o tivesse apoiado. Com a ajuda de Tas, Caramon foi até o toco do que havia sido uma copadeira maior que o normal, na borda do

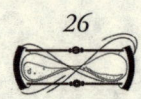

espaço vazio coberto de lama. Apoiado nele, o rosto pálido de dor e pingando suor, Caramon esfregou seu joelho ferido.

— O que posso fazer para ajudar? — ele perguntou ansioso, torcendo as mãos. — Eu sei! Vou encontrar uma muleta pra você! Deve ter muitos galhos quebrados por aqui. Vou dar uma olhada.

Caramon não disse nada, só assentiu, cansado.

Tas saiu correndo, seus olhos afiados vasculhando a terra cinza e viscosa, muito satisfeito por ter alguma coisa para fazer e não ter que responder a perguntas sobre espaços vazios e estúpidos. Logo encontrou o que procurava, a ponta de um galho de árvore saindo da lama. Agarrando-o, o kender deu um puxão. Suas mãos escorregaram no galho molhado, fazendo-o cair de costas. Levantando-se, encarando com tristeza a mancha de gosma na calça azul, o kender tentou limpá-la sem sucesso. Então, suspirou e agarrou o galho de novo. Dessa vez, sentiu-o ceder um pouco.

— Estou quase conseguindo, Caramon! — ele relatou. — Eu...

Um berro deselegante ergueu-se acima dos gritos do vento. Caramon ergueu os olhos, alarmado, ao ver o coque de Tas sumindo em um grande buraco parecia ter se aberto abaixo de seus pés.

— Estou indo, Tas! — Caramon clamou, tropeçando. — Aguente!

Mas parou com a visão de Tas rastejando para fora do buraco. O rosto do kender estava de uma forma que Caramon jamais vira. Estava pálido, os lábios brancos, os olhos arregalados e fixos.

— Não chegue mais perto, Caramon — Tas sussurrou, mantendo-o longe com um gesto da mãozinha enlameada. — Por favor, fique aí!

Mas era tarde demais. Caramon tinha chegado à beira do buraco e estava olhando para baixo. Tas, agachado ao lado, começou a tremer e soluçar.

— Eles estão todos mortos — ele choramingou. — Todos mortos. — Enterrando o rosto em seus braços, ele se balançou, chorando amargamente.

No fundo do buraco forrado de rocha, que havia sido coberto por uma espessa camada de lama, jaziam corpos, pilhas de corpos, corpos de homens, mulheres, crianças. Preservados pela lama, alguns ainda estavam lamentavelmente reconhecíveis; ou assim parecia ao olhar febril de Caramon. Seus pensamentos foram para a última sepultura coletiva que tinha visto; a aldeia da peste que Crysania havia encontrado. Ele se lembrou do rosto zangado e aflito do irmão. Lembrou de Raistlin chamando o relâmpago, queimando tudo, queimando a cidade até virar cinzas.

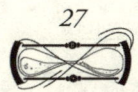

Apertando os dentes, Caramon forçou-se a olhar para aquela sepultura, forçou-se a procurar uma massa de cachos ruivos...

Ele se virou com um soluço trêmulo de alívio, então, olhando ao redor agitado, começou a correr na direção da Hospedaria.

— Tika! — ele gritou.

Tas levantou a cabeça, saltando alarmado.

— Caramon! — ele gritou, escorregou na lama e caiu.

— Tika! — Caramon berrou, rouco, acima do uivo do vento e do trovão distante. Aparentemente alheio a dor na perna ferida, cambaleou até uma área ampla, livre de tocos de árvores; a estrada que passa pela pousada, a mente de Tas indicou, embora não pensasse com clareza. Ficando de pé outra vez, o kender correu atrás de Caramon, mas o homem avançava rápido, cambaleando pela lama, o medo e a esperança lhe dando forças.

Ele logo o perdeu de vista entre os tocos enegrecidos, mas podia ouvir sua voz, ainda chamando o nome de Tika. Tas soube para onde o grande homem estava indo. Seus passos desaceleraram. Sua cabeça doía com o calor e com o mau cheiro do lugar, seu coração doía com o que acabara de ver. Arrastando os sapatos pesados e enlameados, temeroso do que iria encontrar à frente, o kender avançou aos tropeços.

Com certeza, lá estava Caramon, de pé em um espaço árido ao lado de outro toco de copadeira. Em sua mão, ele segurava alguma coisa, olhando-a como quem está, enfim, derrotado.

Coberto de lama, sujo, de coração partido, o kender foi até a frente dele.

— O quê? — ele perguntou com os lábios trêmulos, apontando para o objeto na mão do homem.

— Um martelo — Caramon disse em voz abafada. — *Meu* martelo.

Tas o observou. Aquilo era mesmo um martelo, muito bem. Ou pelo menos parecia ter sido um. O cabo de madeira foi queimado a cerca de três quartos do tamanho. Tudo o que restou foi um pedaço de madeira carbonizado e a cabeça de metal, enegrecida pelas chamas.

— Como... como você pode ter certeza? — ele vacilou, ainda lutando, ainda se recusando a acreditar.

— Tenho certeza — Caramon respondeu, amargo. — Veja isso. Mexeu na alça e a cabeça balançou quando ele a tocou. — Eu fiz quando estava... ainda estava bebendo. — Ele enxugou os olhos com a mão. — Não ficou muito bem-feito. A cabeça costumava sair quase sempre. Mas... — ele se engasgou. — Nunca usei muito mesmo.

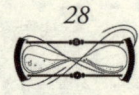

Enfraquecido pela corrida, a perna ferida de Caramon cedeu de repente. Desta vez, sequer tentou se segurar, apenas caiu na lama. Sentando-se em um pedaço vazio de terra que tinha sido sua casa, agarrou o martelo e começou a chorar.

Tas virou o rosto. O luto daquele homem era sagrado, algo privado demais até para seus olhos. Ignorando suas próprias lágrimas, que escorriam pelo nariz, Tas olhou ao redor sombriamente. Nunca se sentiu tão desamparado, tão perdido e sozinho. "O que aconteceu? O que deu errado?" Com certeza devia ter uma pista, uma resposta.

— Eu... eu vou dar uma olhada por aí — ele murmurou para Caramon, que não o ouviu.

Com um suspiro, Tas se afastou. Ele sabia onde estava agora, claro. Não podia mais se recusar a admitir isso. A casa de Caramon ficava localizada perto do centro da cidade, perto da Pousada. Tas continuou andando pelo que antes fora uma rua entre fileiras de casas. Mesmo que não houvesse mais nada, nem as casas, nem a rua, nem as árvores que sustentavam as casas, sabia exatamente onde estava. Teria preferido não saber. Aqui e ali, viu galhos saindo da lama, e estremecia. Pois nada mais havia. Nada exceto...

— Caramon! — Tas gritou, grato por ter alguma coisa para investigar e tirar a mente de Caramon daquela tristeza. — Caramon, acho que você deveria vir ver isso!

Mas o grandalhão continuou a ignorá-lo, então Tas foi examinar o objeto ele mesmo. Erigido no fim da rua, no que já fora um pequeno parque, havia um obelisco de pedra. Ele se lembrava do parque, mas não se lembrava do obelisco. Não estava lá na última vez em que estivera em Consolação, percebeu ao examiná-lo.

Alto, grosseiramente esculpido, havia, no entanto, sobrevivido a devastação de fogo, vento e tempestade. Sua superfície estava enegrecida e carbonizada, mas, Tas viu ao se aproximar, havia letras esculpidas ali, letras que, assim que limpou a sujeira, achou que podiam ser lidas.

Tas limpou a fuligem e a película lamacenta que cobria a pedra, olhou para ela por muito tempo, então chamou baixinho.

— Caramon.

O tom estranho na voz do kender penetrou a nuvem de tristeza de Caramon. Ele levantou a cabeça. Vendo o estranho obelisco e vendo o rosto incomumente sério de Tas, ergueu-se com dor e mancou até lá.

— O que é isso? — ele perguntou.

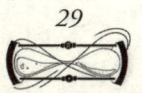

Tas não podia responder, só conseguia balançar a cabeça e apontar.

Caramon deu a volta e parou, lendo em silêncio as letras esculpidas grosseiras da inscrição inacabada.

Herói da Lança

Tika Waylan Majere

Ano da Morte 358

A sua árvore da vida foi derrubada cedo demais.
Eu temo, para que o machado nas minhas mãos não seja encontrado.

— Eu... eu sinto muito, Caramon — Tas murmurou, colocando a mão para dentro dos dedos insensíveis e frouxos do amigo.

Caramon baixou a cabeça. Colocando a mão no obelisco, acariciou a pedra fria e molhada enquanto o vento os açoitava. Algumas gotas de chuva respingaram contra a pedra.

— Ela morreu sozinha — disse. Fechando o punho, ele bateu na rocha, cortando sua carne nas laterais afiadas. — Eu a deixei sozinha! Eu devia ter estado aqui! Droga, eu tinha que estar aqui!

Seus ombros começaram a se erguer com soluços. Tas, olhando para as nuvens de tempestade e percebendo que estavam se movendo outra vez e chegando mais perto, manteve um aperto firme na mão de Caramon.

— Acho que não havia nada que você pudesse fazer, Caramon, se estivesse aqui... — o kender começou com sinceridade.

De repente, ele morde, cortando a frase, e por pouco não arrancando a língua no processo. Retirando sua mão da de Caramon, e o grandalhão nem percebeu, o kender ajoelhou-se na lama. Seus olhos rápidos avistaram algo brilhando nos raios doentios do sol pálido. Estendendo uma mão trêmula, Tas afastou a sujeira.

— Pelos deuses — disse ele com espanto, apoiando-se em seus calcanhares. — Caramon, você *estava* aqui!

— O quê? — ele rosnou. Tas apontou.

Levantando a cabeça, Caramon virou-se e olhou para baixo. Lá, aos seus pés, estava o seu corpo.

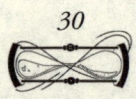

Capítulo 3

Pelo menos parecia ser o corpo de Caramon. Estava vestindo a armadura que ele adquiriu em Solamnia, a armadura que ele usou durante a Guerra do Portão dos Anões, armadura que estava usando quando ele e Tas saíram de Zhaman, armadura que estava usando agora...

Mas, além disso, não havia nada específico que identificasse o corpo. Ao contrário dos corpos que Tas encontrou, preservados sob camadas de lama, aquele cadáver estava mais perto da superfície e tinha se decomposto. Tudo o que restou foi o esqueleto do que obviamente tinha sido um homem grande deitado ao pé do obelisco. Uma mão, segurando um cinzel, descansava bem abaixo do monumento de pedra como se seu ato final fosse ter esculpido aquela terrível última frase.

Não havia sinal do que o matara.

— O que está acontecendo, Caramon? — Tas perguntou em voz trêmula. — Se esse é você e você está morto, como pode estar aqui ao mesmo tempo? — Um pensamento repentino lhe ocorreu. — Oh, não! E se você *não estiver* aqui! — Ele agarrou seu topete, torcendo-o e retorcendo-o. — Se você *não* está aqui, então eu imaginei você. Caramba! — Tas engoliu em seco. — Eu nunca soube que tinha uma imaginação tão vívida. Você *parece* real. — Estendendo a mão trêmula, ele tocou em Caramon. — Eu *sinto* você real e, se não se importa, até cheira de verdade! — Tas torceu as mãos. — Caramon! Estou ficando louco — ele chorou descontrolado. — Como um daqueles anões presos em Thorbardin!

— Não, Tas — Caramon murmurou. — É real. Real demais. — Ele olhou para o cadáver, depois para o obelisco que agora quase não estava mais visível na luz que sumia depressa. — E está começando a fazer sentido. Se eu pudesse... — Ele parou, encarando com atenção o obelisco. — É isso! Tas, olhe a data no monumento!

Com um suspiro, Tas ergueu a cabeça.

— 358 — ele leu em tom de voz entediado. Então, seus olhos se arregalaram. — 358? — ele repetiu. — Caramon, era 356 quando saímos de Consolação!

— Nós chegamos muito tarde, Tas — Caramon murmurou com admiração. — Viemos parar no nosso futuro.

As nuvens negras, que observavam juntando-se no horizonte como um exército unindo forças para um ataque, finalmente irromperam pouco antes do anoitecer, obliterando os momentos finais de existência daquele sol tímido.

A tempestade atacou acelerada e com fúria inacreditável. Uma explosão de vento quente fez Tas cair e Caramon bater de costas no obelisco. Então, a chuva caiu, atingindo-os com gotas que pareciam feitas de ferro fundido. Granizo bateu em suas cabeças, machucando e ferindo a carne.

Mais terrível, no entanto, que o vento ou a chuva eram os raios mortais e multicoloridos que saltavam das nuvens para terra, atingindo tocos de árvores, estilhaçando-os em bolas de fogo, visíveis a quilômetros de distância. O estrondo do trovão era constante, sacudindo a terra, entorpecendo os sentidos.

Desesperados, tentando encontrar abrigo da tempestade violenta, Tas e Caramon amontoaram-se embaixo de uma árvore caída, agachados em um buraco que Caramon cavou na lama cinza. A partir desta parca cobertura, assistiram incrédulos enquanto a tempestade causava ainda mais destruição sobre a terra já morta. Incêndios varriam a encosta das montanhas; podiam sentir o cheiro de lenha queimada. Um raio caiu perto deles, explodindo árvores e fazendo voar grandes pedaços de terra. O trovão atingia seus ouvidos com força.

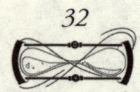

A única bênção que a tempestade oferecia era a água da chuva. Caramon deixou o elmo para fora, virado para cima, e quase de imediato recolheu água suficiente para beber. Mas tinha um gosto horrível — como de ovos podres, Tas gritou, tapando o nariz quando bebeu — e pouco fez para acalmar a sede.

Nenhum dos dois mencionou, embora ambos tenham pensado, que não tinham como armazenar água, nem havia algo para comer.

Sentindo-se mais ele mesmo, pois agora sabia onde e quando estava (se não exatamente porque estava ou como chegara ali), Tasslehoff até aproveitou a tempestade na primeira hora.

— Eu nunca vi um raio dessa cor — ele gritou acima do trovão estrondoso, e o observou com interesse extasiado. — Tão bom quanto o espetáculo de um ilusionista! — Mas logo ficou entediado com o espetáculo.

— Então — ele gritou, — Até mesmo ver as árvores serem destruídas ainda no chão perde um pouco da graça depois da quinquagésima vez que você vê. Se você não for se sentir sozinho, Caramon — ele acrescentou com um bocejo de deslocar a mandíbula. — Acho que vou tirar uma soneca. Você não se importa de ficar de vigia, né?

Caramon balançou a cabeça, prestes a responder quando uma explosão o assustou. Um toco de árvore a cerca de cem metros deles desapareceu em uma bola azul esverdeada de chamas.

"Poderia ter sido nós", pensou, olhando para as cinzas em brasas, o nariz se enrugando com o cheiro de enxofre. "Podemos ser os próximos!" Um desejo selvagem de correr veio em sua cabeça, um desejo tão forte que seus músculos se contraíram e ele teve que forçar a si mesmo a ficar onde estava.

"Lá fora é morte certa. Pelo menos aqui, neste buraco, estamos abaixo do nível do solo." Mas, enquanto observava, viu um raio abrir um gigantesco buraco na terra, e sorriu com amargura. Não, nenhum lugar era seguro. "Só podemos aguentar e confiar nos deuses."

Ele olhou para Tas, preparado para dizer algo reconfortante para o kender. As palavras morreram em seus lábios. Suspirando, sacudiu sua cabeça. Algumas coisas nunca mudam — kenders entre elas. Enrolado feito uma bola, completamente alheio aos horrores e às fúrias ao redor dele, Tas dormia profundamente.

Caramon se encolheu mais no buraco, seus olhos nas nuvens agitadas e cheias de relâmpagos acima dele. Para limpar a mente de seu medo,

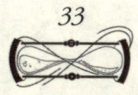

começou a tentar entender o que tinha acontecido, como haviam chegado naquela situação. Fechando seus olhos contra o relâmpago ofuscante, ele viu — mais uma vez — seu gêmeo de pé diante do terrível Portal. Ele podia ouvir o som da voz de Raistlin voz, chamando as cinco cabeças de dragão que guardavam o Portal para abri-lo e permitir sua entrada no Abismo. Ele viu Crysania, clériga de Paladine, rezando a seu deus, perdida no êxtase de sua fé, cega para o mal do gêmeo de Caramon.

Caramon estremeceu, ouvindo as palavras de Raistlin tão claras quanto se o arquimago estivesse parado ao seu lado.

Ela irá entrar no Abismo comigo. Ela irá antes de mim e lutará minhas batalhas. Ela enfrentará clérigos sombrios, usuários de magia negra, espíritos dos mortos condenados a perambular naquela terra amaldiçoada, além dos inacreditáveis tormentos que minha Rainha pode criar. Tudo isso vai ferir seu corpo, devorar sua mente e rasgar sua alma. Finalmente, quando ela não aguentar mais, irá cair ao chão, aos meus pés... sangrando, sofrendo, moribunda.

Ela irá, com suas últimas forças, estender a mão para mim para confortá-la. Ela não irá me pedir para salvá-la. Ela é forte demais para isso. Ela irá dar sua vida por mim de boa vontade, com prazer. Tudo que irá pedir é que eu fique com ela até morrer.

Mas eu vou passar por ela, Caramon. Passarei por ela sem um olhar, sem uma palavra. Por quê? Porque eu não vou precisar mais dela.

Depois de ouvir essas palavras, Caramon compreendeu finalmente que seu irmão estava além da redenção. E assim ele o deixou.

"Deixe-o ir para o Abismo", Caramon pensou amargo. "Deixe-o enfrentar a Rainha. Deixe-o virar um deus. Isto não importa para mim. Eu não me importo mais com o que acontece com ele. Finalmente estou livre dele, assim como ele está livre de mim."

Caramon e Tas tinham ativado o dispositivo mágico, recitando a rima que Par-Salian havia ensinado ao grandalhão. Ele tinha ouvido as pedras cantando, assim como as ouvira cantar nas outras duas vezes em que estivera presente na feitura de um feitiço de viagem no tempo.

Mas então, algo aconteceu. Algo diferente. Agora que tinha tempo para pensar e refletir, lembrou de se perguntar, tomado por um pânico repentino se algo estava errado, mas não conseguia saber o quê.

"Não que eu pudesse ter feito algo a respeito de qualquer forma", pensou amargamente. "Nunca entendi de magia, nem nunca confiei nela, por falar nisso".

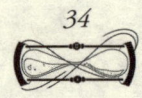

Outro relâmpago nas proximidades quebrou sua concentração e fez até mesmo Tas pular em seu sono. Resmungando, irritado, o kender cobriu os olhos com as mãos e continuou a dormir, parecendo um esquilo enrolado em sua toca.

Com um suspiro, Caramon forçou seus pensamentos para longe de tempestades e de volta aos últimos momentos em que o feitiço estava sendo ativado.

"Lembro-me de me sentir puxado", percebeu de repente, "Puxado para fora de minha forma, como se alguma força estivesse tentando me arrastar para um lado enquanto outra me puxava na direção oposta. O que Raistlin estava fazendo, então?" Caramon lutou para se lembrar. Uma imagem difusa de seu irmão veio a sua mente. Viu Raistlin, seu rosto contorcido de horror, olhando para o Portal em choque. Viu Crysania, parada no Portal, mas não estava mais rezando para seu deus. Seu corpo parecia arrasado pela dor, seus olhos estavam arregalados de terror.

Caramon estremeceu e lambeu os lábios. A água de gosto amargo deixou uma camada que o fazia sentir um gosto parecido com o de roer pregos enferrujados na boca. Cuspindo, enxugou a boca com a mão e recostou-se cansado. Uma outra explosão o fez se encolher. E então encontrou a resposta.

Seu irmão tinha fracassado.

Aconteceu com Raistlin a mesma coisa que aconteceu a Fistandantilus. Havia perdido o controle da magia. O campo mágico do dispositivo de viagem no tempo tinha sem dúvida interrompido o feitiço que estava lançando. Essa era a única explicação provável...

Caramon franziu a testa. "Não, certamente Raistlin deve ter previsto a possibilidade disso acontecer. Assim, ele teria nos impedido de usar o dispositivo, matando-nos assim como matara o amigo de Tas, o gnomo."

Balançando a cabeça para clareá-la, Caramon recomeçou, lidando com o problema como havia lidado com as letras odiosas que sua mãe lhe ensinara quando era criança. O campo mágico havia sido interrompido, isso era óbvio. Isso jogou ele e o kender muito para a frente no tempo, enviando-os para o seu futuro.

"Acho que isso significa que tudo o que preciso fazer é ativar o dispositivo e ele nos levará de volta ao presente, de volta a Tika, de volta a Consolação..."

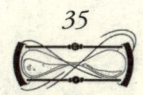

Abrindo os olhos, observou seus arredores. Mas iriam encarar aquele futuro quando voltassem?

Caramon estremeceu. Estava encharcado pela chuva torrencial. A noite estava ficando fria, mas não era o frio que o atormentava. Ele sabia o que era viver sabendo o que aconteceria no futuro. Sabia o que era viver sem esperança. Como poderia voltar e encarar Tika e seus amigos, sabendo que aquilo os esperava? Pensou no corpo embaixo do monumento. Como poderia voltar sabendo o que o esperava?

Se *fosse* ele. Ele se lembrou da última conversa entre ele e seu irmão. Tas havia alterado o tempo, Raistlin havia dito. Como kender, anões e gnomos foram raças criadas por acidente, não projetadas, não estavam no fluxo do Tempo como os humanos, os elfos e os orcs estavam. Por isso, kender foram proibidos de viajar no tempo, pois tinham o poder de alterá-lo.

Mas Tas foi mandado de volta por acidente, saltando para o campo mágico enquanto Par-Salian, mestre da Torre da Alta Magia, estava lançando o feitiço para enviar de volta Caramon e Crysania. Tas havia alterado o tempo. Portanto, Raistlin sabia que não estava preso à condenação de Fistandantilus. Ele tinha o poder de alterar o resultado. Onde Fistandantilus morreu, Raistlin poderia viver.

Os ombros de Caramon caíram. De repente, sentiu-se enjoado e tonto. O que isso significava? O que ele estava fazendo ali? Como poderia estar morto e vivo ao mesmo tempo? Era mesmo o seu corpo? Se Tas tinha alterado o tempo, poderia ser qualquer um. Mas o mais importante: o que tinha acontecido em Consolação?

— Será que Raistlin causou isto? — Caramon murmurou para si mesmo, apenas para ouvir o som da sua *voz entre as luzes piscantes e as explosões.* — Isso aqui tem alguma coisa a ver com isso? Aconteceu porque ele fracassou ou...

Caramon prendeu a respiração. Ao lado dele, Tas se mexeu no sono, choramingando e gritando. Caramon deu-lhe um tapinha de leve.

— Um sonho ruim — ele disse, sentindo o pequeno corpo se contorcer sob sua mão. — Só um sonho ruim, Tas. Volte a dormir.

Tas rolou, pressionando seu pequeno corpo contra Caramon, suas mãos ainda cobrindo os olhos. Caramon continuou a dar tapinhas.

Um sonho ruim. Como desejava que fosse só isso. Desejava, mais que tudo, acordar em sua cama, a cabeça latejando por ter bebido demais. Desejava ouvir Tika batendo os pratos na cozinha, xingando-o por ser um

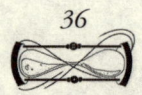

vagabundo preguiçoso e bêbado, mesmo enquanto preparava seu café da manhã favorito. Desejava ter continuado naquela existência miserável e encharcada de álcool porque ele teria morrido, morrido sem saber...

"Oh, por favor, que seja um sonho!" Caramon rezou, abaixando a cabeça até os joelhos e sentindo lágrimas amargas rastejarem sob suas pálpebras fechadas.

Ele ficou sentado ali, sem ser mais afetado pela tempestade, esmagado pelo peso da compreensão repentina. Tas suspirou e estremeceu, mas continuou a dormir tranquilo. Caramon não se moveu. Ele não dormiu. Não podia. O sonho em que ele estava era um sonho acordado, um pesadelo acordado. Precisava apenas de uma coisa para confirmar o que sabia que, em seu coração, não precisava de confirmação.

A tempestade passou aos poucos, movendo-se para o sul. Caramon podia literalmente senti-la indo, o trovão andando pela terra como os pés de gigantes. Quando terminou, o silêncio ressoou em seus ouvidos mais alto do que os estrondos do relâmpago. O céu agora estaria limpo, ele sabia. Limpo até a próxima tempestade. Poderia ver as luas, as estrelas...

As estrelas...

Ele só tinha que levantar a cabeça e olhar para o céu, o céu limpo, e saberia.

Ficou sentado ali por mais um momento, desejando que o cheiro das batatas temperadas chegasse até ele, desejando que o riso de Tika banisse o silêncio, desejando a dor da bebedeira em sua cabeça para substituir a terrível dor em seu coração.

Mas não havia nada. Só o silêncio daquela terra morta, estéril, quebrado pelo estrondo distante do trovão.

Com um pequeno suspiro, quase inaudível até para si mesmo, Caramon ergueu a cabeça e olhou para cima, para o céu.

Engoliu a saliva amarga na boca, quase se engasgando. Lágrimas arderam em seus olhos, mas piscou para poder ver com clareza.

Lá estava a confirmação de seus medos, que selava seu destino.

Uma nova constelação no céu.

Uma ampulheta...

— O que isso significa? — perguntou Tas, esfregando os olhos e olhando sonolento para as estrelas, só meio acordado.

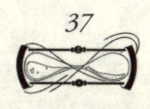

— Significa que Raistlin conseguiu — Caramon respondeu com uma estranha mistura de medo, tristeza e orgulho em sua voz. — Significa que ele entrou no Abismo e desafiou a Rainha de Trevas e... a derrotou!

— Não a derrotou, Caramon — disse Tas, estudando o céu com atenção e apontando. — Ali está *a constelação dela*, mas no lugar errado. Está ali quando deveria estar aqui. E lá está Paladine. — Ele suspirou. — Pobre Fizban. Será que ele teve que lutar com Raistlin? Não acho que teria gostado. Sempre achei que ele entendia Raistlin, talvez melhor do qualquer um de nós.

— Então, talvez a batalha ainda esteja acontecendo — Caramon refletiu. — Talvez seja esse o motivo das tempestades. — Ele ficou em silêncio por um momento, encarando a brilhante forma de ampulheta. Em sua mente, podia ver os olhos do irmão como estivam quando ele surgiu, tanto tempo atrás, vindo do terrível teste na Torre da Alta Magia: as pupilas dos olhos tinham ganho o formato de ampulhetas.

— Assim, Raistlin, você irá ver o tempo como ele muda tudo — Par-Salian havia dito. — Assim, espero que você sinta compaixão pelos que estão ao seu redor.

Mas não funcionou.

— Raistlin ganhou — Caramon disse com um suspiro suave. — Ele agora é o que queria ser, um deus. E governa um mundo morto.

— Mundo morto? — Tas disse, alarmado. — Vo... você quer dizer que o mundo inteiro está assim? Tudo em Krynn... Palanthas e Qualinesti? Ken... Kendermore? Tudo?

— Olhe ao redor — disse Caramon com frieza. — O que você acha? Já viu algum outro ser vivo desde que chegamos aqui? — Ele acenou com a mão que mal era visível na pálida luz de Solinari, visível agora que as nuvens se foram, brilhando como um olho fixo no céu. — Você viu o fogo varrer a encosta da montanha. Eu posso ver o relâmpago agora, no horizonte. — Ele apontou para o leste. — E há outra tempestade chegando. Não, Tas. Nada pode viver assim. Estaremos mortos em pouco tempo... explodidos ou...

— Ou... ou outra coisa... — Tas disse, triste. — Eu... eu não me sinto nada bem, Caramon. E... ou é a água ou estou ficando com a praga de novo. — O rosto torceu de dor e ele colocou a mão no estômago. —

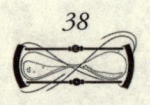

Estou começando a sentir esquisito aqui dentro, como se tivesse engolido uma cobra.

— A água — disse Caramon com uma careta. — Estou sentindo também. Provavelmente algum tipo de veneno das nuvens.

— Vamos... vamos morrer aqui então, Caramon? — Tas perguntou depois de um minuto de reflexão silenciosa. — Porque, se for assim, acho que gostaria de ir e me deitar ao lado de Tika, se você não se importar. Isso... isso me faria me sentir mais em casa. Até chegar a Flint e sua árvore. — Suspirando, ele descansou a cabeça contra o braço forte de Caramon. — Com certeza vou ter muito a contar para o Flint, não é, Caramon? Sobre o Cataclismo e a montanha de fogo, eu salvando sua vida e Raistlin virando um deus. Aposto que ele não vai acreditar nisso. Mas talvez você esteja lá comigo, Caramon, e vai poder dizer a ele que não estou, bem... er... exagerando.

— Morrer com certeza seria fácil — Caramon murmurou, olhando melancólico na direção do obelisco.

Lunitari estava subindo agora, sua luz vermelho-sangue se misturando com a luz branca e mortal de Solinari para derramar um estranho esplendor púrpura sobre a terra coberta de cinzas. O obelisco de pedra, molhado de chuva, brilhava ao luar, suas letras pretas toscamente esculpidas quase invisíveis contra a superfície pálida.

— Seria fácil morrer — Caramon repetiu, mais para ele mesmo do que para Tas. — Seria fácil deitar e deixar a escuridão me levar. — Então, cerrando os dentes, cambaleou para se levantar. — Engraçado — ele acrescentou enquanto desembainhava a espada e começou a cortar um galho da copadeira caída que haviam usado como abrigo. — Raist me perguntou isso uma vez. "Você me seguiria para dentro das Trevas?"

— O que você está fazendo? — Tas perguntou, olhando para Caramon sério.

Mas Caramon não respondeu. Ele apenas continuou cortando o galho.

— Você está fazendo uma muleta! — Tas disse, então ficou de pé em um pulo, subitamente alarmado. — Caramon! Você não pode estar pensando nisso! Isso... isso é loucura! *Eu* me lembro quando Raistlin perguntou isso e lembro o que ele respondeu quando você disse sim! Ele disse que seria a sua morte, Caramon! Mesmo forte como você está, isto mataria você!

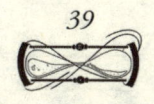

Caramon não respondeu. A madeira molhada voava enquanto serrava o galho de árvore. Às vezes, olhava para trás, para as novas nuvens de

tempestade que se aproximavam, obliterando lentamente as constelações e rastejando na direção das luas.

— Caramon! — Tas o agarrou pelo braço. — Mesmo se você fosse... até lá — o kender descobriu que não conseguia falar o nome — O que você faria?

— Algo que eu deveria ter feito há muito tempo — Caramon disse resoluto.

Capítulo 4

Você vai atrás dele, não é? — Tas gritou, saindo do buraco, um movimento que o colocou quase no nível dos olhos de Caramon, que ainda estava cortando o galho. — Isso é loucura, simplesmente loucura! Como vai chegar lá? — Um pensamento repentino o atingiu. — Onde é *lá*, afinal? Você nem sabe aonde está indo! Você não sabe onde *ele* está!

— Tenho como chegar lá — Caramon disse com frieza, colocando a espada de volta na bainha. Pegando o galho com as mãos fortes, dobrou e torceu até conseguir quebrá-lo. — Me empresta sua faca — murmurou para Tas.

O kender entregou-a com um suspiro, continuando seu protesto enquanto Caramon aparava pequenos galhos, mas o grandalhão o interrompeu.

— Eu tenho o dispositivo mágico. Quanto a onde... — ele encarou Tas sério — *você* sabe onde!

— O... o Abismo? — Tas vacilou.

Um estrondo surdo de trovão fez os dois olharem apreensivos para a tempestade que se aproximava, então Caramon voltou ao seu trabalho com vigor renovado enquanto Tas voltava ao seu argumento. — O dispositivo mágico *tirou* Gnimsh e eu de lá, Caramon, mas tenho certeza de que não vai *levar* você. Você não iria querer ir para lá de qualquer maneira — o kender adicionou, resoluto. — *Não* é um bom lugar.

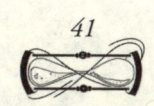

— Talvez isso não possa me levar — Caramon começou, e gesticulou para Tas se aproximar. — Vamos ver se essa muleta que fiz funciona antes que outra tempestade chegue. Vamos andar até o obelisco de Tika.

Cortando uma parte de seu manto enlameado e molhado com a espada, o guerreiro embrulhou-o no galho, enfiou-o debaixo do braço e apoiou seu peso nele e experimentou. A muleta rudimentar afundou vários centímetros na lama. Caramon puxou-a para fora e deu outro passo. Afundou outra vez, mas conseguiu avançar um pouco sem colocar peso no joelho machucado. Tas veio ajudá-lo e, mancando devagar, abriram caminho pela terra molhada e escorregadia.

"Aonde estamos indo?" Tas estava ansioso para perguntar, mas tinha medo de ouvir a resposta. Pela primeira vez, não achou difícil ficar quieto. Infelizmente, Caramon parecia *ouvir* seus pensamentos, pois respondeu sua pergunta tácita.

— Talvez o dispositivo não possa me levar ao Abismo — Caramon repetiu, respirando pesado — Mas conheço alguém que pode. O dispositivo vai nos levar até ele.

— Quem? — o kender perguntou em dúvida.

— Par-Salian. Ele será capaz de nos dizer o que aconteceu. Ele poderá me enviar... aonde quer que eu precise ir.

— Par-Salian? — Tas parecia quase tão alarmado como se Caramon tivesse falado na própria Rainha das Trevas. — Isso é mesmo loucura! — ele começou a dizer, só que de repente teve um enjoo violento. Caramon parou para esperar por ele, parecendo pálido e enjoado a luz do luar.

Convencido de que havia vomitado tudo, do topete às meias, Tas sentiu-se um pouco melhor. Acenando para Caramon, ainda cansado demais para falar, conseguiu continuar cambaleando.

Marchando através do lodo e da lama, elas alcançaram o obelisco. Ambos caíram ao chão e apoiaram-se contra a pedra, exaustos pelo esforço que mesmo aquela curta viagem de apenas cerca de vinte passos lhes custou. O vento quente estava se erguendo de novo, o som de trovão chegando mais perto. Suor cobria o rosto de Tas e ele tinha uma coloração verde em torno dos lábios, mas conseguiu sorrir para Caramon com o que esperava ser um apelo inocente.

— Nós vamos ver Par-Salian? — ele disse despreocupado, esfregando seu rosto com seu topete. — Oh, não sei se seria uma boa ideia, afinal.

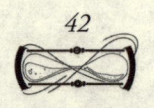

Você não está em forma para caminhar toda essa distância. Nós não temos água ou comida e...

— Eu não vou andar. — Caramon tirou o pingente de seu bolso e iniciou o processo de transformação que o transformaria em um belo cetro, cravejado de joias.

Vendo isso e engolindo em seco, Tas continuou falando, ainda mais rápido.

— Tenho certeza de que Par-Salian está... uh... está... ocupado. Ocupado! É isto! — Ele deu um sorriso medroso. — Ocupado demais para nos receber agora. Provavelmente tem muitas coisas para fazer, com todo esse caos acontecendo ao redor dele. Então vamos esquecer isso e voltar para algum lugar no tempo onde nos divertimos. Que tal quando Raistlin colocou o feitiço em Bupu e ela se apaixonou por ele? Isso foi muito engraçado! A anã tola seguindo ele...

Caramon não respondeu. Tas torceu a ponta de seu topete com o dedo.

— Morto — disse ele de repente, soltando um suspiro triste. — Pobre Par-Salian, provavelmente morto como uma porta. Afinal — o kender apontou alegre — ele já era *velho* quando o vimos em 356. E não parecia estar muito bem então. Isso tudo deve ter sido um grande choque para ele... com Raistlin tornando-se um Deus e tudo. Provavelmente, foi demais para seu coração. Bam... provavelmente só caiu onde estava.

Tas olhou para Caramon. Havia um pequeno sorriso nos lábios do grandalhão, mas ele não disse nada, apenas ficou girando e torcendo as peças do pingente. Um lampejo brilhante o espantou. Olhou para a tempestade, e seu sorriso desapareceu.

— Até aposto que a Torre da Alta Magia não está mais lá! — exclamou em desespero. — Se o que você diz é verdade e o mundo inteiro está... assim — ele acenou com a mão pequena quando a chuva fétida começou a cair — então a Torre deve ter sido um dos primeiros lugares a cair! Atingida por um raio! Caramba! Afinal, a Torre é muito mais alta do que a maioria das árvores que já vi...

— A Torre estará lá — Caramon disse, rispidamente, fazendo o ajuste final no dispositivo mágico. Ele o segurou. As joias captaram os raios de Solinari e, por um instante, brilharam com esplendor. Então as nuvens de tempestade varreram a lua, devorando-a. A escuridão agora era intensa, partida apenas pelos raios belos, brilhantes e mortais.

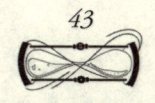

Apertando os dentes contra a dor, Caramon agarrou a muleta e lutou para ficar de pé. Tas seguiu mais devagar, olhando para Caramon com tristeza.

— Veja, Tas, eu passei a conhecer Raistlin — Caramon continuou ignorando a expressão desolada do kender. — Tarde demais, talvez, mas eu o conheço agora. Ele odiava aquela Torre, assim como odiava aqueles magos pelo que fizeram com ele lá. Mas mesmo enquanto a odeia, ele a ama do mesmo jeito... porque é parte da Arte dele, Tas. E a Arte, a magia, significa mais para ele do que a vida em si. Não, a Torre estará lá.

Erguendo o dispositivo em suas mãos, Caramon começou a cantar.

— Teu tempo é teu. Através dele você viaja...

Mas ele foi interrompido.

— Ah, Caramon! — Tas gemeu, agarrando-se a ele. — Não me leve de volta a Par-Salian! Ele vai fazer algo *terrível* comigo! Eu sei! Ele pode me transformar em um... um morcego! — Tas fez uma pausa. — E, embora eu suponha que pode ser interessante ser um morcego, não sei se eu conseguiria me acostumar a dormir de cabeça para baixo, pendurado pelos pés. E *gosto* bastante de ser um kender, se parar pra pensar nisto, e...

— Do que você está falando? — Caramon olhou para ele, então ergueu os olhos para as nuvens da tempestade. A chuva estava aumentando de intensidade, os raios atingindo mais perto.

— Par-Salian! — gritou Tas em frenesi. — Eu... eu estraguei o feitiço de viagem no tempo! Fui quando não era para ter ido! E então eu rou... encontrei um anel mágico que alguém tinha deixado de lado e que me transformou em um rato! Estou certo de que deve estar bastante irritado com isso! E então eu... eu quebrei o dispositivo mágico, Caramon. Lembra? Bem, não foi minha culpa de verdade, Raistlin me fez quebrá-lo! Mas uma pessoa muito rigorosa poderia ter a infeliz opinião de que se eu o tivesse deixado quieto, como eu sabia que devia deixar, isso não teria acontecido. E Par-Salian parece ser uma pessoa *extremamente* rigorosa, você não acha? E embora eu *tenha* feito Gnimsh consertar, não consertou muito bem, você sabe...

— Tasslehoff — disse Caramon, cansado — cale a boca.

— Sim, Caramon — Tas disse manso, com uma fungada.

Caramon olhou para a pequena figura desanimada, iluminada por um relâmpago brilhante, e suspirou.

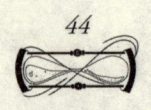

— Olha, Tas, eu não vou deixar Par-Salian fazer nada com você. Eu prometo. Ele vai ter que *me transformar* em um morcego primeiro.

— Verdade? — perguntou Tas, ansioso.

— Dou minha palavra — disse Caramon, seus olhos na tempestade. — Agora, me dê sua mão e vamos sair daqui.

— Claro — disse Tas alegre, enfiando a mãozinha na mão imensa de Caramon.

— E, Tas...

— Sim, Caramon?

— Dessa vez... pense na Torre da Alta Magia em Wayreth! Não em luas!

— Sim, Caramon — Tas disse com um profundo suspiro. Depois, tornou a sorrir. — Sabe — ele disse para si mesmo enquanto Caramon recomeçava a recitar o canto —, aposto que Caramon seria um baita morcegão..

Eles se viram na beira de uma floresta.

— Não foi minha culpa, Caramon! — Tas disse depressa. — Pensei na Torre com todo o meu coração e alma. Tenho certeza de que não pensei em uma floresta uma só vez.

Caramon observou o bosque com atenção. Ainda era de noite, mas o céu estava claro, embora nuvens de tempestade fossem visíveis no horizonte. Lunitari ardia em um vermelho abafado e fumegante. Solinari estava caindo na tempestade. E acima deles, a ampulheta de estrelas.

— Bem, estamos no período de tempo certo. Mas onde, em nome dos deuses, nós estamos? — Caramon murmurou, apoiando-se na muleta e olhando irritado para o dispositivo mágico. Seu olhar foi para as árvores sombrias, seus troncos visíveis no luar berrante. De repente, sua expressão clareou. — Está tudo certo, Tas — ele disse, aliviado. — Não está reconhecendo? É a Floresta de Wayreth, a floresta mágica que fica de guarda ao redor da Torre de Alta Magia!

— Tem certeza? — ele perguntou. — Com certeza, não parece a mesma que da última vez que a vi. Era feia, com árvores mortas à espreita, olhando para mim, e quando tentei entrar não me deixou e quando tentei sair não deixou e...

— É ela — Caramon murmurou, dobrando o cetro de volta a sua forma simples de pingente.

— Então o que aconteceu aqui?

— A mesma coisa que aconteceu com o resto do mundo, Tas — Caramon respondeu, cuidadosamente colocando o pingente de volta na bolsa de couro.

Os pensamentos de Tas se voltaram para a última vez que ele tinha visto a floresta mágica de Wayreth. Feita para guardar a Torre da Alta Magia de intrusos indesejados, a floresta era um lugar estranho e sinistro. Por um lado, não se encontra a floresta mágica, ela encontra você. E na primeira vez que encontrou Tas e Caramon, foi logo após Lorde Soth ter lançado o feitiço mortal na dama Crysania. Tas tinha acordado de um sono profundo para descobrir a floresta onde não houvera floresta na noite anterior!

As árvores pareciam estar mortas. Seus galhos estavam nus e retorcidos, uma névoa fria fluía vinda de baixo de seus troncos. Dentro, moviam-se formas sombrias e escuras. Mas as árvores não estavam mortas. Na verdade, tinham o estranho hábito *de seguir* as pessoas. Tas lembrou de tentar se afastar da floresta, só para descobrir que, não importava a direção em que fosse, sempre andava para ela.

Aquilo já foi bem assustador, mas quando Caramon entrou na floresta, ela mudou drasticamente. As árvores mortas começaram a crescer, virando copadeiras! A floresta foi se transformando, de um bosque escuro e proibitivo repleto de morte em uma bela floresta verde e dourada com vida. Pássaros cantavam com doçura nos galhos de copadeiras, convidando-os a entrar.

E agora a floresta havia mudado outra vez. Tas olhou, intrigado. Parecia ser as duas florestas de que ele se lembrava — e nenhuma deles. As árvores pareciam mortas, seus galhos retorcidos eram austeros e nus. Mas, enquanto observava, pensou ter visto se moverem de uma maneira que parecia muito viva! Esticando-se, como braços estendidos...

Dando as costas para a assustadora Floresta de Wayreth, Tas investigou seus arredores. Todo o resto estava exatamente como em Consolação. Nenhuma outra árvore de pé, viva ou morta. Estava cercado apenas por tocos enegrecidos e destruídos. O chão estava coberto com a mesma lama viscosa e cinzenta. Até onde podia ver, na verdade, não havia nada além de desolação e morte...

— Caramon — Tas chamou de repente, apontando.

Caramon deu uma olhada. Ao lado de um dos tocos havia um amontoado.

— Uma pessoa! — Tas gritou com empolgação. — Tem alguém aqui!

— Tas! — Caramon gritou em advertência, mas antes que pudesse impedi-lo, o kender estava correndo.

— Ei! — ele gritou. — Olá! Você está dormindo? Acorde. — Abaixando-se, ele sacudiu a figura, só para ela rolar ao seu toque, dura e rígida.

— Oh! — Tas deu um passo para trás e parou. — Ah, Caramon — ele disse suavemente. — É Bupu!

Uma vez, muito tempo atrás, Raistlin fez amizade com a anã tola. Agora, ela olhava para o céu estrelado com olhos vazios e cegos. Vestida com roupas sujas e esfarrapadas, seu pequeno corpo estava lamentavelmente magro, seu rosto sujo e esquelético. Ao redor do pescoço, havia uma tanga de couro. Preso no final da tanga havia um lagarto morto. Em uma mão, ela agarrava uma ratazana morta, na outra, segurava uma coxa de frango seca. "Com a morte se aproximando, ela convocou toda a magia que possuía", Tas pensou triste, "mas isto não ajudou".

— Ela não está morta há muito tempo — disse Caramon. Mancando até lá, ajoelhou-se dolorido ao lado do pequeno cadáver esfarrapado. — Parece que ela morreu de fome. — Ele estendeu a mão e com gentileza fechou os olhos arregalados. Então, balançou a cabeça. — Eu me pergunto como ela conseguiu viver tanto tempo? Os corpos que vimos lá em Consolação devem estar mortos há um mês, no mínimo.

— Pode ser que Raistlin a tenha protegido — Tasslehoff disse sem pensar.

Caramon fez uma careta.

— Bah! É apenas coincidência, só isso — ele disse seco. — Você conhece os anões tolos, Tas. Podem viver de qualquer coisa. Meu palpite é que foram as últimas criaturas a sobreviver. Bupu, sendo a mais inteligente deles, apenas conseguiu sobreviver mais do que o resto. Mas... no fim, até um anão tolo pereceria nesta terra amaldiçoada. — Ele encolheu os ombros. — Aqui, me ajude a ficar de pé.

— O que... o que vamos fazer com ela, Caramon? — Tas perguntou, sombrio. — Vamos... vamos deixá-la aqui, assim?

— O que mais podemos fazer? — Caramon murmurou com rispidez. A visão da anã tola e a proximidade da floresta traziam de volta memórias dolorosas e indesejadas. — Você iria querer ser enterrado nessa lama? — Ele estremeceu e olhou ao redor. As nuvens de tempestade estavam se aproximando; ele podia ver os relâmpagos descendo até o chão e ouvir o rugido do trovão. — Além disso, não temos muito tempo, não do jeito como essas nuvens estão se movendo.

Tas continuou a encará-lo com tristeza.

— Não sobrou nada vivo para importuná-la de qualquer maneira, Tas — ele retrucou, irritado. Então, vendo a expressão aflita no rosto do kender, Caramon removeu lentamente sua própria capa e com cuidado a colocou sobre o corpo esquálido. — É melhor irmos — ele disse.

— Adeus, Bupu — Tas disse com suavidade. Acariciando a mão pequena e dura que segurava firme o rato morto, ele começou a puxar o canto do manto sobre ela quando viu algo brilhar na luz vermelha de Lunitari. Ele prendeu a respiração, pensando reconhecer o objeto. Com cuidado, ele abriu a mão enrijecida pela morte, separando os seus dedos. A ratazana morta caiu no chão e com ela... uma esmeralda.

Ele pegou a joia. Em sua mente, estava de volta a... Onde aquilo estava? Xak Tsaroth?

Estavam em um cano de esgoto se escondendo de tropas draconianas. Raistlin foi acometido por um acesso de tosse...

Bupu olhou para ele ansiosa, depois enfiou a mão pequena na bolsa, ficou procurando e tirou um objeto que segurou contra a luz. Ela o olhou, então suspirou e balançou a cabeça.

— Não era o que eu queria — resmungou.

Ao ver um lampejo brilhante e colorido, Tasslehoff se aproximou.

— O que é isso? — perguntou, embora já soubesse a resposta. Raistlin também fitava o objeto com olhos grandes e brilhantes.

Bupu deu de ombros.

— Pedra bonita — ela disse sem interesse, procurando de novo algo na bolsa.

— Uma esmeralda! — Raistlin ofegou.

Bupu olhou para cima.

— Você gostar? — perguntou a Raistlin.

— Bastante! — o mago arfou.

— Ficar pra você — Bupu colocou a joia na mão do mago. Então, com um grito de triunfo, ela tirou o que estava procurando. Tas, se aproximando para ver a nova maravilha, recuou em desgosto. Era um lagarto morto. Bem morto.

Havia um pedaço de cordão de couro mastigado amarrado na cauda rígida do lagarto. Bupu o mostrou a Raistlin.

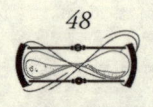

— *Você usar no pescoço* — ela disse. — *Curar tosse.*

— Então, Raistlin *esteve* aqui — murmurou Tas. — Ele deu isso para ela, só pode ter sido! Mas por quê? Um amuleto... um presente? — Sacudindo a cabeça, o kender suspirou e se levantou. — Caramon... — ele começou a falar, mas viu o grandalhão em pé, encarando a Floresta de Wayreth. Viu o rosto pálido de Caramon e ele adivinhou o que ele deveria estar pensando e lembrando.

Tasslehoff colocou a esmeralda dentro de um bolso.

A Floresta de Wayreth parecia tão morta e desolada quanto o resto do mundo ao redor deles. Mas, para Caramon, estava viva com lembranças. Nervoso, olhou para as árvores estranhas, seus troncos molhados e galhos decaídos parecendo brilhar com sangue à luz de Lunitari.

— Fiquei assustado na primeira vez que vim aqui — Caramon disse para ele mesmo, a mão no punho da espada. — Eu não teria entrado se não fosse por Raistlin. Eu estava até mais assustado na segunda vez, quando trouxemos a dama Crysania aqui para encontrar ajuda para ela. Eu não teria entrado por motivo algum se não fosse esses pássaros me atraindo com essa doce canção. — Ele sorriu sombriamente. — 'Plácida a floresta, plácidas mansões aperfeiçoadas, onde brotamos e não mais deterioramos,', eles cantavam. Achei que prometiam ajuda. Eu pensei que me prometiam todas as respostas. Mas vejo agora o que a música significava. Morte é a única mansão aperfeiçoada, a única morada onde não envelhecemos nem decaímos mais!

Olhando para a floresta, Caramon estremeceu, apesar do calor opressivo do ar noturno.

— Estou com mais medo agora do que de qualquer outra vez — ele murmurou. — Tem alguma coisa errada ali. — Um lampejo brilhante iluminou o céu e o chão com uma claridade diurna, seguido por um estrondo surdo e o respingo de chuva em sua bochecha. — Mas pelo menos ainda está de pé — disse ele. — Sua magia deve ser forte... para sobreviver à tempestade. — Seu estômago contorceu-se dolorido. Lembrado de sua sede, ele lambeu os lábios secos e ressecados. — 'Plácida a floresta' — ele murmurou.

— O que você disse? — perguntou Tas, aproximando-se.

— Eu disse que é uma morte tão boa quanto qualquer outra — Caramon respondeu, encolhendo os ombros.

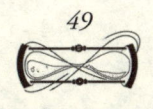

— Sabe, eu morri três vezes — disse Tas solene. — A primeira foi em Tarsis, onde os dragões derrubaram um prédio em cima de mim. A segunda foi em Neraka, onde fui envenenado por uma armadilha e Raistlin me salvou. E a última foi quando os deuses jogaram uma montanha de fogo em mim. E, considerando tudo... — ele ponderou por um momento — acho que posso dizer que é uma frase correta. Uma morte *é* quase a mesma coisa que outra. Sabe, o veneno doeu muito, mas acabou bem rápido. Por outro lado, o edifício...

— Vamos — Caramon sorriu, cansado. — Guarde isto para contar ao Flint. — Ele desembainhou a espada. — Pronto?

— Pronto — respondeu Tas com firmeza. — 'Deixe sempre o melhor por último', meu pai costumava dizer. Embora... — o kender fez uma pausa — Acho que ele falou isso em referência ao jantar, não à morte. Mas talvez tenha o mesmo significado.

Desembainhando sua pequena faca, Tas seguiu Caramon para a floresta encantada de Wayreth.

Capítulo 5

A escuridão os engoliu. Nem a luz da lua nem a das estrelas penetrava a noite da Floresta de Wayreth. Até o brilho do relâmpago mágico e mortal se perdia ali. Embora o estrondo do trovão pudesse ser ouvido, parecia apenas um eco distante. Atrás dele, Caramon podia ouvir, também, o tamborilar da chuva e o bater do granizo. Na Floresta, estava seco. Apenas as árvores que estavam na borda eram afetadas pela chuva.

— Bem, que alívio! — disse Tasslehoff alegre. — Agora, se tivéssemos uma luz...

Sua voz foi cortada com um gorgolejo engasgado. Caramon ouviu um baque, madeira rangendo e um som como algo sendo arrastado pela terra.

— Tas? — ele chamou.

— Caramon! — Tas gritou. — É uma árvore! Uma árvore me pegou! Me ajuda, Caramon! Me ajuda!

— Isso é uma piada, Tas? — Caramon perguntou sério. — Porque não é engraçado...

— Não! — Tas gritou. — Ela me pegou e está me arrastando para algum lugar!

— O quê... Onde? — Caramon gritou. — Não consigo ver nessa maldita escuridão! Tas?

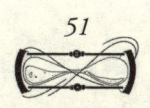

— Aqui! Aqui! — Tas gritou descontrolado. — Ela pegou meu pé e está tentando me rasgar ao meio!

— Continue gritando, Tas! — Caramon gritou, tropeçando na escuridão farfalhante. — Acho que estou perto...

Um enorme galho de árvore atingiu Caramon no peito, jogando-o sem fôlego no chão. Ele ficou ali, tentando respirar, quando ouviu um rangido à sua direita. Enquanto cortava às cegas com sua espada, rolou para longe. Algo pesado caiu exatamente onde estivera caído. Levantou-se cambaleando, mas outro galho o atingiu no fim das costas, jogando-o de cara no chão árido da floresta.

O golpe nas costas o atingiu nos rins, fazendo-o suspirar de dor. Ele tentou lutar de volta, mas seu joelho latejava dolorosamente, sua cabeça girava. Ele não conseguia mais ouvir Tas. Não conseguia ouvir nada exceto o som dos rangidos e do farfalhar das árvores se aproximando dele. Alguma coisa arranhou o seu braço. Caramon se encolheu e arrastou-se para longe do seu alcance, só para sentir algo agarrar seu pé. Desesperado, ele golpeou com sua espada. Farpas de madeira picaram sua perna, mas parecia não ferir seu atacante.

A força dos séculos estava nos galhos maciços da árvore. A magia lhe dava razão e propósito. Caramon tinha invadido a terra que guardavam, terra proibida aos não convidados. Iriam matá-lo, ele sabia.

Outro galho de árvore agarrou a coxa grossa de Caramon. Ramos agarraram seus braços, procurando um ponto de aperto firme. Em segundos, seria rasgado. Ouviu Tas gritar de dor...

Erguendo a voz, Caramon gritou desesperado:

— Sou Caramon Majere, irmão de Raistlin Majere! Preciso falar com Par-Salian ou com quem for o mestre da Torre agora!

Houve um momento de silêncio, um momento de hesitação. Caramon sentiu o propósito das árvores vacilar, os galhos afrouxando seu aperto só um pouco.

— Par-Salian, você está aí? Par-Salian, você me conhece! Eu sou o gêmeo *dele*. Eu sou sua única esperança!

— Caramon? — disse uma voz trêmula.

— Quieto, Tas! — Caramon sibilou.

O silêncio era denso como as trevas. E então, bem devagar, ele sentiu os galhos o soltarem. Ele ouviu os rangidos e farfalhares outra vez, só que desta vez estavam se afastando lentamente. Ofegante de alívio, fraco de medo, de dor e do enjoo crescente, Caramon colocou a cabeça nos braços, tentando recuperar o fôlego.

— Tas, você está bem? — ele conseguiu dizer.

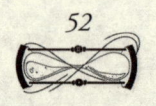

— Sim, Caramon — veio a voz do kender ao lado dele. Estendendo a mão, Caramon agarrou o kender e o puxou para perto.

Apesar de ter ouvido sons de movimento nas sombras e saber que as árvores estavam se afastando, também sentia que as árvores estavam observando cada movimento seu, ouvindo cada palavra. Devagar, com cautela, ele embainhou a espada.

— Estou mesmo muito grato por você ter pensado em dizer a Par-Salian quem você é, Caramon — Tas disse, ofegante. — Estava apenas imaginando como iria explicar a Flint como fui morto por uma árvore. Não sei se pode rir no Além-vida, mas aposto que ele teria caído na gargalhada...

— Shhh — Caramon disse, sem força.

Tas parou, então sussurrou.

— Tudo bem com você?

— Sim, só preciso recuperar meu fôlego. Perdi minha muleta.

— Está aqui. Eu caí em cima dela — Tas rastejou e voltou momentos depois, arrastando o galho acolchoado da árvore. — Aqui. — Ele ajudou Caramon a ficar de pé, cambaleante.

— Caramon — ele perguntou depois de um momento — quanto tempo você acha que vai levar para chegar à Torre? Eu... eu estou muitíssimo sedento e, apesar das minhas entranhas estarem um pouco melhores depois de eu ter vomitado lá atrás, ainda me sinto estranho na barriga de vez em quando.

— Não sei, Tas — suspirou Caramon. — Eu não consigo ver nada nessa escuridão. Não sei para onde estamos indo ou qual é o caminho certo ou como vamos conseguir andar sem bater em alguma coisa...

Os sons farfalhantes de repente recomeçaram, como se um vento de tempestade estivesse balançando os galhos das árvores. Caramon ficou tenso e até Tas enrijeceu em alarme ao ouvir as árvores começarem a se fechar ao redor deles mais uma vez. Tas e Caramon ficaram parados indefesos na escuridão enquanto as árvores se aproximavam cada vez mais. Ramos tocaram sua pele e folhas mortas roçaram seus cabelos, sussurrando palavras estranhas em seus ouvidos. A mão trêmula de Caramon estava fechada sobre o punho da espada, embora ele soubesse que de pouco adiantaria. Mas então, quando as árvores estavam pressionadas contra eles, o movimento e os sussurros cessaram. As árvores ficaram silenciosas de novo.

Estendendo a mão, Caramon tocou em troncos sólidos, à direita e à esquerda. Podia senti-las aglomeradas atrás dele. Uma ideia lhe ocorreu. Ele esticou o braço na escuridão e tateou a sua frente. Tudo estava desimpedido.

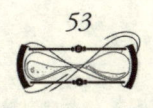

— Mantenha-se perto de mim, Tas — ele ordenou e, pela primeira vez na vida, o kender não discutiu. Juntos, caminharam para a frente, para dentro da abertura feita pelas árvores.

No início, eles se moveram com cautela, com medo de tropeçar em uma raiz ou em um galho caído, ou de ficar emaranhados em arbustos, ou cair dentro de um buraco. Mas aos poucos foram percebendo que o chão da floresta estava limpo e seco, livre de todos os obstáculos, livre de vegetação rasteira. Não tinham ideia de onde estavam indo. Eles andaram na escuridão absoluta, mantidos em um caminho irreversível apenas pelas árvores que se separavam a frente deles e fechavam atrás. Qualquer desvio da trilha definida levava a uma parede de troncos e galhos emaranhados e folhas mortas e sussurrantes.

O calor era opressivo. Sem vento soprando, nem chuva caindo. A sede, esquecida com o temor, voltava para atormentá-los. Enxugando o suor do rosto, Caramon se intrigou com o calor estranho e intenso, pois era muito mais forte ali do que fora da floresta. Era como se o calor fosse gerado pela própria floresta. Estava mais viva do que ele percebera nas duas últimas vezes que estivera ali. Com certeza, mais viva do que o mundo lá fora. Entre o farfalhar das árvores, ele podia ouvir — ou pensava poder ouvir — movimentos de animais ou o silvo das asas dos pássaros, e às vezes vislumbrava olhos brilhando na escuridão. Mas estar entre seres vivos mais uma vez não trouxe nenhuma sensação de conforto para Caramon. Ele sentia o ódio e a raiva deles e, mesmo ao sentir aquilo, percebeu que não era contra ele. Era contra eles mesmos.

E então, ouviu as canções dos pássaros de novo, como ouviu na última vez em que entrou naquele lugar estranho. Alta, doce e pura, erguendo-se acima da morte, das trevas e da derrota, subia o canto de uma cotovia. Caramon parou para ouvir, lágrimas ardendo em seus olhos pela beleza da música, sentindo a dor em seu coração amenizar.

A luz no céu a oriente
É hoje e sempre alvorecer,
Altera o ar renovado
Em acreditar e em querer.

E cotovias erguem-se como anjos,
Como anjos, cotovias ascendem
De relva que brilha como joia ao sol
Rumo ao aconchegante vento

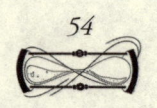

Mas mesmo enquanto a canção da cotovia perfurava seu coração com sua doçura, uma gargalhada ríspida o fez se encolher. Asas negras sacudiram-se ao seu redor e sua alma encheu-se de sombras.

A luz simples no oriente
Forja na escuridão
O maquinário do dia,
Da cotovia, a débil canção.

Mas corvos guiam a noite
E a escuridão do ocidente,
Asas batendo em seus corações
Vasto em um ninho decadente.

— O que isso significa, Caramon? — Tas perguntou admirado enquanto continuavam seu caminho pela Floresta, guiados, sempre, pelas árvores nervosas.

A resposta à sua pergunta veio, não de Caramon, mas de outras vozes, doces, profundas, tristes com a antiga sabedoria da coruja.

Pela noite, as estações cavalgam para a escuridão,
Os anos rendem-se em luzes mutáveis,
O fôlego fica vago no crepúsculo ou no alvorecer
Entre dias e noites impalpáveis.
Pois sempre há chamas etéreas nos campos
E fogos-fátuos acima da carnificina,
E ao meio-dia cada frondosa copadeira
Em seus mais altos ramos se ilumina.

— Significa que a magia está fora de controle — disse Caramon com suavidade. — Qualquer força que mantenha esta floresta de pé mal está se aguentando. — Ele estremeceu. — Eu me pergunto o que vamos encontrar quando chegarmos na Torre.

— *Se* chegarmos à Torre — murmurou Tas. — Como podemos saber se essas árvores velhas e horríveis não estão nos levando para a beira de um penhasco?

Caramon parou, ofegando no calor terrível. A muleta tosca cravava-se dolorosamente em sua axila. Sem seu peso por cima, seu joelho tinha começado a enrijecer. Sua perna estava inflamada e inchada, e ele sabia que não conseguiria aguentar por muito mais tempo. Ele também estava doente, purgando o veneno do seu sistema, e já se sentia um pouco melhor. Mas a sede era um tormento. E, como Tas o lembrou, não tinha ideia de para onde as árvores estavam os conduzindo.

Levantando a voz, a garganta seca, Caramon gritou gritou rouco.

— Par-Salian! Responda-me ou não irei adiante! Responda!

As árvores irromperam em um clamor, galhos balançando e agitando-se como se estivessem em um vento forte, embora nenhuma brisa resfriasse a pele febril de Caramon. As vozes dos pássaros se ergueram em uma cacofonia, misturada, sobreposta, distorcendo suas músicas em melodias horríveis e desagradáveis que enchiam a mente com terror e maus pressentimentos.

Até Tas ficou um pouco assustado, aproximando-se de Caramon (no caso dele precisar de conforto), mas Caramon ficou em pé, resoluto, olhando para a noite sem fim, ignorando o tumulto ao redor dele.

— Par-Salian! — ele chamou mais uma vez.

Então ouviu a resposta, um grito fino e agudo.

A pele de Caramon se arrepiou com aquele som horrível. O grito perfurou as trevas e o calor. Ergueu-se acima do estranho canto dos pássaros e sufocou o balançar das árvores. Para Caramon, foi como se todo o horror e a tristeza de um mundo moribundo tivessem sido sugados e liberados por fim naquele lamento tenebroso.

— Pelos deuses! — Tas suspirou admirado, segurando a mão de Caramon (no caso dele ficar assustado). — O que está acontecendo?

Caramon não respondeu. Ele podia sentir a raiva da floresta aumentando, misturada com medo e tristeza sufocantes. As árvores pareciam estar cutucando-os, cercando-os, provocando-os para seguir em frente. O grito continuou pelo tempo que um homem leva para usar seu fôlego, então parou pelo tempo necessário para um homem encher os pulmões de ar e começou de novo. Caramon sentiu o suor gelar em seu corpo.

Ele continuou andando, Tas ao seu lado. Avançavam devagar, o que piorava por não terem ideia se estavam fazendo algum progresso, já que não podiam ver seu destino nem saber se estavam indo na direção correta. O único guia que tinham para a Torre era o grito estridente e desumano.

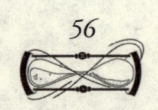

Assim, tropeçaram em frente e, embora Tas tenha ajudado o melhor possível, cada passo para Caramon era uma agonia. A dor dos ferimentos tomou conta dele e logo perdeu toda a noção de tempo. Ele esqueceu porque tinham ido ou mesmo aonde estavam indo. Cambalear à frente, um passo de cada vez através da escuridão que se tornou uma escuridão de mente e de alma, era o único pensamento de Caramon.

Ele continuou andando...

e andando...

e andando...

Um passo, um passo, um passo...

E o tempo todo, furando seus ouvidos, aquele grito horrível, interminável...

— Caramon!

A voz penetrou em seu cérebro cansado e entorpecido pela dor. Teve a sensação de estar ouvindo isso há algum tempo, acima do grito, mas, se assim fosse, não tinha perfurado a neblina de escuridão ao redor dele.

— O quê? — ele murmurou, e agora se deu conta de que mãos o agarravam, sacudindo-o. Ele levantou a cabeça e olhou ao redor. — O quê? — perguntou de novo, lutando para retornar à realidade. — Tas?

— Olhe, Caramon! — A voz do kender chegou a ele através de uma névoa, e balançou a cabeça, desesperado, para limpar a neblina em seu cérebro.

Percebeu que conseguia ver. Era luz, luz do luar!

Piscando seus olhos, olhou ao redor.

— A floresta?

— Atrás de nós — Tas sussurrou, como se falar sobre isso pudesse de repente trazê-la de volta. — Nos trouxe a algum lugar, pelo menos. Só não tenho certeza de onde. Olhe em volta. Você lembra disso?

Caramon olhou. A sombra da floresta se foi. Ele e Tas estavam em uma clareira. Rapidamente, com medo, ele olhou ao redor.

Aos seus pés, abria-se um abismo sombrio.

Atrás deles, a Floresta esperava. Caramon não precisava se virar para vê-la, sabia que estava lá, como sabia que jamais conseguiria entrar ali e sair vivo de novo. Ela os levara até ali, e ali os deixaria. Mas onde era ali? As árvores estavam atrás deles, mas à frente deles não havia nada - apenas um vasto e escuro vazio. Eles poderiam estar de pé na beira de um penhasco, como Tas dissera.

Nuvens de tempestade escureciam o horizonte, mas, por enquanto, nenhuma parecia estar se aproximando. Lá em cima, ele podia ver as luas e estrelas no céu. Lunitari queimava em um vermelho fogoso, a luz prateada de Solinari brilhava com uma radiância que Caramon jamais vira antes.

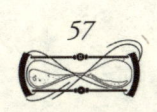

E agora, talvez por causa do austero contraste entre escuridão e luz, ele podia ver Nuitari, a lua negra, a lua que era visível apenas para os olhos do seu irmão. Ao redor das luas, as estrelas brilhavam ferozes, nenhuma mais brilhante do que aquelas na estranha constelação de ampulheta.

Os únicos sons que podia ouvir eram os murmúrios raivosos da Floresta atrás dele e, à sua frente, aquele grito estridente, horrível.

Eles não tinham escolha, Caramon pensou, cansado. Não havia como voltar. A Floresta não permitiria. E o que era a morte de qualquer maneira, exceto um fim para aquela dor, aquela sede, aquela sensação amarga em seu coração.

— Fique aqui, Tas — ele começou tentando soltar-se da mão pequena do kender enquanto se preparava para entrar nas trevas. — Eu estou indo na frente para verificar...

— Ah, não! — Tas gritou. — Você não vai a lugar nenhum sem mim! — A mão do kender agarrou a sua com mais força. — Ora, basta olhar para todos os problemas em que você se meteu sozinho nas guerras dos anões! — ele acrescentou, tentando se livrar de uma sensação irritante de nó na garganta. — E quando eu *cheguei* lá, tive que salvar sua vida. — Ele olhou para a escuridão aos seus pés, então cerrou os dentes resoluto e ergueu o olhar para encontrar o do grandalhão. — Eu... eu acho que seria... ah... muito solitário no Além-vida sem você e, além disso, eu só consigo ouvir Flint "Bem, sua porta, o que você fez *dessa* vez? Conseguiu perder aquele grande pedaço de bacon, não é? Faz sentido. Agora, acho que *eu* vou ter que deixar meu assento macio aqui debaixo desta árvore e partir em busca do idiota musculoso. Nunca soube quando sair da chuva..."

— Muito bem, Tas — Caramon interrompeu com um sorriso, tendo de repente uma visão do velho anão rabugento. — Nunca é bom perturbar Flint. Ia ouvir sobre isso para sempre.

— Além do mais — Tas prosseguiu, sentindo-se mais contente — Por que elas nos trariam até aqui só para nos jogar em um buraco?

— Sim, por quê? — Caramon disse, refletindo. Agarrando sua muleta, sentindo-se mais confiante, ele deu um passo para a escuridão, Tas logo atrás.

— A não ser que — o kender acrescentou engolindo em seco — Par-Salian ainda esteja chateado comigo.

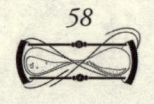

Capítulo 6

A Torre da Alta Magia erguia-se diante deles, uma coisa de escuridão, marcada contra a luz da lua e das estrelas, parecendo ter surgido da própria noite. Durante séculos ficou ali, um bastião de magia, repositório de livros e artefatos da Arte, coletados durante anos.

Ali, os magos foram quando expulsos da Torre da Alta Magia em Palanthas pelo Rei-Sacerdote, ali trouxeram com eles os objetos mais valiosos, a salvo das multidões de atacantes. Ali moravam em paz, guardados pela Floresta de Wayreth. Jovens aprendizes de magia faziam o teste ali, o exaustivo teste que significava a morte para quem fracassasse.

Ali, Raistlin foi e perdeu sua alma para Fistandantilus. Ali, Caramon foi forçado a assistir enquanto Raistlin assassinava uma ilusão do seu gêmeo.

Ali, Caramon e Tas voltaram com a anã tola Bupu, carregando o corpo comatoso da dama Crysania. Ali, participaram de um Conclave das Três Vestes — Preto, Vermelho e Branco. Ali, descobriram a ambição de Raistlin em desafiar a Rainha das Trevas. Ali, conheceram seu aprendiz e espião do Conclave, Dalamar. Ali, o grande arquimago Par-Salian lançou um feitiço de viagem no tempo em Caramon e dama Crysania, mandando-os de volta para Istar antes da montanha cair.

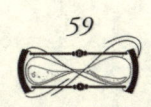

Ali, Tasslehoff tinha inadvertidamente perturbado o feitiço e entrado nele para ir com Caramon. Assim, a presença do kender, proibida por todas as leis da magia, permitiu que o tempo fosse alterado.

Agora, Caramon e Tas haviam retornado... para encontrar o quê? Caramon encarou a Torre, seu coração pesado com presságios e medos. Sua coragem falhou. Ele não podia entrar, não com o som daquele grito lamentável e persistente ecoando em seus ouvidos. Melhor voltar, melhor encarar a morte rápida na Floresta. Além disso, havia esquecido dos portões. Feitos de prata e de ouro, ainda estavam de pé, bloqueando a entrada da Torre com firmeza. Pareciam finos como teias de aranha, parecendo listras pretas pintadas no céu estrelado. O toque da mão de um kender poderia tê-los aberto. Porém, feitiços mágicos foram colocados neles, feitiços tão poderosos que exércitos de ogros poderiam ter se lançado contra aqueles portões de aparência frágil sem efeito.

Ainda o grito, agora mais alto e mais próximo. Tão perto, na verdade, que poderia estar vindo de...

Caramon deu mais um passo à frente, a testa franzida, carrancudo. Ao fazê-lo, o portão ficou bem à vista.

E foi revelada a fonte do grito...

Os portões não estavam fechados, nem trancados. Um portão permanecia firme, como se ainda estivesse enfeitiçado. Mas o outro estava quebrado, e agora balançava por uma dobradiça, para frente e para trás, para frente e para trás, no vento quente e incessante. E, enquanto ia para frente e para trás devagar na brisa, lançava um gemido estridente e agudo.

— Não está trancado — disse Tas, decepcionado. Sua mão já estava nas ferramentas de arrombamento.

— Não — disse Caramon, olhando para a dobradiça rangendo. — E eis a voz que estávamos ouvindo, a voz do metal enferrujado.

Ele achava que devia se sentir aliviado, mas isto só aprofundava o mistério.

— Se não foi Par-Salian ou alguém lá de cima — e seus olhos foram para a Torre a frente deles, negra e aparentemente vazia — quem nos deixou passar através da floresta, então quem foi?

— Talvez ninguém — Tas disse esperançoso. — Se ninguém está aqui, Caramon, podemos ir?

— Tem que haver alguém — Caramon murmurou. — Alguma coisa fez essas árvores nos deixarem passar.

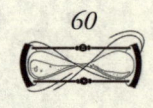

Tas suspirou, a cabeça baixa. Caramon podia vê-lo ao luar, o rostinho pálido e coberto de sujeira. Havia sombras escuras sob seus olhos, seu lábio inferior estremecia, e uma lágrima escorria ao lado de seu nariz.

Caramon deu-lhe um tapinha no ombro.

— Só mais um pouco — ele disse suavemente. — Só aguente mais um pouco, por favor, Tas?

Olhando rápido para cima, engolindo aquela lágrima traidora e a sua companheira que tinha acabado de pingar em sua boca, Tas sorriu alegre.

— Claro, Caramon — disse ele. Nem mesmo o fato de sua garganta estar doendo e seca de sede poderia impedi-lo de acrescentar: — Você me conhece, sempre pronto para a aventura. Deve haver muitas coisas mágicas e maravilhosas lá, não acha? — ele disse, olhando para a Torre silenciosa. — Coisas de que ninguém sentiria falta. Não anéis mágicos, claro. Estou farto deles. Primeiro, um me leva para o castelo de um mago onde eu encontro um demônio bem malvado mesmo, então o outro me transforma em rato. Eu...

Deixando Tas tagarelar, feliz que o kender parecia estar de volta ao normal, Caramon mancou para a frente e colocou a mão sobre o portão para empurrá-lo para o lado. Para sua surpresa, ele quebrou, a dobradiça enfraquecida finalmente cedendo. O portão bateu na pedra cinzenta do calçamento com um estardalhaço que fez Tas e Caramon se encolherem. Os ecos saltaram pelas paredes negras e polidas da Torre, ressoando na noite quente e estilhaçando o silêncio.

— Bem, agora eles sabem que estamos aqui — disse Tas.

A mão de Caramon tornou a se fechar no punho da espada, mas não a desembainhou. O eco desapareceu. O silêncio se fechou. Nada aconteceu. Ninguém veio. Nenhuma voz falou.

Tas virou-se para ajudar Caramon a mancar à frente.

— Pelo menos, não teremos mais que ouvir aquele som horrível — disse ele, pisando sobre portão quebrado. — Não me envergonho de dizer que aquele grito estava começando a me dar nos nervos. Realmente não soava muito como um portão, se é que você me entende. Soava muito como... como...

— Como isso — Caramon sussurrou.

O grito cortou o ar, estilhaçando a escuridão enluarada, só que desta vez foi diferente. Havia palavras naquele grito... palavras que podiam ser distinguidas, mesmo se não definidas.

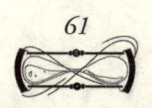

Virando a cabeça involuntariamente, embora soubesse o que veria, Caramon olhou para o portão. Estava caído nas pedras, morto, sem vida.

— Caramon — disse Tas, engolindo — isso... está vindo da Torre...

— Acabe com isso! — gritou Par-Salian. — Acabe com esse tormento! Não me faça aguentar mais!

Quanto você me obrigou a suportar, ó Grande dos Vestes Brancas? veio uma voz suave e zombeteira na mente de Par-Salian. O mago contorceu-se de agonia, mas a voz persistiu, sem parar, esfolando sua alma como um flagelo. *Vocês me trouxeram aqui e me entregaram a* ele — Fistandantilus! *Vocês sentaram e assistiram enquanto ele arrancava a força vital de mim, drenando-a para que pudesse viver neste plano.*

— Foi você quem fez a barganha — gritou Par-Salian, sua voz antiga enchendo os corredores vazios da Torre. — Você poderia ter recusado...

E o quê? Falecer honrosamente? A voz sorriu. *Que tipo de escolha é essa? Eu queria viver! Para crescer na minha Arte! E eu vivi. E você, em sua amargura, me deu esses olhos de ampulheta... esses olhos que não viam nada além de morte e decadência ao meu redor. Agora olhe* você, *Par-Salian! O que você vê ao seu redor? Nada, além de morte.*

... Morte e decadência... Então, estamos quites.

Par-Salian gemeu. A voz continuou, impiedosa.

Sim, quites. E agora eu vou moê-lo até que vire pó. Pois, em seus últimos momentos em tortura, Par-Salian, você testemunhará meu triunfo. A minha constelação já brilha no céu. A Rainha diminui. Em breve, vai desaparecer e sumir para sempre. Meu último inimigo, Paladine, espera por mim agora. Eu o vejo se aproximar. Mas ele não é um desafio... um homem velho, curvado, seu rosto abatido e cheio da tristeza que vai ser sua ruína. Pois ele é fraco, fraco e ferido além da cura, assim como Crysania, sua pobre clériga, que morreu nos planos mutáveis do Abismo. Você vai me ver destruí-lo, Par-Salian, e quando essa batalha terminar, quando a constelação do Dragão de Platina despencar do céu, quando a luz de Solinari for extinta, quando você tiver visto e reconhecido o poder da Lua Negra e prestar homenagem ao novo e único deus, a mim, então você será liberado, Par-Salian, para encontrar o consolo que puder na morte!

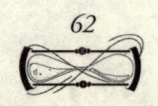

Astinus de Palanthas gravava as palavras como havia gravado o grito de Par-Salian, escrevendo as letras negras, nítidas sem pressa. Sentado perante o grande Portal na Torre da Alta Magia, olhando para as profundezas sombrias do Portal, vendo dentro dessas profundezas uma figura ainda mais negra do que a escuridão ao seu redor. Tudo o que era visível eram dois olhos dourados, suas pupilas em forma de ampulheta, olhando de volta para ele e para o mago vestido de branco preso ao seu lado.

Pois Par-Salian era prisioneiro em sua própria Torre. Da cintura para cima, ele era um homem vivo, seu cabelo branco esvoaçando em seus ombros, as vestes brancas cobrindo um corpo fino e emaciado, os olhos escuros fixos no Portal. As visões que ele tivera foram terríveis e tinham, há muito tempo, quase destruído sua sanidade. Mas não conseguia desviar o olhar. Da cintura para cima, Par-Salian era um homem vivo. Da cintura para baixo, ele era um pilar de mármore. Amaldiçoado por Raistlin, Par-Salian foi forçado a ficar na sala mais alta da sua Torre e assistir, em amarga agonia, o fim do mundo.

Ao lado dele estava sentado Astinus, Historiador do Mundo, Cronista, escrevendo aquele último capítulo da breve e brilhante história de Krynn. Palanthas, a Bela, onde Astinus viveu e onde a Grande Biblioteca ficava, não era nada além de cinzas e corpos carbonizados. Astinus tinha chegado ali, o último lugar de pé em Krynn, para testemunhar e registrar as horas finais e aterrorizantes do mundo. Quando tudo terminasse, ele pegaria o livro fechado e o colocaria sobre o altar de Gilean, Deus da Neutralidade. E isso seria o fim.

Sentindo a figura vestida de preto dentro do Portal girando seu olhar para ele quando chegava ao fim de uma frase, Astinus ergueu os olhos para encontrar os olhos dourados da figura.

Assim como foi o primeiro, Astinus, disse a figura, *você deve ser o último. Quando você registrar minha vitória final, o livro será fechado. Irei governar, inconteste.*

— É verdade, você governará sem contestação. Vai governar um mundo morto. Um mundo que sua magia destruiu. Você vai governar sozinho. E estará *sozinho*, sozinho no vazio eterno e sem forma — Astinus respondeu com frieza, escrevendo enquanto falava. Ao lado, Par-Salian gemeu e puxou seu cabelo branco.

Vendo como via, sem parecer ver, Astinus observou a figura vestida de preto apertar as mãos. *Isso é uma mentira, velho amigo! Eu irei criar! Novos mundos serão meus. Novos povos irei produzir... novas raças que irão me adorar!*

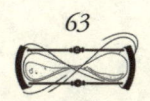

— O mal não pode criar — observou Astinus. — Só destruir. Ele se vira contra si mesmo, se devorando. Você já pode senti-lo corroendo você. Você já pode sentir sua alma murchar. Olhe para o rosto de Paladine, Raistlin. Olhe como você já olhou uma vez, de volta às Planícies de Dergoth, quando você morria pela espada do anão e a dama Crysania pôs mãos de cura sobre você. Você viu o luto e a tristeza do deus como você vê agora, Raistlin. E você sabia então, como sabe agora, mas se recusa a admitir, que Paladine sofre, não por ele mesmo, mas por você. Fácil será voltarmos ao nosso sono sem sonhos. Para você, Raistlin, não haverá sono. Apenas um infinito acordar, ouvindo sem parar sons que nunca virão, olhando interminavelmente para um vazio que não contém luz nem escuridão, infinitas palavras gritadas que ninguém vai ouvir, ninguém irá responder, planejando e esquematizando sem parar para não ter resultados enquanto você gira e gira em torno de si mesmo. Por fim, em sua loucura e desespero, você irá agarrar a cauda de sua existência e, como uma cobra faminta, se devorará inteiro em um esforço para encontrar alimento para sua alma. Mas você não encontrará nada além do vazio. E vai continuar a existir para sempre dentro deste vazio, um pequeno ponto de nada, sugando tudo ao seu redor para alimentar sua fome sem fim...

O Portal brilhou. Astinus rapidamente ergueu os olhos da sua escrita, sentindo a vontade por trás daqueles olhos dourados vacilar. Olhando além da superfície espelhada, olhando fundo dentro de suas profundezas, ele viu, pelo espaço de um batimento cardíaco, o tormento e tortura que ele havia descrito. Viu uma alma, assustada, sozinha, presa em sua própria armadilha, em busca de fuga. Pela primeira vez em sua existência, a compaixão tocou Astinus. Sua mão marcou o lugar no livro, ele se levantou da cadeira, a outra mão estendendo-se para o Portal...

Então, a risada... uma risada assustadora, zombeteira, amarga... uma risada não para ele, mas para aquele que ria.

A figura vestida de preto dentro do Portal se foi.

Com um suspiro, Astinus retomou seu assento e, quase no mesmo momento, um raio mágico cintilou no Portal. Foi respondido por uma luz branca e flamejante, o encontro final de Paladine e o jovem que derrotou a Rainha de Trevas e tomou seu lugar.

O raio cintilou do lado de fora também, atingindo os olhos dos dois homens com brilho ofuscante. Um trovão caiu, as pedras da Torre tremeram, as fundações da Torre balançaram. O vento uivou, seu lamento abafando o gemido de Par-Salian.

Erguendo o rosto abatido, o velho mago virou a cabeça para olhar pela janela com uma expressão de horror.

— Esse é o fim — ele sussurrou, suas mãos contorcidas e devastadas remexendo-se sem força no ar. — O fim de tudo.

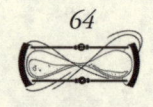

— Sim — disse Astinus, franzindo a testa aborrecido quando um súbito balançar da Torre fez com que cometesse um erro. Agarrou seu livro com mais firmeza, seus olhos no Portal, escrevendo, gravando a última batalha enquanto ocorria.

Em poucos momentos, tudo acabou. A luz branca cintilou brevemente, magnífica, por um instante. Então morreu.

Dentro do Portal, tudo era trevas.

Par-Salian chorou. Suas lágrimas caíram no chão de pedra e, ao seu toque, a Torre tremeu como uma coisa viva, como se também previsse sua desgraça e tremesse de medo.

Ignorando as pedras caindo e o balanço das rochas, Astinus escrevia suas palavras finais com frieza.

A partir do quarto dia do quinto mês do ano de 358, o mundo acaba.

Então, com um suspiro, Astinus começou a fechar o livro.

Uma mão o impediu.

— Não — disse uma voz firme. — Isso não termina aqui.

As mãos de Astinus tremeram, sua caneta deixou cair uma mancha de tinta no papel, obliterando as últimas palavras.

— Caramon... Caramon Majere! — Par-Salian chorou, estendendo de forma triste as mãos fracas na direção dele. — Foi você que eu ouvi na floresta!

— Você duvidou de mim? — Caramon rosnou. Embora chocado e horrorizado com a visão do mago infeliz e seu tormento, Caramon achou difícil sentir qualquer compaixão pelo arquimago. Olhando para Par-Salian, vendo sua metade inferior transformada em mármore, Caramon recordou claramente do tormento do seu gêmeo na Torre, seu próprio tormento ao ser mandado de volta para Istar com Crysania.

— Não, não duvidei de você! — Par-Salian torceu as mãos. — Duvidei da minha própria sanidade! Você não entende? Como pode estar aqui? Como você teria sobrevivido às batalhas mágicas que destruíram o mundo?

— Ele não sobreviveu — Astinus disse severo. Tendo recuperado sua compostura, colocou o livro aberto no chão aos seus pés e se levantou. Encarando Caramon, apontou um dedo, acusador. — Que truque é esse? Você morreu! O que significa...

Sem dizer uma palavra, Caramon puxou Tasslehoff de trás dele. Profundamente impressionado com a solenidade e seriedade da ocasião, Tas aconchegou-se em Caramon, seus olhos arregalados fixos em Par-Salian em uma súplica.

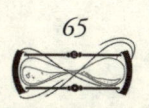

— Você quer que eu explique, Caramon? — Ele perguntou em uma voz miúda e educada, quase inaudível com o trovão. — Eu... eu realmente sinto que devo dizer *por que* interrompi o feitiço de viagem no tempo, e então como Raistlin me deu as instruções erradas e me fez quebrar o dispositivo mágico, embora parte disso tenha sido minha culpa, suponho, e como terminei indo para o Abismo onde encontrei o pobre Gnimsh. — Os olhos de Tas encheram-se de lágrimas. — E como Raistlin o matou...

— Tudo isso eu sei — Astinus interrompeu. — Então, vocês foram capazes de chegar aqui por causa do kender. Nosso tempo é curto. O que você pretende, Caramon Majere?

O grandalhão lançou seu olhar para Par-Salian.

— Não tenho afeto por você, mago. Nisso, concordo com meu gêmeo. Talvez você tenha tido seus motivos para o que fez comigo e com a dama Senhora Crysania lá em Istar. Se teve... — Caramon levantou a mão para impedir Par-Salian que, ao que parece, teria falado. — Se teve, então você deve lidar com eles, não eu. Por enquanto, saiba que tenho em meu poder formas de alterar o tempo. Como o próprio Raistlin me contou, por causa do kender, podemos mudar o que aconteceu. Eu tenho o dispositivo mágico. Posso viajar de volta para qualquer ponto do tempo. Me digam quando e o que aconteceu que levou a esta destruição. Eu me comprometo a evitar isso, se puder.

O olhar de Caramon foi de Par-Salian para Astinus. O historiador sacudiu a cabeça.

— Não olhe para mim, Caramon Majere. Sou neutro nisso como em todas as coisas. Não posso lhe dar nenhuma ajuda. Só posso lhe dar este aviso: você pode voltar, mas pode descobrir que não vai mudar nada. Uma pedrinha em um rio rápido pode ser o máximo que você será.

Caramon assentiu.

— Se for, então pelo menos vou morrer sabendo que tentei compensar o meu fracasso.

Astinus observou Caramon com um olhar penetrante e aguçado.

— Que fracasso é esse, de que você fala, guerreiro? Você arriscou sua vida indo atrás de seu irmão. Você fez o seu melhor, esforçou-se para convencê-lo que este caminho de escuridão que ele percorria só levaria à sua própria condenação. — Astinus apontou para o Portal. — Você me ouviu falar com ele? Sabe o que ele enfrenta?

Sem palavras, Caramon assentiu outra vez, seu rosto pálido e angustiado.

— Então me diga — Astinus disse friamente.

A Torre estremeceu. O vento golpeou as paredes, relâmpagos transformaram a noite minguante do mundo em um dia ofuscante. A pequena e vazia sala da torre em que estavam sacudiu e tremeu. Embora estivessem sozinhos ali, Caramon pensou que podia ouvir sons de choro, e aos poucos veio a perceber que eram as pedras da própria Torre. Olhou ao seu redor, inquieto.

— Você tem tempo — disse Astinus. Sentando-se de volta em seu banquinho, ele pegou o livro. Mas não o fechou. — Não muito, talvez, mas ainda tem. Em que você falhou?

Caramon respirou fundo, trêmulo. Suas sobrancelhas se cerraram. Carrancudo, seu olhar foi para Par-Salian.

— Um truque, não foi, mago? Um truque para que eu fizesse o que vocês, magos, não podiam: impedir Raistlin em sua terrível ambição. Mas você falhou. Você enviou Crysania de volta para morrer porque a temia. Mas a vontade dela, o amor dela era mais forte do que você supunha. Ela viveu e, cega por seu amor e sua própria ambição, seguiu Raistlin no Abismo. — Caramon franziu o cenho. — Não entendo o propósito de Paladine em atender suas orações, em lhe dar poder para ir lá...

— Não é para você entender os caminhos dos deuses, Caramon Majere — Astinus interrompeu com frieza. — Quem é você para julgá-los? Pode ser que eles também falhem, às vezes. Ou que escolham arriscar o melhor que têm na esperança que será ainda melhor.

— Seja como for — Caramon continuou, seu rosto sombrio e perturbado —, os magos enviaram Crysania de volta e assim deram ao meu irmão uma das chaves que ele precisava para entrar no Portal. Eles falharam. Os deuses falharam. E eu falhei. — Caramon passou uma mão trêmula no seu rosto.

— Pensei que poderia convencer Raistlin com palavras a dar as costas ao caminho mortal que ele trilhava. Eu deveria saber. — O grande homem riu amargurado. — Quais das minhas pobres palavras já o afetaram? Quando ele estava diante do Portal, preparando-se para entrar no Abismo, dizendo-me o que pretendia, eu o deixei. Foi tão fácil. Eu apenas virei as costas e caminhei para longe.

— Bah! — Astinus bufou. — O que você teria feito? Ele estava forte, mais forte do que qualquer um de nós pode começar a imaginar. Ele manteve o campo mágico unido com apenas sua força de vontade e seu poder. Você não poderia tê-lo matado...

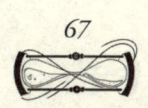

— Não — disse Caramon, seu olhar desviando-se daqueles na sala, encarando a tempestade que rugia ainda mais feroz. — Mas poderia tê-lo seguido... seguido para dentro da escuridão... mesmo que isso significasse minha morte. Para mostrar a ele que eu estava disposto a sacrificar por amor o que ele estava disposto a sacrificar por sua magia e sua ambição. — Caramon voltou o olhar para os que estavam na sala. — Então ele teria me respeitado. Poderia ter me ouvido. Assim, eu vou voltar. Vou entrar no Abismo... — ele ignorou o grito de horror de Tasslehoff — e lá farei o que deve ser feito.

— O que deve ser feito — Par-Salian repetiu febrilmente. — Você não entende o que isso significa! Dalamar...

Um relâmpago brilhante e ofuscante explodiu dentro da sala, jogando os que ali estavam contra as paredes de pedra. Ninguém podia ver ou ouvir nada enquanto o trovão caía sobre eles. E acima da explosão do trovão ergueu-se um grito torturado.

Abalado por aquele grito estrangulado e cheio de dor, Caramon abriu os olhos, apenas para desejar que estivessem fechados para sempre antes de ter uma visão tão horrível.

Par-Salian se transformara de um pilar de mármore em um pilar de chamas! Apanhado pelo feitiço de Raistlin, o mago estava indefeso. Não podia fazer nada além de gritar enquanto as chamas subiam lentamente pelo seu corpo imóvel.

Nervoso, Tasslehoff cobriu o rosto com as mãos e encolheu-se, choramingando, em um canto. Astinus ergueu-se de onde foi jogado no chão, suas mãos indo imediatamente para o livro que ainda segurava. Ele começou a escrever, mas sua mão perdeu a força, a caneta escorregou de seus dedos. Mais uma vez, ele começou a fechar a capa...

— Não! — Caramon gritou. Estendendo as mãos, ele as colocou sobre as páginas.

Astinus olhou para ele, e Caramon vacilou sob aquele olhar imortal. Suas mãos tremiam, mas permaneceram pressionadas com firmeza sobre o pergaminho branco do volume encadernado em couro. O mago moribundo lamentou em terrível agonia.

Astinus soltou o livro aberto.

— Guarde isso — Caramon ordenou, fechando o precioso volume e colocando-o nas mãos de Tasslehoff. Assentindo entorpecido, o kender passou os braços ao redor do livro, que era quase tão grande quanto ele, e permaneceu agachado em seu canto, olhando ao redor com horror enquanto Caramon cambaleava pela sala em direção ao mago moribundo.

— Não! — gritou Par-Salian. — Não se aproxime de mim! — Seus cabelos brancos e esvoaçantes e sua barba longa estalavam, sua pele borbulhava e chiava, o fedor nauseante de carne queimando misturando-se com o cheiro de enxofre.

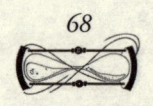

— Diga-me! — gritou Caramon, levantando o braço contra o calor, chegando o mais perto possível do mago. — Diga-me, Par-Salian! O que devo fazer? Como posso evitar isso?

Os olhos do mago estavam derretendo. Sua boca era um buraco escancarado na massa negra e disforme que fora seu rosto. Mas suas palavras moribundas atingiram Caramon como outro relâmpago, queimando dentro da sua mente para todo o sempre.

— *Raistlin não deve deixar o Abismo!*

Livro 2

O Cavaleiro da Rosa Negra

Lorde Soth se sentou sobre o trono em ruínas, enegrecido pelo fogo dentro das ruínas desoladas na Fortaleza Dargaard. Os olhos alaranjados flamejaram em suas órbitas invisíveis, o único sinal visível da vida amaldiçoada que queimava dentro da armadura carbonizada de um cavaleiro de Solamnia.

Soth sentava-se sozinho.

O cavaleiro da morte havia dispensado seus assistentes, antigos cavaleiros como ele, que permaneceram leais em vida e, assim, foram amaldiçoados a permanecer leais na morte. Ele também mandou embora as banshees, as mulheres élficas que desempenharam um papel em sua queda e que agora estavam condenadas a passar a eternidade seu serviço. Por centenas de anos, desde a terrível noite de sua morte, Lorde Soth exigia que essas mulheres infelizes revivessem aquela desgraça com ele. Toda as noites, enquanto ele se sentava sobre seu trono arruinado, ele as forçava a fazer uma serenata com uma música que relatava a história de sua desgraça.

Essa música trazia uma dor amarga para Soth, mas ele dava as boas-vindas à dor. Era dez vezes melhor do que o nada que permeava sua profana vida em morte em todas as outras ocasiões. Nesta noite, não ouviu a música. Ouviu, em vez disso, a sua história sendo sussurrada como o vento amargo da noite através dos beirais do forte em ruínas.

— Uma vez, há muito tempo, eu fui um Lorde Cavaleiro de Solamnia. Eu era tudo então: bonito, charmoso, corajoso, casado com uma mulher com fortuna, se não beleza. Meus cavaleiros eram dedicados a mim. Sim, os homens me invejavam, Lorde Soth da Fortaleza Dargaard.

— Na primavera antes do Cataclismo, deixei Dargaard e cavalguei para Palanthas com minha comitiva. Um Conselho de Cavaleiros estava sendo realizado, minha presença era necessária. Pouco me importava com a reunião do Conselho, que se arrastaria em argumentos infindáveis sobre regras insignificantes. Mas haveria bebida, bons camaradas, histórias sobre batalhas e aventuras. Foi *por isso* que eu fui.

— Cavalgamos devagar, sem pressa, nossos dias cheios de canções e brincadeiras. À noite, ficávamos em pousadas quando podíamos, dormindo debaixo das estrelas quando não. O clima estava bom, era uma primavera suave. O sol estava quente sobre nós, a brisa da tarde nos refrescava. Eu tinha trinta e dois anos naquela primavera. Tudo estava indo bem com a minha vida. Não me lembro de jamais ter sido tão feliz.

— E então, uma noite, maldita seja a lua prateada que brilhou sobre ela, acampamos em uma região selvagem. Um gritou cortou a escuridão, nos despertando de nosso sono. Era um grito de mulher, depois ouvimos muitas vozes de mulheres, misturadas com os berros ásperos de ogros.

— Pegando nossas armas, corremos para a batalha. Era uma vitória fácil; apenas um bando de ladrões. A maioria fugiu da nossa abordagem, mas o líder, ou mais ousado ou mais bêbado que o resto, recusou-se a ser privado de seu saque. Pessoalmente, eu não o culpo. Ele capturara uma adorável donzela élfica. Sua beleza ao luar era radiante, seu medo apenas destacava sua frágil beleza. Sozinho, eu o desafiei. Lutamos e fui o vencedor. E foi minha recompensa... ah, que recompensa agridoce... carregar a elfa desmaiada em meus braços de volta para suas companheiras.

— Eu ainda posso ver seus cabelos finos e dourados brilhando na luz da lua. Posso ver seus olhos quando ela acordou, olhando para os meus, e posso ver agora, como vi então, seu amor por mim nascer neles. E ela viu, em meus olhos, a admiração que eu não podia esconder. Pensamentos sobre minha esposa, minha honra, meu castelo... tudo sumia quando eu olhava para seu belo rosto.

— Ela me agradeceu... e como ela falava timidamente. Eu a devolvi para as mulheres élficas, que eram um grupo de clérigas, viajando para Palanthas e daí para Istar em peregrinação. Ela era apenas uma acólita. Era nessa jornada que se tornaria uma Reverenda Filha de Paladine. Deixei-a e as mulheres, retornando com meus homens para o acampamento. Tentei adormecer, mas eu ainda podia sentir aquele corpo jovem e firme em meus braços. Jamais estive tão consumido de paixão por uma mulher.

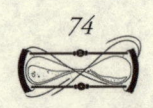

— Quando adormeci, meus sonhos foram uma doce tortura. Quando acordei, pensar que deveríamos partir foi como uma faca no meu coração. Levantando cedo, voltei ao acampamento élfico. Inventando uma história de bandos nômades de goblins entre ali e Palanthas, facilmente convenci as mulheres élficas de que precisavam da minha proteção. Meus homens não eram avessos a uma companhia tão agradável, e então viajamos com elas. Mas isto não acalmou a minha dor. Pelo contrário, intensificou-a. Dia após dia, eu a observava, cavalgando perto de mim... mas não perto o suficiente. Noite após noite, eu dormia sozinho, com meus pensamentos em tumulto.

— Eu a queria, a queria mais do que jamais quisera qualquer coisa neste mundo. E, no entanto, eu era um Cavaleiro, preso pelos votos mais restritos a defender *o Código e a Providência*, preso por votos sagrados a permanecer fiel à minha esposa, preso pelos votos de um comandante a levar meus homens à honra. Por muito tempo, lutei comigo mesmo e, por fim, acreditei ter vencido. Amanhã, irei partir, eu disse, sentindo a paz cair sobre mim.

— E de fato pretendia partir, e o teria feito. Mas, maldito seja o destino, saí em uma expedição de caça na floresta e lá, longe do acampamento, eu a encontrei. Ela fora enviada para colher ervas.

— Ela estava sozinha. Eu estava sozinho. Nossos companheiros estavam longe. O amor que eu tinha visto em seus olhos ainda brilhava ali. Ela havia afrouxado o cabelo, que caía aos seus pés em uma nuvem dourada. Minha honra, minha decisão, foram destruídas em um instante, queimadas pela chama do desejo que me varreu. Ela foi fácil de seduzir, pobrezinha. Um beijo, depois outro. Então, puxando-a ao meu lado na grama nova, minhas mãos acariciando-a, minha boca impedindo seus protestos e, depois que eu a tornei minha, beijando suas lágrimas.

— Naquela noite, ela veio até mim mais uma vez, na minha barraca. Eu estava afogando em felicidade. Eu prometi casamento a ela, é claro. O que mais poderia fazer? No começo, não quis dizer isso. Como eu poderia? Eu tinha uma esposa, uma esposa rica. Eu precisava do dinheiro dela. Minhas despesas eram altas. Mas então uma noite, quando segurei a donzela élfica em meus braços, soube que nunca poderia desistir dela. Eu fiz arranjos para ter minha esposa removida de vez...

— Continuamos nossa jornada. A essa altura, as mulheres élficas tinham começado a suspeitar. E como não? Era difícil ocultar nossos sorrisos secretos durante o dia, difícil de evitar todas as oportunidades para estarmos juntos.

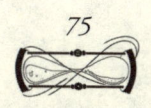

— Fomos, por necessidade, separados quando chegamos a Palanthas. As mulheres élficas foram ficar em uma das belas casas que o Rei-Sacerdote usava quando visitava a cidade. Meus homens e eu fomos para nossos aposentos. Eu estava confiante, no entanto, que ela encontraria uma maneira de vir até mim, já que eu não podia ir até ela. A primeira noite passou, eu não fiquei muito preocupado. Mas então veio a segunda e a terceira, e nada de notícias.

— Enfim, uma batida na minha porta. Mas não era ela. Foi o chefe dos Cavaleiros de Solamnia, acompanhado pelos chefes de cada uma das três Ordens de Cavaleiros. Ao vê-los, eu soube então o que devia ter acontecido. Ela havia descoberto a verdade e me traído.

— Afinal não foi ela que me traiu, mas as mulheres élficas. Minha amada tinha ficado doente e, quando foram cuidar dela, descobriram que ela estava carregando meu filho. Ela não dissera nada a ninguém, nem mesmo a mim. Contaram que eu era casado e, pior ainda, ao mesmo tempo chegou em Palanthas a notícia de que minha esposa tinha desaparecido de forma 'misteriosa'.

— Eu fui preso. Arrastado pelas ruas de Palanthas em humilhação pública, fui objeto das piadas grosseiras e vis xingamentos dos vulgares. Nada os agradava mais do que ver um Cavaleiro decair ao seu nível. Eu jurei que, um dia, iria vingar-me deles e de sua bela cidade. Mas isso parecia inútil. Meu julgamento foi rápido. Fui condenado a morrer, um traidor da Cavalaria. Despojado de minhas terras e meu título, eu seria executado tendo a garganta cortada com minha espada. Aceitei minha morte. Até ansiava por isso, achando que ela tinha me renegado.

— Mas na noite em que iria morrer, meus homens fiéis me libertaram da minha prisão. Ela estava com eles e me contou tudo, contou que carregava meu filho.

— As mulheres élficas a perdoaram, ela disse, e, embora jamais pudesse se tornar uma Reverenda Filha de Paladine, ainda poderia viver entre seu povo, mas sua desgraça a seguiria até o fim de seus dias. Porém, ela não podia suportar a ideia de partir sem me dizer adeus. Ela me amava, isso era óbvio. Mas pude perceber que as histórias que ela ouvira a preocuparam.

— Inventei alguma coisa sobre minha esposa na qual ela acreditou. Ela teria acreditado que as trevas eram luz se eu dissesse. Sua mente tranquilizada, ela concordou em fugir comigo. Agora sei que isso foi por isso que ela fora, em primeiro lugar. Meus homens nos acompanharam e fugimos de volta para a Fortaleza de Dargaard.

— Foi uma jornada difícil, o tempo todo perseguidos pelos outros Cavaleiros, mas chegamos, por fim, e nos entrincheiramos dentro do castelo. Era uma posição fácil de defender, empoleirada no alto de penhascos escarpados. Tínhamos grandes estoques de provisões e poderíamos aguentar com facilidade durante o inverno que se aproximava depressa.

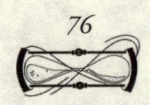

— Eu deveria estar satisfeito comigo mesmo, com a vida, com minha nova noiva... que zombaria foi aquela cerimônia de casamento! Mas eu estava atormentado pela culpa e, ainda pior, a perda da minha honra. Percebi que apenas havia escapado de uma prisão para entrar em outra, uma de minha própria escolha. Escapei da morte apenas para viver uma vida sombria e miserável. Fiquei temperamental, taciturno. Sempre fui rápido para me zangar, rápido para bater, e isto havia piorado. Os serviçais fugiram, depois de eu ter espancado vários. Meus homens passaram a me evitar. E então, uma noite, eu a ataquei... *ela*, a única pessoa neste mundo que poderia dar a mim um fio de conforto.

— Olhando para seus olhos cheios de lágrimas, vi o monstro que eu tinha me tornado. Tomando-a em meus braços, implorei perdão. Seu lindo cabelo caiu ao meu redor. Eu podia sentir meu filho chutando em seu útero. Ajoelhados ali, juntos, rezamos a Paladine. Eu faria qualquer coisa, disse ao deus, para restaurar minha honra. Pedia apenas que meu filho ou filha nunca crescessem sabendo da minha vergonha.

— E Paladine respondeu. Ele me contou sobre o Rei-Sacerdote, e as demandas arrogantes que o Insensato planejava fazer aos deuses. Ele me disse que o próprio mundo sentiria a raiva dos Deuses a menos que, como Huma fizera antes de mim, alguém estivesse disposto a se sacrificar pelo bem dos inocentes.

— A luz de Paladine brilhou ao meu redor. Minha alma atormentada foi preenchida com a paz. Como pareceu ser um pequeno sacrifício para mim, dar minha vida para que minha criança fosse criada em honra e o mundo pudesse ser salvo. Cavalguei para Istar, tomado pelo propósito de impedir o Rei-Sacerdote, sabendo que Paladine estava comigo.

— Mas alguém cavalgava ao meu lado também naquela jornada: a Rainha das Trevas. Ela está em guerra constante pelas almas que ela se delicia em manter escravizadas. O que ela usou para me derrotar? Aquelas mesmas mulheres élficas, clérigas do deus para quem eu estava em missão.

— Essas mulheres há muito haviam esquecido o nome de Paladine. Como o Rei-Sacerdote, estavam envoltas em seu próprio senso de justiça e nada podiam ver através de seus véus de bondade. Cheio da minha própria justiça, eu as fiz saber o que eu pretendia. Seu medo foi imenso. Elas não acreditavam que os deuses puniriam o mundo. Viam o dia em que só os bons (ou seja, os elfos) iriam viver em Krynn.

— Elas precisavam me impedir. E foram bem-sucedidas.

— A Rainha é sábia. Ela conhece as zonas obscuras do coração do homem. Eu teria derrubado um exército que tivesse ficado no meu caminho. Mas as palavras suaves daquelas mulheres élficas trabalharam no meu sangue como veneno. Como foi inteligente da jovem elfa se livrar de mim com tanta facilidade, disseram. Agora ela tinha meu castelo, minha riqueza, só para ela, sem o inconveniente de um marido humano. Eu estava mesmo certo de que o bebê era meu? Ela fora vista na companhia de um dos meus jovens seguidores. Para onde ela ia quando deixava minha barraca a noite?

— Elas nunca mentiram. Nunca disseram nada diretamente contra ela. Mas suas perguntas corroeram minha alma, me roendo por dentro. Lembrei-me de palavras, incidentes, olhares. Eu estava certo de que fora traído. Iria pegar os dois juntos! Iria matá-lo! Iria fazê-la sofrer!

— Virei as costas para Istar.

— Chegando em casa, derrubei as portas do meu castelo. Minha esposa, alarmada, veio ao meu encontro, segurando seu filho nos braços. Havia um olhar de desespero em seu rosto... eu entendi como uma admissão de culpa. Eu a amaldiçoei, amaldiçoei seu filho. Naquele momento, a montanha de fogo atingiu Ansalon.

— As estrelas caíram do céu. A terra sacudiu e se dividiu em pedaços. Um candelabro, aceso com cem velas, caiu do teto. Em um instante, minha esposa foi engolida pelas chamas. Ela sabia que estava morrendo, mas estendeu seu bebê para mim para resgatá-lo do fogo que a consumia. Hesitei, então, com a fúria do ciúme ainda enchendo meu coração, me afastei.

— Com seu último fôlego, ela invocou a ira dos deuses sobre mim. 'Você vai morrer esta noite no fogo', ela gritou, 'como seu filho e eu morremos. Mas você irá viver eternamente nas trevas. Você vai viver uma vida para cada vida que sua loucura trouxe ao fim esta noite!' Ela pereceu.

— As chamas se espalharam. Meu castelo logo estava em chamas. Nada do que tentamos conseguiu apagar aquele estranho fogo. Queimava até pedras. Meus homens tentaram fugir. Mas, enquanto eu observava, eles também explodiram em chamas. Não havia ninguém, ninguém vivo, além de mim mesmo naquela montanha. Eu estava no grande salão, sozinho, cercado por todos os lados pelo fogo que ainda não me tocava. Mas, parado lá, eu o vi se fechando ao meu redor, aproximando-se... aproximando-se...

— Morri lentamente, numa agonia insuportável. Quando a morte enfim veio, não trouxe alívio. Pois fechei meus olhos apenas para abri-los outra vez, olhando para um mundo vazio, de desespero sombrio e tormento eterno. Noite após noite, por anos sem fim, tenho sentado neste trono e ouvido essas mulheres élficas cantarem minha história.

— Mas isso acabou, acabou com você, Kitiara...

— Quando a Rainha das Trevas me chamou para ajudá-la na guerra, eu disse a ela que serviria o primeiro Senhor Supremo que tivesse coragem suficiente para passar a noite em Dargaard. Havia apenas um: você, minha beleza. Você, Kitiara. Eu a admirei por isso, admirei-a por sua coragem, suas habilidades, sua determinação implacável. Em você, eu me vejo. Vejo o que eu poderia ter vindo a ser.

— Ajudei você a matar os outros Senhores quando fugimos de Neraka no tumulto que se seguiu à derrota da rainha, ajudei você chegar à Sanção, e lá eu a ajudei a estabelecer seu poder mais uma vez neste continente. Eu a ajudei quando tentou frustrar os planos de seu irmão, Raistlin, para desafiar a Rainha das Trevas. Não, não fiquei surpreso quando ele a despistou. De tudo o que vive que jamais encontrei, ele é o único que temo.

— Eu até me diverti com seus casos de amor, minha Kitiara. Nós, mortos, não podemos sentir luxúria. Isso é uma paixão do sangue e nenhum sangue flui nestes membros aqui. Assisti você torcer aquele fracote, Tanis Meio-Elfo, de dentro para fora, e gostei disso tanto quanto você.

— Mas agora, Kitiara, o que você se tornou? A amante tornou-se escrava. E pelo quê... um elfo! Ah, eu vi seus olhos arderem quando você fala o nome dele. Vi suas mãos tremerem ao segurar suas cartas. Você pensa nele quando deveria estar planejando a guerra. Mesmo seus generais não conseguem mais sua atenção.

— Não, nós, mortos, não podemos sentir desejo. Mas podemos sentir ódio, sentir inveja, sentir ciúmes e posse.

— Eu poderia matar Dalamar; o aprendiz elfo negro é bom, mas não é páreo para mim. O mestre dele? Raistlin? Ah, essa seria uma outra história.

— Minha Rainha em seu Abismo escuro... cuidado com Raistlin! Nele, você encara o seu maior desafio, e no fim, você precisará enfrentá-lo sozinha. Eu não posso ajudá-la nesse plano, Majestade Sombria, mas talvez eu possa ajudá-la neste.

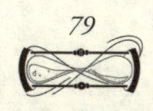

— Sim, Dalamar, eu poderia matá-lo. Mas sei o que é morrer, e a morte é uma coisa miserável e mesquinha. Sua dor é agonia, mas logo acaba. Que dor maior é persistir e continuar no mundo dos vivos, cheirando seu sangue quente, vendo sua carne macia, e sabendo que nunca, nunca será seu outra vez. Mas você vai saber, muito bem, elfo...

— Mas você, Kitiara, saiba disso... eu seria capaz de aguentar a dor, viveria outro século de torturada existência em vez de vê-la de novo nos braços de um homem vivo!

O cavaleiro da morte pensou e planejou, sua mente torcendo e girando como os ramos espinhosos das rosas negras que invadiam seu castelo. Os guerreiros esqueléticos andavam pelas ameias em ruína, cada um pairando perto do lugar onde havia encontrado a morte. As mulheres élficas torciam as mãos sem carne e gemiam em tristeza amarga pelo seu destino.

Soth não ouvia nada, não estava ciente de nada. Sentava-se em seu trono enegrecido, olhando sem ver uma mancha escura e carbonizada no chão de pedra, uma mancha que ele havia tentado obliterar com o poder de sua magia durante anos e ainda assim permanecia, uma mancha em forma de mulher...

E então, por fim, os lábios invisíveis sorriram, e a chama dos olhos laranjas queimavam brilhantes em sua noite sem fim.

— Você, Kitiara... você será minha para sempre.

Capítulo

1

A carruagem parou com estrondo. Os cavalos bufaram e se sacudiram, balançando as rédeas, batendo os cascos contra as pedras lisas do pavimento, como se estivessem ansiosos para terminar esta jornada e retornar para seu confortável estábulo.

Uma cabeça surgiu na janela da carruagem.

— Bom dia, senhor. Bem-vindo a Palanthas. Por favor, diga seu nome e o assunto. — Isso foi dito em um tom vibrante e oficial por um oficial jovem e vibrante que devia ter acabado de entrar em serviço. Espiando para dentro da carruagem, o guarda piscou os olhos, tentando ajustá-los às sombras frias do interior. O sol do final da primavera brilhava tanto quanto o jovem rosto do homem, provavelmente porque também tinha acabado de entrar em serviço.

— Meu nome é Tanis Meio-Elfo — disse o homem no transporte — E estou aqui a convite do Reverendo Filho Elistan. Eu tenho uma carta aqui. Se você esperar um momentinho, eu...

— Lorde Tanis! — O rosto delineado pelas janelas do transporte ficou vermelho como o uniforme ridiculamente enfeitado que usava. — Peço desculpas, senhor. Eu... eu não reconheci... isto é, eu não podia ver ou tenho certeza de que teria reconhecido...

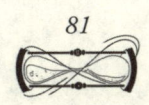

— Que droga, cara — Tanis respondeu, irritado — Não se desculpe por fazer seu trabalho. Aqui está a carta...

— Eu não vou, senhor. Isto é, eu vou, senhor. Pedir desculpas, isso. Milhares de desculpas, senhor. A carta? Isso não será necessário, senhor.

Gaguejando, o guarda fez uma saudação, bateu a cabeça bem no topo da janela da carruagem, prendeu a renda da manga de seu manguito na porta, saudou de novo e por fim voltou ao seu posto, parecendo que tinha acabado de lutar com hobgoblins.

Sorrindo para si mesmo, mas um sorriso pesaroso, Tanis se reclinou enquanto a carruagem continuava seu caminho através dos portões da Muralha da Cidade Velha. O guarda foi ideia dele. Fora preciso muitos argumentos e muita persuasão por parte de Tanis para convencer Lorde Amothus de Palanthas que os portões da cidade deveriam não só ficar trancados, mas também vigiados.

— Mas as pessoas podem não se sentir bem-vindas. Podem ficar ofendidas — Amothus protestou fracamente. — E, afinal, a guerra *está* terminada.

Tanis suspirou novamente. Quando aprenderiam? Nunca, ele jurou, melancólico, olhando pela janela para a cidade que, mais do que qualquer outra no continente de Ansalon, sintetizava a complacência em que o mundo havia caído desde o fim da Guerra da Lança, há dois anos. Faria dois anos naquela primavera, de fato.

Isso provocou outro suspiro de Tanis. Droga! Ele tinha esquecido! O Dia do Fim da Guerra! Quando seria? Em duas semanas? Três? Ele teria que colocar aqueles trajes tolos, a armadura cerimonial de um Cavaleiro de Solamnia, a regalia élfica, as roupas dos anões. Haveria jantares de comida pesada que o manteriam acordado por metade da noite, discursos que o adormeceriam depois do jantar, e Laurana...

Tanis ofegou. Laurana! *Ela se* lembrou! Claro! Como ele podia ter sido tão cabeça dura? Eles tinham acabado de voltar para casa em Solanthus algumas semanas atrás, depois de participar do funeral de Solostaran em Qualinesti, e depois ele tinha feito a fracassada viagem de volta a Consolação em busca da dama Crysania... quando chegou uma carta para Laurana em escrita élfica floreada:

"Sua Presença é Urgentemente Necessária em Silvanesti!"

— Estarei de volta em quatro semanas, meu querido — ela disse, beijando-o com ternura. No entanto, havia riso em seus olhos, aqueles olhos adoráveis!

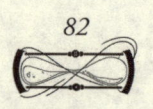

Ela o deixou! Abandonou-o, para comparecer àquelas malditas cerimônias! E ela estaria de volta à terra natal dos elfos que, embora ainda lutasse para escapar dos horrores infligidos pelo pesadelo de Lorac, era infinitamente preferível a uma noite com Lorde Amothus...

De repente, ocorreu a Tanis no que ele estivera pensando. Uma memória de Silvanesti veio a sua mente, com suas árvores horrivelmente torturadas chorando sangue, os rostos retorcidos e tortuosos de guerreiros élficos mortos há muito tempo olhando das sombras. Uma imagem mental de um jantar de Lorde Amothus surgiu em comparação...

Tanis começou a rir. Ele preferiria os guerreiros mortos-vivos sempre!

Quanto a Laurana, bem, ele não podia culpá-la. Essas cerimônias já eram difíceis o suficiente para ele, mas Laurana era a queridinha dos palanthianos, a General Dourada, a que salvou sua bela cidade dos estragos da guerra. Não havia nada que não fizessem por ela, a não se lhe dar algum tempo para si mesma. Na última celebração do Dia do Fim da Guerra, Tanis carregou a esposa para casa em seus braços, mais exausta do que estivera depois de três dias de batalha.

Ele a imaginou em Silvanesti, trabalhando para replantar flores, lutando para acalmar os sonhos das árvores torturadas e aos poucos trazendo-as de volta à vida, visitando Alhana Brisestelar, agora sua cunhada, que também estaria em Silvanesti, mas sem seu novo marido, Porthios. O casamento deles era, até agora, um casamento frio e sem amor e Tanis pensou, por momento, se Alhana não estaria procurando o refúgio de Silvanesti pela mesma razão. O Dia do Fim da Guerra deveria ser difícil para Alhana, também. Seus pensamentos foram para Sturm Brightblade, o cavaleiro que Alhana amara, que jazia morto na Torre do Alto Clerista e, dali, as memórias de Tanis vaguearam para outros amigos... e inimigos.

Como se conjurado por essas memórias, uma sombra escura caiu na carruagem. Tanis olhou pela janela. No fim de uma vasta rua vazia e deserta, ele vislumbrou um pedaço de escuridão: o Bosque Shoikan, a floresta guardiã da Torre da Alta Magia de Raistlin.

Mesmo desta distância, Tanis podia sentir o frio que fluía daquelas árvores, um frio que congelava o coração e a alma. Seu olhar foi para a Torre, elevando-se acima dos edifícios majestosos de Palanthas como um prego de ferro negro enfiado no seio branco da cidade.

Seus pensamentos foram para a carta que o trouxera a Palanthas. Olhando-a, ele leu as palavras:

Tanis Meio-Elfo,
Precisamos encontrá-lo imediatamente. Grave emergência. Templo de Paladine, Pós-Vigia Sombria Ascendente 12, Quarto dia, ano de 356.

Era tudo. Sem assinatura. Só sabia que o Quarto dia era hoje e, tendo recebido a missiva apenas dois dias antes, foi forçado a viajar dia e noite para chegar a Palanthas a tempo. A língua da nota era élfica, a escrita era élfica também. Nada fora do normal. Elistan tinha muitos clérigos élficos, mas por que não tinha assinado? Se tivesse vindo mesmo de Elistan. No entanto, quem mais poderia tão casualmente emitir um convite assim para o templo de Paladine?

Dando de ombros para si mesmo, lembrando-se que ele havia se feito essas mesmas questões mais de uma vez sem chegar a uma conclusão satisfatória, Tanis guardou a carta em seu bolso. Seu olhar foi, a contragosto, para a Torre da Alta Magia.

— Aposto que isso tem alguma coisa para a ver com *você*, velho amigo — ele sussurrou para si mesmo, franzindo a testa e pensando mais uma vez sobre o estranho desaparecimento da clériga, dama Crysania.

A carruagem parou de novo, sacudindo Tanis de seus pensamentos sombrios. Ele olhou pela janela, vislumbrando o templo, mas forçando-se a ficar pacientemente em seu assento até o lacaio vir abrir a porta para ele. Sorriu para si mesmo. Ele quase podia ver Laurana, sentada a sua frente, encarando-o, desafiando-o a estender a mão para a porta. Ela levou muitos meses para quebrar o velho hábito impetuoso de Tanis de escancarar a porta, jogando o lacaio para um lado, e seguindo em seu caminho sem pensar no motorista, na carruagem, nos cavalos, em nada.

Tinha se tornado uma piada particular entre eles. Tanis adorava ver os olhos de Laurana se estreitarem em falso alarme enquanto para provocá-la encaminhava sua mão para perto da maçaneta da porta. Mas isso só reforçava o quanto ele sentia falta dela. Onde estava aquele maldito lacaio mesmo? Pelos deuses, estava sozinho, faria isso do *seu jeito* daquela vez...

A porta se abriu. O lacaio se atrapalhou com o degrau que saía do chão.

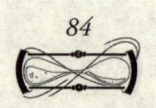

— Ah, deixe para lá — Tanis estalou impaciente, saltando para o chão. Ignorando o débil olhar de sensibilidade ultrajada do lacaio, Tanis respirou fundo, feliz por ter escapado, finalmente, do enfim abafado da carruagem.

Ele olhou ao redor, deixando a maravilhosa sensação de paz e bem-estar que irradiava do Templo de Paladine entrar em sua alma. Nenhuma floresta guardava este lugar sagrado. Vastos gramados de relva verde tão macios e lisos como veludo convidavam o viajante a andar sobre eles, sentar-se, descansar. Jardins de flores de cores vivas encantavam os olhos, seu perfume enchendo o ar com doçura. Aqui e ali, bosques de árvores podadas com cuidado ofereciam refúgio da forte luz solar. Fontes jorravam água pura e fresca. Clérigos de mantos brancos caminhavam nos jardins, suas cabeças inclinadas e próximas, em solene discussão.

Erguendo-se da moldura de jardins, de bosques e do tapete de grama, o Templo de Paladine brilhava suavemente na luz solar da manhã. Feito de mármore branco, era uma estrutura plana, sem adornos, que aumentava a impressão de paz e tranquilidade que prevalecia ao redor.

Havia portões, mas sem guardas. Todos eram convidados a entrar, e muitos o faziam. Era um refúgio para os tristes, os cansados, os infelizes. Quando Tanis começou a atravessar o gramado bem cuidado, viu muitas pessoas sentadas ou deitadas na relva, uma aparência de paz nos rostos que, pelas marcas de preocupação e cansaço, não conheciam muito tal conforto.

Tanis tinha dado apenas alguns passos quando lembrou, com outro suspiro, da carruagem. Parando, ele se virou. "Espere por mim", estava prestes a dizer quando um rosto emergiu das sombras de um bosque de álamos que se erguia à beira do terreno do templo.

— Tanis Meio-Elfo? — perguntou a figura.

Enquanto a figura caminhava para a luz, Tanis sobressaltou-se. Usava as vestes negras. Numerosas bolsas e outros dispositivos para feitiços estavam pendurados em seu cinto, runas de prata bordadas nas mangas e no capuz de seu manto preto. *"Raistlin!"* Tanis pensou no mesmo instante, tendo o arquimago em sua mente momentos antes.

Mas não. Tanis respirou melhor. Aquele usuário de magia era mais alto que Raistlin por pelo menos uma cabeça. O corpo era reto e bem formado, até musculoso, seu passo jovem e forte. Além do mais, agora que Tanis estava prestando atenção, percebeu que a voz era firme e profunda, não como o sussurro inquietante e suave de Raistlin.

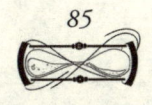

E, se não fosse muito estranho, Tanis teria jurado que o ouviu falar com sotaque élfico.

— Eu sou Tanis Meio-Elfo — ele disse, um pouco tarde.

Embora não pudesse ver o rosto da figura, escondido como estava pelas sombras do capuz preto, teve a impressão de que ele sorriu.

— Achei que o reconhecia. Você foi descrito para mim muitas vezes. Pode dispensar sua carruagem. Não vai precisar. Você passará muitos dias, possivelmente até semanas, aqui em Palanthas.

O homem estava falando élfico! De Silvanesti! Tanis ficou, por um momento, tão espantado que só conseguiu encarar. O motorista da carruagem limpou a garganta nesse momento. Fora uma viagem longa e difícil e havia boas pousadas em Palanthas com cerveja lendária em Ansalon...

Mas Tanis não ia dispensar seu transporte pela palavra de um mago vestido de preto. Ele abriu a boca para perguntar mais quando o mago tirou as mãos das mangas de suas vestes, onde ele as mantinha dobradas, e fez um movimento rápido de negação com uma, enquanto fazia um movimento de convite com a outra.

— Por favor — ele disse, em élfico novamente — Você pode me acompanhar? Estou indo para o mesmo lugar que você. Elistan nos espera.

Nos! A mente de Tanis se revirou, confusa. Desde quando Elistan convidava magos vestidos de preto para o Templo de Paladine? E desde quando esses magos vestidos de preto pisavam por vontade própria naquele solo sagrado!

Bem, a única maneira de descobrir, obviamente, era... acompanhar o estranho e guardar suas perguntas até que estarem sozinhos. Um tanto confuso, portanto, Tanis deu instruções ao cocheiro. A figura vestida de preto ficou em silêncio ao lado ele, assistindo a carruagem partir. Então, Tanis se virou para ele.

— Você está em vantagem, senhor — disse o meio-elfo em um Silvanesti hesitante, uma língua que era mais pura e élfica do que o Qualinesti que ele fora criado para falar.

A figura curvou-se e jogou o capuz de lado para que a luz da manhã caísse sobre seu rosto.

— Eu sou Dalamar — ele disse, recolocando as mãos nas mangas de seu manto. Poucos em Krynn apertariam a mão de um mago vestindo preto.

— Um elfo negro! — Tanis disse com espanto, falando antes de pensar. Ele corou. — Sinto muito — disse, sem jeito. — É só que jamais encontrei...

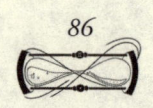

— Um dos meus? — Dalamar completou com suavidade, um leve sorriso em suas belas feições élficas frias e inexpressivas. — Não, eu creio que não. Nós que fomos 'afastados da luz', como se costuma dizer, não nos aventuramos muitas vezes nos planos de existência mais ensolarados. — Seu sorriso ficou mais caloroso, de repente, e Tanis viu um olhar melancólico nos olhos do elfo negro enquanto seu olhar ia para o bosque de álamos onde estivera. — No entanto, às vezes, até nós ficamos com saudades de casa.

O olhar de Tanis também foi para os álamos, que entre todas as árvores era a mais amada pelos elfos. Também sorriu, sentindo-se mais à vontade. Tanis também andara por suas próprias rotas escuras, e chegara muito perto de cair em vários abismos escancarados. Ele podia compreender.

— A hora do meu compromisso se aproxima — disse ele. — E, pelo que você disse, deduzo que está de alguma forma envolvido nisso. Talvez devêssemos continuar...

— Certamente. — Dalamar pareceu se recompor. Seguiu Tanis pelo gramado verde sem hesitar. Tanis, virando, ficou um tanto quanto espantado ao ver um rápido espasmo de dor contorcer as feições delicadas do elfo e percebê-lo vacilar.

— O que foi? — Tanis parou. — Você não está bem? Eu posso ajudar...

Dalamar forçou suas feições cheias de dor a dar um sorriso torto.

— Não, meio-elfo — ele disse. — Não há nada que você possa fazer para ajudar. Nem estou indisposto. Você pareceria muito de pior se entrasse no Bosque Shoikan, que guarda a *minha* residência.

Tanis assentiu em compreensão, então, quase a contragosto, olhou ao longe para a torre escura e sombria que assomava sobre Palanthas. Quando olhou para ela, uma sensação estranha chegou a ele. Olhou de volta para o templo branco e simples, e outra vez para a torre. Vendo-os juntos, era como se estivesse vendo cada um pela primeira vez. Ambos pareciam mais completos, acabados, inteiros, do que quando vistos separados e distantes. Esta foi apenas uma impressão fugaz e em que ele nem sequer pensou até mais tarde. Agora, ele podia só pensar em uma coisa.

— Então você mora lá? Com Rai... Com ele? — Por mais que tentasse, Tanis sabia que não podia falar o nome do arquimago sem uma raiva amarga, e assim evitava-o por completo.

— Ele é meu *Shalafi* — respondeu Dalamar em um tom dolorido.

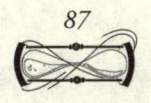

— Então, você é aprendiz dele — Tanis respondeu, reconhecendo a palavra élfica para *Mestre*. Ele franziu a testa. — E o que você está fazendo aqui? Ele te mandou? — "Se sim", pensou o meio-elfo, "vou deixar este lugar, nem que eu tenha que andar de volta para Solanthas".

— Não — Dalamar respondeu, seu rosto perdendo toda cor. — Mas é dele que iremos falar. — O elfo negro recolocou o capuz na cabeça. Quando falou, foi obviamente com um esforço intenso. — E agora, imploro a você que ande mais rápido. Tenho um amuleto, dado a mim por Elistan, que me ajudará neste desafio. Mas não desejo prolongá-lo.

Elistan dando amuletos a magos de vestes pretas? O aprendiz de Raistlin? Absolutamente perplexo, Tanis acelerou seus passos como pedido.

— Tanis, meu amigo! — Elistan, clérigo de Paladine e chefe da igreja no continente de Ansalon, estendeu a mão para o meio-elfo. Tanis apertou a mão do homem calorosamente, tentando não notar quão frouxo e fraco foi o aperto, antes firme e forte. Tanis também lutou para controlar seu rosto, esforçando-se para manter os sentimentos de choque e pena longe de suas feições quando olhou para a figura frágil, quase esquelética, descansando em uma cama, apoiada em travesseiros.

— Elistan... — Tanis começou caloroso.

Um dos clérigos vestidos de branco pairando perto de seu líder olhou para o meio-elfo e franziu a testa.

— Quero dizer, Re-reverendo Filho — Tanis tropeçou no título formal — Você parece estar muito bem.

— E você, Tanis Meio-elfo, se transformou em um mentiroso — Elistan comentou, sorrindo para a expressão dolorosa que Tanis tentou desesperadamente manter fora de seu rosto.

Elistan deu um tapinha na mão bronzeada de Tanis com seus dedos brancos.

— E não ligue para essa bobagem de 'Reverendo Filho'. Sim, eu sei que é apenas apropriado e correto, Garad, mas esse homem me conheceu quando eu era um escravo nas minas de Pax Tharkas. Agora, vão todos vocês — disse ele aos clérigos que pairavam ao redor. — Tragam o que tivermos para deixar nossos convidados confortáveis.

Seu olhar foi para o elfo negro que havia caído em uma poltrona perto do fogo que ardia nos aposentos privados de Elistan.

— Dalamar — Elistan disse gentil — Esta viagem não deve ter sido fácil para você. Estou em dívida com você por ter feito. Mas, aqui em meus aposentos você pode, acredito, ficar tranquilo. O que você irá beber?

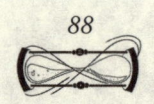

— Vinho — o elfo negro conseguiu responder através dos lábios rígidos e pálidos. Tanis viu as mãos do elfo tremerem nos braços da poltrona.

— Tragam vinho e comida para nossos hóspedes — Elistan disse aos clérigos que estavam saindo da sala, muitos lançando olhares de desaprovação ao mago vestido de preto. — Escolte Astinus para cá assim que chegar, e depois garantam que não sejamos perturbados.

— Astinus? — Tanis boquiaberto. — Astinus, o Cronista?

— Sim, Meio-Elfo — Elistan sorriu mais uma vez. — Morrer dá importância. 'Eles ficam na fila para me ver, aqueles que antes não teriam olhado para mim.' Não é assim que diz o poema do velho? Pois então, Meio-Elfo. Limpamos o ar. Sim, eu sei que estou morrendo. Sei há muito tempo. Meus meses se transformam em semanas. Vamos, Tanis. Você viu homens morrerem antes. O que foi que você me contou que a Mestre da Floresta disse a você na Floresta Sombria... 'Não lamentamos a perda daqueles que morrem cumprindo seus destinos.' Minha vida foi cumprida, Tanis, muito mais do que eu poderia ter imaginado. — Elistan olhou pela janela, para os gramados espaçosos, os jardins floridos e, ao longe, a sombria Torre da Alta Magia. Foi-me dado trazer a esperança de volta ao mundo, Meio-Elfo — Elistan disse suavemente. — Esperança e cura. Que homem pode dizer mais? Saio sabendo que a igreja está firmemente estabelecida mais uma vez. Há clérigos entre todas as raças agora. Sim, até kender. — Elistan, sorrindo, passou a mão no cabelo branco. — Ah — ele suspirou — Que tempos difíceis *aqueles* para nossa fé, Tanis! Ainda não conseguimos determinar exatamente o que está faltando. Mas eles são pessoas de bom coração, boa alma. Sempre que começava a perder a paciência, pensava em Fizban, a forma como Paladine se revelou a nós, e o amor especial que ele tinha ao seu pequeno amigo, Tasslehoff.

O rosto de Tanis escureceu com a menção do nome do kender, e lhe pareceu que Dalamar ergueu brevemente os olhos das chamas dançantes que encarava. Mas Elistan não notou.

— Meu único arrependimento é não deixar ninguém realmente capaz de assumir depois de mim — Elistan sacudiu a cabeça. — Garad é um bom homem. Bom demais. Eu vejo os ingredientes de outro Rei-Sacerdote nele. Mas ainda não entende que o equilíbrio deve ser mantido, que todos somos necessários para construir este mundo. Não é assim, Dalamar?

Para surpresa de Tanis, o elfo negro acenou com a cabeça. Ele tinha jogado o capuz para trás e conseguiu beber um pouco do vinho tinto que os clérigos lhe trouxeram. A cor voltou a seu rosto, e suas mãos não tremiam mais.

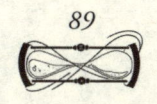

— Você é sábio, Elistan — o mago disse suavemente. — Gostaria que os outros fossem tão iluminados.

— Talvez não seja tanto sabedoria, e mais a habilidade de ver as coisas por todos os lados, não apenas um. — Elistan virou-se para Tanis. — Você, Tanis, meu amigo. Você não percebeu e apreciou a vista ao chegar? — ele gesticulou debilmente para as janelas, para onde a Torre da Alta Magia estava claramente visível.

— Eu não sei se estou entendendo o que você quer dizer. — Tanis desviou, desconfortável como sempre em compartilhar seus sentimentos.

— Sim, você sabe, Meio-Elfo — Elistan disse com um retorno de sua antiga acidez. — Você olhou para a Torre e olhou para o Templo e pensou como era certo que estivessem tão próximos. Ah, muitos argumentaram contra este local para o templo. Garad e, claro, a dama Crysania...

À menção desse nome, Dalamar se engasgou, tossiu, e pousou a taça de vinho depressa. Tanis se levantou, inconscientemente passando a andar pela sala, como era seu costume, até que, percebendo que isso poderia perturbar o homem moribundo, ele se sentou de novo, movendo-se desconfortável em sua poltrona.

— Teve notícias dela? — ele perguntou em voz baixa.

— Desculpe, Tanis — Elistan disse suave — Eu não queria afligi-lo. Na verdade, você deve parar de se culpar. O que ela fez, fez por sua própria vontade. Eu não teria permitido se não fosse assim. Você não poderia tê-la impedido, nem a salvado de seu destino, qualquer que ele seja. Não, não tive notícias.

— Sim, tive — disse Dalamar em um tom frio e sem emoção que chamou a atenção imediata de ambos os homens na sala. — É uma das razões para eu tê-los chamado.

— *Você* chamou! — Tanis exclamou, tornando a se levantar. — Pensei que Elistan nos chamara aqui. É o seu *Shalafi* por trás disso? Ele é o responsável pelo desaparecimento dessa mulher? — Ele avançou um passo, o rosto corado sob a barba ruiva. Dalamar se levantou, seus olhos brilhando perigosos, sua mão indo de forma quase imperceptível para um dos bolsos no cinto. — Porque, pelos deuses, se ele a feriu, irei torcer aquele pescoço dourado...

— Astinus de Palanthas — anunciou um clérigo da porta.

O historiador estava na porta. Seu rosto sem idade não tinha expressão enquanto seus olhos cinzas varriam a sala, absorvendo tudo e todos com uma atenção minuciosa aos detalhes que sua caneta logo registraria. Foi do rosto corado e nervoso de Tanis, para o rosto orgulhoso, desafiador do elfo, ao rosto cansado e paciente do clérigo moribundo.

— Deixem-me adivinhar — comentou Astinus, entrando imperturbável e se sentando. Colocando um livro enorme sobre uma mesa, ele o abriu em uma página em branco, tirou uma pena da caixa de madeira que ele carregava consigo, examinou cuidadosamente a ponta, então olhou para cima. — Tinta, amigo — ele disse para um clérigo assustado, que, depois de um aceno de cabeça de Elistan, saiu da sala às pressas. Então o historiador continuou sua frase. — Deixem-me adivinhar. Vocês estavam discutindo sobre Raistlin Majere.

— É verdade — Dalamar disse. — Eu chamei vocês aqui.

O elfo negro havia retomado seu assento perto do fogo. Tanis, ainda carrancudo, voltou para seu lugar perto de Elistan. O clérigo, Garad, voltando com a tinta de Astinus, perguntou se eles queriam mais alguma coisa. Com a resposta negativa, ele os deixou, acrescentando com seriedade, para os demais presentes, que Elistan estava indisposto e não deveria ser perturbado por demais.

— Eu chamei vocês aqui, juntos — Dalamar repetiu, seu olhar sobre o fogo. Então ele levantou os olhos, olhando direto para Tanis. — Você veio com alguma pequena inconveniência. Mas *eu* vim, sabendo que vou sofrer o tormento que todos da minha fé sofrem ao pisar neste solo santo. Mas é imperativo que eu fale com vocês, todos vocês juntos. Eu sabia que Elistan não poderia ir até a mim. Sabia que Tanis Meio-Elfo não *viria* até a mim. Então eu não tive outra escolha além...

— Prossiga — disse Astinus em sua voz profunda e fria. — O mundo passa enquanto nos sentamos aqui. Você nos chamou aqui, juntos. Isso está definido. Por que razão?

Dalamar ficou em silêncio por um momento, seu olhar voltando ao fogo. Quando ele falou, não olhou para cima.

— Nossos piores medos se concretizaram — disse suavemente. — Ele foi bem-sucedido.

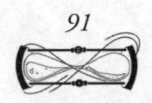

Capítulo 2

Venha para casa...

A voz permaneceu em sua memória. Alguém ajoelhado ao lado da piscina de sua mente, soltando palavras na superfície clara e calma. Ondulações de consciência o perturbaram, acordando-o de seu sono pacífico e repousante.

— Venha para casa. Meu filho, venha para casa.

Abrindo os olhos, Raistlin olhou para o rosto de sua mãe.

Sorrindo, ela estendeu a mão e acariciou os cabelos ralos e brancos que caíam sobre a testa.

— Meu pobre filho — ela murmurou, seus olhos escuros suaves com tristeza, pena e amor. — O que fizeram contigo! Eu observei. Tenho observado por tanto tempo. E chorei. Sim, meu filho, mesmo os mortos choram. É o único conforto que temos. Mas tudo isso acabou. Você está comigo. Aqui, você pode descansar.

Raistlin lutou para se sentar. Olhando para si mesmo, viu, para seu horror, que estava coberto de sangue. Ainda assim, não sentia dor, e não via ferimento. Sentiu dificuldade em respirar e ofegou.

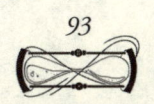

— Aqui, deixe-me ajudá-lo — disse sua mãe. Ela começou a afrouxar o cordão de seda que ele usava na cintura, o cordão onde estavam penduradas suas bolsas, seus preciosos componentes de feitiço. Por reflexo, Raistlin empurrou a mão dela. Sentindo a respiração mais fácil, olhou ao redor.

— O que aconteceu? Onde estou? — ele estava muitíssimo confuso. Lembranças de sua infância vieram a ele. Memórias de *duas* infâncias vieram a ele! Dele... e de outra pessoa! Olhou para a mãe, e era alguém que ele conhecia e que não conhecia.

— O que aconteceu? — ele repetiu irritado, bloqueando as recordações que ameaçavam o controle da sua sanidade.

— Você morreu, meu filho — sua mãe disse gentilmente. — E agora está aqui comigo.

— *Morri!* — Raistlin repetiu, horrorizado.

Em frenesi, ele vasculhou suas memórias. Ele lembrou de se aproximar da morte. Como havia fracassado? Pôs a mão na testa e sentiu... pele, osso, calor...

Então lembrou...

O Portal!

— Não — ele gritou com raiva, olhando para sua mãe. — Isso é impossível.

— Você perdeu o controle da magia, meu filho — disse sua mãe, estendendo a mão para tocar Raistlin mais uma vez. Ele se afastou. Com um leve, triste sorriso, um sorriso do qual ele se lembrava tão bem, ela deixou a mão cair de volta em seu colo. — O campo mudou, as forças o estraçalharam. Houve uma terrível explosão, que arrasou as Planícies de Dergoth. A fortaleza de Zhaman desabou. — A voz da sua mãe vacilou. — A visão de seu sofrimento foi quase mais do que eu poderia suportar.

— Eu me lembro — Raistlin sussurrou, colocando as mãos na cabeça. — Lembro da dor... mas...

Ele se lembrou de outra coisa também. Explosões brilhantes de luzes multicoloridas, lembrou de um sentimento de exultação e êxtase brotando dentro de sua alma, as cabeças de dragão que guardavam o Portal gritando com fúria, lembrou de envolver Crysania em seus braços.

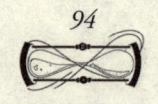

Levantando-se, Raistlin olhou ao redor. Estava em terreno plano, um deserto de algum tipo. Ao longe, podia ver montanhas. Pareciam familiares... é claro! Thorbardin! O reino anão. Ele virou. Havia as ruínas da fortaleza, parecendo uma caveira devorando a terra em sua boca eternamente sorridente. Então, estava nas Planícies de Dergoth. Reconhecia a paisagem. Mas, mesmo reconhecendo-a, parecia estranha. Tudo estava tingido de vermelho, como se estivesse vendo todos os objetos através de sangue nos olhos. E, embora os objetos parecessem os mesmos de que ele se lembrava, também lhe eram estranhos.

Skullcap ele tinha visto durante a Guerra da Lança. Não lembrava dela sorrindo daquele jeito obsceno. As montanhas também eram nítidas e definidas contra o céu. O céu! Raistlin respirou fundo. Estava vazio! Rapidamente, olhou em todas as direções. Não, não havia sol, mas não era noite. Não havia luas, nem estrelas; e tinha uma cor estranha, um tipo de rosa abafado, como o reflexo de um pôr do sol.

Ele olhou para a mulher ajoelhada no chão a sua frente.

Raistlin sorriu, seus lábios finos apertados com rigidez.

— Não — ele disse, e dessa vez sua voz estava firme e confiante. — Não, eu *não* morri! Eu obtive sucesso. — Ele gesticulou. — Eis a prova do meu sucesso. Reconheço este lugar. O kender o descreveu para mim. Ele disse que eram todos os lugares em que já tinha estado. Foi aqui que entrei no Portal, e agora estou no Abismo.

Inclinando-se, Raistlin agarrou a mulher pelo braço, fazendo-a ficar de pé.

— Demônio, aparição! Onde está Crysania? Diga-me, quem ou o que você é! Diga-me, ou pelos deuses, eu irei...

— Raistlin! Pare, você está me machucando!

Raistlin parou, encarando. Era Crysania que falava, Crysania cujo braço ele apertava! Abalado, ele a soltou, mas, em questão de momentos, voltou a ter controle de si mesmo. Ela tentou se libertar, mas ele a segurou com firmeza, puxando-a para perto.

— Crysania? — ele questionou, analisando-a com atenção.

Ela ergueu os olhos, intrigada.

— Sim — ela vacilou. — O que há de errado, Raistlin? Você está falando de forma tão estranha.

O arquimago firmou seu aperto. Crysania choramingou. Sim, a dor em seus olhos era real, assim como o medo.

Sorrindo, suspirando, Raistlin colocou os braços ao redor dela, aproximando-a de seu corpo. Ela era carne, calor, perfume, um coração que batia...

— Oh, Raistlin! — Ela se aninhou junto dele. — Eu estava tão assustada. Esse lugar terrível... Eu estava completamente sozinha.

Sua mão emaranhou-se em seu cabelo preto. A suavidade e a fragrância de seu corpo o embriagaram, enchendo-o de desejo. Ela se moveu contra ele, inclinando a cabeça para trás. Seus lábios estavam macios, ansiosos. Ela estremeceu em seus braços. Raistlin olhou para ela...

... e encarou olhos de chama.

Então, você finalmente voltou para casa, meu mago!

Uma risada aveludada queimou na sua mente, mesmo enquanto o corpo esguio em seus braços encolhia-se e retorcia-se... ele agarrou o pescoço de um dragão de cinco cabeças... ácido pingando das mandíbulas escancaradas acima dele... chamas rugiam ao redor dele... fumaça sulfurosa o sufocava. A cabeça serpenteou para baixo...

Desesperado, furioso, Raistlin invocou sua magia. No entanto, mesmo enquanto formava as palavras do feitiço defensivo em sua mente, sentiu uma pontada de dúvida. "Talvez a magia não funcione! Estou fraco, a jornada pelo Portal drenou minha força." Medo, fino e aguçado como a lâmina de uma adaga, perfurou sua alma. As palavras escorregaram da sua mente. O pânico inundou seu corpo. "A rainha! Ela é fazendo isto! Ast takar ist... Não! Não é isso!" Ele ouviu uma risada, uma risada vitoriosa...

Luz branca e brilhante o cegou. Ele estava caindo, caindo, caindo infinitamente, espiralando das trevas para o dia.

Abrindo os olhos, Raistlin olhou para o rosto de Crysania.

O rosto dela, mas não o rosto que ele se lembrava. Estava envelhecendo, morrendo, enquanto observava. Em sua mão, ela segurava o medalhão de platina de Paladine. Sua radiância branca e pura brilhava de forma intensa na estranha luz rosada ao redor deles.

Raistlin fechou os olhos para apagar a visão do rosto envelhecido da clériga, evocando memórias de como se parecia no passado: delicado, belo, vivo de amor e paixão. A voz dela chegou a ele, fria, firme.

— Quase perdi você.

Estendendo a mão, mas sem abrir os olhos, ele agarrou os braços da clériga, agarrando-se a ela em desespero.

— Como eu estou? Diga! Eu mudei, não mudei?

— Você está como era quando eu o conheci na Grande Biblioteca — disse Crysania, sua voz ainda firme, muito firme muito tensa. "Sim", pensou Raistlin, "Estou como era. O que significa que eu voltei ao presente". Ele sentiu a velha fragilidade e a velha fraqueza, a dor ardente em seu peito e com ela a rouquidão asfixiante da tosse, como se teias de aranha estivessem sendo tecidas em seus pulmões. Sabia que precisava apenas olhar e veria a pele tingida de ouro, o cabelo branco, os olhos de ampulheta...

Empurrando Crysania para longe, ele rolou de bruços, apertando os punhos em fúria, soluçando de raiva e medo.

— Raistlin! — Um terror real surgiu na voz de Crysania. — O que houve? Raistlin, onde estamos? O que deu errado?

— Eu consegui — ele rosnou. Abrindo os olhos, ele viu o rosto dela, murchando à sua vista. — Eu tive sucesso. Nós estamos no Abismo.

Seus olhos se arregalaram, os lábios se afastaram. Medo misturado com alegria.

Raistlin sorriu com amargura.

— E minha magia se foi.

Assustada, Crysania o encarou.

— Eu não entendi...

Retorcendo-se de agonia, Raistlin gritou com ela.

— *Minha magia se foi!* Estou fraco, indefeso, aqui... no reino dela! — De repente, lembrando que *ela* podia estar ouvindo, assistindo, apreciando, Raistlin congelou. Seu grito morreu na espuma tingida de sangue sobre seus lábios. Olhou ao seu redor com cautela.

— Mas, não, você não me derrotou! — ele sussurrou. Sua mão se fechou sobre o Cajado de Magius, caído ao seu lado. Apoiando-se todo seu peso sobre ele, lutou para ficar de pé. Crysania gentilmente colocou seu braço ao redor dele, ajudando-o a ficar de pé.

— Não — ele sussurrou, encarando a vastidão das planícies vazias, o céu rosa e vazio — Eu sei onde você está! Eu sinto! Você está na Morada dos Deuses. Eu conheço a composição do cenário. Sei como andar por aqui, o kender me deu a chave em suas divagações febris. A terra abaixo espelha a terra acima. Eu vou procurá-la, embora a jornada seja longa e traiçoeira. Sim — ele olhou ao redor — Sinto você sondando minha mente, lendo meus pensamentos, antecipando tudo que eu digo e faço. Você acha que vai ser fácil me derrotar! Mas eu sinto a sua confusão também. Tem alguém comigo cuja mente você não pode tocar! Ela me defende e me protege, não é, Crysania?

— Sim, Raistlin — Crysania respondeu suave, apoiando o arquimago.

Raistlin deu um passo, outro e mais um. Ele se apoiou em Crysania e se apoiou em seu cajado. E ainda, cada passo era um esforço, cada respiração sua queimava. Quando olhou em volta para aquele mundo, tudo o que via era o vazio.

Dentro ele, tudo estava vazio. Sua magia se foi.

Raistlin tropeçou. Crysania o pegou e o segurou, apertando-o, lágrimas escorrendo pelo seu rosto.

Ele podia ouvir a risada...

"Talvez eu devesse desistir agora!" ele pensou com amargo desespero. "Estou cansado, tão cansado. E sem minha magia, quem sou eu?"

Nada. Nada além de uma criança fraca, miserável...

Capítulo 3

Por longos momentos após o pronunciamento de Dalamar, fez-se silêncio na sala. Então o silêncio foi quebrado pelo roçar de uma pena enquanto Astinus gravava as palavras do elfo em seu imenso livro.

— Que Paladine tenha misericórdia — Elistan murmurou. — Ela está com ele?

— Claro — Dalamar replicou irritado, revelando o nervosismo que todas as habilidades de sua Arte não conseguiam esconder. — De que outra forma você acha que ele conseguiria? O Portal é bloqueado para tudo, exceto as forças combinadas de um mago de vestes pretas com poderes como os dele e um clérigo de vestes brancas com a fé como a dela.

Tanis olhou de um para o outro, confuso.

— Olha — ele disse com raiva — Eu não estou entendendo. O que está acontecendo? De quem vocês estão falando? Raistlin? O que ele fez? Isso tem alguma coisa a ver com Crysania? E Caramon? Ele desapareceu, também. Junto com Tas! Eu...

— Controle a metade humana impaciente de sua natureza, Meio-Elfo — Astinus comentou, ainda escrevendo em gestos firmes. — E você, elfo negro, comece do começo ao invés do meio.

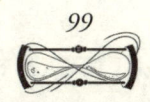

— Ou do fim, como bem pode ser o caso — comentou Elistan em voz baixa.

Umedecendo seus lábios com vinho, Dalamar, o olhar ainda nas chamas, relatou a estranha história que Tanis, até então, só conhecia em parte. Muitas coisas o meio-elfo poderia ter adivinhado, muitas o espantaram e muitas o encheram de horror.

— A dama Crysania foi cativada por Raistlin. E, verdade seja dita, acho que ele estava atraído por ela. Quem pode dizer? Água gelada é quente demais para correr nas veias *dele*. Quem sabe por quanto tempo ele planejou isso, sonhou com isso? Mas, enfim, estava pronto. Planejou sua jornada, de volta no tempo, para procurar a única coisa que lhe faltava, o conhecimento do maior mago que jamais viveu, Fistandantilus.

— Ele armou uma armadilha para dama Crysania, planejando atraí-la de volta assim como seu gêmeo...

— Caramon? — Tanis perguntou, espantado.

Dalamar o ignorou.

— Mas algum imprevisto ocorreu. A meia-irmã do *Shalafi*, Kitiara, uma Senhora Suprema...

O sangue latejava na cabeça de Tanis, escurecendo sua visão e obscurecendo sua audição. Ele sentiu o mesmo pulso de sangue em seu rosto. Tinha a sensação de que sua pele poderia estar queimando só de tocar, de tão quente que estava.

Kitiara!

Ela estava diante dele, olhos escuros brilhando, cabelos escuros encaracolados em torno de seu rosto, seus lábios ligeiramente entreabertos naquele encantador sorriso torto, a luz brilhando na sua armadura...

Ela o olhava de cima, das costas de seu dragão azul, cercado por seus servos, majestosa e poderosa, forte e implacável...

Ela deitada em seus braços, descansando, amando, rindo...

Tanis sentiu, embora não pudesse ver, o olhar simpático, mas compassivo de Elistan. Encolheu-se com o olhar severo e conhecedor de Astinus. Envolto em sua própria culpa, sua vergonha, sua tristeza, Tanis não percebeu que Dalamar, também, estava tendo dificuldade com *seu* semblante, que estava pálido em vez de corado. Não ouviu a voz do elfo tremer quando ele falou o nome dela.

Com esforço, Tanis recuperou o controle de si mesmo e foi capaz de continuar ouvindo. Mas ele sentiu, mais uma vez, a velha dor em seu coração, a dor que pensou ter acabado para sempre. Estava feliz com Laurana. Ele a amava mais profunda e ternamente do que supunha ser possível um homem amar uma mulher. Estava em paz com ele mesmo. Sua vida era rica, plena. E ficou surpreso ao descobrir a escuridão ainda dentro dele, a escuridão que ele achava que tinha banido para todo sempre.

— Ao comando de Kitiara, o cavaleiro da morte, Lorde Soth, lançou um feitiço sobre a dama Crysania, um feitiço que a deveria ter matado. Mas Paladine intercedeu. Ele levou sua alma para morar com ele, deixando a concha de seu corpo para trás. Eu pensei que o *Shalafi* estivesse derrotado. Mas, não. Ele transformou essa traição de sua irmã em vantagem. Seu irmão gêmeo, Caramon, e o kender, Tasslehoff, levaram Crysania à Torre da Alta Magia em Wayreth, esperando que os magos fossem capazes de curá-la. Eles não podiam, é claro, como Raistlin bem sabia. Eles só podiam mandá-la de volta no tempo para aquele período na história de Krynn quando vivia uma Rei-Sacerdote forte o suficiente para pedir a Paladine para restaurar a alma da mulher em seu corpo. E isso, claro, era exatamente o que Raistlin procurava.

O punho de Dalamar se fechou.

— Contei isso aos magos então! Tolos! Disse a eles que estavam jogando exatamente como ele queria.

— *Você* contou a eles? — Tanis sentia-se senhor de si mesmo o suficiente agora para fazer esta pergunta. — Você o traiu, seu *Shalafi*? — ele bufou em descrença.

— É um jogo perigoso que eu jogo, meio-elfo. — Dalamar olhava para ele agora, seus olhos acesos por dentro, como as brasas queimando no fogo. — Sou um espião, enviado pelo Conclave de Magos para observar cada movimento de Raistlin. Sim, você pode muito bem olhar espantado. Eles o temem, todas as Ordens o temem, Branca, Vermelha e Preta. E em especial a Preta, pois sabemos qual será o nosso destino se ele ascender ao poder que almeja.

Enquanto Tanis o encarava, o elfo negro ergueu a mão e devagar separou o fecho frontal de suas vestes negras, expondo o peito. Cinco feridas escorrendo marcavam a superfície escura da pele lisa do elfo.

— A marca de sua mão — disse Dalamar em tom inexpressivo. — Minha recompensa por minha traição.

Tanis podia ver Raistlin colocando aqueles dedos finos e dourados sobre o peito do jovem elfo, podia ver o rosto de Raistlin, sem sentimento, sem malícia, sem crueldade, sem qualquer toque de humanidade, e ele podia ver aqueles dedos queimando a carne de sua vítima. Agitando a cabeça, sentindo-se enjoado, Tanis afundou na poltrona, seu olhar no chão.

— Mas não me ouviram — continuou Dalamar. — Eles se agarraram a fiapos de esperança. Como Raistlin havia previsto, sua maior esperança estava dentro do seu maior temor. Decidiram mandar a dama Crysania de volta no tempo, ostensivamente para que o Rei-Sacerdote pudesse ajudá-la. Foi o que disseram a Caramon, pois sabiam que ele não iria por outro motivo. Mas, na verdade, eles a mandaram de volta para morrer ou pelo menos desaparecer como todos os outros clérigos antes do Cataclismo. E esperavam que Caramon, quando voltasse no tempo e aprendesse a verdade sobre seu gêmeo, descobrisse que Raistlin era, na realidade, Fistandantilus... que ele fosse forçado a matar seu irmão.

— Caramon? — Tanis riu amargo, então franziu a testa outra vez com raiva. — Como puderam fazer uma coisa dessas? O homem está doente! A única coisa que Caramon poderia matar agora seria uma garrafa de licor anão! Raistlin já o destruiu. Por que ele não...

Captando o olhar irritado de Astinus, Tanis se acalmou. Sua mente fervilhou turbulenta. Nada disso fazia sentido! Ele olhou para Elistan. O clérigo já devia saber muitas daquelas coisas. Não havia choque ou surpresa em seu rosto, mesmo quando soube que os magos enviaram Crysania de volta para morrer. Havia apenas uma expressão de profunda tristeza.

Dalamar continuou.

— Mas o kender, Tasslehoff Burrfoot, interrompeu o feitiço de Par-Salian e, por acidente, viajou de volta no tempo com Caramon. A introdução de um kender no fluxo do tempo tornou possível alterá-lo. O que teria ocorrido lá, em Istar, só podemos supor. O que sabemos é que Crysania *não* morreu. Caramon *não* matou seu irmão. E Raistlin foi bem-sucedido em obter a sabedoria de Fistandantilus. Levando Crysania e Caramon com ele, foi para frente no tempo para o período em que teria, em Crysania, o único verdadeiro clérigo na terra. Viajou para o único período de nossa história em que a Rainha de Trevas estaria mais vulnerável e incapaz de impedi-lo.

— Como Fistandantilus fez antes dele, Raistlin lutou na Guerra do Portão dos Anões, e obteve acesso ao Portal que ficava, então, na fortaleza mágica de Zhaman. Se a história tivesse se repetido, Raistlin teria morrido, pois foi assim que Fistandantilus encontrou seu destino.

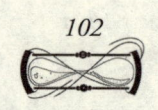

— Nós contávamos com isso — Elistan sussurrou, suas mãos puxando sem força a roupa de cama que o cobria. — Par-Salian disse que não havia como Raistlin mudar a história...

— Aquele kender miserável! — Dalamar rosnou. — Par-Salian deveria saber disso, deveria saber que aquela criatura miserável faria exatamente aquilo, pulado na chance de uma nova aventura! Ele deveria ter seguido nosso conselho e apagado o desgraçado...

— Diga-me o que aconteceu com Tasslehoff e Caramon — Tanis interrompeu com frieza. — Eu não me importo com o que aconteceu com Raistlin ou, e peço desculpas, Elistan, Crysania. Ela estava cega por sua própria bondade. Sinto muito, mas ela recusou-se a abrir os olhos e ver a verdade. Eu me importo com os meus amigos. O que aconteceu com eles?

— Não sabemos — disse Dalamar. Ele encolheu os ombros. — Mas se fosse você, não esperaria revê-los nesta vida, Meio-Elfo. Eles teriam pouca utilidade para o *Shalafi*.

— Então, você me disse tudo o que preciso ouvir — disse Tanis, levantando-se, a voz tensa com dor e fúria. — Mesmo que seja a última coisa que eu faça, vou procurar Raistlin e irei...

— Sente-se, meio-elfo — disse Dalamar. Ele não levantou sua voz, mas havia um brilho perigoso em seus olhos que fez a mão de Tanis buscar o punho de sua espada, apenas para se lembrar que, por estar visitando o Templo de Paladine, não a estava usando. Mais furioso ainda, não confiando em si mesmo para falar, Tanis curvou-se para Elistan, depois para Astinus, e foi até a porta.

— Você *vai* se importar com o que vai ser de Raistlin, Tanis Meio-Elfo — A voz suave de Dalamar o interrompeu. — Porque afeta você. Afeta todos nós. Não falo a verdade, Reverendo Filho?

— Ele fala, Tanis — Elistan disse. — Eu entendo como você se sente, mas precisa deixar isso de lado.

Astinus não disse nada, o arranhar de sua caneta a única indicação de que o homem estava na sala. Tanis cerrou seus punhos, e, com um xingamento furioso que fez até mesmo Astinus olhar para cima, o meio-elfo virou-se para Dalamar.

— Muito bem, então. O que poderia Raistlin fazer que conseguiria ferir, ofender e destruir ainda mais aqueles que o rodeiam?

— Eu disse, quando comecei, que nossos piores medos se concretizaram. — Dalamar respondeu, seus olhos oblíquos e élficos olhando para os olhos menos oblíquos do meio-elfo.

— Sim — replicou Tanis, ansioso, ainda de pé. Dalamar fez uma pausa dramática. Astinus, olhando acima mais uma vez, ergueu as sobrancelhas cinzentas, um pouco aborrecido.

— Raistlin entrou no Abismo. Ele e a dama Crysania irão desafiar a Rainha de Escuridão.

Tanis olhou para Dalamar incrédulo. Então ele explodiu em uma risada.

— Bem — disse ele, encolhendo os ombros. — Parece que não tenho muito com que me preocupar. O mago selou seu destino.

Mas a risada de Tanis caiu por terra. Dalamar o olhou com uma expressão de diversão fria e cínica, como se esperasse essa resposta absurda de um meio-humano. Astinus bufou e continuou escrevendo. Os ombros frágeis de Elistan caíram. Fechando seus olhos, ele reclinou-se contra seu travesseiro.

Tanis encarou todos eles.

— Vocês não podem considerar isso uma ameaça séria! — ele perguntou. — Pelos deuses, eu fiquei perante a Rainha de Escuridão! Eu senti o poder e a majestade dela... e isso quando ela estava apenas em parte neste plano de existência. — O meio-elfo estremeceu. — Nem posso conceber como seria encará-la em seu próprio... em seu próprio...

— Você não está sozinho, Tanis — disse Elistan, cansado. — Eu também conversei com a Rainha das Trevas. — Ele abriu os olhos, com um sorriso fraco. — Isso o surpreende? Tive meus desafios e minhas provações como todos os homens.

— Só uma vez ela veio até mim. — O rosto de Dalamar empalideceu, e havia medo em seus olhos. Ele lambeu os lábios. — E foi para me trazer estas notícias.

Astinus não disse nada, mas havia parado de escrever. Uma pedra seria mais expressiva que o seu rosto.

Tanis sacudiu sua cabeça em espanto.

— Você já encontrou a Rainha, Elistan? Você conhece seu poder? Ainda assim acha que um bruxo frágil e doentio e uma clériga solteirona podem de alguma forma feri-la?

Os olhos de Elistan brilharam, seus lábios se apertaram, e Tanis soube que tinha ido longe demais. Corando, coçou a barba e começou a se desculpar, então fechou a boca.

— Simplesmente não faz sentido — ele murmurou, andando de volta e jogando-se em sua poltrona.

— Bem, e pelo Abismo, como podemos detê-lo? — Percebendo o que dissera, o rubor de Tanis se aprofundou. — Sinto muito — ele murmurou. — Eu não quero fazer disso uma piada. Tudo o que estou dizendo parece estar saindo errado. Mas, droga, não entendo! Nós devemos impedir Raistlin ou torcer por ele?

— Você não pode impedi-lo. — Dalamar interpôs com frieza quando Elistan parecia prestes a falar. — Isso, só nós, magos, podemos fazer. Nossos planos estão em andamento há muitas semanas, desde que soubemos dessa ameaça. Veja, meio-elfo, o que você disse está, em parte, correto. Raistlin sabe, todos nós sabemos, que ele não pode derrotar a Rainha de Trevas no seu plano de existência. Portanto, seu plano é atraí-la para fora, trazê-la de volta pelo Portal e para o mundo...

Tanis sentiu como se tivesse levado um soco forte no estômago. Por um momento, ele não conseguiu respirar.

— Isso é loucura — ele conseguiu ofegar, suas mãos agarrando o braço de sua poltrona, seus dedos ficando brancos com o esforço. — Nós mal a derrotamos em Neraka! Ele vai trazê-la de volta para o mundo?

— A menos que ele possa ser detido — continuou Dalamar — o que é meu dever, como eu disse.

— Então o que devemos fazer? — Tanis exigiu, inclinando-se para a frente. — Por que você nos trouxe aqui? Vamos ficar sentados e assistir? Eu...

— Seja paciente, Tanis! — Elistan interrompeu. — Você está nervoso e com medo. Todos compartilhamos desses sentimentos.

"Com exceção do historiador com coração de granito", Tanis pensou, amargo.

— Mas nada será ganho com atos precipitados ou palavras selvagens. — Elistan olhou para o elfo negro e sua voz ficou mais suave. — Acredito que ainda não ouvimos o pior, certo, Dalamar? — Sim, Reverendo Filho — disse Dalamar, e Tanis ficou surpreso ao ver um traço de emoção tremeluzir nos olhos do elfo. — Recebi a notícia de que Kitiara, Senhora Suprema... — o elfo se engasgou um pouco, limpou a garganta e continuou falando com mais firmeza — Kitiara está planejando um assalto de força total a Palanthas.

Tanis afundou na poltrona. Seu primeiro pensamento foi de uma diversão amarga e cínica. "Eu disse, lorde Amothus. Eu disse, Porthios. Eu avisei a todos, todos vocês que querem engatinhar de volta para os ninhos quentes e fingir que a guerra nunca ocorreu." Seu segundo pensamento foi mais sóbrio. Recordações: a cidade de Társis em chamas, os exércitos dracônicos tomando Consolação, a dor, o sofrimento... morte.

Elistan estava dizendo alguma coisa, mas Tanis não podia ouvir. Reclinado, de olhos fechados, tentando pensar. Lembrou de Dalamar falando de Kitiara, mas o que foi que ele disse? Estava no limiar da sua consciência. Estava pensando em Kit. Não estivera prestando atenção. As palavras eram vagas...

— Espere! — Tanis sentou-se, de repente lembrando. — Você disse que Kitiara ficou furiosa com Raistlin. Disse que ela ficou tão assustada com a Rainha retornando quanto nós. Que por isso ela ordenou que Soth matasse Crysania. Se isso é verdade, *por que* ela está atacando Palanthas? Isso não faz sentido! A cada dia ele ganha poder em Sanção. Os dragões do mal estão reunidos lá e temos relatos de que os draconianos dispersos após a guerra também estão se reagrupando sob seu comando. Mas Sanção é muito longe de Palanthas. As terras dos Cavaleiros de Solamnia ficam no meio. Os dragões bondosos irão se erguer e lutar se os maus tomarem os céus outra vez. Por quê? Por que ela arriscaria tudo o que ganhou? E por que...

— Você conhece Lorde Kitiara, creio eu? — Dalamar interrompeu.

Tanis se engasgou, tossiu, e murmurou alguma coisa.

— Me perdoe?

— Sim, droga, eu a conheço! — Tanis retrucou, percebeu o olhar de Elistan, e afundou de volta em sua poltrona mais uma vez, sentindo a pele queimar.

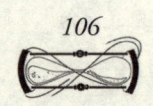

— Você está certo — Dalamar disse suavemente, um cintilar de divertimento em seus olhos claros. — Quando Kitiara soube do plano de Raistlin, ela ficou assustada. Não por ele, é claro, mas por medo de que ele trouxesse a ira da Rainha das Trevas sobre ela. Mas... — Dalamar deu de ombros — Isso foi quando Kitiara achava que Raistlin iria perder. Agora, ao que parece, ela acha que tem chance de ganhar. E Kit sempre tentará estar no lado vencedor. Planeja conquistar Palanthas e estar preparada para saudar o mago quando ele passar pelo Portal. Ela oferecerá o poder de seus exércitos a seu irmão. Se ele for forte suficiente, e a esta altura deve ser, poderá sem dificuldade converter a lealdade das criaturas malignas da Rainha para a *sua* causa.

— Kit? — Foi a vez de Tanis parecer divertido. Dalamar zombou um pouco.

— Ah, sim, meio-elfo. Eu conheço Kitiara tão bem quanto você.

Mas o tom sarcástico na voz do elfo vacilou, inconscientemente passando para um de amargura. As mãos delgadas fecharam-se. Tanis assentiu, de repente compreendendo e sentindo uma estranha simpatia pelo jovem elfo.

— Então, ela também o traiu — Tanis sussurrou suave. — Ela prometeu apoio a você. Disse que estaria lá, que ficaria ao seu lado. Quando Raistlin voltasse, ela estaria com você.

Dalamar se levantou, suas vestes negras farfalhando ao redor ele.

— Eu nunca confiei nela — disse com frieza, mas virou de costas e encarou as chamas com atenção, mantendo o rosto virado. — Eu sabia que traição era capaz de cometer. Não é uma surpresa.

Mas Tanis viu a mão que segurava a lareira ficar branca.

— Quem te contou isso? — Astinus perguntou de repente. Tanis assustou-se. Tinha esquecido da presença do historiador. — Com certeza não foi a Rainha. Ela não se importaria com isso.

— Não, não. — Dalamar pareceu confuso por um momento. Seus pensamentos tinham obviamente ido para longe. Suspirando, ele olhou para eles mais uma vez. — Lorde Soth, o cavaleiro da morte, me disse.

— Soth? — Tanis sentiu que estava perdendo o senso de realidade.

Em frenesi, seu cérebro procurou um apoio. Magos espionando magos. Clérigos da luz alinhados com magos das trevas. Escuridão confiando na luz, voltando-se contra as trevas. Luz virando para a escuridão...

— Soth jurou fidelidade a Kitiara! — Tanis disse, confuso. — Por que ele a trairia?

Afastando-se do fogo, Dalamar olhou nos olhos de Tanis. Durante o intervalo de um batimento cardíaco, houve um vínculo entre os dois, um vínculo forjado por um entendimento mútuo, uma miséria, um tormento em comum, uma paixão compartilhada. E de repente, Tanis entendeu, e sua alma se encolheu de horror.

— Ele a quer morta — Dalamar respondeu.

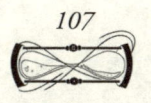

Capítulo 4

O menino caminhava pelas ruas de Consolação. Ele não era uma criança bonita e sabia disso, assim como sabia muitas coisas sobre si mesmo que muitas vezes não é dado às crianças a saber. Mas ele passava muito tempo consigo mesmo, precisamente porque não era bonito e porque sabia demais.

Ele não estava andando sozinho, no entanto. Seu irmão gêmeo, Caramon, estava com ele. Raistlin fez uma careta, arrastando-se pela poeira da rua da aldeia, vendo-a subir em nuvens ao seu redor. Podia não estar andando sozinho, mas de certa forma, estava mais sozinho com Caramon do que sem. Todos saudavam seu simpático e belo gêmeo. Ninguém lhe dizia uma palavra. Todos gritaram para Caramon se juntar aos seus jogos. Ninguém convidava Raistlin. Garotas olhavam para Caramon com os cantos dos olhos naquela maneira especial que garotas tinham. Garotas nunca percebiam Raistlin.

— Ei, Caramon, quer brincar de Rei do Castelo? — uma voz gritou.

— Você quer, Raist? — Caramon perguntou, seu rosto se iluminando ansioso. Forte e atlético, Caramon gostava do jogo rude e extenuante. Mas Raistlin sabia que, se jogasse, logo começaria a sentir-se fraco e tonto. Ele também sabia que os outros rapazes iriam discutir sobre qual lado *teria* que ficar com ele.

— Não. Mas você pode ir.

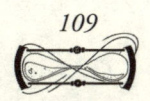

O rosto de Caramon murchou. Então, dando de ombros, disse:

— Ah, tudo bem, Raist. Prefiro ficar com você.

Raistlin sentiu a garganta apertar, seu estômago endurecer.

— Não, Caramon — ele repetiu suave. — Está tudo bem. Vá jogar.

— Você não parece estar se sentindo bem, Raist — Caramon disse. — Não é nada demais. Sério. Vamos, me mostre esse truque novo de magia que você aprendeu, aquele com as moedas...

— Não me trate assim! — Raistlin ouviu-se gritando. — Eu não preciso de você! Eu não quero você por perto! Vá em frente! Vá brincar com esses idiotas! Vocês são todos um bando de tolos! Não preciso de nenhum de vocês!

O rosto de Caramon desmoronou. Raistlin teve a sensação de que acabara de chutar um cachorro. A sensação só o deixou com mais raiva. Ele virou de costas.

— Claro, Raist, se é isso que você quer — Caramon murmurou.

Olhando de relance sobre seu ombro, Raistlin viu seu gêmeo ir atrás dos outros. Com um suspiro, tentando ignorar os gritos, risadas e saudações, Raistlin se sentou em uma sombra e, tirando um de seus livros de feitiços da bolsa, começou a estudar. Logo, a atração da Magia o levou para longe da sujeira, do riso e dos olhos feridos de seu gêmeo. Levou-o a uma terra encantada onde *ele* comandava os elementos, *ele* controlava a realidade...

O livro de feitiços tombou de suas mãos, caindo na poeira aos seus pés. Raistlin olhou para cima, assustado. Dois meninos estavam acima ele. Um tinha um bastão na mão. Cutucou o livro com ele, e, erguendo o bastão, cutucou Raistlin, com força, no peito.

"Vocês são insetos", Raistlin disse aos meninos emudecido. "Insetos. Vocês não significam nada para mim. Menos que nada." Ignorando a dor em seu peito, ignorando os insetos a sua frente, Raistlin estendeu a mão para seu livro. O menino pisou em seus dedos.

Assustado, porém mais nervoso que com medo, Raistlin se ergueu. Suas mãos eram seu sustento. Com elas, manipulava os componentes frágeis do feitiço, com elas, traçava os delicados símbolos arcanos de sua Arte no ar.

— Deixe-me em paz — disse com frieza, e o jeito como falou e o olhar em seus olhos foram tais que, por um instante, os dois meninos recuaram. Mas agora uma multidão havia se reunido. Os outros meninos deixaram seu jogo, vindo assistir à diversão. Consciente que os outros estavam assistindo, o menino com o bastão se recusou a deixar aquela traça gigante, magrela, chorona levar a melhor.

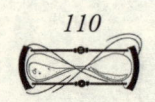

— O que você vai fazer? — o garoto zombou. — Me transformar em sapo?

Risadas. As palavras de um feitiço se formavam na mente de Raistlin. Era um feitiço que ele ainda não deveria ter aprendido, um feitiço ofensivo, para ferir, para usar quando perigo de verdade o ameaçasse. Seu Mestre ficaria furioso. Raistlin sorriu apertando os lábios. Ao ver aquele sorriso e o olhar de Raistlin, um dos rapazes recuou.

— Vamos embora — ele murmurou para seu companheiro.

Mas o outro garoto se manteve firme. Atrás dele, Raistlin podia ver seu gêmeo de pé no meio da multidão, um olhar de raiva em seu rosto.

Raistlin começou a falar as palavras...

... e então congelou. Não! Algo estava errado! Ele tinha esquecido! Sua magia não funcionaria! Aqui não! As palavras saíram como sons inúteis, não faziam sentido. Nada aconteceu! Os meninos riram. O menino com o bastão o levantou e o enfiou no estômago de Raistlin, jogando-o no chão, tirando seu fôlego.

Ele estava de quatro, ofegante. Alguém o chutou. Sentiu o bastão quebrar em suas costas. Alguém mais o chutou. Estava rolando na terra, sufocando com a poeira, seus braços finos tentando desesperadamente cobrir sua cabeça. Pontapés e golpes choveram sobre ele.

— Caramon! — ele gritou. — Caramon, me ajuda!

Mas ouviu apenas uma voz profunda e severa em resposta.

— Você não precisa de mim, lembra.

Uma pedra o atingiu na cabeça, ferindo-o terrivelmente. E sabia, apesar de não poder ver, que fora Caramon que jogou. Ele estava perdendo a consciência. Mãos o arrastaram pela estrada poeirenta, transportando-o para um poço de vasta escuridão e frio, um frio gelado. Eles iriam jogá-lo lá embaixo e ele cairia, sem parar, no escuro e no frio e nunca, nunca atingiria o fundo, pois não tinha fundo...

Crysania olhou ao redor. Onde ela estava? Onde estava Raistlin? Ele estava com ela momentos antes, apoiando-se fraca em seu braço. E então, de repente, havia desaparecido e ela se viu sozinha, caminhando em uma aldeia estranha.

Era mesmo estranha? Parecia se lembrar de ter estado ali uma vez, ou pelo menos em algum lugar como este. Copadeiras altas a rodeavam. As casas da cidade eram construídas nas árvores. Havia uma pousada em uma árvore. Ela viu uma placa.

Consolação.

Que estranho, ela se maravilhou, olhando ao redor. Era Consolação mesmo. Ela esteve ali há pouco tempo, com Tanis Meio-Elfo, procurando Caramon. Mas *esta* Consolação era diferente. Tudo parecia tingido de vermelho e um pouco distorcido. Ela ficava querendo esfregar os olhos para clareá-los.

— Raistlin! — ela chamou.

Não houve resposta. As pessoas que passavam agiam como se não a ouvissem nem a vissem.

— Raistlin! — ela gritou, começando a entrar em pânico. O que acontecera com ele? Onde ele tinha ido? A Rainha teria...

Ela ouviu uma comoção, crianças gritando e berrando e, acima do barulho, um grito fino e agudo pedindo ajuda.

Virando, Crysania viu uma multidão de crianças reunidas em torno de uma forma amontoada no chão. Ela viu punhos batendo, pés chutando; viu um bastão erguido e então abaixado, com força. Mais uma vez, o grito agudo. Crysania olhou para as pessoas ao seu redor, mas eles pareciam inconscientes de qualquer coisa fora do normal ocorrendo.

Recolhendo as vestes brancas em uma mão, Crysania correu em direção às crianças. Ela viu, ao chegar mais perto, que a figura no centro do círculo era uma criança! Um menino! Elas estavam o matando, ela percebeu com horror súbito! Alcançando a multidão, ela agarrou uma das crianças para afastá-la. Ao toque de sua mão, a criança se virou-se para encará-la. Crysania recuou, alarmada.

O rosto infantil era branco, cadavérico, semelhante a um crânio. A pele esticada sobre os ossos, lábios tingidos de roxo. Mostrou os dentes para ela, dentes pretos e podres. A criança atacou-a com a mão. Unhas compridas rasgaram sua pele, enviando uma dor pungente e paralisante através dela. Ofegante, ela a soltou, e a criança, com um sorriso de prazer pervertido em seu rosto, voltou-se para atormentar o menino no chão.

Olhando para as marcas de sangramento em seu braço, tonta e fraca com a dor, Crysania ouviu o garoto gritar de novo.

— Paladine, me ajude — ela orou. — Me dê força.

Resoluta, agarrou uma das crianças demoníacas e atirou-a para o lado, e então pegou outra. Conseguindo alcançar o garoto caído, ela blindou o corpo sangrando, inconsciente, com o seu, tentando em desespero ao mesmo tempo afastar as crianças.

Várias e várias vezes, sentiu as unhas compridas rasgando sua pele, o veneno percorrendo seu corpo. Mas logo percebeu que, assim que a tocavam, as crianças recuavam, com dor. Por fim, com expressões sombrias em seus rostos de pesadelo, eles se retiraram, deixando-a, sangrando e enjoada, sozinha com a vítima.

Com gentileza, ela virou o corpo machucado do menino. Colocando o cabelo castanho para trás, olhou o seu rosto. Suas mãos começaram a tremer. Não havia como confundir aquela estrutura facial delicada, os ossos frágeis, o queixo saliente.

— Raistlin! — ela sussurrou, segurando a pequena mão na sua.

O menino abriu os olhos...

O homem, em suas vestes pretas, sentou-se.

Crysania encarou-o enquanto ele olhava sombriamente ao redor.

— O que está acontecendo? — ela perguntou, tremendo, sentindo o efeito do veneno espalhando em seu corpo.

Raistlin assentiu para si mesmo.

— É assim que ela me atormenta — ele disse suave. — É assim que ela luta comigo, me atingindo onde ela sabe que sou mais fraco. — Os olhos dourados de ampulheta se viraram para Crysania, os lábios finos sorriram. — Você lutou por mim. Você a derrotou. — Ele a puxou para perto, envolvendo-a em suas vestes pretas, abraçando-a. — Aqui, descanse um pouco. A dor vai passar, e então poderemos viajar.

Ainda tremendo, Crysania deitou a cabeça no peito do arquimago, ouvindo sua respiração chiar e chocalhar em seus pulmões, sentindo a doce e vaga fragrância de pétalas de rosa e morte...

Capítulo 5

Então é isso que vem das palavras e promessas corajosas dele — disse Kitiara em voz baixa.

— Você esperava mesmo outra coisa? — perguntou Lorde Soth. As palavras, acompanhadas de um encolher de ombros da velha armadura, soaram indiferentes, quase retóricas. Mas havia um fio nelas que fez Kitiara olhar com mais atenção para o cavaleiro.

Vendo-o a encarar, os olhos laranjas queimando com uma estranha intensidade, Kitiara corou. A percepção de que ela estava revelando mais emoção do que pretendia a deixou com raiva, e seu rubor se aprofundou. Ela se afastou de Soth de repente.

Atravessando a sala, que estava mobiliada com uma estranha mistura de armaduras, armas, lençóis de seda perfumados, e grossos tapetes de pele, Kitiara apertou as dobras da camisola em seus seios com uma mão trêmula. Foi um gesto que pouco conseguiu em termos de pudor, e Kitiara sabia, mesmo enquanto se perguntava por que ela fez isto. Nunca se preocupou com seu pudor antes, em especial com uma criatura que havia virado um monte de cinzas trezentos anos atrás. Mas, de repente, sentiu-se desconfortável sob o peso daqueles olhos, olhando-a de um rosto inexistente. Ela se sentiu nua e exposta.

— Não, claro que não — Kitiara respondeu fria.

— Ele é, afinal, um elfo negro — Soth continuou no mesmo tom, quase entediado. — E ele não mentiu sobre temer seu irmão mais do que a própria morte. Então, é de se espantar que ele escolha agora lutar ao lado de Raistlin em vez do lado de um monte de magos fracos e velhos que estão tremendo da cabeça aos pés?

— Mas ele tinha tanto a ganhar! — Kitiara argumentou, tentando ao máximo imitar o tom de Soth. Tremendo, ela pegou um roupão de pele que estava na ponta de sua cama e o jogou ao redor de seus ombros. — Prometeram a ele a liderança das vestes pretas. Era certo que tomasse o lugar de Par-Salian depois disso como Chefe do Conclave, mestre indiscutível da magia em Krynn.

"E teria tido outras recompensas também, elfo negro", Kitiara acrescentou em silêncio, servindo-se de uma taça de vinho tinto. "Uma vez que meu irmão insano for derrotado, ninguém será capaz de impedir você. E os *nossos* planos? Você governando com o cajado, eu com a espada. Poderíamos ter deixado os Cavaleiros de joelhos! Expulsado os elfos de sua terra natal, da *sua* terra natal! Você teria voltado em triunfo, meu querido, e eu estaria ao seu lado!"

A taça de vinho escorregou de sua mão. Ela tentou pegar... Seu gesto foi muito apressado, seu aperto, muito forte. O vidro se estilhaçou em sua mão, cortando sua carne. Sangue misturou-se com o vinho que pingou para o tapete.

Cicatrizes de batalha acariciavam o corpo de Kitiara como as mãos de amantes. Ela havia suportado suas feridas sem vacilar, a maioria sem um sussurro. Mas agora seus olhos inundaram-se com lágrimas. A dor parecia insuportável.

Uma bacia estava perto. Kitiara mergulhou a mão na água fria, mordendo o lábio para não gritar. A água ficou vermelha de imediato.

— Busque um clérigo! — ela rosnou para Lorde Soth, que permaneceu parado, encarando-a com seus olhos cintilantes.

Andando até a porta, o cavaleiro da morte chamou um serviçal que saiu apressado. Amaldiçoando baixinho, piscando para segurar o choro, Kitiara agarrou uma toalha e a enrolou em volta da mão. Quando o clérigo chegou, tropeçando em suas vestes na pressa, a toalha estava encharcada de sangue, e o rosto de Kitiara estava cinza por baixo de sua pele bronzeada.

O medalhão do dragão de cinco cabeças roçou a mão de Kit enquanto o clérigo se inclinava sobre ela, murmurando orações para a Rainha das Trevas. Logo a carne ferida se fechou, o sangramento parou.

— Os cortes não foram profundos. Não deve haver sequelas — o clérigo disse em tom suave.

— Bom para você! — Kitiara replicou, ainda lutando contra a tontura irracional que a assaltava. — Essa é minha mão da espada!

— Você vai empunhar uma lâmina com sua facilidade e habilidade habituais, garanto a Vossa Senhoria — respondeu o clérigo. — Precisa de...

— Não! Caia fora!

— Minha Senhora. — O clérigo fez uma reverência — Senhor Cavaleiro. — E deixou a sala.

Relutando em encontrar o olhar flamejante de Soth, Kitiara manteve a cabeça virada para longe do cavaleiro da morte, fazendo uma carranca para as vestes do clérigo que saia.

— Tolos! Odeio mantê-los por perto. Ainda assim, acho que vêm a calhar de vez em quando. — Embora parecesse perfeitamente curada, sua mão ainda doía. "Só minha cabeça", disse a si mesma com amargura. — Bem, o que você propõe que eu faça... sobre o elfo negro?

Antes que Soth pudesse responder, no entanto, Kitiara estava de pé, gritando por um serviçal.

— Limpe essa bagunça. E traga-me outro copo. — Ela golpeou o homem encolhido no rosto. — Uma das taças douradas desta vez. Você sabe que eu odeio essas frágeis coisas élficas! Tire-as da minha vista! Jogue fora!

— Jogar fora! — O criado arriscou um protesto. — Mas são valiosos, Senhora. Vieram da Torre da Alta Magia de Palanthas, presente de...

— Eu disse para se livrar deles! — Agarrando-os, Kitiara os arremessou, um por um, contra a parede de seu quarto. O serviçal encolheu-se, abaixando-se quando o vidro voou sobre sua cabeça, esmagando-se contra a pedra. Quando o último deixou seus dedos, ela se sentou em uma poltrona em um canto e olhou para frente, sem se mover nem falar.

O servo varreu depressa o vidro quebrado, esvaziou a água ensanguentada na bacia de lavagem, e partiu. Quando voltou com o vinho, Kitiara ainda não havia se mexido. Nem Lorde Soth. O cavaleiro da morte permanecia de pé no centro da sala, seus olhos brilhando na escuridão crescente da noite.

— Devo acender as velas, Senhora? — O serviçal perguntou suavemente, ao pousar o vinho e o cálice.

— Saia — Kitiara disse, através de lábios rígidos.

O serviçal se curvou e saiu, fechando a porta atrás de si.

Movendo-se com passos silenciosos, o cavaleiro atravessou a sala. Parando perto da ainda imóvel e aparentemente distraída Kitiara, ele pôs a mão sobre seu ombro. Ela se encolheu com o toque dos dedos invisíveis, o frio apunhalando seu coração. Mas não se afastou.

— Bem — ela repetiu, olhando para a sala cuja única fonte de luz agora vinha dos olhos flamejantes do cavaleiro — Eu fiz uma pergunta. O que faremos para impedir Dalamar e meu irmão nesta loucura? O que faremos antes que a Rainha das Trevas nos destrua a todos?

— Você deve atacar Palanthas — disse Lorde Soth.

— Acho que pode ser feito! — Kitiara murmurou, pensativa batendo o punho de sua adaga contra sua coxa.

— Muito engenhoso, minha senhora — disse o comandante de suas forças com admiração indisfarçada e sincera em sua voz.

O comandante, um humano de quase quarenta anos, tinha subido com unhas, dentes e assassinatos as fileiras para atingir sua posição atual, General dos Exércitos Dracônicos. Baixo e pouco favorecido fisicamente, desfigurado por uma cicatriz que cortava seu rosto, o comandante nunca tinha provado os favores usufruídos no passado por tantos outros capitães de Kitiara. Mas não perdera a esperança. Olhando para ela, viu seu rosto, com seriedade e frieza incomuns nos últimos dias, alegrar-se com o seu louvor. Ela até conseguiu sorrir para ele, aquele sorriso torto que sabia usar tão bem. O coração do comandante bateu mais rápido.

— Bom ver que você não perdeu seu toque — disse Lorde Soth, sua voz oca ecoando pela sala.

O comandante estremeceu. Ele já deveria estar acostumado com o cavaleiro da morte. A Rainha das Trevas sabia que já tinha lutado o suficiente com ele e sua tropa de guerreiros esqueléticos para isso. Mas o frio tumular cercava o cavaleiro como sua capa negra encobria sua armadura carbonizada e manchada de sangue.

"Como ela o suporta?", perguntou o comandante. "Dizem que ele assombra até os quartos dela!" O pensamento fez o batimento cardíaco do comandante logo voltar ao normal. Talvez, afinal, as escravas não fossem tão ruins. Pelo menos quando alguém estava sozinho com elas no escuro, estava *sozinho* com elas no escuro!

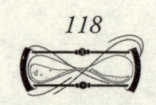

— Claro que não perdi meu toque! — Kitiara virou-se com uma raiva tão feroz que o comandante olhou ao redor, inquieto, logo inventando alguma desculpa para sair. Felizmente, com toda a cidade de Sanção se preparando para a guerra, desculpas não eram difíceis de encontrar.

— Se você não precisa mais de mim, minha senhora — o comandante disse, curvando-se. — Devo verificar o trabalho do arsenal. Há muito a ser feito, e não há muito tempo para fazê-lo.

— Sim, vá em frente — Kitiara murmurou distraída, seus olhos no enorme mapa embutido em azulejo no chão abaixo de seus pés. Virando-se, o comandante ia saindo, a espada tinindo contra a armadura. Na porta, porém, a voz do seu lorde o impediu.

— Comandante?

Ele se virou.

— Minha senhora?

Kitiara começou a dizer alguma coisa, parou, mordeu o lábio e continuou.

— Eu... eu estava pensado se você se juntaria a mim para jantar esta noite. — Ela deu de ombros. — Mas é tarde para convidar. Presumo que já tenha planos.

O comandante hesitou, confuso. Suas palmas começaram a suar.

— Na verdade, senhora, eu *tenho* um compromisso prévio, mas que poderia facilmente ser remarcado...

— Não — Kitiara disse, uma expressão de alívio cruzando seu rosto. — Não, isso não será necessário. Outra noite. Você está dispensado.

O comandante, ainda intrigado, virou-se devagar e começou a deixar a sala. Ao fazer isso, teve um vislumbre dos olhos laranjas e ardentes do cavaleiro da morte encarando-o.

Agora, teria que pensar em um compromisso para o jantar, pensou enquanto se apressava pelo corredor. Fácil. E ele mandaria chamar uma das escravas esta noite, a sua favorita...

— Você deveria relaxar. Mime-se com uma noite de prazer — Lorde Soth disse quando os passos do comandante desapareceram no corredor do quartel general de Kitiara.

— Há muito a ser feito e pouco tempo para fazê-lo — Kitiara respondeu, fingindo estar totalmente absorvido pelo mapa abaixo de seus pés. Ela estava sobre o lugar marcado "Sanção", olhando para o canto noroeste da sala onde Palanthas aninhava-se na fenda de suas montanhas protetoras.

Seguindo seu olhar, Soth atravessou aquela distância devagar, parando na única passagem pela montanha escarpada, um lugar marcado "Torre do Alto Clerista."

— Os Cavaleiros vão tentar impedi-la aqui, claro — Soth disse. — Onde a impediram durante a última guerra.

Kitiara sorriu, sacudiu o cabelo encaracolado e caminhou em direção a Soth. A arrogância ágil estava de volta aos seus passos.

— Não vai ser lindo? Todos os belos Cavaleiros, alinhados em uma fileira. — De repente, sentindo-se melhor do que há meses, Kitiara começou a rir. — Sabe, a cara deles quando virem o que temos guardado para eles quase vale toda a guerra.

De pé na Torre do Alto Clerista, ela a amassou sob seu calcanhar, então deu alguns passos rápidos para ficar ao lado de Palanthas

— Finalmente — ela sussurrou —, a senhora fina e elegante vai sentir a espada de guerra abrir sua carne macia e madura. — Sorrindo, ela se virou para encarar Lorde Soth. — Acho que receberei o comandante para jantar esta noite afinal. Mande chamá-lo. — Soth curvou-se em assentimento, os olhos laranjas flamejantes divertidos. — Temos muitos assuntos militares para discutir — Kitiara tornou a rir, começando a desafivelar as alças de sua armadura. — Flancos desprotegidos, quebrar paredes, avanços e penetração.

— Agora, acalme-se, Tanis — disse Lorde Gunthar, de boa vontade. — Você está sobrecarregado.

Tanis Meio-Elfo murmurou alguma coisa.

— O que foi isso? — Gunthar se virou, segurando uma caneca da sua melhor cerveja (retirada de um barril no canto escuro perto da escada da adega). Ele entregou a cerveja a Tanis.

— Eu disse que você tem toda a razão, droga, eu estou sobrecarregado! — O meio-elfo retrucou, embora não fosse o que ele tinha tido, mas com certeza era mais apropriado de dizer ao líder dos Cavaleiros de Solamnia do que ele tinha falado.

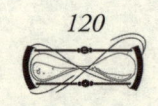

Lorde Gunthar uth Wistan acariciou seus longos bigodes, o antigo símbolo dos Cavaleiros e que atualmente estava muito na moda, escondendo seu sorriso. Tinha ouvido, claro, o que Tanis dissera antes. Gunthar balançou a cabeça. Por que aquele assunto não tinha sido levado direto aos militares? Agora, além de se preparar para este pequeno surto de, sem dúvida, forças inimigas frustradas, ele também teria que lidar com aprendizes de magos, clérigos vestidos de branco, heróis nervosos, e um bibliotecário! Gunthar suspirou e puxou seus bigodes, sério. Tudo que faltava agora era um kender...

— Tanis, meu amigo, sente-se. Aqueça-se junto ao fogo. Você fez uma longa viagem e está frio para o final da primavera. Os marinheiros estão falando sobre ventos predominantes ou algo absurdo assim. Fez boa viagem? Olha, sendo sincero, eu prefiro grifos a dragões...

— Lorde Gunthar — Tanis disse tenso, permanecendo de pé — Eu não voei até Sancrist para discutir a situação dos ventos nem os méritos de grifos sobre dragões! Estamos em perigo! Não só Palanthas, mas o mundo! Se Raistlin tiver sucesso... — Tanis cerrou o punho. Faltaram-lhe palavras.

Enchendo sua própria caneca do jarro que Wills, seu velho serviçal, tinha trazido da adega, Gunthar caminhou até ficar de pé ao lado do meio-elfo. Colocando a mão no ombro de Tanis, ele o virou para encará-lo.

— Sturm Brightblade falou muito bem de você, Tanis. Você e Laurana eram os amigos mais próximos que ele tinha.

Tanis curvou a cabeça com essas palavras. Mesmo agora, mais de dois anos desde a morte de Sturm, não conseguia pensar na perda de seu amigo sem tristeza.

— Eu teria gostado de você só por essa recomendação, pois eu amava e respeitava Sturm como um dos meus filhos — Lorde Gunthar continuou sério. — Mas passei a admirar e gostar de você mesmo, Tanis. Sua bravura na batalha foi inquestionável, sua honra, sua nobreza, dignas de um Cavaleiro. — Tanis balançou a cabeça irritado com essa conversa de honra e nobreza, mas Gunthar não percebeu. — As honras que você recebeu no fim da guerra foram mais do que merecidas. Seu trabalho desde o fim da guerra tem sido excelente. Você e Laurana uniram nações que foram separadas durante séculos. Porthios assinou o tratado e, uma vez que os anões de Thorbardin escolherem um novo rei, também irão assinar.

— Obrigado, Lorde Gunthar — Tanis disse, segurando a caneca intocada de cerveja na mão e encarando fixamente o fogo. — Obrigado por seus elogios. Queria sentir que os mereço. Agora, se puder me dizer onde esta trilha de açúcar leva...

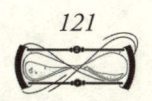

— Vejo que você é bem mais humano que élfico — Gunthar disse, com um leve sorriso. — Muito bem, Tanis. Vou pular as amenidades élficas e ir direto ao ponto. Eu acho que suas experiências o deixaram nervoso, tanto você quanto a Elistan. Sejamos honestos, meu amigo. Você não é um guerreiro. Você não foi treinado. Você entrou nesta última guerra por acidente. Agora, venha comigo. Eu quero lhe mostrar algo. Vamos, vamos...

Tanis colocou a caneca cheia na beira da lareira e se deixou ser levado pela mão forte de Gunthar. Atravessaram a sala que estava repleta dos móveis sólidos, simples, mas confortáveis preferidos pelos Cavaleiros. Era a sala de guerra de Gunthar, escudos e espadas montados nas paredes, junto com os estandartes das três Ordens de Cavaleiros — a Rosa, a Espada e a Coroa. Troféus de batalhas travadas ao longo dos anos brilharam nas vitrines onde foram preservados com cuidado. Em um lugar de honra, abrangendo todo o comprimento da parede, havia uma lança de dragão, a primeira que Theros Dobraferro havia forjado. Em torno dela, havia várias espadas goblins, uma lâmina dentada draconiana, uma enorme espada ogra de lâmina dupla e uma espada que pertencera ao malfadado Cavaleiro, Derek Crownguard.

Era uma variedade impressionante, testemunha de uma vida inteira de honra a serviço dos Cavaleiros. Gunthar passou por ela sem olhar, contudo, indo para um canto da sala onde havia uma mesa larga. Mapas enrolados foram meticulosamente enfiados em pequenos compartimentos sob a mesa, cada compartimento rotulado com esmero. Depois de estudá-los por um momento, Gunthar abaixou, tirou um mapa, e o abriu na superfície da mesa. Ele pediu para Tanis se aproximar. O meio-elfo chegou mais perto, coçando a barba, e tentando parecer interessado.

Gunthar esfregou as mãos com satisfação. Ele estava em seu elemento agora.

— É uma questão de logística, Tanis. Pura e simples. Olhe, aqui estão os exércitos da Senhora Suprema do Dragão, em Sanção. Admito que o Senhor é forte, ela tem um grande número de draconianos, goblins e humanos que adorariam ver o início de uma nova guerra nova. E admito que nossos espiões relataram aumento de atividade em Sanção. Ela está planejando alguma coisa. Mas atacar Palanthas! Pelo Abismo, Tanis, olha a quantidade de território que ela teria que cobrir! E a maior parte controlada pelos Cavaleiros! Mesmo que ela tivesse forças o bastante para lutar e abrir caminho, veja o quanto teria que estender suas linhas de abastecimento! Precisaria de todo o seu exército apenas para guardar suas linhas. Poderíamos cortá-las sem dificuldade, em vários lugares.

Gunthar puxou seus bigodes mais uma vez.

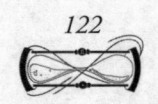

— Tanis, se havia uma Senhora Suprema no exército que eu passei a respeitar, era Kitiara. Ela é implacável e ambiciosa, mas também é inteligente, e sem dúvidas não é dada a correr riscos desnecessários. Ela esperou por dois anos, construindo seus exércitos, fortificando-se em um lugar que ela sabe que não ousamos atacar. Ela ganhou demais para jogar tudo fora em um plano louco desse.

— Talvez não seja o plano dela — Tanis murmurou.

— Que outro plano ela poderia ter? — Gunthar perguntou paciente.

— Não sei — Tanis retrucou. — Você diz que respeita, mas você a respeita o suficiente? Você a teme o suficiente? Eu a conheço, e tenho a sensação de que ela tem algo em mente... — Sua voz foi sumindo e ele franziu o cenho olhando o mapa.

Gunthar ficou quieto. Ele tinha ouvido rumores estranhos sobre Tanis Meio-Elfo e Kitiara. Não acreditou, claro, mas achou melhor não se alongar no assunto da profundidade do conhecimento do meio-elfo sobre aquela mulher.

— Você não acredita nisso, não é? — Tanis perguntou de repente. — Em nada disso?

Movendo-se desconfortável, Gunthar alisou seus longos bigodes grisalhos e, curvando-se, começou a enrolar o mapa com muito cuidado.

— Tanis, meu filho, você sabe que eu respeito você....

— Já passamos por isso...

Gunthar ignorou a interrupção.

— E sabe que não há ninguém neste mundo por quem eu tenha mais profunda reverência do que por Elistan. Mas quando você me traz uma história contada por um dos Vestes Negras, um elfo negro ainda por cima... uma história sobre este mago, Raistlin, entrando no Abismo e desafiando a Rainha das Trevas! Bem, sinto muito, Tanis. Não sou mais jovem, de maneira nenhuma. E vi muitas coisas estranhas na minha vida. Mas isso soa como uma história de ninar!

— Fo o que disseram sobre dragões — Tanis sussurrou, o rosto ruborizando sob a barba. Ele se levantou, de cabeça baixa, por um momento, então, coçando a barba, olhou para Gunthar. — Meu senhor, eu vi Raistlin crescer. Viajei com ele, o observei, lutei com ele e contra ele. Eu *sei* do que ele é capaz! — Tanis agarrou o braço de Gunthar com a mão. — Se você não aceita meu conselho, então aceite o de Elistan! Precisamos de você, Lorde Gunthar! Precisamos de você, precisamos dos Cavaleiros. Você deve reforçar o Torre do Alto Clerista. Temos pouco tempo. Dalamar diz que o tempo não significa nada nos planos de existência da Rainha das Trevas.

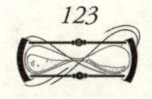

Raistlin pode lutar com ela por meses ou até anos lá, mas pareceria apenas dias para nós. Dalamar acredita que o retorno do seu mestre é iminente. Eu acredito nele, e Elistan também. Por que acreditamos nele, Lorde Gunthar? Porque Dalamar está assustado. Está com medo, e nós estamos também. Seus espiões dizem que a atividade em Sanção está fora do normal. Com certeza, isso é evidência o bastante! Acredite em mim, Lorde Gunthar, Kitiara virá em auxílio de seu irmão. Ela sabe que ele vai colocá-la como governante do mundo se ele tiver sucesso. E ela aposta alto o bastante para arriscar tudo por essa chance! Por favor, Lorde Gunthar, se você não vai me ouvir, pelo menos venha até Palanthas! Converse com Elistan!

Lorde Gunthar estudou com cuidado o homem diante dele. O líder dos Cavaleiros havia chegado à sua posição porque era, basicamente, um homem justo e honesto. Além disso, era um bom juiz de caráter. Ele tinha gostado e admirado o meio-elfo desde que o conheceu, depois do fim da guerra. Mas nunca conseguiu chegar perto dele. Havia algo sobre Tanis, um ar reservado, isolado que permitia a poucos atravessar as barreiras invisíveis que ele erguia.

Olhando para ele agora, Gunthar se sentiu de repente mais próximo do que antes. Ele viu sabedoria nos olhos ligeiramente puxados, sabedoria que não surgiu com facilidade, sabedoria que veio através da dor e do sofrimento interior. Viu o medo, o medo de alguém cuja coragem é tão parte dele que prontamente admite estar com medo. Viu um líder de homens. Não aquele que apenas agita uma espada e lidera um ataque na batalha, mas um líder que guia em silêncio, extraindo o melhor das pessoas, ajudando-as a alcançar coisas que sequer sabiam que tinham dentro de si.

E, enfim, Gunthar entendeu algo que nunca conseguira apurar. Soube então por que Sturm Brightblade, cuja linhagem fluía imaculada por gerações, tinha escolhido seguir aquele meio-elfo bastardo, que, se os rumores fossem verdade, era o produto de um estupro brutal. Sabia agora por que Laurana, uma princesa élfica e uma das mulheres mais fortes e mais bonitas que ele já conhecera, arriscara tudo, mesmo sua vida, para amá-lo.

— Muito bem, Tanis. — O rosto severo de Lorde Gunthar relaxou, os tons frios e educados de sua voz ficaram mais quentes. — Voltarei a Palanthas com você. Vou mobilizar os Cavaleiros e estabelecer nossas defesas na Torre do Alto Clerista. Como eu disse, nossos espiões nos informaram que há uma atividade fora no normal em Sanção. Não vai fazer mal aos Cavaleiros dar uma saída. Faz muito tempo desde que fizemos treinamento de campo.

Decisão tomada, Lorde Gunthar imediatamente dedicou-se a deixar a casa de cabeça para baixo, gritando por Wills, seu criado, gritando para que sua armadura fosse trazida, sua espada afiada, seu grifo preparado. Logo, os servos estavam voando para todos os lados, sua esposa entrou, parecendo resignada, e insistindo para que ele levasse seu pesado manto forrado de pele, mesmo que *estivesse* perto da celebração da *Alvorada da Primavera*.

Esquecido na confusão, Tanis caminhou até a lareira, pegou sua caneca de cerveja, e sentou-se para aproveitá-la. Mas, no final, não sentiu o gosto. Olhando para as chamas, ele viu, mais uma vez, o um sorriso torto e encantador, cabelos escuros e encaracolados...

Capítulo 6

Por quanto tempo ela e Raistlin viajaram pela terra distorcida e tingida de vermelho do Abismo, Crysania não fazia ideia. O tempo deixou de ter significado ou relevância. Às vezes, parecia que estavam ali apenas por alguns segundos, às vezes ela sabia que tinha andado pelo terreno estranho e instável por anos cansativos. Ela se curou do veneno, mas sentia-se fraca, esgotada. Os arranhões em seus braços não fechavam. Ela embrulhava bandagens frescas sobre elas todos os dias. À noite, estavam encharcadas com sangue.

Ela estava com fome, mas não era uma fome que exigia comida para sustentar a vida tanto quanto a fome de provar um morango, ou um bocado de pão quente recém-assado, ou um raminho de hortelã. Também não sentia sede e, no entanto, sonhava com água corrente e vinho borbulhante e o aroma agudo e pungente do chá de tarbean. Nesta terra, toda a água estava tingida de vermelho e cheirava a sangue.

No entanto, faziam progresso. Pelo menos era o que dizia Raistlin. Ele parecia ganhar forças enquanto Crysania ficava mais fraca. Agora era ele que, às vezes, ajudava-a a andar. Foi ele quem os empurrou para a frente sem descanso, passando por cidade depois de cidade, sempre se aproximando, ele dizia, de Morada dos Deuses. As aldeias espelhadas daquela terra se misturavam em um borrão na mente de Crysania: Que-shu, Xak Tzaroth.

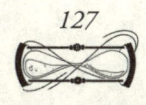

Atravessaram o Novo Mar do Abismo, uma jornada terrível. Olhando para a água, Crysania viu os rostos tomados pelo horror, rostos de todos que tinham falecido no Cataclisma a encarando.

Eles pararam em um lugar que Raistlin disse ser Sanção. Crysania se sentiu mais fraca ali, pois Raistlin disse a ela que era o centro de adoração dos seguidores da Rainha das Trevas. Seus templos foram construídos muito abaixo das montanhas conhecidas como *Senhores da Destruição*. Ali, disse Raistlin, durante a guerra, eles realizaram os ritos malignos que transformaram os filhos não eclodidos dos dragões bondosos nos distorcidos draconianos.

Nada mais aconteceu com eles por um longo tempo — ou talvez tenha sido por apenas um segundo. Ninguém olhou duas vezes para Raistlin em suas vestes pretas e ninguém olhou para Crysania. Ela poderia estar invisível. Passaram por Sanção facilmente, Raistlin crescendo em força e confiança. Ele disse a Crysania que estavam muito próximos agora. Morada dos Deuses ficava em algum lugar ao norte, nas montanhas Khalkist.

Como ele poderia distinguir qualquer direção naquela terra estranha e impressionante, estava além de Crysania. Não havia nada para guiá-los, sem sol, sem luas, sem estrelas. Nunca era realmente noite e nem dia de verdade, apenas algo triste e avermelhado entre eles. Ela estava pensando nisso, caminhando cansada ao lado de Raistlin, sem olhar para onde eles estavam indo pois tudo parecia igual de qualquer maneira, quando, de repente, o arquimago parou. Ouvindo sua respiração profunda, sentindo-o enrijecer, Crysania ergueu os olhos, alarmada.

Um homem de meia-idade vestido com as vestes brancas de um professor estava andando pela estrada em direção a eles...

— Repitam as palavras depois de mim, lembrando-se de dar a devida inflexão. — Lentamente, ele disse as palavras. Lentamente, a turma as repetiu. Todos, exceto um.

— Raistlin!

A classe ficou em silêncio.

— Mestre? — Raistlin não se preocupou em esconder o escárnio em sua voz ao dizer aquela palavra. — Não vi seus lábios se movendo.

— Talvez seja porque eles não estavam se movendo, Mestre — Raistlin respondeu.

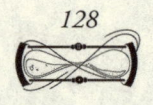

Se outra pessoa da classe de jovens usuários de magia tivesse feito tal comentário, os alunos teriam dado risadinhas. Mas sabiam que Raistlin sentia por eles o mesmo desprezo que sentia pelo Mestre, e então fecharam a cara para ele, e se remexeram desconfortáveis.

— Você conhece o feitiço, aprendiz?

— Claro que conheço o feitiço — Raistlin retrucou. — Eu já conhecia aos seis! Quando você o aprendeu? Na noite passada?

O Mestre o encarou, o rosto roxo de fúria.

— Você foi longe demais desta vez, aprendiz! Você tem me insultado vezes demais!

A sala de aula desapareceu perante os olhos de Raistlin, derretendo. Apenas o Mestre permaneceu e, enquanto Raistlin observava, as vestes brancas do seu velho professor ficaram pretas! Seu rosto estúpido e inchado torceu-se em um rosto malévolo e astuto. Um pingente de pedra-sangue apareceu, pendurado em seu pescoço.

— Fistandantilus! — Raistlin ofegou.

— Mais uma vez nos encontramos, aprendiz. Mas agora, onde está sua magia? — O mago sorriu. Estendendo a mão murcha, começou a acariciar a pedra-sangue.

O pânico tomou conta de Raistlin. Onde *estava* sua magia? Se fora! Suas mãos tremiam. As palavras dos feitiços vinham a sua mente apenas para escapar antes que pudesse agarrá-las. Uma bola de chama apareceu nas mãos de Fistandantilus. Raistlin se engasgou de medo.

"O Cajado!", ele lembrou de repente. "O Cajado de Magius. Com certeza sua magia não foi afetada!" Erguendo o cajado, mantendo-o na sua frente, ele o invocou para protegê-lo. Mas o cajado começou a se contorcer e tremer na mão de Raistlin.

— Não! — ele gritou, com medo e raiva. — Obedeça a meu comando! Obedeça!

O cajado enrolou-se em seu braço e não era mais um cajado, mas uma enorme cobra. Presas brilhantes afundaram na sua carne.

Gritando, Raistlin caiu de joelhos, tentando em desespero se libertar da mordida venenosa do cajado. Mas, ao combater um inimigo, havia esquecido do outro. Ouvindo as palavras aracnídeas da magia sendo cantadas, ele olhou para cima com medo. Fistandantilus se foi, mas em seu lugar estava um drow, um elfo negro. O elfo negro que Raistlin enfrentara em sua última batalha do Teste. E então o elfo negro era Dalamar, jogando uma bola de fogo nele, e a bola de fogo se tornou uma espada, enfiada em sua carne por um anão imberbe.

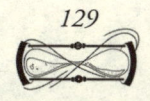

Chamas estouraram ao redor dele, aço perfurou seu corpo, presas cavaram a sua pele. Ele estava afundando, afundando na escuridão, quando foi banhado em luz branca e envolto em vestes brancas, apertado contra um peito macio e caloroso...

E ele sorriu, pois sabia pelo estremecimento do corpo protegendo o seu e os gritos baixos de angústia, que as armas estavam golpeando a ela, não a ele.

Capítulo 7

—Lorde Gunthar! — disse Amothus, Lorde de Palanthas, levantando-se.

— Um prazer inesperado. E você também, Tanis Meio-Elfo. Presumo que estão aqui para planejar a celebração do Fim da Guerra. Estou tão feliz. Podemos começar *cedo* este ano. Eu, isto é, o comitê e eu acreditamos...

— Bobagem — disse Lorde Gunthar seco, andando pelo salão de audiências de Amothus e o observando com olhar crítico, já calculando em sua mente o que seria preciso para fortalecê-lo, se necessário. — Estamos aqui para discutir a defesa da cidade.

Lorde Amothus piscou para o Cavaleiro, que olhava pelas janelas, murmurando para si mesmo. Uma vez ele virou e retrucou: "Muito vidro", declaração que aumentou a confusão do lorde a tal ponto que ele só podia gaguejar um pedido de desculpas e depois ficar impotente no centro da sala.

— Estamos sob ataque? — ele se aventurou a perguntar hesitante, depois de alguns mais momentos de Gunthar fazendo reconhecimento.

Lorde Gunthar lançou um olhar afiado para Tanis. Com um suspiro, Tanis educadamente lembrou Lorde Amothus do aviso que o elfo negro, Dalamar, trouxera, sobre a probabilidade de que a Senhora Suprema, Kitiara, planejava entrar em Palanthas para ajudar seu irmão, Raistlin, Mestre da Torre da Alta Magia, em sua luta contra a Rainha da Escuridão.

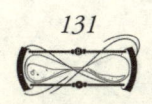

— Oh, sim! — O rosto de Lorde Amothus desanuviou. Ele fez um aceno depreciativo com a mão, como se espantasse mosquitos. — Mas não creio que seja necessário se preocupar com Palanthas, Lorde Gunthar. A Torre do Alto Clerista...

— Está sendo fortificada. Estou dobrando as nossas forças. É ali que virá o grande assalto, claro. Não há outro caminho para Palanthas, exceto pelo mar ao norte, e nós dominamos os mares. Não, vai vir pela terra. Mas se as coisas derem errado, Amothus, eu quero Palanthas pronta para se defender. Agora...

Tendo tomado as rédeas da ação, por assim dizer, Gunthar galopou à frente. Atropelando os murmúrios de Lorde Amothus sobre talvez discutir isso com seus generais, Gunthar foi em frente, e logo deixou Amothus engasgando-se na poeira do planejamento de tropas, requisições de suprimentos, esconderijos de armas e afins. Amothus se deu como perdido. Sentando-se, assumiu uma expressão de interesse educado, e imediatamente começou a pensar em alguma outra coisa. Era tudo bobagem, de qualquer maneira. Palanthas nunca foi tocada pela batalha. Os exércitos teriam que passar pelo Torre do Alto Clerista primeiro e ninguém, nem mesmo os grandes exércitos de dragões da última guerra, tinha sido capaz disso.

Tanis, assistindo tudo e sabendo o que Amothus estava pensando, sorriu com tristeza para si mesmo e estava apenas começando a se perguntar como ele também poderia escapar do ataque quando houve uma batida suave nas grandes portas douradas, ornamentadas e esculpidas. Com o olhar de quem ouve as trombetas da divisão de resgate, Amothus levantou-se de um salto, mas antes que pudesse dizer uma palavra, as portas se abriram e um servo idoso entrou.

Charles estivera a serviço da casa real de Palanthas por mais da metade de um século. Não poderiam se virar sem ele, e ele sabia disso. Ele sabia de tudo, da contagem exata do número de garrafas de vinho no porão, quais elfos devem ser colocados lado a lado no jantar, até quando a roupa de cama foi arejada pela última vez. Sempre digno e respeitoso, havia um olhar em seu rosto que implicava que quando ele morresse, esperava que a casa real desmoronasse ao redor das orelhas de seu mestre.

— Lamento incomodá-lo, meu senhor — Charles começou.

— Está *tudo* bem! — Lorde Amothus exclamou, radiante de prazer. — Tudo bem mesmo. Por favor...

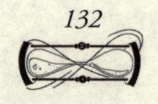

— Mas há uma mensagem urgente para Tanis Meio-Elfo — finalizou Charles imperturbável, com apenas um leve indício de repreensão para seu Mestre por interrompê-lo.

— Oh — Lorde Amothus parecia vago e muito desapontado. — Tanis Meio-Elfo?

— Sim, meu senhor — Charles respondeu.

— Não para mim? — Amothus se aventurou, vendo o resgate desaparecer no horizonte.

— Não, meu senhor.

Amothus suspirou.

— Muito bem. Obrigado, Charles. Tanis, eu presumo que seja melhor...

Mas Tanis já estava no meio da sala.

— O que foi? Não veio de Laurana...

— Por aqui, por favor, meu senhor — Charles disse, guiando Tanis pela porta. Com um olhar de Charles, o meio-elfo lembrou-se a tempo de se virar e se curvar aos Lordes Amothus e Gunthar. O cavaleiro sorriu e acenou com a mão. Lorde Amothus não pôde deixar de lançar a Tanis um invejoso olhar de relance, e depois afundou de volta para ouvir uma lista de equipamentos necessário para ferver óleo.

Charles cuidadosa e fechou as portas atrás dele devagar.

— O que houve? — Tanis perguntou, seguindo o serviçal pelo salão. — O mensageiro não disse mais nada?

— Sim, meu senhor. — A expressão no rosto de Charles suavizou, passando a suave tristeza. — Eu não deveria revelar isso a menos que se tornasse imprescindível para liberá-lo de seu compromisso. O Reverendo Filho Elistan está morrendo. Não se espera que ele sobreviva a esta noite.

Os gramados do Templo estavam pacíficos e serenos na luz evanescente do dia. O sol estava se pondo, não com esplendor fogoso, mas com um brilho suave, perolado, enchendo o céu com um arco-íris de cor suave como a de uma concha do mar invertida. Tanis, esperando encontrar multidões de pessoas ali, esperando por notícias, enquanto clérigos vestidos de branco corriam de um lado para outro em confusão, espantou-se ao ver que tudo estava calmo e em ordem. Pessoas descansavam no gramado como de costume, clérigos vestidos de branco passeavam ao lado dos canteiros de flores, conversando em voz baixa ou, se a sós, parecendo estar perdido em meditação silenciosa.

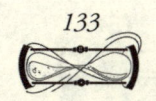

Talvez o mensageiro estivesse errado ou mal-informado, Tanis pensou. Mas então, enquanto ele se apressava pela relva verde e aveludada, passou por uma jovem clériga. Ela ergueu os olhos e ele viu que estavam vermelhos e inchados de tanto chorar. Mas ela sorriu para ele, no entanto, limpando os vestígios de sua tristeza enquanto seguia seu caminho.

Tanis se lembrou que nem Lorde Amothus, governante de Palanthas, nem Lorde Gunthar, líder dos Cavaleiros de Solamnia, haviam sido informados. O meio-elfo sorriu triste, em compreensão repentina. Elistan estava morrendo como havia vivido... em dignidade tranquila.

Um jovem acólito encontrou Tanis na porta do Templo.

— Entre e seja bem-vindo, Tanis Meio-Elfo — o jovem disse suavemente. — Estão esperando por você. Por aqui.

Sombras frias cobriram Tanis. Dentro do Templo, os sinais de luto eram claros. Uma harpista élfica tocava uma doce música, os clérigos estavam juntos, abraçados, compartilhando consolo em sua hora de provação. Os próprios olhos de Tanis se encheram de lágrimas.

— Estamos gratos por você ter voltado a tempo — o acólito continuou, levando Tanis para os confins internos do Templo tranquilo. — Nós temíamos que não conseguisse. Demos a notícia onde pudemos, mas só para aqueles que sabíamos que iriam manter nossa maior tristeza em segredo. É desejo de Elistan que lhe seja permitido morrer silenciosa e pacificamente.

O meio-elfo assentiu com um movimento brusco, feliz por sua barba esconder suas lágrimas. Não que tivesse vergonha delas. Elfos reverenciam a vida acima de todas as coisas, considerando-a o mais sagrado dos presentes os deuses. Elfos não escondem seus sentimentos como os humanos. Mas Tanis temia que a visão de sua tristeza pudesse perturbar Elistan. Sabia que o único arrependimento daquele bom homem ao morrer seria saber que sua morte traria uma tristeza tão amarga para aqueles que deixaria.

Tanis e seu guia passaram por uma câmara interna onde estavam Garad e outros Reverendos Filhos e Filhas, cabeças curvadas, falando palavras de conforto um para o outro. Além deles, uma porta estava fechada. O olhar de todos buscava aquela porta, e Tanis não tinha dúvidas de quem estava além dela.

Erguendo os olhos ao ouvir Tanis entrar, o próprio Garad cruzou a sala para saudar o meio-elfo.

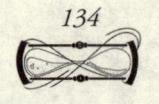

— Estamos tão felizes que você tenha vindo — o elfo mais velho disse em tom cordial. Ele era Silvanesti, Tanis reconheceu, e deve ter sido um dos primeiros elfos a se converter para a religião que tinham, há muito tempo, esquecido. — Nós temíamos que você não retornasse a tempo.

— Deve ter sido repentino — Tanis murmurou, ciente de que sua espada, que havia esquecido de tirar, estava tinindo, soando alto e brusca em um local tão pacífico e triste. Colocou a palma da mão sobre ela.

— Sim, ele ficou muitíssimo doente na noite em que você nos deixou — Garad suspirou. — Não sei o que foi dito naquela sala, mas o choque foi grande. Ele está com uma dor terrível. Não havia nada que pudéssemos fazer por ele. Por fim, Dalamar, o aprendiz do mago — Garad não pôde deixar de franzir a testa —, veio ao Templo. Ele trouxe consigo uma poção que, disse, aliviaria a dor. Como ele veio a saber o que estava acontecendo, eu não sei. Coisas estranhas acontecem naquele lugar. — Ele olhou pela janela para onde estava a Torre, uma sombra escura, negando em desafio a luz brilhante do sol.

— Vocês o deixaram entrar? — Tanis Perguntou, admirado.

— Eu teria recusado — Garad disse muito severo. — Mas Elistan deu ordens para que lhe fosse permitida a entrada. E, devo admitir, sua poção funcionou. A dor deixou nosso mestre, e ele terá o direito de morrer em paz.

— E Dalamar?

— Ele está lá dentro. Ele não se moveu nem falou nada desde que chegou, só fica sentado num um canto em silêncio. No entanto, sua presença parece confortar Elistan, e então nós permitido que fique.

"Eu gostaria de ver você tentar fazê-lo ir embora", pensou Tanis, mas não disse nada. A porta abriu. As pessoas ergueram os olhos com medo, mas foi apenas o acólito que bateu gentilmente e estava conferenciando com alguém do outro lado. Virando, ele acenou para Tanis.

O meio-elfo entrou na pequena sala mobiliada com simplicidade, tentando se mover com suavidade, assim como os clérigos com suas vestes sussurrantes e chinelos acolchoados. Mas sua espada chacoalhava, suas botas batiam, as fivelas de sua armadura de couro tilintavam. Aos seus ouvidos, ele soava como um exército de anões. Com o rosto queimando, tentou amenizar aquilo andando na ponta do pé. Elistan, virando a cabeça com fraqueza sobre o travesseiro, olhou para o meio-elfo e começou a rir.

— Alguém poderia pensar, meu amigo, que você estava vindo me roubar — Elistan comentou, levantando uma mão abatida e estendeu-a para Tanis.

O meio-elfo tentou sorrir. Ele ouviu a porta fechar devagar atrás dele e estava ciente de uma figura sombria escurecendo um canto do quarto. Mas ignorou tudo isso. Ajoelhado ao lado da cama do homem que ele ajudou a resgatar das minas de Pax Tharkas, o homem cuja gentil influência desempenhou um papel tão importante em sua vida e na de Laurana, Tanis pegou a mão do moribundo e a segurou firme.

— Se eu pudesse lutar contra esse inimigo por você, Elistan... — Tanis disse, olhando a mão branca e encolhida presa na sua, forte e bronzeada.

— Não é um inimigo, Tanis, não é um inimigo. Um velho amigo está chegando por mim. — Ele retirou a mão gentilmente da mão de Tanis, então deu um tapinha no braço do meio-elfo. — Não, você não entende. Mas irá algum dia, prometo. E agora, eu não o chamei aqui para incomodá-lo com despedidas. Tenho uma missão para você, meu amigo. — Ele gesticulou. O jovem acólito se adiantou, trazendo uma caixa de madeira, e a entregou nas mãos de Elistan. Depois, retirou-se, voltando a ficar de pé e em silêncio ao lado da porta.

O rosto sombrio no canto não se moveu.

Levantando a tampa da caixa, Elistan retirou um pedaço dobrado de pergaminho branco. Pegando a mão de Tanis, colocou o pergaminho na palma e fechou seus dedos sobre ele.

— Dê isso para Crysania — disse ele suavemente. — Se ela sobreviver, será a próxima líder da igreja. — Vendo a expressão de dúvida e desaprovação no rosto de Tanis, Elistan sorriu. — Meu amigo, você andou na escuridão, ninguém sabe disso melhor do que eu. Quase perdemos você, Tanis. Mas você enfrentou a noite e encarou a luz do dia, fortalecido pelo conhecimento que adquiriu. Isso é o que espero de Crysania. Ela é forte em sua fé, mas, como você mesmo notou, ela não tem calor, compaixão, humanidade. Ela teve que ver com seus próprios olhos as lições que a queda do Rei-Sacerdote nos ensinou. Ela tinha que ser ferida, Tanis, e ferida profundamente, antes que pudesse reagir com compaixão à dor de outros. Acima de tudo, Tanis, ela tinha que amar.

Elistan fechou os olhos, o rosto marcado pelo sofrimento, cheio de tristeza.

— Teria feito outra escolha para ela, meu amigo, se pudesse. Eu vi a estrada em que ela andou. Mas quem questiona os caminhos dos deuses? Eu não. Embora ... — Abrindo os olhos, olhou para Tanis, e o meio-elfo viu um brilho de raiva neles — possa discutir com eles um pouco.

Tanis ouviu, atrás dele, os passos suaves do acólito. Elistan assentiu.

— Sim, eu sei. Eles temem que os visitantes me cansem. E cansam, mas irei descansar em breve. — O clérigo fechou olhos, sorrindo. — Sim, eu vou descansar. Meu velho amigo está vindo para caminhar comigo, para guiar meus passos fracos.

Levantando-se, Tanis lançou um olhar interrogativo para o acólito, que sacudiu a cabeça.

— Não sabemos de quem ele fala — o jovem clérigo sussurrou. — Ele quase não falou de mais nada além deste velho amigo. Pensamos que poderia ser você...

Mas a voz de Elistan se elevou alta e clara de sua cama.

— Adeus, Tanis Meio-Elfo. Leve meu amor para Laurana. Garad e os outros — ele apontou para a porta — sabem dos meus desejos no assunto da sucessão. Sabem que confiei isso a você e irão ajudá-lo no que puderem. Adeus, Tanis. Que as bençãos de Paladine estejam com você.

Tanis não podia dizer nada. Abaixando-se, ele apertou a mão do clérigo, assentiu, lutou para falar e por fim desistiu. Virando-se de repente, passou pela figura escura e silenciosa no canto e deixou o quarto, sua visão cega pelas lágrimas.

Garad o acompanhou até a entrada do Templo.

— Eu sei o que Elistan lhe confiou — o clérigo disse. — E, acredite em mim, espero de todo o coração que seus desejos se realizem. Pelo que entendi, a dama Crysania está em uma peregrinação que pode ser muito perigosa?

— Sim — era tudo que Tanis conseguia confiar em si mesmo para responder.

Garad suspirou.

— Que Paladine esteja com ela. Estamos orando por ela. É uma mulher forte. A igreja precisa dessa juventude e dessa força se quiser crescer. Se precisar de ajuda, Tanis, por favor saiba que pode nos chamar.

O meio-elfo só conseguiu murmurar uma resposta educada. Curvando-se, Garad voltou correndo para estar com seu mestre moribundo. Tanis parou por um momento perto da porta em um esforço para recuperar o controle antes de sair. Enquanto ele estava lá pensando sobre as palavras de Elistan, percebeu uma discussão acontecendo perto da porta do Templo.

— Sinto muito, senhor, mas não posso permitir que você entre — um jovem acólito estava dizendo resoluto.

— Mas estou dizendo que vim ver Elistan — respondeu uma voz rabugenta.

Tanis fechou os olhos, reclinando-se contra a parede. Conhecia aquela voz. Recordações o invadiram com uma intensidade tão dolorosa que, por um momento, não conseguia se mexer nem falar.

— Talvez, se você me disser o seu nome — o acólito disse com paciência — Eu poderia perguntar...

— Eu sou... meu nome é... — A voz hesitou, soando um pouco confusa, então murmurou. — Eu sabia isto ontem...

Tanis ouvi o som de um cajado de madeira batendo irritado nos degraus do Templo. A voz elevou-se estridente.

— Eu sou uma pessoa muito importante, jovem. E não estou acostumado a ser tratado com tal impertinência. Agora, saia do meu caminho antes que me force a fazer algo de que vou me arrepender. Quero dizer, você vai se arrepender. Nós vamos, um de nós vai se arrepender disto.

— Lamento muito, senhor — o acólito repetiu, sua paciência obviamente acabando. — Mas sem um nome, não posso permitir...

Ouviu-se o som de uma breve confusão, depois silêncio, depois Tanis ouviu um som realmente sinistro, o som de páginas sendo viradas. Sorrindo em meio às lágrimas, o meio-elfo caminhou para a porta. Olhando para fora, viu um velho mago de pé nas escadas do Templo. Vestido com mantos cor de rato, seu chapéu de mago deformado parecendo prestes a cair de sua cabeça na primeira oportunidade, o velho mago era uma visão bastante indigna. Ele havia inclinado o simples cajado de madeira que carregava contra a parede do Templo e agora, ignorando o corado e indignado acólito, estava passando as páginas de seu livro de feitiços, murmurando "Bola de fogo... Bola de fogo. Como é mesmo esse maldito feitiço?"

Com gentileza, Tanis colocou a mão no ombro do acólito.

— Ele é mesmo uma pessoa importante — o meio-elfo disse com calma. — Você pode deixá-lo entrar. Assumo a responsabilidade.

— Ele é? — O acólito olhou em dúvida.

Ao som da voz de Tanis, o mago levantou a cabeça e olhou ao seu redor.

— Ei? Pessoa importante? Onde? — Vendo Tanis, espantou-se. — Ah, aí! Como vai, senhor? — Ele começou a estender sua mão, mas se enrolou em suas vestes, deixou cair seu livro de feitiços em seu pé. Abaixando-se para pegá-lo, ele derrubou seu cajado, mandando-o escada abaixo com um estrondo. Na confusão, seu chapéu caiu. Precisou de Tanis e do acólito para recompor o velho.

— Ai, meu dedo do pé! Contundi! Perdi a página. Cajado estúpido! Onde está o meu chapéu?

Por fim, estava mais ou menos intacto. Enfiando o livro de feitiços de volta em uma bolsa, ele colocou seu chapéu com firmeza na cabeça. (Tendo tentado, a princípio, fazer essas duas coisas na ordem inversa.) Infelizmente, o chapéu caiu logo em seguida, cobrindo seus olhos.

— Fiquei cego, pelos deuses! — o velho mago declarou, tateando ao redor com as mãos.

Este assunto foi logo resolvido. O jovem acólito, com um olhar ainda mais duvidoso para Tanis, gentilmente empurrou o chapéu de mago de volta para a parte de trás da cabeça de cabelos brancos. Encarando o acólito com irritação, o velho mago virou-se para Tanis.

— Pessoa importante? Sim, você é... acho. Já nos vimos antes?

— De fato, sim — respondeu Tanis. — Mas *você* é a pessoa importante a quem eu me referi, Fizban.

— Eu sou? — O velho mago pareceu cambalear por um momento. Então, com um bufo, olhou outra vez para o jovem clérigo. — Bem, claro. Eu disse isso! Dê licença, dê licença — ele ordenou ao acólito com irritação.

Entrando pela porta do Templo, o velho se virou para olhar Tanis por baixo da aba do chapéu surrado. Fazendo uma pausa, colocou a mão no braço do meio-elfo. O olhar confuso deixou o rosto do velho mago. Ele olhou para Tanis com atenção.

— Você nunca enfrentou uma hora mais escura, Meio-Elfo — o velho mago disse, muito sério. — Há esperança, mas o amor deve triunfar.

Com isso, cambaleou para longe e, quase de imediato, entrou em um armário. Dois clérigos vieram ao seu socorro, e o guiaram.

— Quem ele *é*? — o jovem acólito perguntou, encarando, intrigado, as costas do velho mago.

— Um amigo de Elistan — Tanis sussurrou. — Um velho e bom amigo. Ao deixar o Templo, Tanis ouviu uma voz lamentando "Meu chapéu!"

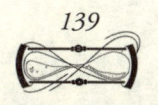

Capítulo 8

C rysania.

Não houve resposta, só um gemido baixo.

— Shh. Está tudo bem. Você foi ferida, mas o inimigo se foi. Beba, isto vai aliviar a dor.

Pegando algumas ervas de uma bolsa, Raistlin as misturou em uma caneca de água fumegante e, levantando Crysania da cama de folhas encharcadas de sangue onde a colocara, levou a caneca aos seus lábios. Enquanto ela bebia, seu rosto suavizou e seus olhos se abriram.

— Sim — ela sussurrou, reclinada contra ele. — Assim é melhor.

— Agora — continuou Raistlin suavemente —, Você deve orar para Paladine curá-la, Reverenda Filha. Temos que continuar.

— Eu... eu não sei, Raistlin. Estou tão fraca e... e Paladine parece estar tão distante!

— Rezar para Paladine? — disse uma voz severa. — Você blasfema, Veste Preta!

Franzindo a testa, incomodado, Raistlin olhou para cima. Seus olhos se arregalaram.

— Sturm! — ele ofegou.

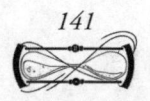

Mas o jovem cavaleiro não ouviu. Estava encarando Crysania, observando com espanto as feridas em seu corpo fechadas, embora não cicatrizadas por completo.

— Bruxos! — gritou o cavaleiro, desembainhando a espada. — Bruxos!

— Bruxos! — Crysania ergueu a cabeça. — Não, Senhor Cavaleiro. Não somos bruxos. Sou uma clériga, uma clériga de Paladine! Veja o medalhão que uso!

— Você mente! — Sturm disse feroz. — Não há mais clérigos! Eles desapareceram no Cataclisma. E, se fosse, o que você estaria fazendo na companhia deste maligno sombrio?

— Sturm! Sou eu, Raistlin! — O arquimago levantou-se. — Olhe para mim! Você não me reconhece?

O jovem cavaleiro virou sua espada contra o mago, a ponta na garganta de Raistlin.

— Não sei por quais formas da feitiçaria você conjurou meu nome, Veste Preta, mas se o falar mais uma vez, será ruim para você. Lidamos rápido com bruxos em Consolação.

— Como você é um cavaleiro virtuoso e sagrado, vinculado por votos de cavalheirismo e obediência, eu imploro por justiça — Crysania disse, ficando em pé devagar, com ajuda de Raistlin.

O rosto severo do jovem suavizou-se. Ele se curvou, e embainhou sua espada, mas não sem um olhar de soslaio para Raistlin.

— Você fala a verdade, madame. Estou vinculado por tais votos e irei conceder justiça a vocês.

Enquanto ele falava, o leito de folhas virou um piso de madeira; as árvores, bancos; o céu acima, um teto; a estrada, um corredor entre os bancos. "Estamos em uma Sala de Julgamento", Raistlin percebeu, tonto por um momento pela mudança repentina. Com o braço ainda em torno de Crysania, ele a ajudou a se sentar a uma pequena mesa que ficava no centro da sala. À frente deles, erguia-se um pódio. Olhando para trás, Raistlin viu que a sala estava cheia de pessoas, todas assistindo com interesse e prazer.

Ele observou. Conhecia essas pessoas! Otik, o proprietário da Hospedaria do Lar Derradeiro, comia um prato cheio de batatas temperadas. Lá estava Tika, seus cachos vermelhos saltando, apontando para Crysania, dizendo algo e rindo. E Kitiara! Descansando contra a porta, cercada de jovens admiradores, com a mão no punho da espada, ela olhou para Raistlin e piscou.

Raistlin olhou em volta, febrilmente. Seu pai, um pobre lenhador, sentado em um canto, seus ombros curvados, a eterna expressão de preocupação e cuidado em seu rosto. Laurana sentava-se à parte, sua beleza élfica brilhando como uma estrela na noite mais escura.

Ao lado dele, Crysania gritou:

— Elistan! — Ficando de pé, ela estendeu a mão, mas o clérigo só a olhou com tristeza e sacudiu a cabeça.

— Levantem-se e honrem! — clamou uma voz.

Com muito arrastar de pés e raspar de bancos, todos no Salão do Julgamento se levantaram. Um respeitoso silêncio desceu sobre a multidão quando o juiz entrou. Vestido com as vestes cinzentas de Gilean, Deus da Neutralidade, o juiz tomou seu lugar atrás do pódio e se virou para o acusado.

— Tanis! — Raistlin exclamou, dando alguns passos à frente.

Mas o meio-elfo barbudo apenas franziu a testa para esta conduta imprópria, enquanto um velho anão resmungão, o oficial de justiça, surgiu e cutucou Raistlin na lateral com a ponta de seu machado de batalha.

— Sente-se, bruxo, e não fale a menos que peçam.

— Flint? — Raistlin agarrou o anão pelo braço. — Você não me reconhece?

— E não toque no oficial de justiça! — Flint rugiu, enfurecido, puxando os braços para longe. — Humpf — ele resmungou enquanto voltava para ocupar seu lugar ao lado do juiz. — Nenhum respeito pela minha idade ou minha posição. Parece até que sou um saco de farinha para ser apertado por todo...

— Já basta, Flint — disse Tanis, olhando sério para Raistlin e Crysania. — Agora, quem trará as acusações contra esses dois?

— Eu trarei — disse um cavaleiro de armadura brilhante, levantando-se.

— Muito bem, Sturm Brightblade — Tanis disse. — Você terá a chance de apresentar suas acusações. E quem irá defender esses dois?

Raistlin começou a se levantar e responder, mas foi interrompido.

— Eu! Aqui, Tanis... uh, Meritíssimo! Eu, bem aqui! Espere. Acho... acho que estou preso.

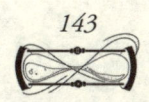

Risos encheram o Salão do Julgamento, a multidão se virando e encarando um kender, sobrecarregado de livros, lutando para passar pela porta. Sorrindo, Kitiara estendeu a mão, agarrou-o pelo topete e puxou-o pela porta, jogando-o sem cerimônia no chão. Livros espalharam-se por toda parte, e a multidão gargalhou. Imperturbável, o kender se levantou, sacudiu a poeira, e, tropeçando sobre os livros, finalmente conseguiu chegar na frente.

— Eu sou Tasslehoff Burrfoot — disse o kender, estendendo a mãozinha para Raistlin. O arquimago encarou Tas com espanto e não se mexeu. Com um encolher de ombros, Tas olhou para sua mão, suspirou, e então, virando-se, dirigiu-se ao juiz. — Ei, meu nome é Tasslehoff Burrfoot...

— Sente-se! — rugiu o anão. — Você não aperta a mão dos juízes, sua porta!

— Bem — disse Tas indignado. — Acho que poderia se eu quisesse. Estou apenas sendo educado, afinal, algo sobre o qual vocês, anões, não sabem nada. Eu...

— Sente-se e cale-se! — gritou o anão, batendo a ponta do machado no chão.

Seu topete saltando, o kender virou-se e mansamente fez o seu caminho para se sentar ao lado de Raistlin. Mas, antes de sentar-se, ele encarou a plateia e imitou o olhar severo do anão tão bem que a multidão uivou, rindo, deixando o anão mais irritado do que nunca. Mas dessa vez o juiz interveio.

— Silêncio — pediu Tanis com severidade, e a multidão se silenciou.

Tas se sentou ao lado de Raistlin. Sentindo um suave toque roçar nele, o mago olhou para o kender e estendeu a mão.

— Devolva! — ele ordenou.

— O quê? Ah, isso? Isso é seu? Você deve ter deixado cair — Tas disse com ar inocente, entregando uma das bolsas de componentes de feitiço de Raistlin. — Encontrei isso no chão...

Arrancando-o do kender, Raistlin o prendeu de novo no cordão em sua cintura.

— Você poderia pelo menos ter dito obrigado — Tas comentou em um sussurro estridente, mas se acalmou ao ver o olhar severo do juiz.

— Quais são as acusações contra estes dois? — Tanis perguntou.

Sturm Brightblade foi para a frente da sala. Houve alguns aplausos dispersos. O jovem cavaleiro com seus altos padrões de honra e jeito melancólico parecia ser benquisto.

— Encontrei estes dois no deserto, meritíssimo. O de túnica preta falou o nome de Paladine — houve murmúrios nervosos na multidão — e, enquanto eu observava, preparou uma mistura suja e deu para a mulher beber. Ela estava muito machucada quando os vi pela primeira vez. Sangue cobria suas vestes, e seu rosto estava queimado e cicatrizado como se tivesse sobrevivido a um incêndio. Mas quando bebeu a poção do bruxo, ela ficou curada!

— Não! — exclamou Crysania, levantando-se, cambaleante. — Isso está errado. A poção de Raistlin apenas aliviou a dor. Foram minhas orações que me curaram! Sou uma clériga de Paladine...

— Perdoe-nos, meritíssimo — gritou o kender, saltando. — Minha cliente não quis dizer que ela era uma clériga de Paladine. *Fazendo cesto de vime*. Foi isso que ela quis dizer. Sim, foi isto — Tas riu. — Apenas uma distração durante a jornada. É um passatempo que ela tem há muito tempo. Ha ha ha. — Girando para Crysania, o kender franziu a testa e disse em um sussurro audível para todos na sala — O que *está* fazendo? Como posso livrar vocês se você sai por aí dizendo a verdade assim! Simplesmente não vou aturar isso!

— Silêncio! — rugiu o anão.

O kender se virou.

— Estou ficando um pouco cansado de você também, Flint! — gritou. — Pare de bater esse machado no chão ou eu vou enrolá-lo no seu pescoço.

A sala se dissolveu em gargalhadas, e até o juiz sorriu.

Crysania afundou de volta ao lado de Raistlin, seu rosto mortalmente pálido.

— Que zombaria é essa? — ela sussurrou com medo.

— Não sei, mas vou dar um fim nisto. — Raistlin ficou de pé.

— Silêncio, todos vocês. — Sua voz suave e sussurrante trouxe silêncio imediato para a sala. — Esta dama *é* uma sagrada clériga de Paladine! Eu sou um mago de Vestes Pretas, especializado nas artes da Magia...

— Ah, faça algo mágico! — o kender gritou, saltando de novo. — Me whoosh para um lago com patos...

— Sente-se! — gritou o anão.

— Ateie fogo na barba do anão! — Tasslehoff riu.

Houve uma rodada de aplausos com essa sugestão.

— Sim, mostre-nos um pouco de magia, mago. — Tanis gritou acima da confusão na sala.

Todos se calaram, e então a multidão começou a sussurrar:

— Sim, mago, nos mostre a magia. Faça uma magia, mago! — A voz de Kitiara soava acima das outras, forte e potente. — Faça uma magia, seu miserável doentio, se puder!

A língua de Raistlin prendeu no céu da boca. Crysania o encarava, esperança e terror em seu olhar. Com as mãos trêmulas, ele pegou o Cajado de Magius, que estava ao seu lado, mas, lembrando do que acontecera antes, não ousou usá-lo.

Levantando-se, lançou um olhar de desprezo sobre as pessoas ao seu redor.

— Ah! Não preciso me provar para seres como vocês...

— Eu realmente acho que pode ser uma boa ideia — Tas murmurou, agarrando a veste de Raistlin.

— Vejam! — gritou Sturm. — O bruxo não pode! Exijo o julgamento!

— Julgamento! Julgamento! — cantou a multidão. — Queime as bruxas! Queime seus corpos! Salve suas almas!

— E então, mago? — Tanis perguntou muito sério. — Pode provar o que você alega?

As palavras mágicas fugiram de seu alcance. As mãos de Crysania agarraram-se a ele. O barulho o ensurdecia. Não conseguia pensar. Queria estar sozinho, longe de bocas rindo e suplicando, de olhos cheios de terror.

— Eu... — ele vacilou, e curvou a cabeça.

— Queimem eles.

Mãos rudes agarraram Raistlin. O tribunal desapareceu perante seus olhos. Lutou, mas foi inútil. O homem que o prendia era grande e forte, com um rosto que poderia ter sido jovial, mas estava sério e determinado.

— Caramon! Irmão! — Raistlin gritou, retorcendo-se naquele aperto para olhar o rosto do seu gêmeo.

Mas Caramon o ignorou. Agarrando Raistlin com firmeza, arrastou o frágil mago colina acima. Raistlin olhou ao redor. Diante dele, no alto do morro, viu duas estacas altas cravadas no chão. No pé de cada estaca, as pessoas da cidade — seus amigos, seus vizinhos — estavam jogando alegremente grandes braçadas de palha seca em um monte.

— Onde está Crysania? — ele perguntou a seu irmão, esperando que tivesse escapado e pudesse retornar para ajudá-lo. Então Raistlin teve um vislumbre de vestes brancas. Elistan a amarrava em uma estaca. Ela lutou, tentando escapar de seu aperto, mas estava enfraquecida pelo seu sofrimento. Por fim, ela desistiu. Chorando de medo e desespero, encostou na estaca enquanto eles amarravam suas mãos para trás e amarravam seus pés na base.

Seu cabelo escuro caiu sobre os ombros nus enquanto ela chorava. Seus ferimentos abriram, sangue tingindo suas vestes de vermelho. Raistlin pensou tê-la ouvido gritar para Paladine, mas, se o fez, as palavras não podiam ser ouvidas acima dos uivos da multidão. Sua fé estava enfraquecendo como ela mesma enfraquecia.

Tanis avançou, uma tocha flamejante na mão. Ele se virou para Raistlin.

— Testemunhe o destino dela e veja o seu, bruxo! — o meio-elfo gritou.

— Não! — Raistlin lutou, mas Caramon o segurou com força. Inclinando-se, Tanis jogou a tocha na palha seca encharcada de óleo. O fogo se espalhou veloz, logo engolindo as vestes brancas de Crysania. Raistlin ouvi seu grito de angústia acima do rugido da chama. Ela conseguiu erguer a cabeça, procurando dar um último olhar para Raistlin. Vendo a dor e o terror em seus olhos, e vendo, também, ainda amor por ele, o coração de Raistlin queimou em um fogo mais intenso do que qualquer um criado pelo homem.

— Eles querem magia! Eu lhes darei magia! — E, antes de sequer pensar, empurrou o assustado Caramon para longe e, libertando-se, ergueu os braços para o céu.

E, nesse momento, as palavras de magia entraram em sua alma para jamais deixá-la outra vez.

Raio saiu da ponta dos seus dedos, atingindo as nuvens no céu tingido de vermelho. As nuvens responderam com raios, descendo, atingindo o chão diante dos pés do mago. Raistlin virou-se com fúria para a multidão — mas as pessoas tinham desaparecido, sumido como se nunca tivessem existido.

— Oh, minha Rainha! — Uma risada borbulhou em seus lábios. Alegria tomou a sua alma como o êxtase da magia queimava em seu sangue. E, finalmente, entendeu. Percebeu sua grande tolice e viu sua maior chance.

Ele fora enganado... por si mesmo! Tas lhe dera a dica em Zhaman, mas ele não tinha parado para refletir naquilo. *Pensei em algo em minha mente*, disse o kender, *e aí estava! Quando eu queria ir a algum lugar, tudo que eu tinha que fazer era pensar sobre isso, e vinha a mim ou eu ia até lá, não tenho certeza. Era todas as cidades em que já estive e nenhuma.* Foi o que o kender lhe dissera.

"Eu assumi que o Abismo era um reflexo do mundo", Raistlin entendeu. "E assim viajei por ele. Mas não é. Não é nada mais do que um reflexo da *minha mente*! Tudo que fiz foi viajar pela minha mente!"

"A Rainha está em *Morada dos Deuses* porque é onde eu acho que deve estar. E *Morada dos Deuses* está tão longe ou tão perto quanto eu quiser! Minha magia não funcionou porque eu duvidava, não porque ela a impediu de funcionar. Quase me derrotei! Ah, mas agora eu sei, minha Rainha! Agora sei e agora posso triunfar! Para *Morada dos Deuses* é apenas um passo de distância e depois só mais um passo até o Portal...

— Raistlin!

A voz era baixa, agonizante, esgotada. Raistlin virou a cabeça. A multidão tinha desaparecido porque nunca existiu. Foi criação sua. A cidade, a terra, o continente, tudo o que ele havia imaginado se foi. Ele ficou sobre o nada plano e ondulante. Céu e chão eram impossíveis de separar, ambos eram do mesmo rosa queimado e assustador. A linha do horizonte era como um corte de faca na terra.

Mas um objeto não desapareceu, a estaca de madeira. Cercada de madeira carbonizada, estava marcada contra o céu rosa, erguendo-se do nada abaixo. Uma figura estava deitada abaixo dela. A figura teria usado vestes brancas, mas estas estavam carbonizadas e enegrecidas. O cheiro de carne queimada era forte.

Raistlin se aproximou. Ajoelhando-se sobre as cinzas ainda quentes, ele virou a figura.

— Crysania — sussurrou.

— Raistlin? — Seu rosto estava horrivelmente queimado, e, os olhos cegos encarando o vazio ao seu redor, ela estendeu a mão que era pouco mais que uma garra enegrecida. — Raistlin? — ela gemeu em agonia.

Sua mão se fechou sobre a dele.

— Não consigo ver! — ela choramingou. — Tudo é escuridão! É você?

— Sim — disse ele.

— Raistlin, eu falhei...

— Não, Crysania, você não falhou — disse ele, sua voz fria e firme. — Estou ileso. Minha magia está forte agora, mais forte do que nunca, do que em qualquer um dos tempos que vivi. Irei em frente agora, e derrotarei a Rainha das Trevas.

Os lábios rachados e empolados abriram-se em um sorriso. A mão segurando Raistlin reforçou seu fraco aperto.

— Então minhas orações foram atendidas. — Ela se engasgou, um espasmo de dor torceu seu corpo. Quando ela conseguiu respirar, sussurrou algo. Raistlin se inclinou para ouvir. — Estou morrendo, Raistlin. Enfraquecida além da minha resistência. Logo, Paladine irá me levar até ele. Fique comigo, Raistlin. Fique comigo enquanto morro.

Raistlin olhou para o que sobrou daquela miserável mulher à sua frente. Segurando sua mão, ele teve um súbito visão de como a vira na floresta perto de Caergoth, a única vez que esteve perto de perder o controle e torná-la sua, a pele branca, o cabelo sedoso, os olhos brilhantes.

Ele se lembrou do amor naqueles olhos, lembrou-se de apertá-la em seus braços, de beijar a pele macia...

Uma por uma, Raistlin queimou essas memórias em sua mente, incendiando-as com sua magia, vendo-as virarem cinzas e sumir como fumaça.

Estendendo a outra mão, ele se libertou do aperto dela.

— Raistlin! — ela chorou, sua mão agarrando o ar vazio com horror.

— Você serviu ao meu objetivo, Reverenda Filha — Raistlin disse, a voz suave e fria como a lâmina da adaga que usava em seu pulso. — O tempo urge. Neste instante, aqueles que buscam me impedir chegam ao Portal em Palanthas. Devo desafiar a Rainha, lutar minha batalha final com seus lacaios. Então, quando tiver vencido, devo retornar ao Portal e entrar antes que alguém tenha chance de me impedir.

— Raistlin, não me deixe! Por favor, não me deixe sozinha na escuridão!

Apoiando-se no Cajado de Magius, que agora brilhava com uma luz intensa, Raistlin levantou-se.

— Adeus, Reverenda Filha — ele disse em um sussurro suave e sibilante. — Não preciso mais de você.

Crysania ouviu o farfalhar das suas vestes negras enquanto se afastava. Ouviu o baque suave do Cajado de Magius. Através do cheiro sufocante e acre de fumaça e carne queimada, ela sentiu o vestígio fraco da fragrância de pétalas de rosa...

E então, só havia silêncio. Ela soube que ele se fora.

Estava sozinha, sua vida apagando-se em suas veias enquanto suas ilusões apagavam-se em sua mente.

A próxima vez em que poderá ver com clareza, Crysania, será quando estiver cega pelas trevas... trevas infindáveis.

Assim falou Loralon, o clérigo élfico, na queda de Istar. Crysania teria chorado, mas o fogo queimou suas lágrimas e a fonte delas.

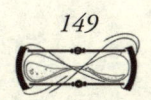

— Agora eu vejo — ela sussurrou na escuridão. — Vejo tão claramente! Eu enganei a mim mesma! Não fui nada para ele, nada além de uma peça para mover no tabuleiro do seu grande jogo como ele quisesse. E mesmo quando ele me usou, eu o usei! — Ela gemeu. — Eu o usei para aumentar *meu* orgulho, *minha* ambição! Minha escuridão só aprofundou a dele! Ele está perdido, e eu o levei para sua queda. Pois se ele derrotar a Rainha das Trevas, será apenas para tomar o lugar dela!

Olhando para os céus que ela não podia ver, Crysania gritou em agonia.

— Eu fiz isto, Paladine! Trouxe esta dor sobre mim, sobre o mundo! Mas, oh, meu deus, que dor muito maior trouxe sobre *ele*?

Deitada nas trevas eternas, o coração de Crysania chorou as lágrimas que seus olhos não podiam.

— Eu te amo, Raistlin — ela sussurrou. — Eu nunca poderia dizer a você. Nunca poderia admitir isso para mim mesma. — Ela jogou a cabeça para trás, tomada por uma dor que a queimou mais fundo do que as chamas. — O que teria mudado, se eu tivesse?

A dor aliviou. Ela parecia estar escapando, perdendo a consciência.

— Bom — ela pensou cansada, — estou morrendo. Que a morte venha logo, então, e ponha fim ao meu amargo tormento.

Ela inspirou.

— Paladine, me perdoe — ela murmurou.

Outra inspiração.

— Raistlin...

Outra, mais suave.

—... perdoe...

A canção de Crysania

Água do pó, e o pó se ergue na água
Continentes se formam, abstratos como cor e luz
Ao toque da filha de Paladine, ao olhar que mingua
Que com apenas um toque, a branca veste deduz
Da água, um país surge, impossível
Ao ser imaginado em oração
E o sol, o mar e as estrelas, tudo invisível
Como deuses em um espaço de ar

Pó da água, e a água do pó se ergue
A veste de todas as cores em branco se traduz
Os países reunidos na confiança, a memória segue,
Da luz e da cor a que sempre reconduz
Do pó brotam lágrimas em uma nascente
Nutrindo o trabalho de nossas mãos ternas
No país de desejo e tempo, sempre urgente
Nas terras eternas

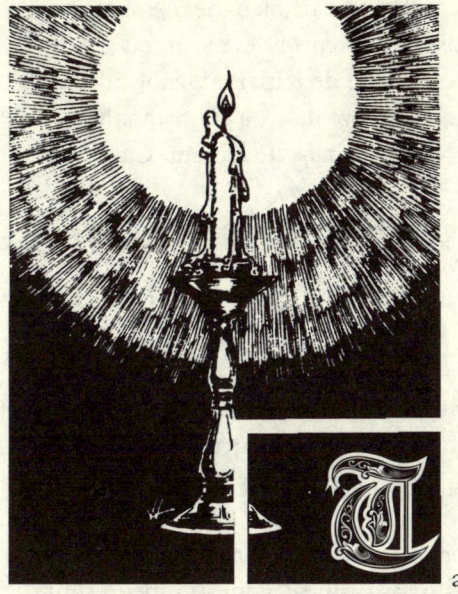

Capítulo 9

Tanis estava do lado de fora do Templo, pensando nas palavras do velho mago. Então ele bufou. *O amor deve triunfar!*

Enxugando as lágrimas, Tanis balançou a cabeça com amargura. A magia de Fizban não funcionaria desta vez. O amor não teria sequer uma pequena parte naquilo. Raistlin tinha há muito distorcido e usado o amor de seu gêmeo para seus próprios fins, esmagando Caramon em uma massa de gordura e licor anão. Mármore teria mais capacidade para amar do que a donzela de gelo, Crysania. E Kitiara... Teria ela um dia amado?

Tanis fez uma careta. Não queria pensar nela, não de novo. Mas uma tentativa de empurrar as memórias de volta para o armário escuro de sua alma só fez a luz brilhar sobre elas com mais força. Ele se pegou voltando ao tempo em que se conheceram, no deserto perto de Consolação. Ao descobrir uma jovem lutando por sua vida contra goblins, Tanis tinha corrido para o resgate, apenas para ver a jovem virar-se contra ele com raiva, acusando-o de estragar sua diversão!

Tanis ficou cativado. Até então, seu único interesse amoroso fora pela delicada donzela élfica, Laurana. Mas aquele fora apenas um romance infantil. Ele e Laurana tinham crescido juntos, o pai dela tendo recebido o meio-elfo bastardo por caridade quando a mãe faleceu no parto. E na verdade, foi em parte por causa da paixonite de Laurana por Tanis, um amor que seu pai jamais teria aprovado, que o meio-elfo deixou sua pátria élfica e viajou pelo mundo com o velho Flint, o ferreiro anão.

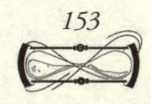

Certamente, Tanis nunca conhecera uma mulher como Kitiara... ousada, corajosa, adorável, sensual. Ela não escondeu que achou o meio-elfo atraente naquele primeiro encontro. Uma batalha lúdica entre eles terminou em uma noite de paixão debaixo dos cobertores de pele de Kitiara. Depois disso, os dois ficaram muitas vezes juntos, viajando sozinhos ou na companhia de seus amigos, Sturm Brightblade, e os meios-irmãos de Kitiara, Caramon e seu frágil gêmeo, Raistlin.

Ao se ouvir suspirar, Tanis sacudiu a cabeça com raiva. Não! Agarrando aqueles pensamentos, ele os jogou de volta à escuridão, batendo e trancando a porta. Kitiara nunca o amara. Ela se divertiu com ele e foi tudo. Ele a manteve entretida. Quando teve uma chance de conseguir o que de fato queria, poder, ela o deixou sem pensar duas vezes. Mas, mesmo enquanto virava a chave na fechadura de sua alma, Tanis ouviu, mais uma vez, a voz de Kitiara. Ouviu as palavras que ela falou na noite da queda da Rainha das Trevas, a noite em que Kitiara ajudou ele e Laurana a escapar.

— Adeus, Meio-Elfo. Lembre-se que faço isso por amor a você!

Uma figura escura, como a personificação de sua própria sombra, apareceu ao lado de Tanis. O meio-elfo assustou-se, com um medo súbito e irracional de que talvez tivesse evocado uma imagem de seu próprio subconsciente. Mas a figura falou uma saudação, e Tanis percebeu que era de carne e osso. Suspirou aliviado, então esperou que o elfo negro não tivesse notado quão longe seus pensamentos estavam. Na verdade, estava quase com medo de que Dalamar pudesse tê-los adivinhado. Limpando a garganta com um som áspero, o meio-elfo olhou para o mago vestido de preto.

— Elistan está morto? — disse Dalamar com frieza. — Não, ainda não. Mas senti a aproximação de alguém cuja presença eu acharia muito desconfortável, e então, vendo que meus serviços não eram mais necessários, eu saí.

Parando no gramado, Tanis virou-se para encarar o elfo negro. Dalamar não tinha levantado seu capuz preto, e suas feições eram bastante visíveis no pacífico crepúsculo.

— Por que você fez isto? — Tanis perguntou.

O elfo negro parou de andar também, olhando para Tanis com um leve sorriso.

— Fiz o quê?

— Vir aqui, por Elistan! Aliviar a dor dele. — Tanis acenou com a mão. — Pelo que vi da última vez, colocar o pé nesta terra faz você sofrer os tormentos dos condenados. — O rosto ficou sombrio. — Não consigo acreditar que um pupilo de Raistlin possa se importar tanto com alguém!

— Não — Dalamar respondeu com calma. — Pessoalmente, o pupilo de Raistlin não dá a mínima pelo que acontece com o clérigo. Mas o pupilo de Raistlin é honrado. Ele foi ensinado a pagar suas dívidas, ensinado a não ficar em dívida com ninguém. Isso está de acordo com que sabe sobre meu *Shalafi*?

— Sim. — Tanis concordou de má vontade — Mas...

— Eu estava pagando uma dívida, nada mais — disse Dalamar. Ao retomar sua caminhada pelo gramado, Tanis viu uma expressão de dor em seu rosto. O elfo negro obviamente queria sair dali o mais rápido possível. Tanis teve dificuldade em acompanhar o ritmo dele. — Veja — Dalamar continuou — Elistan foi uma vez até a Torre da Alta Magia para ajudar meu *Shalafi*.

— Raistlin? — Tanis parou outra vez, atordoado. Dalamar não parou, contudo, e Tanis foi forçado a se apressar atrás ele.

— Sim. — o elfo negro estava dizendo, como se pouco se importasse se Tanis o ouvia ou não — Ninguém sabe disso, nem mesmo Raistlin. O *Shalafi* adoeceu a cerca de um ano atrás, terrivelmente doente. Eu estava sozinho, assustado. Não sei nada sobre doenças. Em desespero, chamei Elistan. Ele veio.

— Ele... ele... *curou* Raistlin? — Tanis perguntou, admirado.

— Não. — Dalamar sacudiu seu cabeça, seu longo cabelo preto caindo ao redor de seus ombros. — A doença de Raistlin está além da arte da cura, um sacrifício feito por sua magia. Mas Elistan foi capaz de aliviar a dor do *Shalafi* e dar-lhe um descanso. E assim, não fiz mais do que pagar minha dívida.

— Você... se importa com Raistlin tanto assim? — Tanis perguntou, hesitante.

— Por que você fala em se importar, meio-elfo? — Dalamar retrucou, impaciente. Estavam perto da borda do gramado. As sombras da noite espalhavam-se através deles como dedos tranquilizantes indo gentilmente fechar os olhos dos cansados. — Como Raistlin, eu me importo com apenas uma coisa, e essa é a Arte e o poder que ela dá. Por isso, renunciei a meu povo, minha pátria, minha herança. Por isso, fui lançado nas trevas. Raistlin é o *Shalafi*, meu professor, meu mestre. Ele é hábil na Arte, um dos mais habilidosos que já existiu. Quando me voluntariei para espioná-lo para o Conclave, sabia que poderia muito bem sacrificar minha vida. Mas é um preço tão pequeno a pagar pela chance de estudar com alguém tão dotado! Como eu poderia perdê-la? Mesmo agora, quando penso no que devo fazer com ele, quando penso no conhecimento que ele ganhou que será perdido quando ele morrer, eu quase...

— Quase o quê? — Tanis disse incisivo, com um temor repentino. — Quase o deixaria passar pelo Portal? Você poderá mesmo impedi-lo quando ele voltar, Dalamar? *Irá* impedi-lo?

Eles haviam chegado ao final do terreno do Templo. Trevas suaves cobriam a terra. A noite estava quente e cheia dos cheiros de vida nova. Aqui e ali entre os álamos, um pássaro cantava sonolento. Na cidade, velas acesas eram colocadas nas janelas para guiar os entes queridos até em casa. Solinari brilhava no horizonte, como se os deuses tivessem acendido sua própria vela para iluminar a noite. Os olhos de Tanis foram atraídos para um pedaço de fria escuridão no crepúsculo quente e perfumado. A Torre da Alta Magia estava escura e ameaçadora. Nenhuma vela cintilava em suas janelas. Ele se perguntou, por um instante, quem ou o que esperava naquela escuridão para acolher o jovem aprendiz.

— Deixe-me falar sobre os portais, meio-elfo — Dalamar respondeu. — Eu vou contar como meu *Shalafi* me contou. — Seu olhar acompanhou o de Tanis, indo para o quarto mais alto da Torre. Quando ele falou, sua voz estava abafada. — Há um canto no laboratório em que há uma porta, uma porta sem tranca. Cinco cabeças de dragão de metal a cercam. Se você olhar lá dentro, não verá nada, apenas um vazio. As cabeças de dragão estão frias e imóveis. Esse é o Portal. Existe outro além deste, que fica na Torre da Alta Magia em Wayreth. Só haveria mais um até onde sabemos, que ficava em Istar e foi destruído no Cataclisma. O que está em Palanthas foi originalmente movido para a fortaleza mágica em Zhaman para protegê-lo quando as turbas do Rei-Sacerdote tentaram invadir a Torre. Ele se moveu de novo quando Fistandantilus destruiu Zhaman, retornando a Palanthas. Criado há muito tempo por magos que desejavam se comunicar mais rápido uns com os outros, isto os levou longe demais, levou-os para outros planos.

— O Abismo — Tanis sussurrou.

— Sim. Tarde demais, os magos perceberam como era perigoso o que haviam inventado. Pois se alguém deste plano entrasse no Abismo e retornasse pelo Portal, a Rainha teria a entrada no mundo que há muito procurava. Por isso, com a ajuda dos sagrados clérigos de Paladine, eles garantiram, ou pelo menos pensaram, que ninguém jamais pudesse usar os Portais. Apenas alguém do mal mais profundo, que teria comprometido sua própria alma às trevas, poderia esperar obter o conhecimento necessário para abrir aquela porta. E apenas alguém de bondade e pureza, com confiança absoluta na única pessoa neste mundo que jamais mereceria confiança, poderia manter a porta de entrada aberta.

— Raistlin e Crysania — Dalamar sorriu cinicamente. — Em sua sabedoria infinita, aqueles magos e clérigos secos e envelhecidos nunca previram que o amor poderia sobrepujar seu grande plano. Então, veja, Meio-Elfo, quando Raistlin tentar reentrar o Portal do Abismo, devo detê-lo. Pois a Rainha estará logo atrás dele.

Nenhuma dessas explicações ajudou muito a aliviar as dúvidas de Tanis. Com certeza o elfo negro parecia saber muito sobre o grande perigo. Certamente parecia tranquilo, confiante.

— Mas *você* pode impedi-lo? — Tanis insistiu, seu olhar indo, sem querer, para o peito do elfo negro onde tinha visto aqueles cinco furos queimado na pele macia.

Notando o olhar de Tanis, a mão de Dalamar foi involuntariamente para o peito. Seus olhos ficaram escuros e assombrados.

— Eu conheço minhas limitações, Meio-Elfo — ele disse com suavidade. Então, sorriu e deu de ombros. — Eu vou ser honesto com você. Se meu *Shalafi* estivesse com toda a força de seu poder quando tentasse atravessar o Portal, então, não, eu não poderia detê-lo. Ninguém poderia. Mas Raistlin não estará. Terá consumido grande parte de seu poder para destruir os lacaios da Rainha e forçando-a a enfrentá-lo sozinha. Ele estará fraco e ferido. Sua única esperança é atrair a Rainha das Trevas para aqui, o *seu* plano. Aqui, pode recuperar forças; aqui, *ela* será a mais fraca dos dois. E assim, sim, como ele estará ferido, eu poderei impedi-lo. E, sim, *irei* impedi-lo!

Notando que Tanis ainda parecia em dúvida, o sorriso de Dalamar se retorceu.

— Veja, Meio-Elfo — ele disse com frieza — Me ofereceram o bastante para valer a pena. — Com isso, ele se curvou, e, murmurando as palavras de um feitiço, desapareceu.

Mas ao sair, Tanis ouviu a voz suave e élfica de Dalamar falar pela noite.

— Você viu o sol pela última vez, meio-elfo. Raistlin e a Rainha das Trevas se encontraram. Takhisis agora reúne seus lacaios. A batalha começa. Amanhã, não haverá alvorecer.

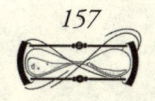

Capítulo 10

Então, Raistlin, nos encontramos novamente.

— Minha Rainha.

Você se curva perante mim, mago?

— Por esta última vez, eu lhe rendo homenagens.

E eu me curvo a você, Raistlin.

— Você me concede uma grande honra, Majestade.

Ao contrário, tenho assistido suas jogadas com o maior prazer. Para cada movimento meu, você tinha um movimento contrário. Mais de uma vez, você arriscou tudo o que tinha para ganhar um único turno. Você provou ser um jogador habilidoso, e nosso jogo me trouxe muita diversão. Mas agora termina, meu digno oponente. Você tem apenas uma peça sobre o tabuleiro, você mesmo. Reunido contra você está todo o poder das minhas legiões sombrias. Mas, porque encontrei prazer em você, Raistlin, irei lhe conceder um favor.

Retorne para sua clériga. Ela está morrendo, sozinha, em um tormento de mente e corpo como só eu posso infligir. Volte para ela. Ajoelhe-se ao lado dela. Pegue-a em seus braços e a abrace com força. O manto da morte irá cair sobre vocês dois. Suavemente, ele irá cobri-lo e você irá flutuando para a escuridão, encontrar o descanso eterno.

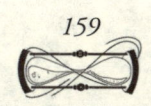

— Minha rainha...

Você balança a cabeça.

— Takhisis, Grande Rainha, realmente agradeço por esta graciosa oferta. Mas estou neste jogo, como você chama, para ganhar. E vou até o fim.

E será um final amargo... para você! Eu lhe dei a chance que sua habilidade e sua ousadia o fizeram merecer. Você desprezaria isto?

— Vossa Majestade é muito graciosa. Eu sou indigno de tal atenção.

E agora zomba de mim! Sorria esse sorriso torto enquanto pode, mago, pois quando você falhar, quando cair, quando cometer aquele pequeno erro, irei colocar minhas mãos sobre você. Minhas unhas irão afundar em sua carne, e você irá implorar pela morte. Mas ela não virá. Os dias duram eras aqui, Raistlin Majere. E a cada dia, eu virei vê-lo em sua prisão, a prisão de sua mente. E, como você me forneceu diversão, irá continuar me fornecendo diversão. Você será torturado na mente e no corpo. Ao fim de cada dia, irá morrer de dor. No começo de cada noite, irei trazê-lo de volta à vida. Você não poderá dormir, mas ficará acordado, estremecendo na antecipação do dia que virá. De manhã, meu rosto será a sua primeira visão.

O quê? Você está ficando pálido, mago. Seu corpo frágil treme, suas mãos também. Seus olhos estão arregalados de medo. Proste-se perante mim! Implore meu perdão!

— Minha Rainha...

O que, ainda não está de joelhos?

— Minha Rainha, a jogada é sua.

Capítulo

11

"Tempo esquisito, nublado! Se vai chover, eu gostaria que chovesse logo e acabasse com isto — murmurou Lorde Gunthar.

"Ventos predominantes", Tanis pensou sarcástico, mas guardou seus pensamentos para si mesmo. Ele também guardou as palavras de Dalamar para si mesmo, sabendo que Lorde Gunthar nunca acreditaria nelas. O meio-elfo estava nervoso e no limite. Estava tendo dificuldade em ser paciente com o aparentemente complacente cavaleiro. Parte era por causa do céu estranho. De manhã, como Dalamar havia previsto, o amanhecer não veio. Em vez disso, nuvens arroxeadas, tingidas de verde e cintilando com raios lúgubres e multicoloridos, apareceram, tumultuadas e agitada acima deles. Não havia vento. Nenhuma chuva caiu. O dia ficou quente e opressivo. Fazendo suas rondas sobre nas ameias da Torre da Alta Magia, os cavaleiros em suas pesadas armaduras enxugavam o suor de suas sobrancelhas e resmungavam sobre as tempestades da primavera.

Apenas duas horas antes, Tanis estava em Palanthas, virando e revirando nos lençóis de seda da cama no quarto de hospedes de Lorde Amothus, ponderando as enigmáticas palavras finais de Dalamar. O meio-elfo ficou acordado a maior parte da noite, pensando nelas e, também, em Elistan.

Perto da meia-noite, chegou ao palácio a notícia de que o clérigo de Paladine passara deste mundo para um outro, um reino de existência mais brilhante. Faleceu em paz, a cabeça nos braços de um velho mago, confuso e gentil, que apareceu misteriosamente e sumiu tão misteriosamente quanto. Preocupando-se com o aviso de Dalamar, lamentando por Elistan e pensando que tinha visto muitos morrerem, Tanis tinha acabado de cair em um sono exausto quando o mensageiro chegou até ele.

A mensagem era curta e concisa:

Sua presença é necessária imediatamente. Torre do Alto Clerista — Lorde Gunthar uth Wistan.

Jogando água fria em seu rosto, rejeitando as tentativas de um dos servos de Lorde Amothus para ajudá-lo a vestir sua armadura de couro, Tanis se vestiu e saiu tropeçando do palácio, recusou com educção a oferta de Charles para tomar café da manhã. Lá fora, um jovem dragão de bronze esperava e se apresentou como Fulgor, cujo nome secreto de dragão era Khirsah.

— Conheço dois amigos seus, Tanis Meio-Elfo — o jovem dragão disse, enquanto suas fortes asas os carregavam com facilidade sobre os muros da cidade adormecida. — Eu tive a honra de lutar na Batalha das Montanhas Vingaard, carregando o anão, Flint Forjardente, e o kender, Tasslehoff Burrfoot, para a batalha.

— Flint está morto — disse Tanis pesaroso, esfregando os olhos. Tinha visto gente demais morrer.

— Foi o que ouvi — o jovem dragão respondeu respeitoso. — Lamento. Porém, ele teve uma vida rica e plena. Morte para alguém assim vem como a honra final.

"Claro", Tanis pensou, cansado. E Tasslehoff? Um kender feliz, de boa índole, bom coração, não pedindo nada da vida além de aventuras e uma bolsa cheia de maravilhas? Se fosse verdade, se Raistlin o tivesse matado, como Dalamar sugerira, que honra havia em sua morte? E Caramon, o pobre bêbado Caramon... a morte nas mãos de seu gêmeo seria uma honra final ou uma facada para dar fim a sua tristeza?

Pensativo, Tanis adormeceu nas costas do dragão, acordando apenas quando Khirsah aterrissou no pátio da Torre do Alto Clerista. Olhando em volta sombriamente, o espírito de Tanis não se animou. Tinha montado com a morte só para chegar à morte, pois ali Sturm estava enterrado, outra honra final.

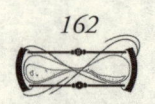

Por isso, Tanis não estava de bom humor quando foi levado aos aposentos de Lorde Gunthar, no topo de um dos altos pináculos da Torre do Alto Clerista. Dali, tinha uma excelente vista do céu e da terra. Olhando pela janela, observando as nuvens com um sentimento crescente de mau presságio, Tanis aos poucos se deu conta de que Lorde Gunthar havia entrado e estava conversando com ele.

— Peço perdão, senhor — disse, virando-se.

— Chá de tarbean? — Lorde Gunthar disse, erguendo uma caneca fumegante da bebida de gosto amargo.

— Sim, obrigado — Tanis aceitou e engoliu, acolhendo o calor que se espalhava por seu corpo, ignorando o fato de ter queimado a língua.

Indo para o lado de Tanis e olhando para a tempestade, Lorde Gunthar bebeu seu chá com uma calma que fez o meio-elfo querer arrancar o bigode do cavaleiro.

— Por que você mandou me chamar? — Tanis perguntou irritado. Mas sabia que o cavaleiro insistiria em cumprir o antigo ritual de polidez antes de chegar ao ponto.

— Você ficou sabendo sobre Elistan? — Tanis perguntou enfim.

Gunthar assentiu.

— Sim, soubemos hoje de manhã cedo. Os cavaleiros irão fazer um cerimonial em sua honra aqui na Torre... se nos permitirem.

Tanis se engasgou com o chá e engoliu apressado. Apenas uma coisa impediria os cavaleiros de realizar uma cerimônia em homenagem a um clérigo de seu deus, Paladine: guerra.

— Permitir? Você recebeu alguma notícia, então? Notícias de Sanção? O que os espiões...

— Nossos espiões foram assassinados — Lorde Gunthar disse calmo.

Tanis se virou da janela.

— O quê? Como...

— Seus corpos mutilados foram levados para a fortaleza de Solanthas por dragões negros e jogados no pátio na noite passada. Então, veio essa estranha tempestade, uma cobertura perfeita para dragões e... — Lorde Gunthar ficou em silêncio, olhando pela janela, franzindo a testa.

— Dragões e o quê? — Tanis perguntou. Uma possibilidade estava começando a se formar em sua mente. O chá quente espirrou na sua mão trêmula. Apressado, apoiou a caneca no beiral da janela.

Gunthar puxou seu bigode, a expressão se fechando.

— Relatos estranhos chegaram até nós, primeiro de Solanthas, depois de Vingaard.

— Que relatos. Eles viram algo? O quê?

— Eles não têm *visto* nada. É o que eles têm ouvido. Sons estranhos, vindo das nuvens, ou talvez até de cima das nuvens.

A mente de Tanis voltou para a descrição que Vento Ligeiro fizera do Cerco de Kalaman.

— Dragões?

Gunthar balançou a cabeça.

— Vozes, risos, portas se abrindo e batendo, estrondos, rangidos.

— Eu sabia! — O punho cerrado de Tanis bateu no parapeito da janela. — Sabia que Kitiara tinha um plano! É claro! Tem que ser isso! — Sombrio, ele olhou para as nuvens agitadas. — Uma cidadela voadora!

Ao lado dele, Gunthar suspirou fundo.

— Eu disse que respeitava esta Senhora Suprema, Tanis. Ao que parece, não a respeitei o suficiente. De uma só vez, ela resolveu seu problema de movimentação de tropas e logística. Ela não precisa de linhas de suprimentos, ela carrega seus suprimentos com ela. A Torre do Alto Clerista foi projetada para defender contra ataques em terra. Não faço ideia de quanto tempo podemos resistir a uma cidadela voadora. Em Kalaman, draconianos saltaram da cidadela, flutuando com suas asas, levando a morte para as ruas. Usuários de magia vestidos de preto arremessaram bolas de chama, e com ela estão, claro, os dragões malignos.

— Não que eu tenha dúvidas de que os cavaleiros possam garantir a fortaleza contra a cidadela, claro — Gunthar adicionou, sério. — Mas será uma batalha mais dura do que antecipei. Eu reajustei nossa estratégia. Kalaman sobreviveu ao ataque da cidadela esperando até a maioria de suas tropas serem lançadas, então os dragões bondosos, carregando homens de armas em suas costas, voaram e assumiram o controle da cidadela. Vamos deixar a maioria dos Cavaleiros aqui na fortaleza, claro, para lutar com os draconianos que cairão sobre nós. Tenho cerca de cem homens aguardando com dragões de bronze prontos para voar e começar o assalto contra a cidadela em si.

Fazia sentido, Tanis admitiu para si mesmo. Vento Ligeiro havia contado sobre essa parte da batalha de Kalaman. Mas Tanis também sabia que Kalaman tinha sido incapaz de segurar a cidadela. Apenas a fizeram recuar. As tropas de Kitiara, desistindo da batalha de Kalaman, conseguiram recapturar a cidadela com facilidade e voar de volta para Sanção onde Kit tinha, ao que parecia, a colocado mais uma vez em bom uso.

Estava prestes a apontar isso para Lorde Gunthar quando foi interrompido.

— Esperamos que a cidadela nos ataque a qualquer momento — Gunthar disse, olhando em silêncio pela janela. — Na verdade...

Tanis agarrou o braço de Gunthar.

— Ali! — ele apontou.

Gunthar assentiu. Virando-se para um guarda na porta, ele disse:

— Soe o alarme!

Trombetas soaram, tambores rufaram. Os cavaleiros tomaram seus lugares nas ameias da Torre do Alto Clerista com ordem e eficiência.

— Estivemos em alerta a maior parte da noite — Gunthar acrescentou sem necessidade.

Tão disciplinados eram os cavaleiros que nenhum falou ou gritou quando a fortaleza voadora saiu da cobertura das nuvens de tempestade e flutuou no campo de vista deles. Os capitães caminharam entre suas tropas, emitindo comandos silenciosos. Trombetas soaram seu desafio. Ocasionalmente, Tanis ouvia o tilintar de armaduras quando, aqui e ali, um cavaleiro se remexia no lugar. E então, bem acima, ouviu o bater de asas de dragão enquanto vários dragões de bronze, liderados por Khirsah, subiam aos céus a partir da Torre.

— Sou grato por você ter me persuadido a fortificar a Torre, Tanis — disse Gunthar, ainda falando com calma elaborada. — Como estava, eu seria capaz de chamar apenas aqueles cavaleiros que pudesse reunir no momento. Assim, há bem mais de dois mil aqui. Estamos bem-provisionados. Sim — ele repetiu — Podemos defender a Torre, mesmo contra uma cidadela, não tenho dúvidas. Kitiara não pode ter mais que mil tropas dentro daquela coisa.

Tanis sentiu um desejo amargo que Gunthar parasse de enfatizar isso. Estava começando a soar como se o cavaleiro estivesse tentando convencer a si mesmo. Olhando para a cidadela conforme ela se aproximava, uma voz interior gritava com ele, esmurrando-o, gritando que alguma coisa não estava certa...

Ainda assim, ele não conseguia se mover. Não conseguia pensar. A cidadela estava agora bastante visível, tendo saído por completo das nuvens. A fortaleza absorvia toda a sua atenção. Ele se lembrou da primeira vez que a viu em Kalaman, lembrou o choque e o fascínio da visão, ao mesmo tempo horrível e inspiradora. Como antes, só conseguia ficar parado e olhar.

Trabalhando nas profundezas dos templos escuros da cidade de Sanção, sob a supervisão de Lorde Ariakas, o comandante dos exércitos draconianos cujo gênio maligno quase levou à vitória de sua Rainha das Trevas, usuários de magia vestidos e clérigos sombrios conseguiram usar magia para tirar um castelo a partir de suas fundações e colocá-lo para voar. As cidadelas atacaram várias cidades durante a guerra, a última sendo Kalaman nos últimos dias da guerra. Quase tinha derrotado a cidade murada, que estava bem fortificada e esperando um ataque.

Boiando em nuvens de magia negra, iluminada por flashes de relâmpagos multicoloridos ofuscantes, a cidadela voadora chegava mais e mais perto. Tanis podia ver luzes nas janelas de suas três torres, ele podia ouvir os sons que eram comuns quando ouvidos em terra, mas parecia sinistros e assustadores quando vinham dos céus: sons de vozes dando ordens, armas se chocando. Achava que podia continuar a ouvir os cantos dos usuários de magia vestidos de preto preparando-se para lançar feitiços poderosos. Podia ver os dragões malignos voando sobre a cidadela em círculos preguiçosos. Conforme a cidadela voadora se aproximava mais, pode ver um jardim despedaçado em um dos lados da fortaleza, seus muros quebrados jazendo em ruínas onde foram arrancados de suas fundações.

Tanis assistiu aquilo com fascinação desamparada, e a voz interior ainda falava com ele. Dois mil cavaleiros! Reunidos no último minuto e assim mal preparados! Apenas alguns poucos dragões. Sem dúvidas a Torre do Alto Clerista podia aguentar, mas o custo seria alto. Ainda assim, eles só precisavam aguentar alguns dias. A essa altura, Raistlin já teria sido derrotado. Kitiara não teria mais necessidade de tentar atacar Palanthas. Então, mais cavaleiros também teriam chegado à Torre do Alto Clerista, junto com mais dragões bondosos. Talvez eles pudessem derrotá-la aqui, finalmente, de uma vez por todas.

Ela havia quebrado a trégua intranquila que existia entre a Senhora Suprema e o povo livre de Ansalon. Ela deixou o refúgio de Sanção, ela saiu para o campo. Era a oportunidade deles. Poderiam derrotá-la, capturá-la talvez. A garganta de Tanis se contraiu com dor. Será que Kitiara se deixaria ser capturada viva? Não. Claro que não. Sua mão se fechou sobre o punho de sua espada. Ele estaria lá quando os cavaleiros tentassem tomar a cidadela. Talvez *ele* pudesse persuadi-la a se entregar. Cuidaria para que fosse tratada com justiça, como uma inimiga honrada...

Ele podia vê-la com tanta clareza em sua mente! De pé, desafiadora, cercada por seus inimigos, preparada para fazer sua vida custar caro. E então ela olharia para trás e o veria. Talvez aqueles olhos escuros brilhantes e duros se suavizassem, talvez deixasse sua espada cair e erguesse as mãos...

No que ele *estava* pensando! Tanis balançou a cabeça. Estava sonhando acordado como um jovem tolo. Mesmo assim, se certificaria de estar com os cavaleiros...

Ouvindo uma comoção nas ameias abaixo, Tanis olhou depressa para fora, embora não precisasse. Ele sabia o que estava acontecendo: medo dracônico. Mais destrutivo do que flechas, o medo gerado pelos dragões malignos, cujas asas negras e azuis agora podiam ser vistas contra as nuvens, atingiu os cavaleiros enquanto eles esperavam nas ameias. Cavaleiros mais velhos, veteranos da Guerra da Lança, se mantiveram firmes, segurando suas armas com firmeza, lutando contra o terror que enchia seus corações. Mas os cavaleiros mais jovens, que estavam enfrentando seus primeiros dragões em batalha, empalideceram e se encolheram, alguns se envergonhando por gritar ou se afastar da visão impressionante perante eles.

Vendo alguns desses jovens cavaleiros amedrontados nas ameias abaixo dele, Tanis cerrou os dentes. Ele também sentiu o medo doentio o varrer, sentiu seu estômago apertar e a bílis subir à sua boca. Olhando para Lorde Gunthar, ele viu a expressão do cavaleiro endurecer, e soube que experimentava o mesmo.

Olhando para cima, Tanis pôde ver os dragões de bronze que serviam aos Cavaleiros de Solamnia voando em formação, esperando acima da Torre. Eles não atacariam até serem atacados, tais eram os termos da trégua que existia entre os dragões bondosos e os malignos desde o fim da guerra. Mas Tanis viu Khirsah, o líder, balançar a cabeça orgulhoso, suas garras afiadas cintilando no brilho refletido do relâmpago. Não havia dúvida, pelo menos na mente do dragão, de que essa batalha aconteceria.

Ainda assim, aquela voz interior incomodava Tanis. Tudo muito simples, tudo fácil demais. Kitiara estava planejando algo...

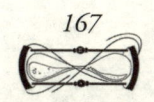

A cidadela ficava cada vez mais próxima. Parecia a casa de alguma colônia de insetos nocivos, Tanis pensou sombrio. Draconianos literalmente cobriam aquela coisa! Agarrando-se a todos os centímetros disponíveis, suas asas curtas e atarracadas estendidas, penduravam-se nas paredes e nos alicerces, empoleiravam-se nas ameias e pendiam das torres. Seus rostos maliciosos, reptilianos, eram visíveis nas janelas e espiavam pelas portas. O silêncio reverente que reinou na sala da Torre do Alto Clerista era tal (exceto pelo grito ocasional de algum cavaleiro, dominado pelo medo) que podiam ouvir, vindo da cidadela, o farfalhar das asas das criaturas e, sobre isso, sons fracos de cânticos, as vozes misturadas de magos e clérigos cujo poder maligno mantinha o terrível dispositivo no ar.

Aproximava-se cada vez mais, e os cavaleiros ficaram tensos. Ordens em voz baixa se transmitiram, espadas deslizaram das bainhas, lanças foram preparadas, arqueiros colocaram suas flechas, baldes de água estavam cheios e prontos para apagar incêndios, divisões reuniram-se no pátio para lutar contra aqueles draconianos que pulassem e atacassem.

Acima, Khirsah alinhou seus dragões em formação de batalha, dividindo-os em grupos de dois e três, pairando, pronto para descer sobre o inimigo como um raio de bronze.

— Precisam de mim lá embaixo — Gunthar disse. Pegando seu elmo, ele o colocou e saiu pela porta de seu quartel general para tomar seu lugar na torre de observação, seus oficiais e auxiliares o acompanhando.

Mas Tanis não foi, nem mesmo respondeu ao convite tardio de Gunthar para ir com eles. A voz dentro dele estava cada vez mais alta, mais insistente. Fechando os olhos, ele se virou. Bloqueando o debilitante medo do dragão, apagando a visão daquela sinistra fortaleza de morte, lutou para se concentrar na voz dentro dele.

E finalmente, ouviu.

— Pelos deuses, não! — ele sussurrou. — Idiota! Como fomos cegos! Nós fizemos exatamente o que ela queria!

De repente o plano de Kitiara ficou claro. Ela poderia estar lá, explicando a ele com detalhes. O peito apertado de medo, ele abriu seus olhos e saltou em direção a janela. Seu punho bateu na borda de pedra esculpida, cortando-o. Jogou a caneca no chão, onde ela estilhaçou. Mas ele não percebeu nem o sangue que fluiu da sua mão ferida nem o chá derramado. Olhando acima para o céu assustador e escurecido pelas nuvens, viu a cidadela chegando mais e mais perto, ficando mais e mais próxima.

Estava ao alcance do tiro de arco longo.

Estava ao alcance da lança.

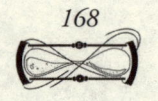

Olhando para cima, quase cego pelos relâmpagos, Tanis pôde ver os detalhes da armadura dos draconianos, os rostos sorridentes dos humanos mercenários que lutavam nas fileiras, as escamas brilhantes dos dragões voando acima.

E então se foi.

Nenhuma flecha voou, nenhum feitiço foi lançado. Khirsah e os dragões de bronze circulavam inquietos, olhando para seus primos com fúria, porém constrangidos por seus juramentos de não atacar aqueles que não os atacarem primeiro. Os cavaleiros ficaram sobre as ameias, esticando seus pescoços para ver a enorme criação voar sobre eles, roçando o pináculo mais alto da Torre do Alto Clerista que derrubou algumas pedras no pátio abaixo.

Xingando baixinho, Tanis correu para a porta, batendo em Gunthar quando o cavaleiro, um olhar perplexo em seu rosto, estava chegando.

— Eu não consigo entender — Gunthar estava dizendo para seus ajudantes. — Por que não ela atacou? O que está fazendo?

— Ela está indo atacat direto a cidade, cara! — Tanis agarrou Gunthar pelos braços, quase o sacudindo. — É o que Dalamar disse o tempo todo! O plano de Kitiara é atacar Palanthas! Ela não ia se meter com a gente e agora ela não precisa! Está passando sobre a Torre do Alto Clerista!

Os olhos de Gunthar, pouco visíveis sob as fendas de seu elmo, estreitaram-se.

— Isso é loucura — disse ele com frieza, puxando seu bigode. Por fim, irritado, jogou seu elmo longe. — Pelos deuses, Meio-Elfo, que tipo de estratégia militar é essa? Deixar a retaguarda de seu exército desprotegida! Ainda que ela tome Palanthas, não tem força suficiente para segurá-la. Ela ficará presa entre as muralhas da cidade e nós. Não! Ela tem que acabar conosco aqui, depois atacar a cidade! Caso contrário, vamos destrui-la sme esforço. Não há como escapar!

Gunthar virou-se para seus ajudantes.

— Talvez isso seja uma finta, para nos pegar desprevenidos. Melhor se preparar para a cidadela atacar a partir da direção oposta...

— Escute-me! — Tanis exclamou. — Isso não é uma finta. Ela está indo para Palanthas! E quando você e os cavaleiros chegarem na cidade, seu irmão terá retornado pelo Portal! E ela estará esperando por ele, com a cidade sob seu controle!

— Absurdo! — Gunthar fez uma careta. — Ela não pode tomar Palanthas tão rápido. Os dragões bondosos se levantarão para lutar... Droga, Tanis, mesmo que os palanthianos não sejam grandes soldados, eles podem segurá-la apenas por seus números absolutos! — ele bufou. — Os cavaleiros podem marchar agora mesmo. Estaremos lá dentro de quatro dias.

— Você esqueceu uma coisa — Tanis retrucou, com firmeza, mas empurrando o cavaleiro com educação. Girando nos calcanhares, ele gritou: — Todos nós esquecemos uma coisa, o elemento que faz esta batalha empatar, Lorde Soth!

Capítulo 12

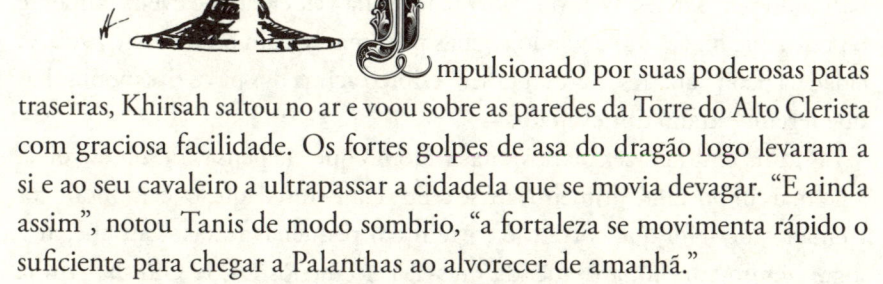

Impulsionado por suas poderosas patas traseiras, Khirsah saltou no ar e voou sobre as paredes da Torre do Alto Clerista com graciosa facilidade. Os fortes golpes de asa do dragão logo levaram a si e ao seu cavaleiro a ultrapassar a cidadela que se movia devagar. "E ainda assim", notou Tanis de modo sombrio, "a fortaleza se movimenta rápido o suficiente para chegar a Palanthas ao alvorecer de amanhã."

— Não chegue muito perto — ele advertiu Khirsah.

Um dragão negro sobrevoou, circulando em grandes e preguiçosas espirais para ficar de olho neles. Outros negros pairavam a distância e, agora que estava no mesmo nível que a cidadela, Tanis também podia ver os dragões azuis, voando em torno das torres cinzentas do castelo flutuante. Tanis reconheceu um dragão azul particularmente grande como o que Kitiara montava, Skie.

"Onde está Kit?" Tanis se perguntou, tentando sem sucesso espiar pelas janelas, cheias de draconianos, que estavam apontando para ele e zombando. De repente, teve medo de que ela pudesse reconhecê-lo se estivesse assistindo, e puxou o capuz do manto sobre a cabeça. Então, sorrindo com tristeza, coçou a barba. A esta distância, Kit não veria mais do que um cavaleiro solitário nas costas do dragão, provavelmente um mensageiro dos cavaleiros.

Podia imaginar o que estaria ocorrendo na cidadela.

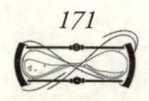

— Podemos derrubá-lo dos céus, Lorde Kitiara — um dos seus comandantes diria.

A risada lembrada de Kitiara chegou aos ouvidos de Tanis.

— Não, deixe-o levar notícias para Palanthas, dizer a eles o que esperar. Dar tempo para suarem.

Tempo para suar. Tanis enxugou o rosto. Mesmo no ar frio acima das montanhas, a camisa sob sua túnica de couro e a armadura estava úmida e pegajosa. Ele estremeceu com o frio e puxou sua capa mais para perto. Seus músculos doeram; estava acostumado a andar em carruagens, não em dragões, e lembrou por um instante com saudade de sua carruagem quente. Então zombou de si mesmo. Sacudindo a cabeça para clareá-la (por que perder uma noite de sono o afetara tanto?), ele forçou sua mente a sair de seu desconforto para o problema impossível a frente.

Khirsah estava tentando o seu melhor para ignorar o dragão negro ainda pairando perto deles. O bronze aumentou sua velocidade, e eventualmente o preto, que havia sido enviado apenas para manter um olho neles, virou. A cidadela ficou para trás, flutuando sem esforço acima dos picos das montanhas que teriam parado um exército.

Tanis tentou fazer planos, mas tudo no que ele pensava fazer envolvia algo mais importante primeiro, até se sentir como um daqueles camundongos treinados de feira que correm e correm em pequenas rodas, sem chegar a lugar algum com uma tremenda pressa. Pelo menos Lorde Gunthar tinha realmente intimidado e atormentado os generais de Amothus (um título honorário em Palanthas, concedido por excelente serviço comunitário; nenhum general servindo agora estivera em uma batalha) para mobilizar a milícia local. Infelizmente, a mobilização foi considerada como uma simples desculpa para um feriado.

Gunthar e seu cavaleiros ficaram ali parados, rindo e cutucando uns aos outros enquanto observavam os soldados civis tropeçar nos treinos. Depois disso, Lorde Amothus fez um discurso de duas horas, a milícia, orgulhosa de seu heroísmo, tinha se embriagado em um estupor, e todos tinham se divertido muito.

Imaginando em sua mente os gorduchos donos de tavernas, os mercadores aspirantes, os alfaiates elegantes e os desajeitados ferreiros tropeçando em suas armas e uns nos outros, seguindo ordens que nunca foram dadas, sem seguir aquelas que foram, Tanis poderia chorar de pura frustração. "Isso", ele teve o pensamento sombrio, "é o que enfrentará um cavaleiro da morte e seu exército de guerreiros esqueléticos nos portões de Palanthas amanhã."

— Onde está Lorde Amothus? — Tanis exigiu, empurrando as enormes portas do palácio antes de serem abertas, por pouco não derrubando um atônito lacaio.

— Dormindo, senhor — o lacaio começou — estamos no meio da manhã...

— Acorde-o. Quem está no comando dos Cavaleiros? — O lacaio, olhos arregalados, gaguejou.

— Caramba! — Tanis rosnou. — Quem é o cavaleiro de posição mais elevada, seu tonto!

— Esse seria Sir Markham, senhor, Cavaleiro da Rosa — disse Charles em sua voz tranquila, digna, emergindo de uma das antecâmaras. — Devo cha...

— Sim! — gritou Tanis, então, vendo todos no grande hall de entrada do palácio olhando para ele como se fosse um louco, e lembrando que o pânico com certeza não ajudaria a situação, o meio-elfo colocou a mão sobre os olhos, respirou, e se obrigou a falar de forma racional.

— Sim — ele repetiu em voz baixa — mande chamar Sir Markham e o mago, Dalamar, também.

Este último pedido pareceu confundir até mesmo Charles. Ele considerou por um momento, e, com uma expressão de dor em seu rosto, ele se aventurou a protestar.

— Lamento muito, meu senhor, mas não tenho como enviar uma mensagem para... para a Torre da Alta Magia. Nenhum ser vivo pode pisar naquele maldito arvoredo, nem mesmo um kender!

— Droga! — Tanis bufou. — *Tenho* que falar com ele! — Ideias passaram na sua mente. — Com certeza você tem prisioneiros goblins? Um de sua espécie poderiam atravessar o bosque. Obtenha uma das criaturas, prometa liberdade, dinheiro, metade do reino, Amothus, qualquer coisa! Apenas jogue-o dentro daquele maldito bosque...

— Isso será desnecessário, meio-elfo — disse uma voz suave. Uma figura vestida de preto materializou-se no corredor do palácio, assustando Tanis, traumatizando os lacaios, e até fazendo Charles levantar as sobrancelhas.

— Você *é* poderoso — Tanis comentou, aproximando-se do elfo negro. Charles estava emitindo ordens para vários funcionários, enviando um para despertar o Lorde Amothus e outro para localizar Sir Markham. — Preciso falar com você em particular. Venha aqui.

Seguindo Tanis, Dalamar deu um sorriso frio.

— Queria poder aceitar o elogio, meio-elfo, mas foi só por observação de que eu discerni sua chegada, não por qualquer leitura de mentes mágica. Da janela do laboratório, vi o dragão aterrissar no pátio do palácio. Eu vi você desmontar e entrar no Palácio. Preciso conversar com você tanto quanto você comigo. Portanto, estou aqui.

Tanis fechou a porta.

— Rápido, antes que os outros venham. Você sabe o que está vindo?

— Soube na noite passada. Mandei uma mensagem para você, mas você já tinha partido. — O sorriso de Dalamar se torceu. — Meus espiões voam com asas rápidas.

— Se chegam a usar asas — Tanis murmurou. Com um suspiro, ele coçou a barba, então, levantando a cabeça, olhou para Dalamar com atenção. O elfo negro se levantou, as mãos cruzadas em suas vestes, calmo e recolhido. O jovem elfo sem dúvida parecia ser alguém em quem poderia se confiar para agir com coragem e frieza em um momento difícil. Infelizmente, por quem ele iria agir era algo a se desconfiar.

Tanis esfregou a testa. Como isso era confuso! Como era mais fácil antigamente — ele parecia o avô de alguém! — quando o bem e o mal eram definidos com clareza e todos sabiam de que lado estavam brigando por ou contra. Agora, ele estava aliado com mal brigando contra o mal. Como isso foi possível? *O mal se volta contra si* como Elistan lera nos discos de Mishakal. Sacudindo a cabeça com raiva, Tanis percebeu que estava perdendo tempo. Ele tinha que confiar em Dalamar, ou, pelo menos, tinha que confiar em sua ambição.

— Há alguma maneira de impedir Lorde Soth?

Dalamar assentiu devagar.

— Você está pensando rápido, Meio-Elfo. Então você também acredita que o cavaleiro da morte atacará Palanthas?

— É óbvio, não é? — Tanis retrucou. — Isso *tem* que ser o plano de Kit. É isso que iguala as chances.

O elfo negro deu de ombros.

— Para responder à sua pergunta, não, não há nada que possa ser feito. Não agora, de qualquer forma.

— Você? Você pode impedi-lo?

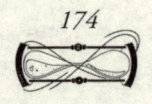

— Não ouso deixar meu posto ao lado do Portal. Vim agora porque sei que Raistlin ainda está longe. Mas cada respiração que damos o traz para mais perto. Esta será minha última chance para sair da Torre. Foi por isso que vim falar com você, para avisá-lo. Temos pouco tempo.

— Ele está ganhando! — Tanis olhou para Dalamar, incrédulo.

— Vocês sempre o subestimaram — Dalamar disse com escárnio. — Eu disse, ele agora é forte, poderoso, o maior bruxo que já existiu. Claro que ele está ganhando! Mas a que custo... a que grande custo.

Tanis franziu a testa. Ele não gostou da nota de orgulho que ouviu na voz de Dalamar quando ele falou sobre Raistlin. Aquilo não soava como um aprendiz pronto para matar seu *Shalafi* se a necessidade surgisse.

— Mas, voltando ao Lorde Soth — disse Dalamar frio, vendo mais dos pensamentos de Tanis no rosto do meio-elfo do que Tanis tinha pretendido. — Quando percebi pela primeira vez que ele, sem dúvida, usaria esta oportunidade para ter sua vingança sobre uma cidade e um povo que ele odeia há muito tempo, se acreditarmos nas velhas lendas sobre sua queda, entrei em contato com a Torre da Alta Feitiçaria em Wayreth...

— Claro! — Tanis ofegou de alívio. — Par-Salian! O Conclave. Eles poderiam...

— Não houve resposta à minha mensagem — Dalamar continuou, ignorando a interrupção. — Algo estranho está acontecendo lá. Não sei o quê. Meu mensageiro encontrou o caminho barrado e, para alguém com sua natureza leve e aérea, digamos, isso não é fácil.

— Mas...

— Oh — Dalamar deu de ombros — Eu vou continuar tentando. Mas não podemos contar com eles, e eles são os únicos usuários de magia poderosos o suficiente para impedir um cavaleiro da morte.

— Os clérigos de Paladine...

— ...são novos em sua fé. Na época de Huma, dizia-se que os clérigos verdadeiramente poderosos poderiam chamar a ajuda de Paladine e usar certas palavras sagradas contra cavaleiros da morte, mas, se assim for, não há nenhum em Krynn que tenha esse poder.

Tanis pensou por um momento.

— O destino de Kit será a Torre da Alta Magia para encontrar e ajudar seu irmão, certo?

— E tentar me impedir — disse Dalamar em uma voz tensa, seu rosto empalidecendo.

— Kitiara pode atravessar o Bosque Shoikan?

Dalamar deu de ombros de novo, mas seu jeito frio foi, Tanis notou, subitamente tenso e forçado.

— O bosque está sob meu controle. Ele manterá do lado de fora todas as criaturas, vivas e mortas. — Dalamar tornou a sorrir, mas desta vez sem alegria. — Seu goblin, a propósito, não teria durado cinco segundos. No entanto, Kitiara tinha um amuleto, dado a ela por Raistlin. Se ela ainda o tem, junto com a coragem de usá-lo, e se Lorde Soth estiver com ela, sim, ela pode passar. Uma vez lá dentro, porém, ela deve enfrentar os guardiões da Torre, não menos formidáveis do que aqueles no bosque. Ainda assim, essa é a minha preocupação... não sua...

— Você tem preocupações demais! — Tanis retrucou. — Me dê um amuleto! Deixe-me dentro da Torre! Posso lidar com ela...

— Oh, sim. — Dalamar devolveu, divertido. — Sei como você lidou com ela no passado. Ouça, meio-elfo, você terá trabalho demais lidando para continuar no controle da cidade. Além do mais, você se esqueceu de uma coisa, o verdadeiro propósito de Soth nisto. Ele quer Kitiara morta. Ele a quer para si. Ele disse isso para mim. Claro, deve fazer isto parecer algo bom. Se puder conseguir sua morte e vingar-se de Palanthas, terá conseguido seu objetivo. Ele não poderia se importar menos com Raistlin.

Sentindo-se de repente congelado até a alma, Tanis não podia responder. Ele tinha, de fato, esquecido o objetivo de Soth. O meio-elfo estremeceu. Kitiara tinha feito muitas coisas más. Sturm morreu na ponta de sua lança, incontáveis morreram por ordens dela, incontáveis outros sofreram e ainda sofrem. Mas ela mereceria isso? Uma vida sem fim de frio e escuro tormento, ligada para sempre em algum tipo de casamento profano com aquela criatura do Abismo?

Uma cortina de escuridão encobriu a visão de Tanis. Tonto, fraco, ele se viu oscilando à beira de um abismo e sentiu-se caindo...

Houve a leve sensação de ser envolto em panos macios e pretos, ele sentiu mãos fortes o apoiando, guiando...

Então, nada.

A borda fria e lisa de um copo tocou os lábios de Tanis, o conhaque picou sua língua e esquentou sua garganta. Tonto, olhou acima para ver Charles pairando sobre ele.

— Você cavalgou muito, sem comida ou bebida, foi o que o elfo negro me disse — Atrás de Charles flutuava o rosto pálido e ansioso de Lorde Amothus. Envolto em um roupão branco, ele parecia muito com um fantasma perturbado.

— Sim — Tanis murmurou, empurrando o copo para longe e tentando levantar-se. Sentindo a sala balançar sob seus pés, contudo, ele decidiu que era melhor permanecer sentado. — Vocês estão certos, é melhor eu comer alguma coisa. — Olhou ao redor procurando o elfo negro. — Onde está Dalamar?

O rosto de Charles ficou sério.

— Quem sabe, meu senhor? Fugiu de volta para sua morada escura, eu acho. Ele disse que seu assunto com você foi concluído. Vou, com a sua licença, meu senhor, fazer o cozinheiro preparar o café da manhã.

Curvando-se, Charles retirou-se, mas antes se afastou para permitir que o jovem Sir Markham entrasse.

— Você tomou café da manhã, Sir Markham? — Lorde Amothus perguntou hesitante, sem saber ao certo o que estava acontecendo e bastante perturbado pelo fato de que um mago elfo negro se sentir livre para simplesmente aparecer e desaparecer dentro da sua casa. — Não? Então teremos um trio. Como você prefere seus ovos?

— Talvez não devêssemos discutir ovos agora, meu senhor — Sir Markham disse, olhando para Tanis com um leve sorriso. As sobrancelhas dele tinham se unido de forma assustadora e sua aparência desgrenhada e exausta mostrava que teria notícias ruins.

Amothus suspirou, e Tanis viu que o nobre simplesmente estivera tentando adiar o inevitável.

— Retornei esta manhã da Torre do Alto Clerista... — ele começou.

— Ah — Sir Markham interrompeu, sentando-se relaxado em uma cadeira e servindo-se de um copo de conhaque. — Eu recebi uma mensagem de Lorde Gunthar que ele esperava encontrar o inimigo esta manhã. Como vai a batalha? — Markham era um jovem nobre rico, bonito, despreocupado e maleável. Ele se distinguira na Guerra da Lança, lutando sob o comando de Laurana, e tinha sido feito Cavaleiro da Rosa. Mas Tanis lembrou-se de Laurana dizendo a ele que a bravura do jovem era indiferente, quase casual, e totalmente não confiável. ("Sempre tive a sensação", disse Laurana pensativa, "que ele lutou na batalha apenas porque não havia nada mais interessante para fazer.")

Lembrando daquela avaliação do jovem cavaleiro, e ouvindo seu tom feliz, despreocupado, Tanis franziu a testa.

— Não houve — disse ele de repente. Um olhar quase cômico de esperança e alívio surgiu no rosto de Lorde Amothus. Tanis quase riu, mas, temendo que fosse risos histéricos, ele conseguiu se controlar. Olhou para Lorde Markham, que ergueu uma sobrancelha.

— Não houve? Então o inimigo não veio...

— Oh, ele veio — Tanis disse amargamente — veio e se foi. Passou direto. — Ele gesticulou no ar. — Whoosh.

— Whoosh? — Amothus ficou pálido. — Eu não entendi.

— Uma cidadela voadora!

— Pelo Abismo! — Lorde Markham soltou um assobio baixo. — Uma cidadela voadora. — Ficou pensativo, alisando distraído suas elegantes roupas de montaria. — Não atacaram a Torre do Alto Clerista. Eles estão voando sobre as montanhas. Isso significa...

— Eles planejam jogar tudo o que têm sobre Palanthas — Tanis finalizou.

— Mas... eu não entendo! — Lorde Amothus olhou desconcertado — Os cavaleiros não os impediram?

— Teria sido impossível, meu senhor — Sir Markham disse com um negligente dar de ombros. — A única maneira para atacar uma cidadela voadora com chances de sucesso é com voos de dragões.

— E pelos termos do tratado de rendição, os dragões bondosos não atacarão a menos que sejam atacados primeiro. Tudo o que tínhamos na Torre do Alto Clerista era um bando de bronzes. Vamos precisar de números muito maiores do que isso, e dragões de prata e ouro também, para parar a cidadela — Tanis disse cansado.

Reclinando em sua poltrona, Sir Markham ponderou.

— Há alguns dragões de prata na área que, é claro, irão se erguer no instante em que os dragões malignos forem avistados. Mas não muitos. Talvez possamos convocar mais...

— A cidadela não é nosso maior perigo — disse Tanis. Fechando os olhos, tentou impedir que a sala girasse. O que estava acontecendo com ele? Ficando velho, supôs. Velho demais para isso.

— Não é? — Lorde Amothus parecia estar à beira de um colapso por aquele golpe adicional, mas como o nobre que era, ele estava fazendo o seu melhor para recuperar sua compostura.

— Tenho certeza de que Lorde Soth cavalga com Kitiara.

— Um cavaleiro da morte! — Sir Markham sussurrou com um leve sorriso. Lorde Amothus empalideceu de modo tão visível que Charles, retornando com a comida, deixou-a e correu para o lado de seu mestre.

— Obrigado, Charles — disse Amothus em um tom rígido e antinatural. — Um pouco de conhaque, talvez.

— Muito conhaque seria mais adequado — Sir Markham disse alegre, esvaziando seu copo. — Podemos ficar completamente bêbados. Não adianta ficar sóbrio. Não contra um cavaleiro da morte e suas legiões... — A voz do jovem cavaleiro sumiu.

— Vocês cavalheiros devem comer agora — disse Charles com firmeza, tendo deixado seu mestre mais confortável. Um gole de conhaque trouxe um pouco de cor ao rosto de Amothus. O cheiro da comida fez Tanis perceber que estava com fome, e não protestou quando Charles, movendo-se com eficiência, arrumou uma mesa e serviu a refeição.

— O...o que tudo isso significa? — Lorde Amothus vacilou, espalhando o guardanapo no colo automaticamente. — Eu... eu ouvi falar deste cavaleiro da morte antes. Meu tataravô foi um dos nobres que testemunhou o julgamento de Soth em Palanthas. E esse Soth foi quem sequestrou Laurana, não foi, Tanis?

O rosto do meio-elfo escureceu. Ele não respondeu.

Amothus ergueu as mãos em súplica.

— Mas o que podemos fazer contra uma cidade?

Ainda assim ninguém respondeu. Porém, não havia necessidade. Amothus olhou do rosto sombrio e exausto do meio-elfo para o do jovem cavaleiro, que estava sorrindo com amargor enquanto metodicamente fazia pequenos furos na toalha de renda com a faca. O senhor teve sua resposta.

Levantando-se, seu café da manhã intocado, seu guardanapo escorregando despercebido do colo até o chão, Amothus caminhou através da sala suntuosamente decorada para ficar diante de uma janela alta feita de vidro cortado a mão em um desenho intrincado. Um grande painel oval no centro emoldurava a vista da bela cidade de Palanthas. O céu acima estava escuro e cheio de nuvens estranhas e agitadas. Mas a tempestade acima só parecia intensificar a beleza e aparente serenidade da cidade abaixo.

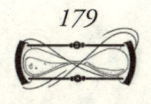

Lorde Amothus estava lá, sua mão descansando sobre uma cortina de cetim, olhando para a cidade. Era dia de mercado. Pessoas passavam pelo palácio a caminho da praça do mercado, conversando sobre o céu sinistro, carregando suas cestas, repreendendo as crianças.

— Eu sei o que você está pensando, Tanis — Amothus disse por fim, a voz falhando. — Você está pensando em Tarsis e Consolação e Silvanesti e Kalaman. Você está pensando em seu amigo que morreu na Torre do Alto Clerista. Em todos aqueles que morreram e sofreram na última guerra enquanto nós em Palanthas permanecemos intocados, inalterados.

Ainda assim, Tanis não respondeu. Ele comia em silêncio.

— E você, Sir Markham — Amothus suspirou. — Eu ouvi você e seus cavaleiros rindo no outro dia. Ouvi os comentários sobre o povo de Palanthas carregando seus sacos de dinheiro para a batalha, planejando derrotar o inimigo jogando moedas e gritando, 'Saiam! Saiam'.

— Contra Lorde Soth, isso serviria tanto quanto espadas! — Com um dar de ombros e uma risada curta e sarcástica, Markham estendeu seu copo de conhaque para Charles encher.

Amothus descansou a cabeça contra o vidro da janela.

— Nunca pensamos que a guerra viria até nós! Nunca veio! Através das eras, Palanthas permaneceu uma cidade de paz, uma cidade de beleza e luz. Os deuses nos pouparam, mesmo durante o Cataclisma. E agora, agora que há paz no mundo, *esta* vem para nós! — Ele se virou, seu pálido rosto abatido e angustiado. — Por quê? Não compreendo.

Tanis empurrou o prato para longe. Inclinando-se para trás, ele se espreguiçou, tentando aliviar as cãibras em seus músculos. "Estou ficando velho", pensou, "velho e mole. Sinto falta do meu sono à noite. Sinto falta de poder pular uma refeição sem desmaiar. Eu sinto falta de dias passados. Sinto falta dos amigos que há muito se foram. E eu estou cansado de ver as pessoas morrerem em alguma guerra estúpida e sem sentido!" Soltando um suspiro, ele esfregou seus olhos turvos e, em seguida, apoiando os cotovelos na mesa, deixou a cabeça afundar nas mãos.

— Você fala de paz. Que paz? — ele perguntou. — Temos nos comportando como crianças em uma casa onde mãe e pai lutaram constantemente por dias e agora, enfim, eles estão quietos e cordiais. Sorrimos muito e tentamos ser felizes e comer todos nossos vegetais e andamos na ponta dos pés por aí, com medo de fazer barulho. Porque sabemos que, se o fizermos, a luta recomeçará. E chamamos isso de paz! — Tanis riu amargo. — Fale uma palavra em falso, meu senhor, e Porthios terá os elfos no seu pescoço.

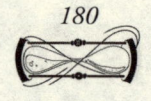

Acaricie sua barba do jeito errado, e os anões vão trancar os portões da montanha mais uma vez.

Olhando para Lorde Amothus, Tanis viu a cabeça do homem pender, viu a mão delicada roçar seus olhos, seus ombros cairem. A raiva de Tanis diminuiu. Com quem ele estava zangado de qualquer maneira? Com o destino? Os deuses?

Levantando-se cansado, Tanis caminhou até a janela, olhando para a pacífica, bela, e condenada cidade,

— Eu não tenho a resposta, meu senhor — ele disse calmo. — Se eu tivesse, fariam construir um templo para mim e teria uma centena de clérigos me seguindo, eu acho. Tudo o que sei é que não podemos desistir. Precisamos continuar tentando.

— Outro conhaque, Charles — disse Sir Markham, segurando seu copo mais uma vez. — Um brinde, cavalheiros. — Ele levantou o copo.

— Para tentar. Rima com se matar.

Capítulo 13

Veio uma suave batida na porta. Absorto em seu trabalho, Tanis assustou-se.

— Sim, o que foi? — ele falou.

A porta se abriu.

— Charles, meu senhor. Você pediu que eu o chamasse na troca de turno.

Virando a cabeça, Tanis olhou pela janela. Ele a abrira para deixar entrar algum ar. Mas a noite estava quente e abafada e nenhuma brisa se mexia. O céu estava sombrio, exceto por raios ocasionais do misterioso relâmpago tingido de rosa que passava de nuvem em nuvem. Agora que sua atenção estava nisto, ele podia ouvir os sinos marcando a Vigia Profunda, as vozes dos guardas recém-chegados de plantão, os passos medidos dos que saiam para o descanso.

O descanso seria curto.

— Obrigado, Charles — Tanis disse. — Entre por um momento, se puder?

— Claro, meu senhor.

O criado entrou, fechando devagar a porta atrás de si. Tanis encarou por um momento o papel na escrivaninha.

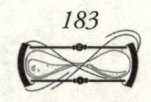

Então, com os lábios apertados em determinação, escreveu mais duas linhas em uma mão firme e élfica. Polvilhando areia sobre a tinta para secá-la, começou a reler a carta com atenção. Mas seus olhos embaçaram e a caligrafia ficou borrada em sua visão. Por fim, desistindo, assinou seu nome, enrolou o pergaminho, e ficou segurando-o na mão.

— Senhor — disse Charles — está tudo bem?

— Charles... — começou Tanis, torcendo um anel de aço e ouro que usava no dedo. Sua voz sumiu.

— Meu senhor? — Charles solicitado.

— Esta é uma carta para minha esposa, Charles — Tanis continuou em uma voz baixa, sem olhar para o serviçal. — Ela está em Silvanesti. Precisa sair daqui esta noite, antes...

— Entendo perfeitamente, senhor — disse Charles, dando um passo à frente e se encarregando da carta.

Tanis corou com culpa.

— Sei que há documentos muito mais importantes que precisam ser enviados, ordens para cavaleiros, e tal, mas...

— Tenho o mensageiro certo, meu senhor. Ele é elfo, de Silvanesti, na verdade. Ele é leal e, para ser honesto, senhor, ficará mais do que satisfeito em deixar a cidade em uma missão honrada.

— Obrigado, Charles. — Tanis suspirou e passou a mão no cabelo. — Se algo acontecer, quero que ela saiba...

— Claro que sim, meu senhor. Perfeitamente compreensível. Não pense mais nisso. Seu selo, talvez?

— Ah, sim, com certeza. — Retirando o anel, Tanis o apertou na cera quente que Charles pingava no pergaminho, imprimindo na cera a imagem de uma folha de álamo.

— Lorde Gunthar chegou, meu senhor. Ele está se encontrando com Sir Markham agora.

— Lorde Gunthar! — A fronte de Tanis clareou. — Excelente. Eu...

— Eles pediram para se encontrar com você, se for conveniente, meu senhor — Charles disse imperturbável.

— Ah, é bem conveniente — disse Tanis, levantando-se. — Não creio que tenha havido algum sinal da cida...

— Ainda não, meu senhor. Você encontrará os senhores no salão de verão, agora, oficialmente, a sala de guerra.

— Obrigado, Charles — disse Tanis, surpreso por ter, por fim, conseguido completar uma sentença.

— Mais alguma coisa, meu senhor?

— Não, obrigado. Eu sei o...

— Muito bem, meu senhor. — Curvando-se, carta na mão, Charles segurou a porta para Tanis, depois a trancou atrás dele. Depois de esperar um momento para ver se Tanis teria alguma decisão de última hora, ele se curvou mais uma vez e o deixou.

Com a mente ainda na carta, Tanis ficou sozinho, agradecido pela imobilidade sombria do corredor mal iluminado. Então com uma respiração trêmula, caminhou com firmeza em busca do salão de verão, agora a sala de guerra.

Tanis estava com a mão na maçaneta e prestes a entrar na sala quando captou um vislumbre de movimento para com o canto do olho. Virando a cabeça, ele viu uma figura de trevas materializando-se no ar.

— Dalamar? — Tanis disse espantado, parando de abrir a porta da sala de guerra e andando pelo corredor em direção ao elfo negro. — Achei...

— Tanis. É você quem procuro.

— Teve notícia?

— Nenhuma que você gostaria de ouvir — disse Dalamar, encolhendo os ombros. — Não posso ficar muito tempo, nosso destino oscila à beira de uma lâmina. Mas trouxe isso para você. — Pegando uma bolsa de veludo preto pendurada ao seu lado, tirou uma pulseira de prata e a estendeu para Tanis.

Colocando a pulseira na mão, Tanis a examinou com curiosidade. A pulseira tinha cerca de quatro polegadas de largura, feita de prata maciça. Pela largura e peso, Tanis supôs, tinha sido feita pensado para ser colocado no pulso de um homem. Um pouco manchada, estava cravejada de pedras negras cujas superfícies polidas brilhavam à luz bruxuleante das tochas do corredor. E vinha da Torre da Alta Magia.

Tanis a segurou com cuidado.

— É... — ele hesitou, sem ter certeza se queria saber.

— Mágica? Sim — respondeu Dalamar.

— De Raistlin? — Tanis franziu a testa.

— Não. — Dalamar sorriu sarcástico. — O *Shalafi* não precisa de defesas mágicas como essas. Faz parte da coleção de objetos assim na Torre. Isso é muito antigo, sem dúvida do tempo de Huma.

— O que isso faz? — Tanis estudou o bracelete em dúvida, ainda franzindo a testa.

— Isso torna aquele que o usa resistente à magia.

Tanis ergueu a sua cabeça.

— A magia de Lorde Soth?

— Qualquer magia. Mas, sim, ele protegerá o usuário das palavras de poder do cavaleiro da morte : 'matar', 'atordoar', 'cegar'. Vai impedir o usuário de sentir os efeitos do medo que ele gera. E irá proteger o portador dos seus feitiços de fogo e de gelo.

Tanis encarou Dalamar com atenção.

— É realmente um valioso presente! Isto nos dá uma chance.

— O portador poderá me agradecer quando e se voltar vivo! — Dalamar cruzou as mãos dentro das mangas. — Mesmo sem sua magia, Lorde Soth é um adversário formidável, sem falar naqueles que o seguem, que estão jurados a seu serviço com juramentos que a própria morte não poderia apagar. Sim, meio-elfo, agradeça *quando* você retornar.

— Eu? — Tanis disse com espanto. — Mas...eu não empunho uma espada há mais de dois anos! — Ele olhou para Dalamar com uma suspeita repentina. — Por que eu?

O sorriso de Dalamar se alargou. Os olhos oblíquos brilharam com diversão.

— Dê isto para um dos cavaleiros, meio-elfo. Deixe um deles segurá-la. Você irá entender. Lembre-se que isso veio de um lugar de trevas. Saberá reconhecer um dos seus.

— Espere! — Vendo o elfo negro preparado para sair, Tanis segurou o braço vestido de preto de Dalamar. — Só mais um segundo. Você disse que tinha notícias...

— Não é da sua conta.

— Me diga.

Dalamar fez uma pausa, suas sobrancelhas se juntaram em irritação pelo atraso. Tanis sentiu o braço do jovem elfo ficar tenso. "Ele está com medo", Tanis percebeu de repente. Mas até este pensamento passar por sua mente, ele viu Dalamar recuperar o controle de si mesmo. O rosto belo ficou tranquilo, inexpressivo.

— A clériga, dama Crysania, foi mortalmente ferida. Ela conseguiu proteger Raistlin, no entanto. Ele está ileso e se foi para encontrar a Rainha. Foi o que Sua Majestade Sombria disse.

Tanis sentiu sua garganta apertar.

— E sobre Crysania? — ele disse duramente. — Ele apenas a deixou para morrer?

— É claro. — Dalamar pareceu um pouco surpreso com a pergunta. — Ela não seria mais útil para ele.

Olhando para a pulseira na sua mão, Tanis ansiou por jogá-la nos dentes brilhantes do elfo negro. Mas se lembrou a tempo de que não podia se dar ao luxo da raiva. Que situação insana e distorcida! De maneira inconveniente, ele se lembrou de Elistan indo para a Torre, trazendo conforto para o arquimago...

Girando nos calcanhares, Tanis afastou-se furioso. Mas agarrou a pulseira firme em sua mão.

— A magia é ativada quando você a coloca — a voz suave de Dalamar flutuou pela névoa de fúria de Tanis. Ele podia ter jurado que o elfo negro estava rindo.

— Qual é o problema, Tanis? — Lorde Gunthar perguntou quando o meio-elfo entrou na sala de guerra. — Meu caro amigo, você está pálido como a morte.

— Nada. Eu... eu apenas ouvi uma notícia perturbadora. Eu vou ficar bem. — Tanis respirou fundo e olhou para os cavaleiros. — Vocês também não parecem nada bem.

— Outro drinque? — Sir Markham disse, levantando seu copo de conhaque.

Lorde Gunthar deu-lhe um olhar severo e desaprovador, que o jovem cavaleiro ignorou enquanto bebia displicente a bebida em um gole.

— A cidadela foi avistada. Cruzou as montanhas. Assim, estará aqui ao alvorecer.

Tanis assentiu.

— Como eu tinha imaginado. — Ele arranhou a barba, depois esfregou os olhos com cansaço. Lançando um olhar para a garrafa de conhaque, sacudiu a cabeça. Não, aquilo provavelmente só o colocaria para dormir.

— O que é isso que você está segurando? — Gunthar perguntou, estendendo a mão para pegar a pulseira. — Algum tipo de amuleto élfico?

— Eu não tocaria... — Tanis começou.

— Maldição! — Gunthar ofegou, puxando sua mão de volta. A pulseira caiu no chão, pousando em um tapete peludo. O cavaleiro torceu a mão de dor.

Curvando-se, Tanis pegou o bracelete. Gunthar observava-o com olhos incrédulos. Sir Markham estava sufocando uma risada.

— O mago, Dalamar, trouxe isto para nós. Veio da Torre da Alta Magia — Tanis disse, ignorando a carranca de Lorde Gunthar. — Irá proteger o portador dos efeitos de magia, a única coisa que dará a alguém a chance de se aproximar de Lorde Soth.

— Alguém! — Gunthar repetiu. Ele olhou para sua mão. Os dedos onde ele havia tocado a pulseira estavam queimando. — Não só isso, mas mandou um choque através de mim que quase parou meu coração! Quem em nome do Abismo pode usar tal coisa?

— Eu posso, por exemplo — Tanis retrucou. *Isso veio de um lugar de trevas. Saberá reconhecer um dos seus.* — Tem alguma coisa a ver com cavaleiros e votos sagrados a Paladine — ele murmurou, sentindo seu rosto corar.

— Enterre isso! — Lorde Gunthar rosnou. — Não precisamos dessa ajuda que os Vestes Pretas nos dão!

— Parece-me que podemos usar toda a ajuda que pudermos obter, meu senhor! — Tanis rebateu. — Também o lembraria que, por estranho que seja, estamos do mesmo lado! E agora, Sir Markham, quais os planos para defender a cidade?

Deslizando a pulseira em uma bolsa, fingindo não notar o olhar de Lorde Gunthar, Tanis virou-se para Sir Markham que, embora bastante assustado com esta pergunta repentina, rapidamente resgatou Tanis com seu relatório.

Os Cavaleiros de Solamnia estavam marchando da Torre do Alto Clerista. Levaria dias, pelo menos, para que alcançassem Palanthas. Ele enviara um mensageiro para alertar os dragões bondosos, mas parecia improvável que também pudessem alcançar Palanthas a tempo.

A própria cidade estava em alerta. Em um breve e curto discurso, Lorde Amothus havia dito aos cidadãos o que enfrentariam. Não houve pânico, um fato que Gunthar achou difícil de acreditar. Oh, alguns dos mais ricos tentaram subornar capitães de navios para levá-los para fora, mas os capitães tinham, todos, se recusado a navegar para os mares sob a ameaça de uma tempestade tão sinistra. Os portões da Cidade Velha foram abertos. Aqueles que quiseram fugir da cidade e se arriscar na natureza tiveram, claro, permissão. Não foram muitos. Em Palanthas, pelo menos as muralhas da cidade e os cavaleiros davam proteção.

Pessoalmente, Tanis pensava que se os cidadãos soubessem que horrores enfrentariam, teriam arriscado. Da forma como foi, porém, as mulheres deixaram de lado suas belas roupas e começaram a encher todos os recipientes disponíveis com água para combater incêndios. Quem morava na Cidade Nova (não protegida por muros) foi evacuado para a Cidade Velha, cujas paredes estavam sendo fortificadas o melhor possível no pouco tempo que restava. As crianças estavam acomodadas em adegas e abrigos contra tempestades. Comerciantes abriram as lojas, distribuindo os suprimentos necessários. Armeiros distribuíram armas, e as forjas ainda estavam queimando, tarde da noite, para remendar espadas, escudos e armaduras.

Olhando para a cidade, Tanis viu luzes na maioria dos lares: pessoas se preparando para uma manhã que ele, por experiência própria, sabia que jamais poderiam estar prontos.

Com um suspiro, pensando na carta para Laurana, tomou uma decisão amarga. Mas sabia que isso implicaria discussão. Precisava lançar as bases. Virando-se de repente, ele interrompeu Sir Markham.

— Qual você acha que será o plano de ataque? — perguntou a Lorde Gunthar.

— Acho que é bastante simples. — Gunthar puxou seu bigode. — Eles farão o que fizeram em Kalaman. Trarão a cidadela o mais próximo possível. Em Kalaman, não foi muito próximo. Os dragões os detiveram. Mas — ele deu de ombros — nem de perto temos o número de dragões que eles tinham. Assim que a cidadela estiver sobre nossos muros, os draconianos irão descer e tentar tomar a cidade de dentro. Os dragões do mal vão atacar...

— E Lorde Soth irromperá através dos portões — Tanis finalizou.

— Os cavaleiros devem pelo menos chegar aqui a tempo de impedi-los de saquear nossos cadáveres — disse Sir Markham, drenando seu copo de novo.

— E Kitiara — Tanis meditou — estará tentando alcançar a Torre da Alta Magia. Dalamar diz que ser vivo nenhum atravessa o Bosque Shoikan, mas também disse que Kit tinha um amuleto, dado a ela por Raistlin. Ela pode esperar por Soth antes de ir, imaginando que poderá ajudá-la.

— Se a Torre for o objetivo dela — disse Gunthar com ênfase no *se*. Era óbvio que ele ainda acreditava pouco na história sobre Raistlin. — Meu palpite é que ela usará a batalha como cobertura para voar com seu dragão sobre os muros e pousar o mais próximo possível da Torre. Talvez possamos colocar mais cavaleiros ao redor do bosque para tentar impedi-la.

— Eles não conseguiriam chegar perto o suficiente — Sir Markham interrompeu, acrescentando um tardio "meu senhor". — O bosque afeta os nervos de qualquer um a quilômetros de distância.

— Além disso, nós precisaremos dos cavaleiros para lidar com as legiões de Soth — Tanis disse. Respirou fundo. — Eu tenho um plano, se tiver permissão para propô-lo?

— Claro, Meio-Elfo.

— Você acredita que a cidadela atacará de cima e Lorde Soth virá pelos portões da frente, criando uma distração que dará a Kit sua chance de chegar à Torre. Certo?

Gunthar assentiu.

— Então, monte quantos cavaleiros puder em dragões de bronze. Deixe-me ter Fulgor. Já que a pulseira me dá a melhor forma de me defender contra Soth, eu vou levá-lo. O resto dos cavaleiros pode focar em seus seguidores. Eu tenho uma conta particular para acertar com Soth de qualquer jeito — Tanis adicionou, vendo Gunthar sacudindo a cabeça.

— Absolutamente não. Você foi muito bem na última guerra, mas você nunca foi treinado! Se enfrentar um Cavaleiro de Solamnia...

— Até mesmo um Cavaleiro de Solamnia morto! — Sir Markham atalhou, com uma risadinha bêbada.

Os bigodes de Gunthar estremeceram de raiva, mas ele se conteve e continuou friamente.

— ...treinado, como Soth é, você irá cair, com ou sem pulseira.

— Sem a pulseira, contudo, meu senhor, treinamento em esgrima importará muito pouco. — Sir Markham ressaltou, bebendo outro conhaque. — Um sujeito que pode apontar para você e dizer 'morra' tem uma clara vantagem.

— Por favor, senhor — Tanis interveio. — Admito que meu treinamento foi limitado, mas meus anos usando uma espada ultrapassam os seus, meu senhor, por quase dois para um. Meu sangue élfico...

— Para o Abismo com seu sangue élfico — Gunthar murmurou, olhando feio para Sir Markham, que ignorava resoluto ignorava seu superior e erguia a garrafa de novo.

— Eu vou, se for preciso, colocar meu posto na discussão, meu senhor — disse Tanis em voz baixa.

O rosto de Gunthar ficou vermelho.

— Droga, isso foi honorário!

Tanis sorriu.

— O Código não faz essa distinção. Honorário ou não, sou um Cavaleiro da Rosa, e minha idade, bem mais de cem, meu senhor, me coloca acima de você.

Sir Markham estava rindo.

— Oh, pelo bem dos deuses, Gunthar, dê a ele sua permissão para morrer. Que diferença no Abismo isso faria de qualquer maneira?

— Ele está bêbado — Gunthar murmurou, lançando um olhar mordaz para Sir Markham.

— Ele é jovem — Tanis respondeu. — Então, meu senhor?

Os olhos de Lorde Gunthar brilharam de raiva. Ao encarar o meio-elfo, palavras afiadas de reprovação vieram a seus lábios. Mas nunca foram proferidas. Gunthar sabia, melhor que ninguém, que aquele que enfrentasse Soth estava se colocando em uma situação de morte quase certa, com ou sem pulseira mágica. Primeiro tinha julgado que Tanis era muito ingênuo ou muito temerário para reconhecer isso. Olhando dentro dos olhos sombrios e escuros do meio-elfo, ele percebeu que, outra vez, tinha o julgado mal. Engolindo suas palavras com uma tosse rouca, Lorde Gunthar fez um gesto para Sir Markham.

— Veja se você pode deixá-lo sóbrio, meio-elfo. Depois, suponho que é melhor você entrar em posição. Eu tenho cavaleiros me esperando.

— Obrigado, meu senhor — Tanis sussurrou.

— E que os deuses acompanhem você — Gunthar adicionou em voz baixa, embargada. Apertado a mão de Tanis, ele se virou e saiu da sala.

Tanis olhou para Sir Markham, que olhava com cuidado para a garrafa de conhaque vazia com um sorriso irônico. "Ele não está tão bêbado quanto está deixando transparecer", decidiu Tanis. "Ou como desejaria estar".

Afastando-se do jovem cavaleiro, o meio-elfo se aproximou da janela. Olhando para fora, ele esperou o amanhecer.

Laurana

Minha amada esposa, quando nos separamos há uma semana, não pensamos que essa separação poderia ser por muito, muito tempo. Temos sido mantidos separados por boa parte de nossas vidas. Mas devo admitir que não fico entristecido por estarmos separados agora. Conforta-me saber que você está segura, embora, se Raistlin tiver sucesso em seus projetos, temo que não haverá portos seguros em Krynn.

Devo ser honesto, minha querida. Não tenho esperança de que algum de nós sobreviva. Encaro sem temor o conhecimento de que provavelmente irei morrer — acho que posso honestamente dizer isso. Mas não posso encará-lo sem uma raiva amarga. Na última guerra, eu podia esbanjar bravura. Não tinha nada, então, nada para perder. Mas nunca quis tanto viver como agora. Sou um miserável, cobiçando a alegria e a felicidade que encontramos, odiando ter que deixá-la. Penso em nossos planos, os filhos que almejamos. Penso em você, minha amada, e a tristeza que minha morte deve trazer, e não consigo ver esta página através das lágrimas de tristeza e fúria que choro.

Só posso pedir-lhe que deixe este consolo ser seu como é meu — está será a última despedida. O mundo nunca mais poderá nos separar novamente.

Esperarei por você, Laurana, naquele reino onde o próprio tempo morre.

E em um anoitecer, naquele reino de primavera eterna, do crepúsculo eterno, irei olhar a estrada e ver você vindo em minha direção. Posso vê-la tão bem, minha amada. Os últimos raios do sol poente brilhando sobre seu cabelo dourado, seus olhos brilhantes com o amor que também enche meu coração.

Você irá até mim.

Irei envolvê-la em meus braços.

Fecharemos nossos olhos e começaremos a sonhar nosso sonho eterno.

Livro 3

O Retorno

O guarda do portão repousava na sombra da guarita da Cidade Velha. Fora, podia ouvir as vozes dos outros guardas, apertadas e tensas com excitação e medo, conversando para criar coragem. Devia haver uns vinte deles, o velho guarda pensou com amargura. A vigília noturna fora dobrada, os que estavam de folga decidiram ficar em vez de voltar para casa. Acima dele, na muralha, podia ouvir o ritmo lento e constante dos Cavaleiros de Solamnia. Bem mais acima, de vez em quando, podia ouvir o rangido e o bater das asas de um dragão ou, às vezes, suas vozes, falando uns com os outros na língua secreta dos dragões. Estes eram os dragões de bronze que Lorde Gunthar havia trazido da Torre do Alto Clerista, vigiando no ar enquanto os humanos mantinham a vigília em terra.

Ao seu redor, ele podia ouvir os sons, os sons da desgraça iminente.

Esse pensamento estava na mente do guarda, embora não nessas exatas palavras, claro, pois "iminente" não era parte de seu vocabulário. Mas o conhecimento estava lá, do mesmo jeito. O guarda do portão era um velho mercenário, já passara muitas noites assim. Ele tinha sido um jovem como aqueles lá fora, gabando-se das grandes ações que ele faria pela manhã. Na sua primeira batalha, ele tinha ficado tão assustado que não conseguia até hoje se lembrar de nada.

Mas houve muitas outras batalhas depois. Você se acostuma com o medo. Torna-se parte, como sua espada. Pensar naquela batalha que chegava não era diferente. A manhã viria e, se você tivesse sorte, a noite também.

Um súbito bater de lanças, vozes agitadas e uma comoção generalizada tiraram o velho guarda de suas filosofias. Resmungando, mas sentindo um pouco da velho excitação assim mesmo, ele colocou a cabeça fora da guarita.

— Ouvi alguma coisa! — um jovem guarda ofegou, correndo, quase sem fôlego. — Fora... lá fora! Parecia armaduras tilintando, uma tropa inteira!

Os outros guardas espiaram a escuridão. Até os Cavaleiros de Solamnia haviam parado de andar e estavam olhando para a estrada larga que atravessava o portão da Cidade Nova para a Velha. Tochas extras foram adicionadas com pressa às que já queimavam nos muros. Jogaram um círculo brilhante de luz no chão abaixo. Mas a luz acabava a cerca de seis metros de distância, fazendo a escuridão além parecer apenas muito mais escura. O velho guarda podia ouvir os sons agora também, mas não entrou em pânico. Era veterano o suficiente para saber que a escuridão e o medo podiam fazer um homem soar como um regimento.

Tropeçando para fora da guarita, ele acenou com as mãos, adicionando, com um rosnar:

— Voltem aos seus postos.

Os guardas mais jovens, resmungando, voltaram para suas posições, mas mantiveram as armas prontas. O velho guarda, mão no punho da espada, parou impassível no meio da rua, esperando.

Com certeza, na luz surgiu, não uma divisão de draconianos, mas um homem (que, no entanto, era grande o bastante para ser dois) e o que parecia ser um kender.

Os dois pararam, piscando à luz das tochas. O velho guarda mediu-os. O homem não usava capa, e o guarda podia ver a luz refletindo na armadura que talvez já tivesse brilhado intensamente, mas agora estava coberta de lama cinzenta e até escurecida em alguns lugares, como se ele tivesse passado por um incêndio. O kender também estava coberto com a mesma lama, embora aparentemente tivesse feito algum esforço para limpá-la de sua calça azul berrante. O grandalhão mancava quando andava, e tanto ele como o kender davam todas as indicações de terem estado em batalha há pouco tempo.

"Estranho", pensou o guarda do portão. "Ainda não houve luta, pelo menos até onde sabemos".

— Camaradas legais, os dois — o velho guarda murmurou, notando que a mão do homem descansava no punho de sua espada enquanto olhava em volta, avaliando a situação. O kender estava olhando ao redor com a habitual curiosidade. O guarda do portão percebeu, no entanto, que o kender segurava nos braços um grande livro encadernado em couro.

— Declarem seus assuntos aqui — o guarda do portão disse, aproximando-se e depois parado na frente dos dois.

— Eu sou Tasslehoff Burrfoot — disse o kender, conseguindo, depois de uma breve luta com o livro, liberar uma pequena mão que estendeu para o guarda. — E este é meu amigo, Caramon. Nós somos de Con...

— Nosso assunto depende de onde estamos — disse o homem chamado Caramon em uma voz amigável, mas com uma expressão séria no rosto que fez o guarda hesitar.

— Quer dizer que você não sabe onde está? — o guarda perguntou, desconfiado.

— Nós não somos daqui — o grandalhão respondeu com frieza. — Perdemos nosso mapa. Vendo as luzes da cidade, naturalmente viemos nessa direção.

"Sim, e eu sou Lorde Amothus", pensou o guarda.

— Está em Palanthas.

O homem olhou para trás, depois de volta para o guarda, que mal chegava ao seu ombro.

— Então deve ser a Cidade Nova atrás de nós. Onde estão todas as pessoas? Nós andamos por toda ela e nenhum sinal de vida.

— Estamos em alerta. — O guarda sacudiu a cabeça. — Todos foram levados para dentro dos muros. Acho que isso é tudo que você precisa saber por enquanto. Agora, qual seu assunto aqui? E como você não sabe o que está acontecendo? A notícia, até onde sei, já correu metade da região.

O grandalhão passou a mão pelo queixo não barbeado, sorrindo com tristeza.

— Uma garrafa cheia de licor anão meio que apaga quase tudo. Não é, capitão?

— É verdade — rosnou o guarda. E também era verdade que os olhos daquele sujeito eram afiados, claros e cheios de um propósito fixo, uma resolução firme. Olhando para aqueles olhos, o guarda balançou a cabeça. Ele os tinha visto antes, os olhos de um homem que está indo para a morte, que sabe disso, e que está em paz com os deuses e ele mesmo.

— Vai nos deixar entrar? — o homem perguntou. — Ao que parece, vocês poderiam usar mais uns dois lutadores.

— Nós podemos usar um homem do seu tamanho — o guarda retrucou. Ele fez uma careta para o kender. — Mas desconfio que devemos usar ele como isca de abutre.

— Eu também sou um lutador! — o kender protestou, indignado. — Ora, eu salvei a vida de Caramon uma vez! — Seu rosto se iluminou. — Quer saber sobre isso? É a história mais impressionante. Estávamos em uma fortaleza mágica. Raistlin me levou até lá, depois ele matou meu... Mas não se preocupe com isso. De qualquer forma, havia aqueles anões escuros e eles estavam atacando Caramon e ele escorregou e...

— Abram o portão! — o velho guarda gritou.

— Vamos, Tas — o grandalhão disse.

— Mas eu acabei de chegar na melhor parte!

— Ah, a propósito — o grande homem se virou, primeiro habilmente silenciando o kender com a mão — Você pode me dizer o dia?

— Terceiro dia, quinto mês, 356 — disse o guarda. — Ah, e talvez você queira ver um clérigo para mexer na sua perna.

— Clérigos — o grandalhão sussurrou si mesmo. — Certo, tinha esquecido. Já temos clérigos. Obrigado — ele gritou enquanto ele e o kender passavam pelos portões. O guarda podia ouvir a voz do kender subindo, quando ele conseguiu libertar-se da mão do grandalhão.

— Ufa! Você realmente deveria se lavar, Caramon. Eu... droga! Droga, lama na boca!

— Agora, onde eu estava? Ah, sim, você deveria ter me deixado terminar! Eu tinha acabado de chegar na parte em que você tropeçou no sangue e...

Balançando a cabeça, o guarda do portão olhou para os dois.

— Há uma história ali — ele murmurou, enquanto os grandes portões se fechavam novamente —, e aposto que nem mesmo um kender arranjaria fazer uma melhor.

Capítulo 1

O que diz, Caramon? — Tas ficou na ponta dos pés, tentando espiar por cima do braço.

— Shh! — Caramon sussurrou irritado. — Estou lendo. — Ele sacudiu o braço. — Solte-me. — O grandalhão estava folheando depressa as *Crônicas* que havia tirado de Astinus. Mas parou de virar as páginas e agora estudava uma com atenção.

Com um suspiro, afinal *ele tinha* carregado o livro!, Tas recostou-se na parede e olhou em volta. Estavam embaixo de um dos braseiros que os palanthianos costumavam usar para iluminar as ruas à noite. Estava quase amanhecendo, pelo que o kender imaginava. As nuvens de tempestade bloqueavam a luz do sol, mas a cidade estava assumindo um tom cinza sombrio. Um frio nevoeiro subiu da baía, rodopiando e serpenteando pelas ruas.

Embora houvesse luzes na maioria das janelas, havia poucas pessoas nas ruas, os cidadãos tendo sido mandados ficar em casa a não ser que fossem membros da milícia. Mas ele podia ver os rostos das mulheres, pressionados contra o vidro, observando, esperando. Vez ou outra, um homem passava por eles, agarrado com uma arma, indo para o portão da frente da cidade. E uma vez, a porta de uma habitação em frente a Tas abriu. Um homem saiu, uma espada enferrujada na mão. Uma mulher seguiu, chorando. Inclinando-se, ele a beijou com ternura e então beijou a pequena criança que ela mantinha em seus braços. Então, virando-se de repente, caminhou rápido pela rua. Quando passou por Tas, o kender viu lágrimas fluindo pelo seu rosto.

— Oh, não! — Caramon murmurou.

— O quê? O quê? — Tas exclamou, pulando, tentando ver a página que Caramon estava lendo.

— Ouça isso: "na manhã do terceiro dia, a cidadela voadora apareceu no ar acima de Palanthas, acompanhada de revoadas de dragões azuis e negros. E com a chegada da cidadela no ar, surgiu diante dos Portões da Cidade Velha uma aparição cuja visão fez com que mais de um veterano de várias campanhas se encolhesse de medo e virasse seu rosto.

— "Pois ali apareceu, como se surgido das trevas da própria noite, Lorde Soth, Cavaleiro da Rosa Negra, montado sobre um pesadelo com olhos e cascos de fogo. Ele cavalgou sem ser desafiado em direção ao portão da cidade, os guardas fugindo diante dele aterrorizados.

— "E ali ele parou.

— " 'Senhor de Palanthas', o cavaleiro da morte chamou em uma voz oca que vinha dos reinos da morte, 'entregue sua cidade a Senhora Kitiara. Dê a ela as chaves da Torre da Alta Magia, nomeie-a governante de Palanthas, e ela permitirá que você continue a viver em paz. Sua cidade será poupada da destruição.'

— "Lorde Amothus tomou seu lugar no muro, olhando para o cavaleiro da morte. Muitos daqueles ao seu redor não conseguiam olhar, de tão abalados pelo medo. Mas o lorde, embora pálido como a própria morte, estava alto e ereto, suas palavras trazendo de volta a coragem para aqueles que a perderam.

— " 'Leve esta mensagem à seu Senhora Suprema dos Dragões. Palanthas tem vivido em paz e graça por muitos séculos. Mas não iremos comprar nem paz nem graça ao preço de nossa liberdade.'

— " 'Então, comprem-nas ao preço de suas vidas!', Lorde Soth gritou. Parecendo surgir do ar, materializaram-se suas legiões: treze guerreiros esqueléticos, montados em cavalos com olhos e cascos de fogo, tomaram seus lugares atrás dele. E, atrás deles, de pé em carruagens feitas de ossos humanos puxadas por wyverns, apareceram as banshees, os espíritos das mulheres élficas obrigadas pelos deuses a servir Soth. Seguravam espadas de gelo em suas mãos, e apenas ouvir seu lamento significava a morte.

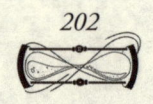

— "Levantando uma mão visível apenas pela luva de aço que usava, Lorde Soth apontou para o portão da cidade que estava fechado, barrando seu caminho. Ele falou uma palavra de magia e, com aquela palavra, um frio terrível varreu todos que observavam, congelando mais a alma do que o sangue. O ferro do portão começou a embranquecer com a geada, depois virou gelo, e então, com outra palavra de Soth, o portão de gelo estilhaçou-se.

— "A mão de Soth desceu. Ele atacou através do portão quebrado, suas legiões seguindo-o.

— "Esperando-o do outro lado do portão, montado sobre o dragão de bronze, Fulgor (seu nome de dragão sendo Khirsah), estava Tanis Meio-Elfo, Herói da Lança. Assim que avistou seu oponente, o cavaleiro da morte tentou matá-lo instantaneamente gritando a palavra de poder mágico, "Morra!" Tanis Meio-Elfo, estando protegido pela pulseira de prata de resistência mágica, não foi afetado pelo feitiço. Mas a pulseira que salvou sua vida naquele primeiro ataque não mais poderia ajudá-lo..."

— "Não mais poderia ajudá-lo!" — gritou Tas, interrompendo a leitura de Caramon. — O que isso quer dizer?

— Shhh! — Caramon chiou e continuou lendo as *Crônicas de Astinus*. — "O dragão de bronze que ele montava, não tendo proteção mágica, morreu com o comando de Soth, forçando Tanis Meio-Elfo a lutar contra o cavaleiro da morte a pé. Lorde Soth desmontou para enfrentar seu oponente de acordo com as Leis de Combate, conforme estabelecidas pelos Cavaleiros de Solamnia, leis que ainda prendiam o cavaleiro da morte, mesmo tendo a muito passado além de sua jurisdição. Tanis Meio-Elfo lutou com bravura, mas não era páreo para Lorde Soth. Ele caiu, mortalmente ferido, a espada do cavaleiro da morte dentro do seu peito..."

— Não! — Tas ofegou. — Não! Não podemos deixar Tanis morrer! — Estendendo a mão, puxou o braço de Caramon. — Vamos lá! Ainda há tempo! Podemos encontrar ele e avisar...

— Eu não posso, Tas — Caramon disse com calma. — Preciso ir até a Torre. Posso sentir a presença de Raistlin se aproximando de mim. Não tenho tempo, Tas.

— Você não está falando isso! Não podemos deixar Tanis morrer! — Tas sussurrou, encarando Caramon com olhos arregalados.

— Não, Tas, não podemos — disse Caramon, olhando sério para o kender. — *Você* vai salvá-lo.

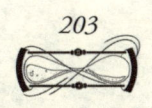

O pensamento literalmente tirou o folego de Tasslehoff. Quando finalmente encontrou sua voz, ela era quase um rangido.

— Eu? Mas, Caramon, não sou um guerreiro! Oh, sei que disse para o guarda...

— Tasslehoff Burrfoot — Caramon disse muito sério. — Talvez seja possível que os deuses tenham arranjado tudo isso simplesmente para sua própria diversão privada. Possível, mas duvido. Somos parte deste mundo, e precisamos ter alguma responsabilidade com ele. Eu vejo isso agora. Vejo com muita clareza. — Suspirou, e por um momento, seu rosto ficou solene e cheio de uma tristeza que fez Tas sentir um nó surgir em sua garganta.

— Eu sei que sou parte do mundo, Caramon — disse Tas, triste. — E eu assumiria de bom grado tanta responsabilidade quanta eu achar que consiga lidar. Mas... é que eu sou só uma *pequena* parte do mundo, se você entende o que quero dizer. E Lorde Soth é uma parte tão alta e feia...

Uma trombeta soou, depois outra. Tanto Tas quanto Caramon ficaram em silêncio, ouvindo até o zurro morrer.

— É isto, não é? — Tas disse suavemente.

— É — Caramon respondeu. — Melhor você correr.

Fechando o livro, o colocou com cuidado dentro da velha mochila que Tas "adquirira" quando estavam na Cidade Nova. O kender conseguira adquirir algumas novas bolsas para ele também, além de outros itens interessantes que, provavelmente, era melhor que Caramon não soubesse que ele tinha. Então, o grandalhão estendendo a mão pousando-a na cabeça de Tas, alisando o topete ridículo.

— Adeus, Tas. Obrigado.

— Mas, Caramon! — Tas olhou para ele, sentindo-se subitamente muito sozinho e confuso. — O... onde você vai estar?

Caramon olhou para o céu onde a Torre da Alta Magia surgia, um rasgo negro nas nuvens de tempestade. Luzes queimavam nas janelas superiores da Torre onde o laboratório — e o Portal — estavam localizados.

Tas seguiu seu olhar, olhando para a Torre. Ele viu as nuvens de tempestade descendo ao seu redor, o misterioso relâmpago em torno dela, brincando com ela. Ele se lembrou de seu único vislumbre do Bosque Shoikan...

— Ah, Caramon! — ele gritou, agarrando a mão dele. — Caramon, não... espere.

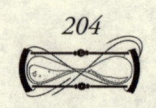

— Adeus, Tas — Caramon disse, se soltando com firmeza do kender agarrado. — Eu tenho que fazer isso. Você sabe o que vai acontecer se eu não fizer. E você também sabe o que tem que fazer. Agora, apresse-se. A cidadela provavelmente está agora sobre o portão.

— Mas, Caramon — Tas berrou, chorando.

— Ei, você tem que fazer isso! — Caramon gritou, sua voz zangada ecoando pela rua vazia. — Você vai deixar Tanis morrer sem tentar ajudá-lo?

Tas encolheu-se. Nunca vira Caramon com raiva antes, pelo menos não com raiva dele. E em todas as suas aventuras juntos, Caramon nunca gritara com ele.

— Não, Caramon — ele disse em voz baixa. — Apenas não sei se consigo.

— Você vai pensar em alguma coisa — Caramon murmurou, carrancudo. — Você sempre pensa. — Virando, ele se afastou, deixando Tas olhando fixo para suas costas, desconsolado.

— A...adeus, Caramon — ele gritou para a figura que se afastava. — Não vou decepcionar você.

O grandalhão se virou. Quando ele falou, sua voz soou engraçada para Tas, como se estivesse se engasgando com alguma coisa.

— Eu sei que não vai, Tas, não importa o que aconteça. — Com um aceno, ele voltou a andar pela rua.

Ao longe, Tas via as sombras escuras de Bosque Shoikan, as sombras que nenhum dia jamais iluminaria, as sombras onde espreitavam os guardiões da torre.

Tas ficou parado por um momento, observando Caramon até ele se perder na escuridão. Ele *esperava*, para falar a verdade, que Caramon de repente mudasse de ideia, virasse e gritasse 'Espere, Tas! Irei com você salvar Tanis!'

Mas não.

— Então isso sobrou para mim — Tas disse com um suspiro. — E ele *gritou* comigo! — Fungando um pouco, ele se virou e marchou em sentido contrário, em direção ao portão. Seu coração estava em seus sapatos revestidos de lama, tornando-os ainda mais pesados. Ele não tinha absolutamente nenhuma ideia de como iria resgatar Tanis de um cavaleiro da morte, e, quanto mais pensava sobre isso, mais estranho lhe parecia que Caramon lhe desse esta responsabilidade.

— Ainda assim, *salvei* a vida de Caramon — Tas murmurou. — Pode ser que ele esteja percebendo que...

De repente, ele parou e ficou imóvel no meio da rua.

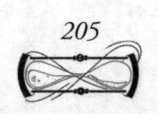

— Caramon se livrou de mim! — ele gritou. — Tasslehoff Burrfoot, você tem o cérebro de uma porta, como Flint já disse milhares de vezes. Ele se livrou de mim! Ele vai lá para *morrer*! Me mandar resgatar Tanis foi apenas uma desculpa!

Atormentado e infeliz, olhou para a rua de um lado para o outro.

— E agora, que eu faço? — ele murmurou.

Deu um passo em direção a Caramon. Ouviu um trompete soar de novo, desta vez com uma nota estridente de alarme. E, acima disso, achou que podia ouvir uma voz gritando ordens, a voz de Tanis.

— Mas se eu for até Caramon, — Tanis morrerá! — Tas parou. Meio se virando, ele deu um passo em direção a Tanis. Então parou outra vez, enrolando seu topete em um perfeito saca-rolhas de indecisão. O kender nunca se sentira tão frustrado na sua vida inteira.

— Ambos precisam de mim! — ele se lamentou em agonia. — Como posso escolher?

Então...

— Já sei! — Sua testa desenrugou — É isso!

Com um grande suspiro de alívio, Tas se virou e continuou na direção do portão, dessa vez correndo.

— Irei resgatar Tanis — ele ofegou enquanto tomava um atalho através dos becos — e então é só voltar e resgatar Caramon. Tanis pode até ser de alguma ajuda.

Passando pelo beco, espalhando os gatos a sua frente em pânico, Tas franziu a testa, irritado.

— Eu me pergunto quantos heróis contando com esses eu tive que salvar — ele disse para si mesmo com uma fungada. — Francamente, estou ficando um pouco farto de todos eles!

A cidadela flutuante apareceu nos céus sobre Palanthas assim que as trombetas soaram para a mudança do turno de vigia. As torres e ameias altas e em ruínas, as imponentes paredes de pedra, as janelas iluminadas lotadas de tropas draconianas; tudo podia ser visto com clareza enquanto a cidadela flutuava baixa, descansando em sua base de nuvens mágicas agitadas.

A muralha da Cidade Velha estava abarrotada de homens: cidadãos, cavaleiros, mercenários. Nenhum falava uma palavra. Todos agarravam suas armas, olhando para cima em sinistro silêncio.

Mas, afinal, houve uma palavra dita ao ver a cidadela — ou várias, no caso.

— Oh! — Tas, admirado, juntou as mãos, maravilhado com a visão. — Não é maravilhoso! Tinha esquecido como são verdadeiramente magníficas e gloriosas as cidadelas voadoras! Daria qualquer coisa, *qualquer coisa*, para montar em uma. — Então, com um suspiro, caiu em si. — Agora não, Burrfoot — ele disse para si mesmo severamente em sua voz de Flint. — Você tem trabalho a fazer. Agora... — Ele olhou ao redor — Lá está o portão. Ali está a cidadela. E lá vai Lorde Amothus. Nossa, ele está horrível! Já vi mortos com aparência melhor. Mas onde está... Ah!

Uma procissão sombria apareceu, marchando pela rua em direção a Tas, um grupo de Cavaleiros Solâmnicos, caminhando a pé, conduzindo seus cavalos. Não havia aplausos, eles não falavam. O rosto de cada homem era solene e tenso, cada um sabendo que caminhava muito provavelmente para sua morte. Eles eram liderados por um homem cujo rosto barbudo se destacava em nítido contraste com os rostos barbeados e bigodudos dos cavaleiros ao seu redor. E, apesar de vestir a armadura de um Cavaleiro da Rosa, não a usava com a mesma facilidade dos outros cavaleiros.

— Tanis sempre odiou cota de malha — disse Tas, observando seu amigo. — E aqui está ele, vestindo a armadura de um Cavaleiro de Solamnia. Imagino o que Sturm teria pensado disso! Gostaria que Sturm estivesse aqui agora! — O lábio inferior de Tas começou a tremer. Uma lágrima escorreu pelo seu rosto antes que ele pudesse detê-la. — Gostaria que *alguém* corajoso e inteligente estivesse aqui agora!

Quando os Cavaleiros se aproximaram do portão, Tanis parou e virou para encará-los, emitindo ordens em voz baixa. O ranger de asas de dragão vinha de cima. Olhando pra cima, Tasslehoff viu Khirsah, circulando, liderando uma formação de outros dragões de bronze. E lá estava a cidadela, aproximando-se da muralha, ficando cada vez mais baixa.

— Sturm não está aqui. Caramon não está aqui. Ninguém está aqui, Burrfoot — murmurou Tas, enxugando os olhos, resoluto. — Mais uma vez, você está sozinho. Agora, o que *vou* fazer?

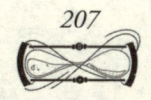

Pensamentos selvagens passaram pela mente do kender, de impedir Tanis com a ponta da espada ("É sério, Tanis, mantenha essas mãos no ar!") a bater na cabeça dele com uma pedra afiada ("Uh, então, Tanis, você se importaria de tirar seu elmo por um momento?"). Tas estava até desesperado o suficiente para considerar dizer a verdade ("Sabe, Tanis, voltamos no tempo, então avançamos no tempo, e Caramon conseguiu este livro de Astinus assim que o mundo estava chegando ao fim, e, no penúltimo capítulo, conta como você morreu, e..."). De repente, Tas viu Tanis levantar o braço direito. Houve um lampejo prateado...

— É isso — disse Tas, dando um profundo suspiro de alívio. — É isso que vou fazer, apenas o que eu faço melhor.

— Não importa o que aconteça, deixem-me lidar com Lorde Soth — Tanis disse, olhando severamente para os cavaleiros ao seu redor. — Quero que jurem, pelo Código e pela Medida.

— Tanis, meu senhor — começou Sir Markham.

— Não, eu não vou discutir, cavaleiro. Vocês não têm chance contra ele sem proteção mágica. Cada um de vocês será necessário para lutar contra suas legiões. Agora, ou faz este juramento, ou eu vou ordenar que fique fora. Jure!

De além do portão fechado, soou uma voz oca e grave, chamando Palanthas a se render. Os cavaleiros se entreolharam, sentindo arrepios de medo passando pelo corpo com o som desumano. Houve um momento de silêncio, quebrado só pelo ranger de asas de dragão acima, conforme as imensas criaturas — bronze, prata, azul e preto — circulavam, olhando uns aos outros cheios de malícia, esperando o chamado para a batalha. O dragão de Tanis, Khirsah, pairava no ar perto de seu cavaleiro, pronto para descer a seu comando.

E então ouviram a voz de Lorde Amothus, frágil e tensa, mas cheia de propósito, responder o cavaleiro da morte.

— Leve esta mensagem à sua Senhora Suprema dos Dragões. Palanthas tem vivido em paz e graça por muitos séculos. Mas não iremos comprar nem paz nem beleza ao preço de nossa liberdade.

— Eu juro — disse Sir Markham em voz suave —, pelo Código e pela Postura.

— Eu juro — foi a resposta dos outros cavaleiros após ele.

— Obrigado — disse Tanis, olhando para cada um dos rapazes de pé diante dele, pensando que a maioria não estaria viva por muito mais tempo... Pensando que ele mesmo... com raiva, ele balançou a cabeça. — Fulgor... — As palavras que convocariam seu dragão estavam nos lábios de Tanis quando ouviu uma comoção acontecer na retaguarda dos cavaleiros.

— Ai! Sai de cima do meu pé, seu grande idiota!

Um cavalo relinchou. Tanis ouviu um dos cavaleiros xingando, então uma voz estridente respondendo inocente:

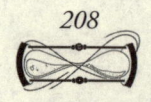

— Bem, não é minha culpa! Seu cavalo *pisou* em mim! Flint estava certo sobre essas bestas idiotas...

Os outros cavalos, sentindo a batalha e já afetados pela tensão de seus cavaleiros, aguçaram as orelhas e bufaram nervosos. Um dançou fora da linha, seu cavaleiro agarrado para refreá-lo.

— Controlem os cavalos! — Tanis gritou tenso. — O que está acontecendo...

— Deixem-me passar! Saiam do meu caminho. Quê? Esse punhal é seu? Você deve ter deixado cair.

Além do portão, Tanis ouviu a voz do cavaleiro da morte.

— Então, comprem-nas ao preço de suas vidas!

E da fila à sua frente, outra voz.

— Tanis, sou eu, Tasslehoff!

O coração do meio-elfo afundou. Ele não tinha certeza, naquele momento, que voz o gelava mais.

Mas não parecia haver tempo para pensar ou admirar. Olhando de relance sobre seu ombro, Tanis viu o portão virar gelo, viu-o quebrar...

— Tanis! — Alguma coisa tinha agarrado seu braço. — Oh, Tanis! — Tas agarrou-se a ele. — Tanis! Você tem que vir rápido e salvar Caramon! Ele está indo para o Shoikan!

"Caramon? Caramon está morto!", foi o primeiro pensamento de Tanis. "Mas Tas também está. O que está acontecendo? Estou ficando louco de medo?"

Alguém gritou. Olhando em volta atordoado, Tanis viu os rostos dos cavaleiros ficarem mortalmente brancos sob seus elmos, e ele sabia que Lorde Soth e suas legiões estavam entrando pelos portões.

— Montem! — ele chamou, tentando freneticamente se soltar do kender, que se agarrava a ele com tenacidade. — Tas! Não tenho tempo... saia daqui, droga!

— Caramon vai morrer! — Tas lamentou. — Você tem que salvar ele, Tanis!

— Caramon... já... morreu! — Tanis rosnou.

Khirsah caiu no chão ao lado dele, gritando um grito de guerra. Maus e bons, os outros dragões gritaram com raiva, voando uns contra os outros, as garras brilhando. Num instante, a batalha estava acontecendo. O ar estava cheio com relâmpagos e o cheiro de ácido. De cima, trombetas soaram na cidadela. Houve gritos de alegria dos draconianos, que começaram a descer ansiosos para a cidade, as asas de couro abertas para amenizar a queda.

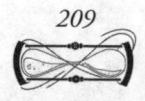

E se aproximando, o frio da morte fluindo de seu corpo sem carne, cavalgava Lorde Soth.

Mas, por mais que tentasse, Tanis não conseguia se livrar de Tas. Por fim, xingando baixinho, o meio-elfo agarrou o kender que se debatia. Agarrando Tas pela cintura, com tanta raiva que estava literalmente se engasgando, Tanis atirou o kender para um canto em um beco próximo.

— E fique aí! — ele vociferou.

— Tanis! — Tas implorou. — Você não pode sair por aí! Você vai morrer. Eu sei!

Dando a Tas um último e furioso olhar, Tanis virou-se e correu.

— Fulgor! — ele gritou. O dragão desceu e pousou na rua ao lado ele.

— Tanis! — Tas gritou com a voz estridente. — Você não pode lutar contra Lorde Soth sem a pulseira!

Capítulo 2

A pulseira! Tanis olhou para seu pulso. A pulseira se fora! Girando, investiu para o kender. Mas foi tarde. Tasslehoff estava correndo pela rua, como se sua vida dependesse disto. (Que, depois de ter um vislumbre do rosto de Tanis, Tas desconfiava que estava.)

— Tanis! — gritou Sir Markham.

Tanis se virou. Lorde Soth sentava-se em seu pesadelo, emoldurado pelas portas quebradas da cidade de Palanthas. Seus olhos flamejantes encontraram os de Tanis e ficaram. Mesmo àquela distância, Tanis sentiu sua alma murchar com o medo que envolve os mortos-vivos.

O que ele poderia fazer? Não tinha a pulseira. Sem isso, não haveria chance. Sem chance nenhuma! "Graças ao deuses", Tanis pensou naquela fração de segundo, "graças aos deuses não sou um cavaleiro, vinculado a morrer com honra."

— Corram! — ordenou com os lábios tão rígidos que mal podia falar. — Fujam! Não há nada que vocês possam fazer contra isso! Lembrem do seu juramento! Retirem-se! Gastem suas vidas brigando com os vivos...

Enquanto ele falava, um draconiano pousou na frente dele, seu horrível rosto reptiliano contorcido em sede de sangue. Lembrando apenas a tempo de não esfaquear a coisa, cujo corpo imundo se transformaria em pedra prendendo a espada de seu assassino, Tanis o golpeou no rosto com o punho de sua arma, chutou-o no estômago, então saltou sobre ele quando caiu no chão.

Atrás dele, ouviu os sons de cavalos gritando de medo e o bater de cascos. Esperava que os cavaleiros estivessem obedecendo ao seu último comando, mas não podia perder tempo conferindo. Ainda havia uma chance, se ele conseguisse pegar Tas e a pulseira...

— O kender! — ele gritou para o dragão, apontando pela rua para o veloz kender fugitivo.

Khirsah entendeu e partiu imediatamente, as pontas de suas asas arrastando nos edifícios enquanto ele descia pela ampla rua em perseguição, derrubando pedra e tijolo no chão.

Tanis corria atrás do dragão. Não virou para olhar. Não precisava. Ele podia ouvir, pelos gritos e berros de agonia, o que estava acontecendo.

Naquela manhã, a morte cavalgava pelas ruas de Palanthas. Liderado por Lorde Soth, o exército medonho varreu o portão como um vento frio, murchando tudo que ficava no caminho.

Quando Tanis alcançou o dragão, Khirsah tinha Tas em seus dentes. Segurando o kender de cabeça para baixo pelo traseiro de suas calças azuis, o dragão o sacudia como o mais eficiente dos carcereiros. As bolsas recém-adquiridas de Tas voaram, abrindo e enviando uma pequena chuva de anéis, colheres, um porta-guardanapos e meio queijo na rua.

Mas nada de pulseira.

— Onde está, Tas? — Tanis exigiu com raiva, desejando ele mesmo sacudir o kender.

— Vo...você nunca vai en... en...contrar — respondeu o kender, seus dentes chacoalhando na sua cabeça.

— Coloque-o no chão — instruiu Tanis ao dragão. — Fulgor, vigie.

A cidadela tinha parado em cima dos muros, seus usuários de magia e clérigos sombrios batalhando contra os dragões de prata e bronze. Era difícil ver no brilho de relâmpagos ofuscantes e na névoa de fumaça que se espalhava, mas Tanis estava certo de ter visto um rápido vislumbre de um dragão azul deixando a cidadela. Kitiara, pensou, mas não tinha tempo para preocupar-se com ela.

Khirsah derrubou Tas (quase de cabeça) e abrindo suas asas virou-se para encarar a parte sul da cidade onde o inimigo estava se agrupando e onde os defensores da cidade estavam os condendo com valentida.

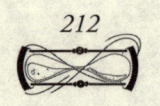

Tanis se aproximou para olhar para o pequeno culpado, que o encarava de volta, desafiador, enquanto se levantava.

— Tasslehoff — disse Tanis, a voz trêmula de fúria contida — dessa vez você foi longe demais. Essa pegadinha pode ter custado a vida de centenas de pessoas inocentes. Me dê a pulseira, Tas, e saiba disso: a partir deste momento, nossa amizade acabou!

Esperando uma desculpa idiota ou um pedido de perdão choroso, o meio-elfo não estava preparado para ver Tas olhando-o com um rosto pálido, lábios trêmulos e um ar de calma dignidade.

— É muito difícil explicar, Tanis, e eu realmente não tenho tempo. Mas sua luta com Lorde Soth não teria feito nenhuma diferença. — Ele olhou para o meio-elfo com seriedade. — Você precisa acreditar em mim, Tanis. Estou dizendo a verdade. Não importaria. Todas aquelas pessoas que vão morrer ainda teriam morrido, você teria morrido também, e, o que é pior, o mundo inteiro teria morrido. Mas você não fez, então talvez não vá. E agora — disse Tas com firmeza, puxando e contorcendo bolsas e roupas no lugar — temos que ir resgatar Caramon.

Tanis encarou Tas, então, cansado, ele pôs a mão na cabeça e tirou o abafado elmo de aço. Ele não tinha ideia do que estava acontecendo.

— Tudo bem, Tas — ele disse, exausto. — Conte-me sobre Caramon. Ele está vivo? Onde ele está? — O rosto de Tas se contorceu de preocupação.

— É justamente isto, Tanis. Ele pode *não* estar vivo. Pelo menos não por muito tempo. Ele foi tentar entrar no Bosque Shoikan!

— O bosque! — Tanis pareceu alarmado. — Isso é impossível!

— Eu sei! — Ele puxou nervosamente seu topete. — Mas ele está tentando ir para a Torre da Alta Magia para impedir Raistlin...

— Entendi — Tanis murmurou. Jogou o elmo na rua. — Ou estou começando a entender, pelo menos. Vamos lá. Por onde?

O rosto de Tas se iluminou.

— Você vai? Você acredita em mim? Ah, Tanis! Estou tão feliz! Você não tem ideia como é uma grande responsabilidade isso, de ficar cuidando de Caramon. Por aqui! — ele gritou, apontando ansioso.

— Há mais alguma coisa que eu possa fazer por você, meio-elfo? — perguntou Khirsah, abanando as asas, seu olhar indo ansiosamente para a batalha sendo travada acima deles.

— Nada, a não ser que possa entrar no bosque.

Khirsah balançou a cabeça.

— Sinto muito, meio-elfo. Nem mesmo um dragão pode entrar naquela mata maldita. Eu desejo boa sorte a você, mas não espere encontrar seu amigo vivo.

Batendo as asas, o dragão saltou no ar e voou em direção à ação. Balançando a cabeça sério, Tanis avançou pela rua em ritmo acelerado, Tasslehoff correndo para acompanhar.

— Talvez Caramon não consiga chegar tão longe — disse Tas esperançoso. — *Eu* não consegui, da última vez que Flint e eu viemos. E kender não se assustam com nada!

— Você disse que ele está tentando parar Raistlin?

Tas assentiu.

— Ele vai chegar — Tanis previu, sombrio.

Precisou de cada pedaço de coragem e firmeza de Caramon para sequer se aproximar do Bosque Shoikan. Ele foi capaz de chegar mais perto do que qualquer outro mortal vivo sem um amuleto permitindo uma passagem segura. Agora, estava diante daquelas árvores sombrias e silenciosas, tremendo, suando e tentando se forçar a dar mais um passo.

— Minha morte me espera lá dentro — ele sussurrou, lambendo seus lábios secos. — Mas que diferença isso faz? Eu enfrentei a morte antes, cem vezes! — Com a mão segurando o punho da espada, Caramon esticou um pé a frente.

— Não, eu não vou morrer! — gritou para a floresta. — Não posso morrer. Muito depende de mim. E não vou ser impedido por... árvores!

Esticou seu pé.

— Já andei em lugares mais escuros do que este — continuou falando, desafiador. — Caminhei pela Floresta de Wayreth. Eu caminhei por Krynn enquanto o mundo estava morrendo. Vi o fim do mundo. Não — ele continuou com firmeza. — Esta floresta não contém terrores que eu não possa superar.

Com isso, Caramon avançou e entrou no Bosque Shoikan.

Imediatamente mergulhou na escuridão eterna. Era como estar de volta à Torre, quando o feitiço de Crysania o havia cegado. Só que desta vez estava sozinho. Pânico o agarrou. Havia vida dentro daquela escuridão! Vida horrível e profana que não era vida, mas uma vida em morte. Os músculos de Caramon ficaram fracos. Ele caiu de quatro, soluçando e estremecendo, aterrorizado.

— Você é nosso! — sussurraram vozes suaves, sibilantes. — Seu sangue, seu calor, sua vida! Nosso! Nosso! Aproxime-se. Traga-nos seu doce sangue, sua carne quente. Estamos com frio, frio, frio além do que podemos aguentar. Venha mais perto, mais perto.

O horror tomou conta de Caramon. Ele só tinha que se virar e correr e escaparia.

— Mas não — ele ofegou na escuridão sibilante, sufocante. — Preciso impedir Raistlin! Preciso... continuar.

Pela primeira vez em sua vida, Caramon desceu dentro de si mesmo e encontrou a mesma vontade indomável que levou seu gêmeo a superar a fragilidade, a dor e até a morte para atingir seu objetivo. Cerrando os dentes, incapaz de ficar de pé, mas determinado a seguir em frente, Caramon rastejou pelo chão.

Foi um esforço valente, mas não foi muito longe. Encarando as trevas, observou, paralisado e fascinado, uma mão sem carne surgir do chão. Dedos, frios e lisos como mármore, fecharam-se sobre sua mão e começaram a arrastá-lo para baixo. Desesperado, tentou se libertar, mas outras mãos o agarraram, suas unhas rasgando sua carne. Sentiu-se sendo sugado para baixo. As vozes sibilantes suspiravam em seus ouvidos, lábios de osso pressionados contra sua carne. O frio congelou seu coração.

— Eu fracassei.

— Caramon — veio uma voz preocupada. Caramon se mexeu.

— Caramon? — E logo depois. — Tanis, ele está voltando a si!

— Graças aos deuses!

Caramon abriu os olhos. Olhando para cima, viu o rosto do meio-elfo barbudo, que o olhava com expressão de alívio misturado com perplexidade, espanto e admiração.

— Tanis! — sentando-se ainda atordoado, ainda entorpecido de horror, Caramon agarrou seu amigo em seus braços fortes, segurando-o com força, soluçando de alívio.

— Meu amigo! — Tanis disse, e depois foi impedido de dizer mais qualquer coisa por suas próprias lágrimas.

— Você está bem, Caramon? — Tas perguntou, pairando perto. O grandalhão respirou fundo, trêmulo.

— Sim — ele disse, pondo a cabeça nas mãos trêmulas. — Acho que sim.

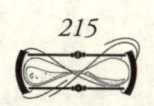

— Essa foi a coisa mais corajosa que eu já vi um homem fazer — Tanis disse solenemente, reclinando-se para descansar em seu calcanhar enquanto encarava Caramon. — A mais corajosa... e a mais burra.

Caramon corou.

— Sim — ele murmurou — bem, você sabe como eu sou.

— Eu costumava saber — disse Tanis, coçando a barba. Seu olhar notou o esplêndido físico do grandalhão, a pele bronzeada, a expressão de resolução tranquila e firme. — Droga, Caramon! Um mês atrás, você desmaiou bêbado aos meus pés! Sua barriga quase arrastava no chão! E agora...

— Vivi anos, Tanis — Caramon disse, ficando em pé devagar com a ajuda de Tas. — É tudo que posso dizer. Mas, o que aconteceu? Como vocês me tiraram daquele lugar horrível? — Olhando por sobre seu ombro, viu as sombras das árvores distantes, ao fim da rua, e não conseguiu evitar um tremor.

— Eu encontrei você — Tanis disse, ficando de pé. — Eles... aquelas coisas... estavam arrastando você. Você teria tido um péssimo lugar de descanso, meu amigo.

— Como você entrou lá?

— Com isso — Tanis disse, sorridente e erguendo uma pulseira de prata.

— Isto o deixou entrar? Então pode ser...

— Não, Caramon — Tanis disse, colocando com cuidado a pulseira de volta ao cinto com um olhar de soslaio para Tas, que estava parecendo muito inocente. — Sua magia mal foi o suficiente para me fazer passar pela beira desse bosque amaldiçoado. Eu pude sentir sua força diminuindo...

A expressão ansiosa de Caramon desapareceu.

— Eu tentei nosso dispositivo mágico — ele disse, olhando para Tas. — Também não funciona. Eu não esperava muito. Não nos fez passar pela Floresta de Wayreth. Mas eu tinha que tentar. Eu... eu nem consegui fazê-lo se transformar! Por pouco não se quebrou todo nas minhas mãos, então o deixei em paz.

Ele ficou em silêncio por um momento, então, sua voz tremendo de desespero, ele explodiu.

— Tanis, eu *tenho* que chegar a Torre! — Suas mãos se fecharam em punhos. — Não sei explicar, mas vi o futuro, Tanis! Preciso ir até o Portal e impedir Raistlin. Sou o único que pode!

Assustado, Tanis pôs uma mão apaziguadora no ombro dele.

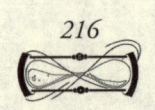

— Tas me contou... mais ou menos. Mas, Caramon, Dalamar está lá... e ... como em nome dos deuses você iria entrar no Portal?

— Tanis — disse Caramon, olhando para seu amigo com uma expressão séria e firme que fez o meio-elfo piscar atônito —, você não pode entender e não há tempo para explicar. Mas tem que acreditar em mim. Eu *devo* entrar na Torre!

— Você está certo — disse Tanis, depois de olhar para Caramon com admiração. — Eu não entendo. Mas vou ajudá-lo, se puder, e se for possível.

Caramon suspirou fundo, sua cabeça pendendo, seus ombros caindo.

— Obrigado, meu amigo — disse ele simplesmente. — Estive sozinho em tudo isso. Se não fosse por Tas...

Ele olhou para o kender, mas Tas não estava ouvindo. Seu olhar estava fixo com atenção extasiada na cidadela voadora, ainda pairando sobre as muralhas da cidade. A batalha estava furiosa no ar ao seu redor, entre os dragões, e no chão abaixo, como podia ser visto pelas grossas colunas de fumaça subindo da parte sul da cidade, pelos sons de gritos e choro, o choque das armas e o barulho dos cascos dos cavalos.

— Aposto que uma pessoa poderia voar naquela cidadela até a Torre — Tas disse, olhando com interesse. — Whoosh! Direto sobre o bosque. Afinal, sua magia é má e a magia do bosque é má e é bem grande... a cidadela, não o bosque. Provavelmente precisaria de muita magia para isso e...

— Tas!

O kender virou para encontrar ambos, Caramon e Tanis, o encarando.

— O quê? — ele gritou, alarmado. — Não fui eu! Não é culpa minha...

— Se conseguíssemos chegar lá! — Tanis observou a cidadela.

— O dispositivo mágico! — Caramon gritou empolgado, puxando-o de um bolso interno na camisa que vestia embaixo da armadura. — Ele irá nos levar até lá!

— Levar para onde? — Tasslehoff de repente percebeu que algo estava acontecendo. — Levar... — Seguiu o olhar de Tanis — Lá? Lá! — Os olhos do kender brilharam tanto quanto estrelas. — Sério? De verdade? Na cidadela voadora! Isso é tão maravilhoso! Estou pronto. Vamos lá! — Seu olhar foi para o dispositivo que Caramon estava segurando em sua mão. — Mas isso só funciona para duas pessoas, Caramon. Como Tanis vai para lá?

Caramon limpou a garganta desconfortável e o entendimento chegou ao kender.

— Ah, não! — Tas choramingou. — Não!

— Me desculpe, Tas — Caramon disse, as mãos trêmulas começando a transformação do pingente ordinário no cetro brilhante e cravejado de joias, — mas vamos ter uma luta difícil para entrar naquela coisa...

— Vocês *precisam* me levar, Caramon! — Tas chorou. — Foi *minha* ideia! Eu posso lutar! — Apalpando seu cinto, ele puxou sua pequena faca. — Salvei sua vida! Salvei a vida de Tanis!

Vendo pela expressão no rosto de Caramon que ele ia teimar com aquilo, Tas virou para Tanis e jogou os braços ao redor dele suplicante.

— Me leve com você! Talvez o dispositivo funcione com três pessoas. Ou melhor duas pessoas e um kender. Eu sou pequeno. Talvez nem me perceba! Por favor!

— Não, Tas — Tanis disse resoluto. Soltando-se do kender, moveu-se para ficar ao lado de Caramon. Levantando um dedo em aviso, ele advertiu, com um olhar que Tas conhecia bem. — E dessa vez, é sério!

Tas ficou ali com uma expressão tão desamparada que o coração de Caramon doeu.

— Tas — ele disse amenizando a voz, ajoelhando-se ao lado do kender perturbado —, você viu o que vai acontecer se falharmos! Preciso de Tanis comigo, preciso da sua força e da sua espada. Você entende?

Ele tentou sorrir, mas seu lábio inferior tremeu.

— Sim, Caramon, eu entendo. Me desculpe.

— E, afinal, *foi* ideia sua — Caramon acrescentou solene, ficando de pé.

Embora este pensamento parecesse confortar o kender, ele não aumentou a confiança do meio-elfo.

— De alguma maneira — Tanis murmurou — *isso* me preocupa. — Assim como a expressão no rosto do kender. — Tas — Tanis assumiu seu ar severo enquanto Caramon se moveu para ficar ao seu lado —, prometa que vai encontrar algum lugar seguro e *ficar lá*, e que vai continuar fora de encrencas! Promete?

O rosto de Tas era a imagem do seu tumulto interno: mordeu o lábio, suas sobrancelhas se juntaram, torceu seu topete até o topo de sua cabeça. Então, de repente, seus olhos se arregalaram. Ele sorriu e soltou o cabelo, que caiu pelas costas.

— Claro, eu prometo, Tanis — disse ele com expressão tão sincera e inocente que o meio-elfo gemeu.

Mas não havia nada que pudesse fazer sobre isso agora. Caramon já recitava o cântico mágico e manipulava o dispositivo. O último vislumbre que Tanis teve, antes de desaparecer nas brumas rodopiantes da magia, foi de Tasslehoff de pé em um pé, esfregando a parte de trás da perna com o outro, e acenando adeus com um alegre sorriso.

Capítulo 3

Fulgor! — disse Tasslehoff para si mesmo assim que Tanis e Caramon sumiram da sua visão.

Virando-se, o kender correu pela rua em direção ao extremo sul da cidade onde a luta estava mais pesada.

— Pois — ele raciocinou — É ali que os dragões estão provavelmente batalhando.

Foi então que a infeliz falha em seu esquema ocorreu a Tas.

— Droga! — murmurou, parando e olhando para cima, para o céu que estava cheio de dragões rosnando e arranhando e mordendo e respirando suas armas de bafo contra os outros em fúria. — Agora, como vou encontrar ele naquela bagunça?

Respirando fundo, exasperado, o kender logo se engasgou e tossiu. Olhando em volta, notou que o ar estava ficando extremamente esfumaçado e que o céu, antes cinza com o alvorecer abaixo das nuvens, estava agora iluminado com um brilho de fogo.

Palanthas estava queimando.

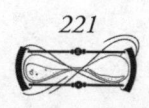

— *Não é* exatamente um lugar seguro para se estar — Tas murmurou. — E Tanis me disse para encontrar um lugar seguro. E o lugar mais seguro que conheço é com ele e Caramon e eles estão lá naquela cidadela agora, provavelmente tendo problemas sem fim, e eu estou preso aqui em uma cidade que está sendo queimada e saqueada e arrasada. — O kender pensou muito. — Já sei! — ele disse de repente. — Vou rezar para Fizban! Isso funcionou algumas vezes... bem, *acho* que funcionou. De qualquer forma, mal não faz.

Vendo uma patrulha draconiana descendo a rua e não querendo qualquer interrupção, Tas se abaixou em um beco, atrás de um monte de refugos e olhou para o céu.

— Fizban — ele disse —, é *isso!* Se não sairmos dessa, então podemos jogar a prata no poço e ir morar com as galinhas, como minha mãe costumava dizer e, embora eu não entenda bem o que ela queria dizer com isso, com certeza soa terrível. Eu preciso estar com Tanis e Caramon. Você *sabe* que eles não podem administrar as coisas sem mim. E para fazer isso, eu preciso de um dragão. Vejo, não é muito. Eu *poderia* pedir algo, sabe, como pular o intermediário e só me woosh lá pra cima. Mas não. Só um dragão. É isso.

Tas esperou.

Nada aconteceu.

Soltando um suspiro exasperado, Tas olhou para o céu com severidade e esperou mais um pouco.

Ainda nada.

Soltou um suspiro.

— Tudo bem, eu admito. Eu daria o conteúdo de uma bolsa, talvez até de duas, pela chance de voar na cidadela. Aí está a verdade. O resto da verdade de qualquer jeito. E eu sempre encontrei seu chapéu por você.

Mas, apesar desse gesto magnânimo, nenhum dragão surgiu.

Por fim, Tas desistiu. Percebendo que a patrulha draconiana tinha passado, ele se levantou de trás do monte de lixo e fez o caminho de volta do beco para a rua.

— Bem — ele murmurou —, suponho que você esteja ocupado, Fizban, e...

Nesse momento, a terra se levantou embaixo dos pés de Tas, o ar ficou cheio de pedras quebradas, tijolos e detritos, um som como trovão ensurdeceu o kender, e então... silêncio.

Levantando-se, limpando a poeira de suas calças, Tas espiou através da fumaça e dos escombros, tentando ver o que acontecera. Por um momento, pensou que talvez outro edifício tivesse sido derrubado sobre ele, como em Tarsis. Mas então viu que não era o caso.

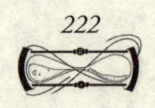

Um dragão de bronze estava deitado de costas no meio da rua. Estava coberto de sangue, suas asas, espalhadas sobre o bloco, tendo esmagado vários edifícios, a cauda atravessando vários outros. Seus olhos estavam fechados, havia marcas de queimaduras nos seus flancos, e não parecia estar respirando.

— Agora *isso* — disse Tas irritado, encarando o dragão —, não era o que eu tinha em mente!

Naquele momento, porém, o dragão se mexeu. Um olho se abriu e pareceu olhar o kender com uma lembrança confusa.

— Fulgor! — Tas ofegou, subindo em uma das enormes pernas para olhar o dragão ferido nos olhos. — Estava procurando você! Você... você está muito ferido?

O jovem dragão parecia prestes a tentar responder quando uma sombra escura cobriu os dois. Os olhos de Khirsah abriram na hora, ele deu um rosnado suave e muito fraco tentou levantar a cabeça, mas o esforço parecia além dele. Olhando para cima, Tas viu um grande dragão negro mergulhando em direção a eles, parecendo querer acabar com sua vítima.

— Ah, não, nem vem! — Tas murmurou. — Esse é o *meu* bronze! Fizban o mandou para mim. Agora, como alguém luta com um dragão?

Histórias de Huma vieram a mente do kender, mas não foram de muita ajuda, já que não tinha uma lança de dragão, nem mesmo uma espada. Puxando sua pequena faca, olhou-a, esperançoso, então sacudiu a cabeça e a colocou de volta no cinto. Teria que fazer o seu melhor.

— Fulgor — ele instruiu o dragão enquanto escalava o estômago largo e escamoso da criatura —, você apenas se deite aí e fique quieto, tudo bem? Sim, eu sei tudo sobre como você quer morrer com honra, lutando contra seu inimigo. Eu tinha um amigo que era um Cavaleiro de Solamnia. Mas agora não podemos ser honrados. Tenho dois outros amigos que estão vivos agora, mas talvez não fiquem assim se você não me ajudar a chegar até eles. Além disso, eu já salvei sua vida uma vez esta manhã, embora isso provavelmente não seja muito óbvio no momento, e você me deve essa.

Se Khirsah entendeu e estava obedecendo ordens ou tinha simplesmente perdido consciência, Tas não podia saber ao certo. De qualquer forma, não tinha tempo para se preocupar com isso. De pé no topo do estômago do dragão, ele remexeu bem no fundo de uma das suas bolsas para ver se tinha algo que poderia ajudar e pegou a pulseira de Tanis.

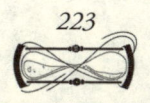

— Achei que ele teria mais cuidado com isso — Tas murmurou para si mesmo enquanto a colocava no braço. — Deve ter deixado cair quando estava cuidando de Caramon. Por sorte, eu peguei. Agora... — Erguendo os braços, apontou para o dragão que pairava acima dele, mandíbulas escancaradas, pronto para vomitar o ácido mortal na sua vítima.

— Espera aí! — O kender gritou. — O corpo desse dragão é meu! Eu o encontrei. Bem... ele me encontrou, por assim dizer. Por pouco, não me esmagou no chão. Então, dê o fora e não o estrague com esse seu bafo horrível!

O dragão negro parou, intrigado, olhando para baixo. Ela tinha, muitas vezes, dado um prêmio ou dois para draconianos e goblins, mas nunca, que pudesse se lembrar, para um kender. Ela também havia sido ferida na batalha e estava se sentindo muito tonta pela perda de sangue e uma pancada no nariz, mas algo lhe dizia que isso não estava certo. Ela não conseguiu lembrar de alguma vez ter conhecido um kender mau. Ela teve que admitir, no entanto, que podia haver uma primeira vez. Aquele *usava* uma pulseira de magia negra, sem dúvida, cujo poder ela podia sentir bloqueando seus feitiços.

— Você sabe o que posso conseguir por dentes de dragão em Sanção? — O kender gritou. — Sem falar sobre as garras. Conheço um mago pagando trinta peças de aço por uma garra!

O dragão negro fez uma careta. Esta era uma conversa estúpida. Estava machucada e nervosa. Decidindo simplesmente destruir o kender irritante junto com seu inimigo, ela abriu a boca.... e foi atingida de surpresa por trás por outro bronze. Gritando de fúria, esqueceu sua presa enquanto lutava por sua vida, arranhando freneticamente para ganhar espaço, o bronze a seguindo.

Soltando um grande suspiro, Tas sentou-se na barriga de Khirsah.

— Pensei que era mesmo nosso fim — murmurou o kender, arrancando a pulseira de prata e colocando-a de volta na bolsa. Ele sentiu o dragão se mexer embaixo dele, respirando fundo. Deslizando pela lateral escamosa do dragão escamoso lateral, Tas desceu para o chão.

— Fulgor? Você está... você está muito ferido? — Como se curava um dragão? — Eu... eu poderia procurar um clérigo, embora ache que eles estão todos muito ocupados agora, com a batalha e tudo...

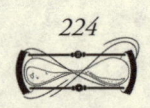

— Não, kender — disse Khirsah em voz profunda — Isso não será necessário. — Abrindo os olhos, o dragão sacudiu sua grande cabeça e esticou o pescoço comprido para olhar ao redor. — Você salvou minha vida — ele disse, olhando para o kender em confusão.

— Duas vezes — Tas apontou com alegria. — Primeiro, essa manhã com Lorde Soth. Meu amigo, Caramon... você não o conhece... tem este livro que conta o que vai acontecer no futuro, ou melhor, o *que não vai* acontecer no futuro, agora que estamos mudando tudo. De qualquer forma, você e Tanis teriam lutado com Lorde Soth e vocês dois teriam morrido só que eu roubei a pulseira então, não. Morreu, sabe.

— De fato — rolando sobre sua lateral, Khirsah estendeu uma enorme asa de couro no ar esfumaçado e a examinou de perto. Estava cortada e sangrando, mas não havia sido rasgada. Prosseguiu examinando a outra asa de forma semelhante enquanto Tas assistia, encantado.

— Acho que gostaria de ser um dragão — disse ele com um suspiro.

— Claro — Khirsah contorceu devagar seu corpo de bronze até ficar em pé sobre seus calcanhares, primeiro extraindo sua longa cauda dos escombros de um prédio que havia esmagado. — Nós somos os escolhidos dos deuses. Nossa expectativa de vida é tão longa que as vidas dos elfos parecem tão breves quanto a a chama de uma para nós, enquanto as vidas dos humanos e de vocês, kender, são estrelas cadentes. Nosso respirar é morte, nossa magia tão forte que só os melhores magos nos superam.

— Eu sei — disse Tasslehoff, tentando esconder sua impaciência. — Agora, você tem certeza de que está tudo funcionando?

Khirsah escondeu um sorriso.

— Sim, Tasslehoff Burrfoot — o dragão disse com sua voz grave, flexionando suas asas —, tudo hum... funciona, como você diz. — Ele balançou sua cabeça. — Estou me sentindo um pouco grogue, só isso. E assim, já que você salvou minha vida, eu...

— Duas vezes.

— Duas vezes — o dragão se corrigiu — Sou obrigado a lhe conceder um serviço. O que você quer de mim?

— Leve-me até a cidadela voadora! — Tas disse, preparado para subir nas costas do dragão. Ele se sentiu sendo içado no ar pelo colarinho, preso dentro de uma das enormes garras de Khirsah.

— Oh, obrigado pela carona. Embora eu pudesse ter feito isto so... Mas não estava sobre as costas do dragão.

Em vez disso, ele se viu confrontando Khirsah olho no olho.

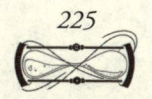

— Isso seria extremamente perigoso, se não fatal, para você, kender — Khirsah disse severo. — Não posso permitir isto. Deixe-me levá-lo para os Cavaleiros de Solamnia, que estão na Torre do Alto Clerista...

— Eu estive na Torre do Alto Clerista! — Tas choramingou. — Tenho que chegar à cidadela voadora! Você vê, uh, sabe... Tanis Meio-Elfo! Você o conhece? Ele está lá em cima, agora, e, uh... Ele me deixou aqui para obter algumas informações importantes, uh, para ele e... — Tas terminou apressado — eu consegui e agora preciso levar para ele.

— Me dê a informação — Khirsah disse. — Irei repassá-la.

— Não... não, não, isso... uh... não vai funcionar de jeito nenhum — Tas gaguejou, pensando rápido. — Está... uh... em kender! E... e não pode ser traduzido para... er... Comum. Você não fala... uh... kender, fala, Fulgor?

"Claro", o dragão estava prestes a dizer. Porém, olhando para os olhos esperançosos de Tasslehoff, Khirsah bufou.

— Claro que *não*! — disse em tom debochado. Devagar, com cuidado, depositou o kender nas suas costas, entre suas asas. — Irei levá-lo para Tanis Meio-Elfo, se esse for o seu desejo. Não há sela de dragão, já que não estamos lutando usando cavaleiros montados, então segure minha crina com força.

— Sim, Fulgor — Tas gritou alegre, arrumando suas bolsas e segurando a crina de bronze do dragão com as duas mãos pequenas. Um pensamento repentino lhe ocorreu. — Diga, Fulgor — ele exclamou — você não vai fazer nenhuma coisa aventurosa lá em cima, como rolar de cabeça para baixo ou mergulhar direto para o chão, vai? Porque, apesar de com certeza ser divertido, pode ser bastante desconfortável para mim já que não estou amarrado ou coisa assim.

— Não — respondeu Khirsah, sorrindo. — Eu vou levá-lo lá o mais rápido possível para retornar a luta.

— Pronto quando você estiver! — Tas gritou, chutando o flanco de Khirsah com seus calcanhares enquanto o dragão de bronze saltava para o ar. Pegando as correntes de vento, ele se elevou ao céu e subiu sobre a cidade de Palanthas.

Não foi um passeio agradável. Olhando para baixo, ele prendeu a respiração. Quase toda a Cidade Nova estava em chamas. Como fora evacuada, os draconianos passaram por ela sem contestação, saqueando e queimando sistematicamente. Os dragões bondosos foram capazes de impedir os dragões azuis e pretos de destruírem por completo a Cidade

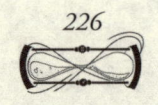

Velha como haviam destruído Tarsis, e os defensores da cidade estavam mantendo sua posição contra os draconianos. Mas a carga de Lorde Soth tinha sido custosa. Tas podia ver, a partir de seu espaçoso ponto de vista, corpos de cavaleiros e seus cavalos espalhados pelas ruas como soldados de brinquedo esmagados por uma criança vingativa. E, enquanto observava, pode ver Soth cavalgando sem oposição, seus guerreiros destroçando qualquer coisa viva que cruzasse seu caminho, o berro assustador das banshees erguendo-se acima dos gritos dos moribundos.

Tas engoliu dolorosamente.

— Oh, céus — ele sussurrou, — Acho que isso *é* minha culpa! Eu realmente não sei, afinal. Caramon não leu mais nada no livro! Eu apenas supus... Não — respondeu Tas com firmeza. — Se eu não tivesse salvado Tanis, então Caramon teria morrido no bosque. Eu fiz o que tinha que fazer e, como é uma confusão, não vou pensar nisso, nunca mais.

Para tirar sua mente de seus problemas e das coisas horríveis que via acontecendo no chão, Tas olhou ao redor, espiando através da fumaça, para ver o que estava acontecendo nos céus. Pegando um vislumbre de movimento atrás dele, viu um grande dragão azul subindo das ruas perto de Bosque Shoikan.

— O dragão de Kitiara! — Tas murmurou, reconhecendo o esplêndido e mortal Skie. Mas o dragão não tinha cavaleiro e Kitiara não estava à vista. — Fulgor! — Tas gritou em advertência, virando-se para observar o dragão azul, que os havia visto e estava mudando de direção rápido para ir até eles.

— Estou ciente dele — Khirsah disse com frieza, olhando para Skie. — Não se preocupe, estamos perto do seu destino. Irei deixá-lo, kender, então retornarei para lidar com meu inimigo.

Virando-se, Tas viu que estavam realmente muito perto da cidadela voadora. Todos os pensamentos sobre Kitiara e dragões azuis foram varridos de sua cabeça. A cidadela era ainda mais maravilhosa de perto do que de baixo. Ele podia ver com clareza os enormes e irregulares pedaços de rocha pendurados abaixo dela, que já estiveram na base rochosa sobre a qual fora construída.

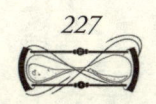

Nuvens mágicas ferviam ao redor dela, mantendo-a voando, relâmpagos chiavam e crepitavam entre as torres. Estudando a cidadela em si, Tas viu rachaduras gigantes serpenteando pelas laterais da fortaleza, danos estruturais resultantes da tremenda força necessária para arrancar o edifício dos ossos da terra. A luz brilhava nas janelas das três altas torres e da porta levadiça aberta na frente, mas Tas não via sinais de vida. Não tinha dúvidas, no entanto, de que havia todo o tipo de vida lá dentro!

— Onde você gostaria de ir? — Khirsah perguntou, uma nota de impaciência na voz.

— Em qualquer lugar, obrigado — Tas respondeu educado, sabendo que o dragão estava ansioso para voltar à batalha.

— Não acho que a entrada principal seja aconselhável — disse o dragão, virando de repente o seu voo. Com uma curva fechada, circulou ao redor da cidadela. — Irei levá-lo para os fundos.

Tas teria dito "obrigado" novamente, mas seu estômago tinha, por algum inexplicável motivo, afundado, enquanto seu coração pulou em sua garganta quando o movimento circular do dragão virou os dois de lado no ar. Então Khirsah nivelou e, mergulhando, pousou suavemente em um pátio deserto. Naquele momento ocupado em arrumar suas entranhas, Tas mal foi capaz de deslizar das costas do dragão e saltar para as sombras, sem se preocupar sobre amenidades sociais.

Uma vez em terra firme (bem, uma espécie de terra firme), no entanto, o kender já se sentiu bem mais como ele mesmo.

— Adeus, Fulgor! — ele falou, acenando com a mão pequena. — Obrigado! Boa sorte!

Mas se o bronze o ouviu, não respondeu. Khirsah estava subindo veloz, ganhando espaço aéreo. Zunindo atrás dele, Skie, seus olhos vermelhos brilhando com ódio. Com um encolher de ombros e um pequeno suspiro, Tas os deixou para a batalha. Virando-se, ele estudou seus arredores.

Estava nos fundos da fortaleza sobre a metade de um pátio cuja outra metade parecia ter sido deixada para trás quando a cidadela foi arrancada do chão. Percebendo que ele estava, de fato, desconfortavelmente perto da borda do desmoronamento de pedra, Tas apressou-se em direção à muralha da fortaleza em si. Moveu-se em silêncio, ficando nas sombras com a furtividade inconsciente com que os kender nascem.

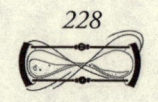

Fazendo uma pausa, ele olhou ao redor. Havia uma porta dos fundos dando no pátio, mas era uma enorme porta de madeira, enfaixada com barras de ferro. E, embora *tivesse* uma tranca das mais interessantes que o dedo de Tas coçava para experimentar, o kender percebeu, com um suspiro, que provavelmente tinha um guarda de pé do outro lado também. Seria muito melhor rastejar por uma janela, e havia uma janela iluminada bem acima dele.

Muito acima dele.

— Droga! — Tas murmurou. A janela estava a pelo menos seis metros de distância do chão. Olhando em volta, Tas encontrou um pedaço de rocha e, com muito empurrar, conseguiu colocá-lo embaixo da janela. Subindo, espiou com cuidado.

Dois draconianos estavam deitados em um monte de pedra no chão, suas cabeças esmagadas. Outro draconiano jazia morto perto deles, sua cabeça separada do corpo. Além dos corpos, não havia mais nada na sala. Na ponta dos pés, enfiou a cabeça dentro, escutando. Não muito longe, podia ouvir os sons de metal se chocando, gritos, berros, e, uma vez, um tremendo rugido.

— Caramon! — disse Tas. Rastejando pela janela, saltou para o chão, satisfeito em perceber que, por enquanto, a cidadela estava perfeitamente imóvel e não parecia estar indo para qualquer lugar. Ouvindo novamente, ele escutou o rugido familiar cada vez mais alto, misturado com os xingamentos de Tanis.

— Que legal — disse Tas, assentindo com satisfação enquanto se arrastava pela sala. — Estão esperando por mim.

Emergindo em um corredor com paredes de pedras brancas, Tas parou um momento para se orientar. Os sons da batalha estavam acima dele. Espiando pelo corredor iluminado por tochas, Tas viu uma escada e foi naquela direção. Por precaução, puxou sua pequena faca, mas não encontrou ninguém. O corredor estava vazio, assim como a escada estreita e íngreme.

— Hunf — Tas murmurou —, com certeza um lugar muito *mais seguro* que a cidade, nesse momento. Preciso lembrar de mencionar isso a Tanis. Falando nele, onde ele e Caramon podem estar e como chego lá?

Depois de escalar quase em linha reta por cerca de dez minutos, Tas parou, encarando a escuridão iluminada por tochas. Ele estava, percebeu, subindo uma escada estreita imprensada entre as paredes interna e externa de uma das torres. Podia ouvir ainda a batalha ressoando; e agora soava como se Tanis e Caramon estivessem bem do outro lado da parede, mas não conseguia ver uma maneira de chegar neles. Frustrado, e com as pernas cansadas, parou para pensar.

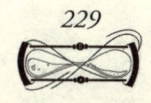

"Ou eu volto para tentar outro caminho", raciocinou, "ou posso continuar. Voltar para baixo, embora mais fácil pros pés, pode ser mais movimentado. E deve ter uma porta aqui em cima, ou então por que teria uma escada?"

Com essa linha de lógica atraente, Tas decidiu se manter subindo, mesmo que isso significasse que os sons da batalha pareciam vir debaixo em vez de acima dele. De repente, quando estava começando a pensar que um anão bêbado com um senso de humor distorcido construíra aquela escada estúpida, chegou ao topo e encontrou a porta.

— Oh, tem tranca! — ele disse, esfregando as mãos. Não tivera chance de abrir nenhuma nos últimos tempos e estava preocupado em ficar enferrujado. Examinando a tranca com olhar experiente, ele cuidadosa e delicadamente pôs a mão sobre a maçaneta. Para sua grande decepção, abriu sem esforço.

— Oh, bem — ele disse com um suspiro —, não estou com minhas ferramentas mesmo. — Empurrando a porta com cuidado, espiou. Só havia um corrimão de madeira na frente dele. Tas empurrou a porta um pouco mais e deu um passo para se encontrar em uma sacada estreita que corria por dentro da torre.

Os sons da luta estavam muito mais claros, reverberando ruidosos contra a pedra. Apressando-se pelo piso de madeira da sacada, Tas se inclinou sobre a beirada do parapeito, olhando para a fonte dos sons de madeira rachando, espadas retinindo, gritos e baques.

— Olá, Tanis. Olá, Caramon! — ele chamou empolgado. — Ei, descobriram como voar isso aqui?

Capítulo 4

Encurralados em outra varanda vários lances abaixo da em que Tas se debruçou, Tanis e Caramon estavam lutando por suas vidas do outro do lado da torre de onde o kender estava. O que parecia ser um pequeno exército de draconianos e goblins abarrotava as escadas abaixo deles.

Os dois guerreiros se barricaram atrás de um enorme banco de madeira que arrastaram pelas escadas. Atrás deles, havia uma porta, e pareceu a Tas que tinham subido pelas escadas em direção a porta tentando fugir, mas foram impedidos antes de conseguir.

Caramon, seus braços cobertos de sangue verde até os cotovelos, estava batendo em cabeças com um pedaço de madeira que ele tinha arrancado da sacada, uma arma mais eficaz do que uma espada ao lutar contra essas criaturas cujos corpos viravam pedra. A espada de Tanis estava embainhada, e ele a usava como um bastão, e estava sangrando de vários cortes através da cota de malha cortada em seus braços, e havia um grande amassado na placa peitoral. Até onde Tas podia dizer a partir de seu primeiro olhar febril, as coisas pareciam estar em um impasse. Os draconianos não conseguiam chegar perto o suficiente do banco para tirá-lo do caminho ou passar por cima dele. Mas, no momento em que Caramon e Tanis deixassem sua posição, isto seria superado.

— Tanis! Caramon! — Tas gritou. — Aqui em cima!

Ambos os homens olharam ao redor com espanto ao som da voz do kender. Então Caramon, agarrando Tanis, apontou.

— Tasslehoff! — Caramon chamou, sua voz estrondosa ecoando na câmara da torre. — Tas! Esta porta, atrás de nós! Está trancada! Não podemos sair!

— Já estou indo — Tas respondeu, empolgado, subindo no corrimão e preparando-se para saltar no meio da confusão.

— Não! — Tanis gritou. — Do outro lado! O outro lado! — Ele apontou frenético.

— Ah — disse Tas, desapontado. — Claro, sem problemas. — Ele desceu de volta e estava quase se virando para sua porta quando viu os draconianos nas escadas abaixo de Tanis e Caramon de repente pararem de lutar, sua atenção aparentemente capturada por alguma coisa. Houve uma dura palavra de comando, e os draconianos começaram a se empurrar, seus rostos se abrindo em sorrisos com presas. Tanis e Caramon, espantados com a calmaria da batalha, arriscaram um cauteloso olhar por cima do banco, enquanto Tas olhava para baixo do corrimão.

Um draconiano em vestes pretas decoradas com runas arcanas estava subindo as escadas. Segurava um cajado na mão com garras, um cajado esculpido a semelhança de uma cobra atacando.

Um bozak usuário de magia! Tas sentiu um buraco no estômago quase tão ruim quanto o que sentira quando o dragão pousou. Os draconianos estavam embainhando suas armas, obviamente imaginando que a batalha estava terminada. Seu mago lidaria com aquele assunto, de maneira rápida e simples.

Tas viu a mão de Tanis ir para o cinto... e sair vazia. O rosto de Tanis ficou branco sob a barba. A mão dele foi para outra parte de seu cinto. Nada ali. Desesperado, o meio-elfo olhou para o chão ao seu redor.

— Sabe — disse Tas para si mesmo —, aposto que aquela pulseira de resistência mágica viria a calhar agora. Talvez isso seja o que ele está procurando. Acho que ele não percebeu que perdeu. — Alcançando uma das bolsas, tirou a pulseira de prata.

— Aqui está, Tanis! Não se preocupe! Você deixou cair, mas eu encontrei! — gritou, acenando-a no ar.

O meio-elfo olhou para cima, carrancudo, suas sobrancelhas juntas de uma maneira tão alarmante que Tas jogou a pulseira depressa até ele.

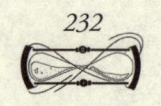

Depois de esperar um momento para ver se Tanis agradeceria (ele não o fez), o kender suspirou.

— Estarei lá em um minuto! — ele gritou. Virando-se, ele correu de volta pela porta e pelas escadas abaixo. — Ele certamente não pareceu muito agradecido — Tas bufou enquanto corria. — Nem um pouco como o velho e divertido Tanis. Não acho que ser um herói combine com ele.

Atrás dele, abafado pelo muro, podia ouvir o som de cânticos ásperos e várias explosões. Então vozes draconianas gritando de raiva e desapontamento.

— Aquela pulseira vai segurá-los por um tempo — Tas murmurou. — Mas não por muito. Agora, como chego no outro lado da torre para alcançar eles? Acho que não tem outro jeito além de voltar ao térreo.

Descendo as escadas correndo, ele alcançou o nível do solo outra vez, passando pela sala por onde entrou na cidadela, e continuou até um corredor correndo em um ângulo reto ao que ele estava. Esperava que o levasse para o lado da torre onde Tanis e Caramon estavam presos.

Ouviu-se o som de outra explosão e, desta vez, toda a torre tremeu. Ele aumentou sua velocidade. Fazendo uma curva fechada a direita, o kender virou uma esquina.

Bam! Ele bateu em algo atarracado e escuro que caiu com um "uff."

O impacto derrubou Tas de cabeça para baixo. Ele ficou bem quieto, tendo a impressão distinta, pelo cheiro, que tinha se chocado com um pacote de lixo podre. Um pouco abalado, no entanto, conseguiu ficar de pé cambaleando e, segurando sua pequena faca, preparou-se para se defender da pequena criatura que estava se levantando também.

Colocando a mão na testa, a criatura disse "Oooh", em um tom de dor. Então, olhando em volta atordoado, viu Tas parado na sua frente, parecendo sombrio e determinado. A luz da tocha brilhou na lâmina da faca do kender. O "ooh", virou um "AAAAAHHH". Com um gemido, a criatura fedorenta caiu desfalecida.

— Anão tolo! — disse Tas, seu nariz franzindo de desgosto. Embainhou a faca e começou a andar. Então parou. — Sabe, porém — disse, conversando consigo mesmo — ele pode vir a calhar. — Curvando-se, Tas agarrou o anão tolo por um punhado de trapos e o sacudiu. — Ei, acorde!

Com uma respiração trêmula, o anão tolo abriu os olhos. Vendo um kender de aparência severa agachado e hostil acima dele, o anão tolo ficou mortalmente branco, fechou logo os olhos de novo e tentou parecer inconsciente.

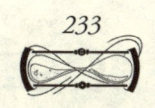

Tas sacudiu de novo.

Com um suspiro trêmulo, o anão tolo abriu um olho, e viu que Tas ainda estava lá. Só havia uma coisa a fazer: parecer morto. Isso é conseguido (entre os anões tolos) segurando a respiração e ficando imediatamente duro e rígido.

— Vamos — Tas continuou, irritado, sacudindo o anão tolo. — Preciso de ajuda.

— Vai embora — disse o anão tolo ravina em tom sepulcral grave e profundo. — Eu morto.

— Você ainda não está morto — disse Tas na voz mais horrível que ele podia. — Mas você vai estar a menos que me ajude! — ele puxou a faca. O anão tolo engoliu em seco e sentou-se depressa, esfregando a cabeça, confuso. Então, vendo Tas, ele jogou seus braços em torno do kender.

— Você cura! Eu de volta dos mortos! Você ótimo e poderoso clérigo!

— Não, eu não sou! — exclamou Tas, bastante assustado por essa reação. — Agora, solte. Não, você está enrolado na bolsa. *Assim* não...

Depois de vários momentos, ele finalmente conseguiu se desgrudar do anão tolo. Levantando a criatura, Tas o encarou sério.

— Estou tentando chegar ao outro lado da torre. É o caminho certo?

O anão tolo olhou para cima e para baixo no corredor pensativo, então virou para Tas.

— Caminho certo — ele disse enfim, apontando na direção em que Tas estava indo.

— Bom! — Tas tornou a disparar.

— Que torre? — o anão tolo murmurou, coçando a cabeça.

Tas parou. Virando-se, ele olhou para o anão tolo, a mão indo para a faca.

— Vou com o grande clérigo — o anão tolo ofereceu rapido. — Guia.

— Pode não ser uma má ideia — o kender refletiu. Agarrando a mão suja do anão tolo, Tas o arrastou junto. Logo encontraram outra escada que levava para cima. Os sons de batalha estavam muito mais altos agora, um fato que fez os olhos do anão tolo se arregalarem.

Ele tentou soltar a mão.

— Eu morri já — choramingou, freneticamente tentando se livrar. — Quando você morre duas vezes, colocam você em caixa, jogam você dentro buraco. Não gosto.

Embora este parecesse um conceito interessante, Tas não tinha tempo para explorá-lo. Segurando o anão tolo com firmeza, Tas o puxou escada acima, os sons de luta do outro lado da parede ficando mais altos a cada momento. Como do lado oposto da torre, a escada íngreme terminava em uma porta. Atrás dela, podia ouvir baques e gemidos e Caramon xingando. Ele tentou a maçaneta. Estava trancada deste lado também. O kender sorriu, esfregando as mãos outra vez.

— Certamente uma porta bem construída — disse ele, estudando-a. Inclinando-se, ele espiou pelo buraco da fechadura. — Estou aqui! — ele gritou.

— Abra a... — gritos abafados — porta! — veio a voz de Caramon.

— Estou fazendo o melhor que posso! — Tas gritou de volta, um pouco irritado. — Não estou com minhas ferramentas, sabe. Bem vou ter só que improvisar. Você fica aqui! — ele agarrou o anão tolo, que estava rastejando de volta para as escadas. Puxando sua faca, ele a ergueu em ameaça. O anão tolo caiu enrolado.

— Eu fica! — ele choramingou, encolhido no chão.

Voltando-se para a porta, Tas enfiou a ponta da faca na fechadura e começou a torcê-la com cuidado. Ele pensou que quase podia sentir a fechadura ceder quando algo bateu contra a porta. A faca caiu.

— Vocês não estão ajudando! — ele gritou através da porta. Com um suspiro sofrido, Tas colocou a faca de volta na fechadura.

O anão tolo se arrastou para mais perto, olhando para Tas do chão.

— Sabe nada. Acho que nem é bom clérigo assim.

— O que você quer dizer? — Tas murmurou, concentrando-se.

— *Faca* não abre porta — o anão tolo disse com grande desdém. — *Chave* abre porta.

— Eu *sei* que a chave abre a porta — Tas disse, olhando ao redor, exasperado — mas eu não tenho... me dá isso!

Tas arrancou com raiva a chave que o anão tolo estava segurando na mão. Colocando a chave na fechadura da porta, ouviu o clique e puxou a porta aberta. Tanis caiu, praticamente em cima do kender, Caramon correndo atrás dele. O grandalhão fechou a pesada porta, quebrando a ponta de uma espada draconiana passando pela porta. Apoiando as costas contra a porta, ele olhou para Tas, respirando forte.

— Tranque isso! — ele conseguiu falar.

Rapidamente, Tas girou a chave na fechadura mais uma vez. Atrás da porta, houve gritos e mais pancadas e sons de madeira rachando.

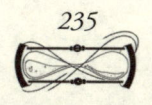

— Vai aguentar por um tempo, eu acho — disse Tanis, estudando a porta.

— Mas não muito — Caramon disse severo. — Especialmente com aquele bozak mágico lá. Vamos.

— Onde? — Tanis questionou, enxugando o suor do rosto. Ele estava sangrando de um corte em sua mão e vários cortes em seus braços, mas por outro lado parecia ileso. Caramon estava coberto de sangue, mas a maior parte era verde, então Tas assumiu que era do inimigo. — Ainda não descobrimos onde fica o dispositivo que voa esta coisa!

— Aposto que ele sabe — Tas disse, apontando para o anão tolo. — Foi por isso que eu o trouxe — acrescentou o kender, orgulhoso de si mesmo.

Houve um tremendo choque. A porta estremeceu.

— Vamos pelo menos sair daqui — Tanis murmurou. — Qual é seu nome? — ele perguntou ao anão tolo enquanto corriam escada abaixo.

— Rounce — disse o anão tolo, olhando para Tanis com profunda suspeita.

— Muito bem, Rounce — disse Tanis, parando em um patamar para recuperar o fôlego. — Mostre-nos a sala onde fica o dispositivo que faz voar esta cidadela.

— A Cadeira do Capitão do Vento — Caramon acrescentou, olhando sério para o anão tolo. — Foi como ouvimos um dos goblins chamar.

— Segredo! — Rounce disse solene. — Não conto! Eu prometido!

Caramon rosnou de um jeito tão feroz que Rounce ficou branco sob a sujeira em seu rosto, e Tas, com medo dele desmaiar de novo, se intrometeu depressa.

— Puxa! Aposto que ele não sabe! — Tas disse, piscando para Caramon.

— Sei bem sim! — Rounce disse, altivo. — E você tenta truque para fazer contar. Eu não cai em truque idiota.

Tas caiu de costas contra a parede com um suspiro. Caramon rosnou outra vez, mas o anão tolo, encolhendo-se um pouco, ainda o encarou em desafio.

— Porcos cruzados não arrancam segredo de mim! — Rounce declarou, cruzando os braços imundos no peito coberto de graxa e comida.

Houve um estrondo em cima, e o som de vozes draconianas.

— Uh, Rounce — Tanis sussurrou em tom confidencial, agachando ao lado do anão tolo — o que exatamente você não deve dizer?

Rounce assumiu uma expressão astuta.

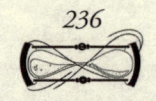

— Não deve dizer que a Cadeira do Capitão do Vento está no topo da torre do meio. *Isso é* que não deve dizer! — ele franziu o cenho para Tanis e levantou um punho pequeno e fechado. — E você não pode me obrigar!

Eles chegaram ao corredor que levava a sala onde a Cadeira do Capitão do Vento *não estava* (de acordo com Rounce, que os havia guiado durante todo o caminho, dizendo: "Esta *não* porta que leva escada que leva lugar secreto"). Entraram com cuidado, pensando que as coisas estavam um pouco tranquilas demais. Estavam certos. No meio do corredor, uma porta se abriu. Vinte draconianos, seguidos pelo bozak mago, investiram contra eles.

— Fiquem atrás de mim! — Tanis disse, desembainhando sua espada. — Eu ainda estou com a pulseira... — Lembrando que Tas estava com eles, acrescentou: — Acho. — E olhou de soslaio para seu braço. A pulseira estava lá.

— Tanis — disse Caramon, puxando sua espada e recuando devagar enquanto os draconianos, esperando por instruções do bozak, hesitavam — Estamos ficando sem tempo! Eu sei! Posso sentir! Tenho que chegar à Torre da Alta Magia! Alguém precisa ir lá em cima e voar esta coisa!

— Um só de nós não pode segurar tantos! — Tanis respondeu. — Isso não deixa ninguém para operar a Cadeira do Capitão... — As palavras morreram em seus lábios. Encarou Caramon. — Você não pode...

— Nós não temos escolha — Caramon rosnou enquanto o som de cânticos preenchia o ar. Ele olhou para Tasslehoff.

— Não... — começou Tanis — absolutamente não...

— Não há outra maneira! — Caramon insistiu. Tanis suspirou, sacudindo a cabeça.

O kender, assistindo os dois, piscou confuso. De repente, entendeu.

— Ah, Caramon! — ele suspirou, juntando as mãos, quase se espetando com sua faca. — Ah, Tanis! Que maravilha! Eu vou fazer vocês se orgulharem de mim! Eu vou levar vocês para a Torre! Vocês não vão se arrepender! Rounce, vou precisar da sua ajuda.

Agarrando o anão tolo pelos braços, Tas correu pelo corredor em direção a uma escada em espiral que Rounce apontava, insistindo que, "Essa escada *não* leva pra segredo!"

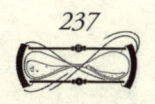

Projetada por Lorde Ariakas, antigo líder das forças da Rainha durante a Guerra da Lança, a Cadeira do Capitão do Vento que opera uma cidadela flutuante há muito passou para a história como uma das mais brilhantes criações da mente genial, embora distorcida, de Ariakas.

A Cadeira está localizada em uma sala especialmente construída para ela no alto da cidadela. Escalando um estreito lance de degraus em espiral, o Capitão do Vento sobe uma escada de ferro que leva a um alçapão. Ao abrir o alçapão, o Capitão entra em uma pequena sala circular sem janelas. No centro da sala, há uma plataforma elevada. Dois pedestais, posicionados a um metro de distância, ocupam a plataforma.

Ao ver esses pedestais, Tas, puxando Rounce com ele, respirou fundo. Feitos de prata, com cerca de um metro e meio de altura, os pedestais eram as coisas mais bonitas que ele já tinha visto. Desenhos intrincados e símbolos mágicos foram gravados em suas superfícies. Cada pequena linha foi preenchida com ouro, brilhando à luz das tochas que fluía da escada abaixo. E, no topo de cada pedestal, estava equilibrado um globo enorme, feito de cristal preto e brilhante.

— Você *não* sobe na plataforma — disse Rounce muito sério.

— Rounce — disse Tas, subindo na plataforma, que estava a cerca de um metro do chão —, você sabe como fazer isso funcionar?

— Não — disse Rounce com frieza, cruzando os braços sobre o peito e olhando para Tas. — Nunca fico muito aqui. Nunca faço serviço pro grande patrão mago. Nunca venho dentro desta sala e nunca dizem preu buscar o que mago quer. Nunca assisto grande patrão mago voar muitas vezes.

— Patrão mago? — Tas disse, franzindo a testa. Ele olhou depressa pela pequena sala, espiando nas sombras. — Onde *está* o grande patrão mago?

— Ele não está embaixo — disse Rounce cheio de teimosia. — Não ficando pronto para estourar amigos em pequenos pedaços.

— Ah, esse patrão mago — Tas disse aliviado. Então o kender fez uma pausa. — Mas... se ele não está aqui... quem está voando esta coisa?

— Nós *não estamos* voando — disse Rounce, revirando os olhos. — Ficamos parados. Garoto, que clérigo idiota você!

— Entendi — murmurou Tas para si mesmo. — Quando está parada, o patrão mago pode deixá-la e ir fazer coisas de patrão mago. — Ele olhou ao redor. — Ora, ora — ele disse alto, estudando a plataforma. — O que eu não devo fazer?

Rounce balançou a cabeça.

— Nunca contar. Você *não* deveria pisar dentro dois círculos pretos no chão.

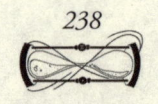

— Entendi — disse Tas, entrando nos círculos pretos entre os pedestais. Pareciam feitos do mesmo tipo de cristal preto que os globos de vidro. Do corredor abaixo, ouviu outra explosão e, mais uma vez, gritos de draconianos furiosos. Aparentemente, a pulseira de Tanis ainda estava defendendo-os da magia do mago.

— Agora — disse Rounce — não deve olhar para o círculo no teto.

Olhando para cima, ele se engasgou com admiração. Acima dele, um círculo do mesmo tamanho e diâmetro da plataforma sobre a qual estava começou a brilhar com uma misteriosa luz azul-branca.

— Muito bem, Rounce — Tas disse, sua voz estridente com excitação. — O que não devo fazer em seguida?

— Você não coloca as mãos em globos de cristal preto. Você não diz globos para onde vamos — respondeu Rounce, fungando. — Puxa. Você nunca adivinha como funciona grande magia como esta!

— Tanis — Tas gritou pela abertura no chão —, em qual direção fica a Torre da Alta Magia?

Por um momento, tudo que pôde ouvir foi o chocar de espadas e alguns gritos. Então, a voz de Tanis, soando cada vez mais perto enquanto ele e Caramon recuavam pelo corredor, subiu.

— Noroeste! Quase em linha reta!

— Certo! — Plantando os pés com firmeza no cristal negro, Tas deu um suspiro trêmulo, então ergueu as mãos para colocá-las nos globos de cristal...

— Droga! — ele gritou frustrado, olhando para cima. — Sou baixo demais!

Olhando para Rounce, ele gesticulou.

— Suponho que suas mãos não precisem estar nos globos ao mesmo tempo que seus pés precisem estar nos círculos?

Tas teve a infeliz sensação de que já sabia a resposta para isso, e ainda bem. A pergunta colocou Rounce em tal estado de confusão que ele só conseguia olhar fixo para Tas, a boca escancarada.

Olhando feio para o anão tolo só porque precisava olhar feio para alguma coisa em sua frustração, Tas decidiu experimentar pular para tocar os globos. Ele os alcançava, mas, quando seus pés deixavam os círculos de cristal preto, a luz sumia.

— E agora? — ele gemeu. — Caramon ou Tanis alcançariam com facilidade, mas eles estão lá embaixo e, pelo som, não vão vir aqui por um tempo. O que eu posso fazer? Eu... Rounce! — chamou de repente — Venha aqui!

Rounce estreitou os olhos, em suspeita.

— Eu não pode — disse, começando a se afastar da plataforma.

— Espere! Rounce! Não vá embora! — Tas exclamou. — Olha, você vem me ajudar! Vamos voar isto juntos!

— Eu! — Rounce se engasgou. Seus olhos se arregalaram como xícaras. — Voar como grande patrão mago?

— Sim, Rounce! Vamos lá. Apenas suba, fique no meu ombro, e...

Um olhar de admiração surgiu no rosto de Rounce.

— Eu... — ele deu um suspiro tempestuoso de êxtase — voar como o patrão mago!

— Sim, Rounce, sim — disse Tas ansioso. — Agora, corra para cá antes... antes que o grande patrão mago nos pegue.

— Eu correr — disse Rounce, rastejando até a plataforma e dali para os ombros de Tas. — Eu correr. Sempre querer voar...

— Aqui, peguei seus tornozelos. Agora, ai! Solte meu cabelo! Você está puxando! Eu não vou derrubar você. Não, fique de pé. Levante-se devagar, Rounce. Apenas levante-se lentamente. Você vai ficar bem. Veja, peguei seus tornozelos. Eu não vou deixar você cair. Não! Não! Você tem que se equilibrar...

O kender e o anão tolo caíram em um monte.

— Tas! — A voz alarmada de Caramon subiu pelas escadas.

— Apenas um minuto! Quase conseguindo! — Tas gritou, ergueu Rounce de volta em pé e o sacudiu. — Agora, equilíbrio, equilíbrio!

— Equilíbrio, equilíbrio — Rounce murmurou, seus dentes batendo.

Tas tomou seu lugar sobre os círculos de cristal mais uma vez e Rounce subiu nos seus ombros novamente. Dessa vez, o anão tolo, depois de alguns momentos tensos de oscilação, conseguiu se levantar. Tas soltou um suspiro. Estendendo as mãos sujas, Rounce, depois de algumas tentativas em vão, colocou-as com cuidado sobre os cristais.

Imediatamente, uma cortina de luz desceu do círculo brilhante no teto, formando uma parede brilhante ao redor de Tas e do anão tolo. Runas apareceram no teto, brilhando vermelhas e roxas.

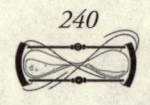

E, com um impulso de parar o coração, a cidadela começou a se mover.

No corredor abaixo da Cadeira do Capitão do Vento, o solavanco mandou os draconianos e seu usuário de magia para o chão. Tanis caiu para trás contra uma parede, e Caramon bateu contra ele.

Gritando e xingando, o mago bozak lutou para se levantar. Pisando em seus próprios homens, que enchiam o corredor, e ignorando Tanis e Caramon, o draconiano começou a correr em direção à escada que levava a sala do Capitão do Vento.

— Impeça-o! — Caramon rosnou, afastando-se da parede enquanto a cidadela se inclinava para um lado como um navio naufragando.

— Eu vou tentar — Tanis ofegou, tendo perdido o fôlego —, mas acho que esta pulseira está quase no limite.

Ele investiu contra o bozak, mas a cidadela de repente inclinou-se na direção oposta. Tanis errou e caiu no chão. O bozak, apenas com a intenção de parar os ladrões que estavam roubando a cidadela, tropeçou na direção da escada. Desembainhando sua adaga, Caramon arremessou-a nas costas do bozak. Mas atingiu uma barreira mágica e invisível ao redor das vestes pretas, e caiu inofensiva no chão.

O bozak tinha acabado de alcançar o pé da escada espiral que levava à sala do Capitão do Vento, os outros draconianos estavam finalmente se recuperando, e Tanis estava se aproximando do bozak mais uma vez quando a cidadela saltou no ar. O bozak caiu para trás em cima de Tanis, draconianos voaram por toda a parte, e Caramon, que apenas por muito pouco conseguiu ficar de pé, saltou sobre o bozak.

Os súbitos giros da torre quebraram a concentração do mago e o feitiço de proteção falhou. O draconiano lutou desesperado usando as garras, mas Caramon, arrastando a criatura para longe de Tanis, empurrou sua espada no bozak assim que o mago começou outro cântico.

O corpo do draconiano se dissolveu instantaneamente em uma horrível poça amarela, enviando nuvens de fumaça suja e venenosa pela sala.

— Saia de perto! — Tanis gritou, indo na direção de uma janela aberta, tossindo. Inclinando-se, ele respirou ar fresco, então ofegou.

— Tas! — ele gritou. — Estamos indo na direção errada! Eu disse noroeste!

Ele ouviu a voz estridente do kender gritar:

— Pense *no noroeste*, Rounce! Noroeste.

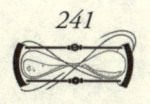

— Rounce? — Caramon murmurou, tossindo e olhando para Tanis com espanto repentino.

— Como penso em duas direções ao mesmo tempo? — inquiriu uma voz. — Quer ir norte ou ir para o oeste? Decide.

— Noroeste! — gritou Tas. — É *uma* dire... Oh, não importa. Olha, Rounce, você pensa no Norte e eu penso no Oeste. Isso pode funcionar. Fechando os olhos, Caramon suspirou desesperado e caiu contra a parede.

— Tanis — ele disse —, talvez seja melhor...

— Não há tempo — respondeu Tanis com severidade, com a espada na mão. — Eles estão vindo.

Mas os draconianos, em confusão pela morte de seu líder e completamente incapazes de entender o que estava acontecendo com sua cidadela, estavam olhando um para o outro, e para seu inimigo, de esguelha. Naquele momento, a cidadela voadora mudou de direção outra vez, indo para noroeste e caindo cerca de vinte metros ao mesmo tempo.

Girando, tropeçando, empurrando e deslizando, os draconianos correram pelo corredor e desapareceram de volta pelo caminho secreto pelo qual vieram.

— Finalmente, estamos indo na direção certa — Tanis relatou, olhando pela janela. Juntando-se a ele, Caramon viu a Torre da Alta Magia ficando mais e mais próxima.

— Bom! Vamos ver o que está acontecendo — Caramon murmurou, começando a subir as escadas.

— Não, espere — Tanis o parou. — Parece que Tas não pode ver. Vamos ter que guiá-lo. Além disso, aqueles draconianos podem voltar em algum momento.

— Eu acho que você está certo — disse Caramon, olhando para a escada em dúvida.

— Vamos estar lá em alguns minutos — disse Tanis, contra o parapeito da janela, cansado. — Mas acho que temos tempo suficiente para você me dizer o que está acontecendo.

— É difícil de acreditar — disse Tanis com calma, olhando para as janelas de novo. — Mesmo vindo de Raistlin.

— Eu sei — disse Caramon, sua voz afiada com tristeza. — Não quis acreditar nisso por um longo tempo. Mas quando eu o vi parado diante do Portal e o ouvi contar o que iria fazer com Crysania, soube que o mal tinha finalmente devorado sua alma.

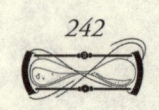

— Você está certo, você deve detê-lo — disse Tanis, segurando a mão do grande homem na sua. — Mas, Caramon, isso significa que você tem que ir para o Abismo atrás dele? Dalamar está na Torre, esperando no Portal. Com certeza, os dois juntos podem impedir Raistlin de passar. Você não precisa entrar no Portal você mesmo...

— Não, Tanis — disse Caramon, balançando a cabeça. — Lembre-se, Dalamar não conseguiu parar Raistlin da primeira vez. Alguma coisa deve acontecer com o elfo negro, algo que vai impedi-lo de cumprir sua missão. — Pegando a sua mochila, Caramon tirou as *Crônicas* encadernadas em couro.

— Talvez possamos chegar lá a tempo de pará-lo — sugeriu Tanis, sentindo-se estranho ao falar de um futuro que já estava escrito.

Virando para a página que havia marcado, Caramon a examinou com pressa, então respirou fundo com um assobio suave.

— O que foi? — Tanis perguntou, inclinando-se para ver. Caramon fechou o livro antes.

— Alguma coisa acontece com ele, de fato — o grandalhão murmurou, evitando os olhos de Tanis. — Kitiara o mata.

Capítulo 5

Dalamar sentava-se sozinho no laboratório da Torre da Alta Magia. Os guardiões da Torre, vivos e mortos, estavam em seus postos na entrada, esperando... vigiando.

Pela janela da Torre, Dalamar podia ver a cidade de Palanthas queimando. O elfo negro tinha observado o progresso da batalha de seu ponto de vista no alto da Torre. Ele tinha visto Lorde Soth entrar pelo portão, viu os cavaleiros, viu os draconianos descerem da cidadela. Enquanto isso, acima, dragões lutavam, sangue de dragão caindo como chuva sobre a cidade.

O último vislumbre que teve, antes que a fumaça crescente obscurecesse sua visão, mostrou-lhe a cidadela voadora começando a flutuar em sua direção, movendo-se lenta e erraticamente, uma vez chegando a parecer que mudava de ideia, voltando para as montanhas. Intrigado, Dalamar observou por vários minutos, imaginando. Foi assim que Kitiara planejou entrar na Torre?

O elfo negro sentiu um medo momentâneo. A cidadela poderia voar sobre o Bosque Shoikan? Sim, ele percebeu, poderia! Sua mão se fechou. Por que não tinha previsto isso? Olhou pela janela, amaldiçoando a fumaça que bloqueava cada vez mais sua visão. Enquanto observava, a cidadela mudou de direção outra vez, tropeçando pelos céus como um bêbado procurando sua casa.

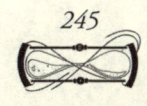

Estava se dirigindo de novo para a Torre, mas com a velocidade de um caramujo. O que estava acontecendo? O operador estaria ferido? Ele a encarou, tentando vê-la. Então uma fumaça preta e espessa passou pela janela, bloqueando por completo sua visão da cidadela. O cheiro de cânhamo e alcatrão queimando estava forte. Os armazéns, Dalamar pensou. Ao se afastar das janelas com um xingamento, sua atenção foi atraída pela visão de um breve clarão de fogo vindo de um prédio quase diretamente oposto a ele: o Templo de Paladine. Podia vê-lo, mesmo através da fumaça, o brilho aumentando, e ele imaginava os clérigos de branco, empunhando maças e bastões, invocando Paladine enquanto matavam seus inimigos.

Dalamar deu um sorriso sombrio, sacudindo a cabeça enquanto caminhava veloz pela sala, passando pela grande mesa de pedra com suas garrafas, jarras e potes. Tinha empurrado a maioria para um lado, dando espaço para seus livros de feitiços, seus pergaminhos e dispositivos mágicos. Olhou para eles pela centésima vez, conferindo se estava tudo pronto, então continuou passando apressado pelas prateleiras forradas com os livros de feitiço encadernados em azul profundo de Fistandantilus, pelas prateleiras forradas com os volumes pretos dos livros de feitiço de Raistlin. Chegando à porta do laboratório, Dalamar abriu-a e falou uma palavra na escuridão.

No mesmo instante, um par de olhos brilhou diante dele, o corpo cintilante espectral saindo e entrando em seu campo de visão como se empurrado por ventos quentes.

— Eu quero guardiões no topo da Torre — Dalamar instruiu.

— Onde, aprendiz?

Dalamar pensou.

— Na porta que leva ao Caminho da Morte. Coloque-os lá.

Os olhos se fecharam em breve reconhecimento, então desapareceram. Dalamar voltou ao laboratório, fechando a porta atrás de si. Então ele hesitou, parou. Podia colocar feitiços de encantamento na porta, feitiços para ninguém entrar. Esta era uma prática comum de Raistlin no laboratório ao realizar alguns delicados experimentos mágicos em que a menor interrupção se provaria fatal. Uma respiração puxada no momento errado causaria o desencadeamento de forças mágicas que destruiriam a Torre em si. Dalamar parou, seus dedos delicados na porta, as palavras em seus lábios.

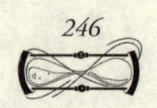

"Não", ele pensou. "Posso precisar de ajuda. Os guardiões devem estar livres para entrar caso eu não consiga remover os feitiços". Atravessando a sala, sentou-se na poltrona confortável que era sua favorita, a que trouxera de seus próprios aposentos para ajudar a aliviar o cansaço da sua vigília.

Caso eu não consiga remover os feitiços. Afundando em almofadas macias de veludo da poltrona, Dalamar pensou na morte, e sobre morrer. Seu olhar foi para o Portal. Parecia como sempre pareceu; as cinco cabeças de dragão, cada uma de cor diferente, voltadas para frente, as cinco bocas abertas em cinco silenciosos gritos de homenagem à sua Rainha das Trevas. Parecia o mesmo de sempre, as cabeças escuras e congeladas, o vazio dentro do Portal continuava vazio, imutável. Ou não? Dalamar piscou. Talvez fosse sua imaginação, mas achou que os olhos de cada uma das cabeças começavam a brilhar de leve.

A garganta do elfo negro se apertou, suas palmas começaram a suar e esfregou as mãos nas vestes. Morte, morrer. Chegaria a isso? Seus dedos roçaram as runas bordadas no tecido preto, runas que bloqueavam ou dissipavam certos ataques mágicos. Ele olhou para suas mãos, a linda pedra verde de um anel de cura brilhava ali, um poderoso dispositivo mágico. Mas seu poder só poderia ser usado uma vez.

Apressado, Dalamar repassou em sua mente as lições de Raistlin para julgar se um ferimento era mortal e exigiria cura imediata ou se o poder de cura do dispositivo deveria ser poupado.

Dalamar estremeceu. Ele podia ouvir a voz do *Shalafi* discutindo friamente vários graus de dor. Podia sentir aqueles dedos, queimando com aquele estranho calor interior, traçando sobre diferentes porções de sua anatomia, apontando áreas vitais. Por reflexo, a mão de Dalamar foi para o seu peito, onde os cinco buracos que Raistlin tinha queimado em sua carne sangravam e infeccionavam para sempre. Ao mesmo tempo, os olhos de Raistlin queimaram em sua mente; espelhados, dourados, planos, mortais.

Dalamar encolheu-se. "Magia poderosa me rodeia e me protege", disse a si mesmo. "Sou hábil na Arte e, embora não tão habilidoso quanto ele, o *Shalafi* vai passar pelo Portal ferido, fraco, à beira da morte! Será fácil destruí-lo!" As mãos de Dalamar se apertaram. "Então, por que estou literalmente sufocando de medo?" ele perguntou.

Um sino de prata soou, uma vez. Assustado, Dalamar levantou-se da poltrona, seu medo das criações de sua mente substituído por um medo de algo muito real. E com o medo de algo concreto, tangível, o corpo de Dalamar enrijeceu, seu sangue correu frio nas suas veias, as sombras em sua mente sumiram. Estava no controle.

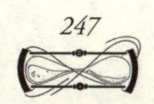

O sino de prata significava um intruso. Alguém ganhou caminho através do Bosque Shoikan e estava na entrada da Torre. Normalmente, Dalamar teria saído do laboratório no mesmo instante, nas palavras de um feitiço, para enfrentar o intruso ele mesmo. Mas não se atreveu a deixar o Portal. Olhando para trás, o elfo negro assentiu para si mesmo devagar. Não, não foi sua imaginação, os olhos das cabeças de dragão *estavam* brilhando. Achou até que vira o vazio lá dentro se mexer e mudar, como se uma ondulação tivesse passado por sua superfície.

Não, não se atrevia a sair. Devia confiar nos guardiões. Caminhando até a porta, inclinou a cabeça, escutando. Pensou ter ouvido sons fracos lá embaixo, um grito abafado, um choque de aço. Então, nada além de silêncio. Ele esperou, prendendo a respiração, ouvindo só o bater de seu coração.

Nada.

Dalamar suspirou. Os guardiões devem ter lidado com o assunto. Deixando a porta, ele cruzou o laboratório para olhar pela janela, mas não podia ver nada. A fumaça era espessa como neblina. Ele ouviu um estrondo distante de trovão, ou talvez de uma explosão. Quem tinha estado lá embaixo, ele se pergunto. Algum draconiano, talvez, ansioso por mais matança, mais saque. Um deles poderia ter passado através das...

Não que isto importasse, disse a si mesmo friamente. Quando tudo acabasse, iria descer, examinar o corpo...

— Dalamar!

O coração de Dalamar pulou, medo e esperança surgindo pelo som daquela voz.

— Cuidado, cuidado, meu amigo — ele sussurrou para si mesmo. — Ela traiu o irmão. Ela te traiu. Não confie nela.

No entanto, ele sentiu as mãos trêmulas enquanto cruzava o laboratório sem pressa em direção à porta.

— Dalamar! — Sua voz novamente, trêmula de dor e medo. Houve um baque contra a porta, o som de um corpo por ela. — Dalamar — ela chamou de novo, fraca.

A mão de Dalamar estava na maçaneta. Atrás dele, os olhos de dragão brilhavam: vermelho, branco, azul, verde, preto.

— Dalamar — Kitiara sussurrou fraca — Eu... eu vim ajudar você.

Devagar, Dalamar abriu a porta do laboratório.

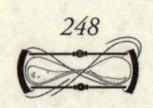

Kitiara estava deitada no chão a seus pés. Ao vê-la, Dalamar prendeu a respiração. Se ela vestira uma armadura, esta fora arrancada de seu corpo por mãos inumanas. Podia ver as marcas de unhas em sua carne. A roupa preta e justa que ela usava sob sua armadura fora rasgada quase toda, expondo sua pele bronzeada, seus seios brancos. Sangue escorria de um ferimento medonho em uma perna, suas botas de couro estavam em frangalhos. No entanto, ela olhou para ele com olhos claros, olhos que não tinham medo. Em sua mão, ela segurava a joia, o amuleto que Raistlin lhe dera para protegê-la dentro do bosque.

— Eu fui forte o suficiente, mas por pouco — ela sussurrou, seus lábios abrindo no sorriso torto que fez o sangue de Dalamar queimar. Ela ergueu os braços. — Eu vim para você. Me ajude a ficar de pé.

Abaixando-se, Dalamar levantou Kitiara. Ela caiu contra ele. Ele podia sentir seu corpo tremendo e sacudiu a cabeça, sabendo que veneno trabalhava em seu sangue. Com o braço ao redor dela, ele meio que a carregou para o laboratório e fechou a porta atrás deles.

Seu peso sobre ele aumentou, seus olhos reviraram.

— Ah, Dalamar — ela murmurou, e ele viu que ela ia desmaiar. Colocou seus braços completamente ao redor dela. Ela apoiou a cabeça contra seu peito, soltando um grato suspiro de alívio.

Ele podia sentir a fragrância de seu cabelo, aquele estranho cheiro, mistura de perfume e aço. Seu corpo tremeu em seus braços. O abraço dele apertou-a mais. Abrindo os olhos, ela o encarou.

— Estou me sentindo melhor agora — ela sussurrou. Suas mãos deslizaram para baixo...

Tarde demais, Dalamar viu os olhos castanhos brilharem. Tarde demais, viu o sorriso torto se contorcer. Tarde demais, sentiu a mão dela puxar, e rápido impulso de dor quando a faca entrou em seu corpo.

— Bem, nós conseguimos — Caramon gritou, olhando para o pátio em ruínas da cidadela voadora enquanto flutuava acima das árvores sombrias do Bosque Shoikan.

— Sim, pelo menos até aqui — murmurou Tanis. Mesmo daquele ponto, bem acima da floresta amaldiçoada, podia sentir as ondas frias de ódio e sede de sangue subindo para agarrá-los como se os guardiões pudessem, mesmo agora, arrastá-los para baixo. Tremendo, Tanis forçou seu olhar para onde o topo da Torre da Alta Magia estava.

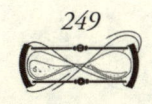

— Se conseguirmos chegar perto o suficiente — ele gritou para Caramon acima da rajada do vento em seus ouvidos — Podemos pular aquela passarela que envolve o topo.

— O Caminho da Morte — Caramon replicou sombrio.

— O quê?

— O Caminho da Morte! — Caramon aproximou-se, mantendo o equilíbrio enquanto as árvores sombrias fluíam abaixo deles como as ondas de um oceano negro. — Era onde o mago maligno estava quando invocou a maldição sobre a Torre. Foi o que Raistlin me disse. Foi de onde ele pulou.

— Lugar agradável e alegre — Tanis murmurou por trás da barba, encarando-o sombriamente. A fumaça rolava ao redor deles, apagando a visão das árvores. O meio-elfo tentou não pensar no que estava acontecendo na cidade. Já tivera um vislumbre do templo de Paladine em chamas.

— Você sabe, é claro — ele gritou, agarrando o ombro de Caramon enquanto os dois estavam na beira do pátio da cidadela — Há muitas possibilidades de Tasslehoff colidir direto com aquela coisa!

— Nós chegamos até aqui — Caramon disse com calma. — Os deuses estão conosco.

Tanis piscou, na dúvida se ouviu direito.

— Isso não soa como o velho e jovial Caramon — disse ele com um sorriso.

— Esse Caramon está morto, Tanis — Caramon respondeu categórico, seus olhos na Torre que se aproximava.

O sorriso de Tanis diminui até virar um suspiro.

— Sinto muito — foi no que conseguiu pensar, colocando uma mão desajeitada no ombro de Caramon.

Caramon olhou para ele, seus olhos brilhantes e claros.

— Não, Tanis — disse ele. — Par-Salian me disse, quando me mandou de volta no tempo, que eu estava indo 'salvar uma alma. Nada mais. Nada menos.' — Caramon sorriu triste. — Achei que ele quis dizer a alma de Raistlin. Vejo agora que não. Era a minha. — O corpo dele ficou tenso. — Vamos — disse, de repente mudando de assunto. — Nós estamos perto o suficiente para pular.

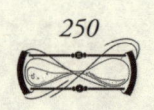

Uma sacada que circundava o topo da Torre apareceu abaixo deles, vista vagamente através da fumaça rodopiante. Olhando para baixo, Tanis sentiu seu estômago encolher. Embora soubesse que era impossível, parecia que a Torre estava cambaleando enquanto ele estava perfeitamente imóvel. Parecia tão grande, quando ainda se aproximavam. Agora, era como se estivesse planejando saltar de uma copadeira para o teto de um castelo de brinquedo.

Para piorar a situação, a cidadela continuava a voar mais e mais perto da Torre. As pontas vermelho-sangue dos minaretes que a cobriam dançavam na visão de Tanis enquanto a cidadela balançava para frente e para trás, e para cima e para baixo.

— Pule! — gritou Caramon, lançando-se no espaço.

Um redemoinho de fumaça passou por Tanis, cegando-o. A cidadela ainda estava se movendo. De repente, uma enorme coluna de rocha negra apareceu bem diante dele. Era pular ou ser esmagado. Agitado, Tanis pulou, ouvindo um horrível som de trituração bem acima dele. Ele estava caindo no nada, a fumaça rodando ao redor, e então teve um breve segundo para se preparar quando as pedras do Caminho da Morte materializaram-se abaixo de seus pés.

Ele aterrissou com um baque que sacudiu todos os ossos de seu corpo, deixando-o atordoado e sem fôlego. Teve apenas senso suficiente para rolar sobre seu estômago, cobrindo a cabeça com seus braços quando uma chuva de rocha caiu ao seu redor.

Caramon estava de pé, rugindo.

— Norte! Vão pro Norte!

Muito, muito vagamente, Tanis pensou ter ouvido uma voz estridente gritando da cidadela acima: "Norte! Norte! Norte! Vamos direto pro Norte em linha reta!"

O som de trituração cessou. Levantando a cabeça cautelosamente, Tanis viu, através de uma abertura na fumaça, a cidadela voadora se afastando em seu novo rumo, balançando um pouco, indo direto para o palácio de Lorde Amothus.

— Você está bem? — Caramon ajudou Tanis a se levantar.

— Sim — disse o meio-elfo trêmulo. Limpou sangue em sua boca. — Mordi minha língua. Droga, como dói!

— O único caminho para baixo é por aqui — disse Caramon, indo na frente pelo Caminho da Morte. Chegaram a um arco esculpida na pedra negra da Torre. Uma pequena porta de madeira estava fechada e bloqueada.

— Provavelmente haverá guardas — Tanis apontou enquanto Caramon, recuando, preparava-se para lançar seu peso contra a porta.

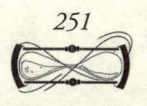

— Sim — o grandalhão grunhiu. Com uma corrida curta, ele se atirou para a frente, batendo na porta. Ela estremeceu e rangeu, a madeira lascou ao longo das barras de ferro, mas resistiu. Esfregando o ombro, Caramon recuou. Medindo a porta, concentrando toda sua força e seu esforço nisso, ele investiu de novo. Desta vez, ela cedeu com um estilhaçar estrondoso, levando Caramon junto.

Apressando-se para entrar, espiando ao redor na escuridão cheia de fumaça, Tanis encontrou Caramon deitado no chão, cercado por cacos de madeira. O meio-elfo estendeu a mão para ajudar seu amigo quando parou, encarando.

— Em nome do Abismo! — ele exclamou, a respiração travando na garganta.

Caramon apressou-se para ficar de pé.

— Sim — ele disse cauteloso. — Já encontrei eles.

Dois pares de olhos desencarnados, brilhando brancos com uma luz fria e assustadora, flutuavam na frente deles.

— Não deixe que eles toquem em você — Caramon avisou em voz baixa. — Eles drenam a vida do seu corpo.

Os olhos flutuaram mais perto.

Com rapidez, Caramon entrou na frente de Tanis, encarando os olhos.

— Eu sou Caramon Majere, irmão de Fistandantilus — ele disse devagar. — Você me conhece. Você me viu antes, em tempos a muito idos.

Os olhos pararam, Tanis podia sentir seu frio escrutínio. Lentamente, levantou o braço. A luz fria dos olhos do guardião refletia na pulseira de prata.

— Sou amigo de seu mestre, Dalamar — ele disse, tentando manter a voz firme. — Ele me deu esta pulseira. — Tanis sentiu, de repente, um aperto frio em seu braço. Engasgou-se com a dor que parecia ir direto ao seu coração. Cambaleando, ele quase caiu. Caramon o segurou.

— A pulseira se foi! — Tanis disse entredentes.

— Dalamar! — Caramon gritou, sua voz crescendo e ecoando na sala. — Dalamar! É Caramon! Irmão de Raistlin! Preciso ir até o Portal! Eu posso impedi-lo! Recolha os guardiões, Dalamar!

— Talvez seja tarde demais — disse Tanis, olhando para os olhos pálidos que os encaravam. — Talvez Kit tenha chegado aqui primeiro. Talvez ele esteja morto.

— Então nós também estamos — Caramon disse suavemente.

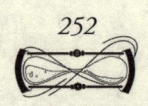

Capítulo 6

Maldita seja, Kitiara! — Dalamar engasgou de dor. Recuando, ele apertou a mão na sua lateral, sentindo seu próprio sangue fluindo quente através dos seus dedos.

Não havia sorriso de euforia no rosto de Kitiara. Em vez disso, havia um olhar de medo, pois ela viu que o golpe que deveria ser mortal errou o alvo. "Por quê?" ela se perguntou em fúria. Ela havia matado cem homens daquela maneira! Por que iria errar agora? Largando sua faca, sacou sua espada, investindo a frente no mesmo movimento.

A espada assobiou com a força de seu golpe, se chocou contra um muro sólido. Faíscas crepitaram quando metal bateu no escudo mágico que Dalamar conjurou ao redor dele, e um choque paralisante chiou pela lâmina, atravessando a empunhadura e subindo pelo seu braço. A espada caiu da sua mão inerte. Segurando o braço, a atônita Kitiara tropeçou e caiu de joelhos.

Dalamar teve tempo de se recuperar do choque do ferimento. Os feitiços defensivos que lançou foram um reflexo, resultado de anos de treinamento. Sequer precisava pensar neles. Mas agora olhava sombriamente para a mulher no chão a sua frente, que estava pegando sua espada com a mão esquerda, mesmo enquanto flexionava a direita, tentando recuperar a sensação.

A batalha tinha apenas começado.

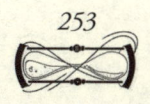

Como um gato, Kitiara ficou de pé, seus olhos queimando com a raiva da batalha e a luxúria quase sexual que a consumia ao lutar. Dalamar tinha visto aquele olhar nos olhos de alguém antes; nos de Raistlin, quando ele estava perdido no êxtase de sua magia. O elfo negro engoliu a sensação de asfixia em sua garganta e tentou banir a dor e o medo de sua mente, buscando se concentrar só nos seus feitiços.

— Não me faça matar você, Kitiara — ele disse, tentando ganhar tempo, sentindo-se cada vez mais forte. Tinha que conservar essa força! De pouco serviria deter Kitiara só para morrer nas mãos do irmão.

Seu primeiro pensamento foi chamar os guardiões. Mas o rejeitou. Ela já tinha os vencido uma vez, provavelmente usando a joia da noite. Recuando perante a Senhora Suprema, Dalamar seguiu caminho para mais perto da mesa de pedra onde estavam seus dispositivos mágicos. Com o canto do olho, viu o brilho de ouro, uma varinha mágica. Tinha que ser preciso, pois teria que dissipar o escudo para usar a varinha contra Kit. E viu nos olhos de Kitiara que ela sabia disso. Ela estava esperando que baixasse o escudo, ganhando tempo.

— Você foi enganada, Kitiara — Dalamar disse suavemente, esperando distraí-la.

— Por você! — ela zombou. Levantando um candelabro de prata, ela o atirou em Dalamar. Ele ricocheteou inofensivo no escudo mágico e caiu a seus pés. Uma nuvem de fumaça subiu do tapete, mas o pequeno incêndio morreu quase instantaneamente, afogado em cera derretida.

— Por Lorde Soth — Dalamar disse.

— Hah! — Kitiara riu, arremessando um béquer de vidro contra o escudo mágico. Ele se partiu em mil cacos brilhantes. Seguiu-se outro castiçal. Kitiara lutara com usuários de magia antes. Sabia como derrotá-los. Seus projéteis não pretendiam ferir, apenas enfraquecer o mago, forçá-lo a gastar força mantendo o escudo, fazê-lo pensar duas vezes sobre dissipá-lo.

— Por que você acha que encontrou Palanthas fortificada? — Dalamar continuou, recuando, para mais perto da mesa. — Você esperava isso? Soth me contou seus planos! Ele me disse que você ia atacar Palanthas para tentar ajudar seu irmão! 'Quando Raistlin vier através do Portal, atraindo a Rainha, Kitiara estará lá para cumprimentá-lo como uma irmã amorosa!'

Kitiara fez uma pausa, sua espada baixou uma fração de polegada.

— Soth disse isso para você?

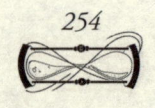

— Sim — disse Dalamar, sentindo com alívio sua hesitação e confusão. A dor de sua lesão havia diminuído um pouco. Arriscou um olhar para a ferida. Suas vestes estavam presas a ela, formando um curativo grosseiro. O sangramento quase parou.

— Por quê? — Kitiara ergueu as sobrancelhas zombeteira. — Por que Soth me trairia para você, elfo negro?

— Porque ele quer você, Kitiara — Dalamar disse tranquilo. — Quer da única maneira que pode tê-la.

Uma lasca fria de terror perfurou Kitiara até sua alma. Ela lembrou-se daquele tom estranho na voz oca de Soth. Lembrou que foi ele quem a aconselhou a atacar Palanthas. Sua raiva escorrendo dela, Kitiara estremeceu, convulsionando com calafrios. "As feridas estão envenenadas", ela percebeu com amargura, vendo os longos arranhões em seus braços e pernas, sentindo novamente as garras geladas de quem as fez. Veneno. Lorde Soth. Ela não conseguia pensar. Olhando para cima, tonta, e viu Dalamar sorrindo.

Com raiva, ela se virou para esconder suas emoções, para se controlar.

De olho nela, Dalamar aproximou-se da mesa, seu olhar indo para a varinha que precisava.

Kitiara deixou seus ombros cairem, sua cabeça pender. Ela manteve a espada fraca em sua mão direita, equilibrando a lâmina com a esquerda, fingindo estar gravemente ferida. Durante todo o tempo, ela sentiu a força retornando para seu braço da espada. "Deixe-o pensar que venceu. Vou ouvi-lo quando atacar. Na primeira palavra mágica que ele pronunciar, vou cortá-lo em dois!" Sua mão apertou o punho da espada.

Ouvindo com atenção, não escutou nada. Apenas o suave farfalhar das vestes pretas, a pausa dolorosa na respiração do elfo. Era verdade, ela se perguntou, sobre Lorde Soth? Se fosse, importaria? Kitiara achou o pensamento bastante divertido. Homens tinham feito mais do que isso para conquistá-la. Ela ainda estava livre. Iria lidar com Soth mais tarde. O que Dalamar disse sobre Raistlin a intrigou mais. Poderia ele vencer?

Traria a Rainha das Trevas para este plano? O pensamento deixou Kitiara horrorizada, horrorizada e assustada.

— Eu fui útil para você antes, não fui, Majestade das Trevas? — ela sussurrou. — Antes, quando você era fraca e apenas uma sombra neste lado do vidro. Mas quando você estiver forte, que lugar haverá para mim neste mundo? Nenhum! Porque você me odeia e me teme assim como eu odeio e temo você.

— E quanto ao verme do meu irmão, vai haver alguém esperando por ele... Dalamar! Você pertence ao seu *Shalafi* de corpo e alma! Você é quem irá ajudá-lo, não impedí-lo, quando ele vier pelo Portal! Não, querido amante. Eu não confio em você! Não ouso confiar em você!

Dalamar viu Kitiara estremecer, viu os ferimentos em seu corpo ficando de um azul arroxeado. Ela estava enfraquecendo, sem dúvidas. Tinha visto seu rosto empalidecer quando mencionou Soth, seus olhos dilatados por um instante com medo. Com certeza, ela entendera que foi traída. Certamente, via a sua grande loucura. Não que importasse, não agora. Ele não confiava nela, não ousava confiar nela...

A mão de Dalamar serpenteou para trás. Agarrando a varinha, ele a ergueu, falando a palavra de magia que dispersou o escudo mágico que o protegia. Nesse instante, Kitiara girou. Sua espada em ambas as mãos, ela a empunhou com todas as suas forças. O golpe teria cortado a cabeça de Dalamar de seu pescoço, se ele não tivesse torcido seu corpo para usar a varinha.

Daquele jeito, a lâmina o pegou na parte de trás do ombro direito, mergulhando fundo em sua carne, quebrando o ombro, por pouco não arrancando seu braço. Ele deixou a varinha cair com um grito, mas não antes de ter desencadeado seu poder mágico. O relâmpago se bifurcou, sua explosão crepitante atingindo Kitiara no peito, jogando seu corpo convulsivo para trás, golpeando-a contra o chão.

Dalamar caiu sobre a mesa, cambaleando de dor. O sangue jorrava aos borbotões de seu braço. Ele assistiu sem compreender por um instante, então as lições de anatomia de Raistlin voltaram. Aquele era o sangue do coração sendo derramado. Ele estaria morto em poucos minutos. O anel de cura estava em sua mão direita, seu braço ferido. Alcançando debilmente com a esquerda, agarrou a pedra e falou a palavra simples que ativava a magia. Então, perdeu a consciência, seu corpo escorregando para o chão e caindo em uma poça de seu sangue.

— Dalamar! — Uma voz chamava seu nome.

Sonolento, o elfo negro se mexeu. A dor tomou seu corpo. Gemeu e lutou para afundar de volta na escuridão. Mas a voz gritou novamente. A memória voltou, e com a memória, veio o medo.

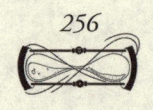

O medo o trouxe para a consciência. Tentou sentar-se, mas dor o atravessou, quase o fazendo desmaiar outra vez. Podia ouvir as pontas quebradas dos ossos se roçando, seu braço e sua mão direitos pendiam flácidos e sem vida ao seu lado. O anel parou o sangramento. Ele viveria, mas seria só para morrer nas mãos de seu *Shalafi*?

— Dalamar! — a voz gritou de novo. — É Caramon! — Dalamar soluçou de alívio. Erguendo a cabeça, um movimento que precisou de um esforço imenso, olhou para o Portal. Os olhos de dragão brilhavam ainda mais, o brilho parecendo se espalhar pelos seus pescoços. O vazio estava definitivamente se mexendo agora. Ele podia sentir um vento quente em sua bochecha, ou talvez fosse a febre dentro do seu corpo.

Ele ouviu um farfalhar em um canto escuro do outro lado do quarto, e outro medo tomou conta de Dalamar. Não! Era impossível, ela não podia estar viva! Apertando os dentes contra a dor, virou a cabeça. Ele podia ver seu corpo blindado, refletindo o brilho dos olhos de dragão. Ela estava deitada, ainda imóvel nas sombras. Ele podia sentir o cheiro de carne queimada. Mas que som...

Cansado, Dalamar fechou os olhos. A escuridão rodou em sua cabeça, ameaçando arrastá-lo para baixo. Ele não podia descansar ainda! Lutando contra a dor, ele se forçou a ficar consciente, perguntando por que Caramon não vinha. Ele podia ouvi-lo chamando ainda. Qual era o problema? E então Dalamar lembrou dos guardiões! Claro, eles nunca iriam deixá-lo passar!

— Guardiões, ouçam minhas palavras e obedeçam — começou Dalamar, concentrando seus pensamentos e sua energia, murmurando as palavras que ajudariam Caramon a passar pelos temidos defensores da Torre e entrar na sala.

Atrás de Dalamar, as cabeças de dragão brilharam com mais força ainda, enquanto diante dele, no canto sombreado, uma mão se estendia para um cinto encharcado de sangue e, com as suas últimas forças, agarrou o punho de uma adaga.

— Caramon — disse Tanis calmo, observando os olhos que os observavam ele — Podíamos ir embora. Subir as escadas de volta. Talvez haja outra maneira...

— Não há. Eu não vou embora — Caramon disse resoluto.

— Pelos Deuses, Caramon! Você não pode lutar contra essas malditas coisas!

— Dalamar! — Caramon chamou novamente, desesperado. — Dalamar, eu...

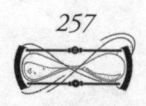

De repente, como se tivessem sido apagados, os olhos brilhantes desapareceram.

— Eles se foram! — disse Caramon, avançando ansioso. Mas Tanis o segurou.

— Um truque...

— Não — Caramon o puxou para perto. — Dá pra senti-los, até quando não estão visíveis. E eu não posso senti-los mais. E você?

— Eu sinto alguma coisa! — Tanis murmurou.

— Mas não são *eles* e não estão preocupados *conosco* — Caramon disse, descendo as escadas sinuosas do topo da Torre correndo. No fim dos degraus, outra porta estava aberta. Ali, Caramon fez uma pausa, espiando para dentro da parte principal do prédio com cautela.

Estava escuro, tão escuro como se a luz ainda não tivesse sido criada. As tochas foram apagadas. Nenhuma janela permitindo que sequer a luz embaçada pela fumaça fora da Torre entrasse. Tanis teve uma visão repentina de entrar naquela escuridão e desaparecer para sempre, caindo no mal espesso e faminto que permeava cada rocha e pedra. Ao lado dele, ouviu a respiração de Caramon acelerar, e sentiu corpo dele ficar tenso.

— Caramon... o que tem lá?

— Não tem nada lá. Apenas uma longa queda até o fundo. O centro da cavidade da Torre. Há escadas que correm ao redor na borda da parede, as salas se ramificam das escadas. Eu estou parado em um patamar estreito agora, se bem me lembro. O laboratório fica a cerca de dois lances daqui. — A voz de Caramon quebrou. — Temos que continuar! Estamos perdendo tempo! Ele está chegando mais perto! — Agarrando-se a Tanis, ele continuou com mais calma. — Vamos lá. Apenas fique perto da parede. Esta escada leva para baixo para o laboratório...

— Um passo em falso nesta maldita escuridão e não vai importar mais para nós o que seu irmão fizer! — disse Tanis. Mas ele sabia que suas palavras eram inúteis. Cego naquela noite sufocante e interminável, quase podia ver o rosto de Caramon se contrair com determinação. Ele ouviu o grande homem dar um passo arrastado para frente, tentando sentir o caminho junto da parede. Com um suspiro, Tanis se preparou para segui-lo...

E então os olhos estavam de volta, encarando-os.

Tanis estendeu a mão para a espada, um gesto idiota e fútil. Mas os olhos apenas continuaram a fitá-los, e uma voz falou.

— Venham. Por aqui.

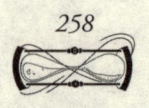

Uma mão acenou nas trevas.

— Não conseguimos ver, droga! — Tanis rosnou.

Uma luz fantasmagórica apareceu, segurada por aquela mão. Tanis estremeceu. Ele preferia a escuridão, afinal. Mas não disse nada, pois Caramon estava correndo na frente, correndo por um longo lance de escada em espiral. No final, os olhos, a mão e a luz pararam. Na frente deles, estava uma porta aberta e uma sala além. Dentro da sala, uma luz brilhava com força, irradiando-se pelo corredor. Caramon correu na frente, e Tanis o seguiu, batendo a porta depressa atrás de si para que aqueles olhos horríveis não o seguissem.

Virando, ele parou, olhando ao seu redor e, de repente, soube onde estava, no laboratório de Raistlin. Entorpecido, pressionando-se contra a porta, Tanis viu Caramon correr para ajoelhar ao lado de uma figura amontoada em uma poça de sangue no chão. Dalamar, Tanis registrou, vendo as vestes pretas. Mas não conseguia reagir, não conseguia se mover.

O mal na escuridão do lado de fora da porta era sufocante, poeirento, com séculos de idade. Mas o mal ali dentro ainda estava vivo; respirava e pulsava. Seu frio fluía dos livros de feitiços encadernados em azul nas prateleiras, seu calor vinha dos novos volumes encadernados em preto, marcados com ampulhetas, ao lado deles. Seu olhar horrorizado olhou os frascos e viu olhos atormentados olhando de volta para ele. Sufocou com os cheiros de especiarias, mofo, fungos e rosas e, em algum lugar, o cheiro doce de carne queimada.

Então, seu olhar foi capturado e mantido por uma luz brilhante irradiando de um canto. A luz era linda, porém o enchia de medo e espanto, lembrando-o de forma vívida de seu encontro com a Rainha das Trevas. Hipnotizado, encarou a luz. Parecia ser todas as cores que ele já vira turbilhonando até virar uma. Mas, enquanto observava, horrorizado, fascinado, incapaz de desviar o olhar, viu a luz se separar e se tornar distinta, formando as cinco cabeças de um dragão.

Um portal! Tanis percebeu de repente. As cinco cabeças surgiam de um estrado dourado, criando um formato oval com seus pescoços. Cada uma se esticava para dentro, a boca aberta em um grito congelado. Tanis olhou além delas para o vazio dentro do oval. Nada estava lá, mas o nada se movia. Tudo estava vazio e vivo. Ele soube de repente, por instinto, onde a porta levava, e o conhecimento o congelou.

— O Portal — disse Caramon, vendo o rosto pálido e os olhos fixos de Tanis. — Venha aqui, me ajude.

— Você vai entrar ali? — Tanis sussurrou agitado, espantado com a calma do grandalhão. Cruzando a sala, ele ficou de pé ao lado de seu amigo. — Caramon, não seja louco!

— Não tenho escolha, Tanis — Caramon disse, aquela nova expressão de determinação silenciosa em seu rosto. Tanis começou a discutir, mas Caramon se virou, voltando-se para o elfo negro ferido.

— Eu vi o que vai acontecer! — ele lembrou Tanis.

Engolindo suas palavras, engasgando-se com elas, Tanis se ajoelhou ao lado de Dalamar. O elfo negro tinha conseguido se arrastar até sentar-se, para encarar o Portal. Ele tinha ficado inconsciente de novo, mas, ao som de suas vozes, seus olhos se abriram.

— Caramon! — Ele engasgou, estendendo a mão trêmula. — *Você* precisa im...

— Eu sei, Dalamar — Caramon disse calmo. — Sei o que devo fazer. Mas preciso de sua ajuda! Diga...

Os olhos de Dalamar se fecharam, sua pele estava pálida. Tanis estendeu a mão sobre o peito de Dalamar para sentir a batida da vida no pescoço do jovem elfo. Sua mão tinha acabado de tocar a pele do mago quando houve um som de campainha. Algo sacudiu seu braço, batendo na armadura e caindo, batendo no chão com um tilintar. Olhando para baixo, Tanis viu um punhal manchado de sangue.

Assustado, ele se virou para o outro lado, ficando de pé, espada na mão.

— Kitiara! — Dalamar sussurrou com um aceno débil de sua cabeça.

Olhando para as sombras do laboratório, Tanis viu o corpo em um canto.

— Claro — Caramon sussurrou. — Foi *assim* que ela o matou. — Ele ergueu a adaga em sua mão. — Desta vez, Tanis, você a bloqueou.

Mas Tanis não ouviu. Deslizando sua espada de volta na bainha, ele atravessou a sala, pisando desavisado em vidro, chutando de lado um castiçal de prata que rolou por baixo dos seus pés.

Kitiara estava deitada de bruços, sua bochecha pressionada contra o chão ensanguentado, seu cabelo escuro caindo sobre seus olhos. Parecia que jogar a adaga tinha levado suas últimas energias. Tanis, aproximando-se, as emoções em turbulência, tinha certeza de que estaria morta.

Mas a vontade indomável que carregou um irmão através da escuridão e outro para a luz, ainda queimava dentro de Kitiara.

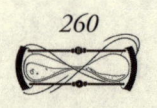

Ela ouviu passos... seu inimigo...

Sua mão agarrou sem força a espada. Ela ergueu a cabeça, olhando com olhos que escureciam depressa.

— Tanis? — Ela olhou para ele, intrigada, confusa. Onde estava? Naufrágio? Estavam juntos lá de novo? Claro! Ele voltou para ela! Sorrindo, ela levantou a mão para ele.

Tanis prendeu a respiração, seu estômago revirando. Quando ela se moveu, viu um buraco enegrecido aberto em seu peito. Sua carne havia sido queimada, podia ver o osso branco por baixo. Era uma visão horrível, e Tanis, enojado e dominado por uma onda de lembranças, foi forçado a virar a cabeça.

— Tanis! — ela chamou com uma voz rachada. — Venha para mim.

Com o coração cheio de pena, Tanis ajoelhou-se ao lado dela para erguê-la em seus braços. Ela olhou para seu rosto... e viu sua própria morte nos olhos dele. O medo a fez tremer. Lutou para se levantar.

Mas o esforço foi demais. Ela desabou.

— Eu estou... ferida — ela sussurrou com raiva. — Muito ruim? — Erguendo a mão, ela começou a tocar no ferimento.

Arrancando sua capa, Tanis enrolou-a ao redor do corpo destroçado de Kitiara.

— Descanse, Kit — disse ele tranquilo. — Você vai ficar bem.

— Você é um maldito mentiroso! — ela gritou, as mãos em punhos, ecoando, ah, se ela soubesse, o moribundo Elistan. — Ele me matou! Elfo miserável! — Ela sorriu, um sorriso medonho. Tanis estremeceu. — Mas eu me acertei com ele! Não pode ajudar Raistlin agora. A Rainha das Trevas vai matá-lo, matá-los a todos! — Gemendo, ela se contorceu em agonia e agarrou Tanis. Ele a apertou com firmeza. Quando a dor aliviou, ela olhou para ele. — Seu fracote — ela sussurrou em um tom que era parte desdém, parte arrependimento, ambos amargos. — Poderíamos ter tido o mundo, você e eu.

— Eu *tenho* o mundo, Kitiara — Tanis disse de forma suave, seu coração partido de repulsa e tristeza.

Com raiva, ela sacudiu sua cabeça e pareceu prestes a dizer mais alguma coisa quando seus olhos se arregalaram, seu olhar fixo em algo do outro lado da sala.

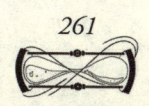

— Não! — ela clamou em um terror que nenhuma tortura ou sofrimento jamais poderia ter lhe causado. — Não! — Encolhendo-se, apertando-se contra Tanis, ela sussurrou em uma voz frenética, estrangulada. — Não deixe ele me levar! Tanis, não! Mantenha-o longe! Eu sempre amei você, meio-elfo! Sempre... amei... você...

Sua voz desapareceu em um ofego sussurrante.

Tanis ergueu os olhos, alarmado. Mas a porta estava vazia. Não havia ninguém lá. "Será que ela quis dizer Dalamar?"

— Quem? Kitiara! Eu não entendi...

Mas ela não o ouviu. Seus ouvidos estavam surdos para sempre para vozes mortais. A única voz que ela ouvia agora era uma que iria ouvir para todo sempre, por toda a eternidade.

Tanis sentiu o corpo em seus braços ficar mole. Ajeitando o cabelo escuro e encaracolado, ele procurou em seu rosto por algum sinal de que a morte trouxera paz à sua alma. Mas a expressão em seu rosto era de horror, seus olhos castanhos fixos em um olhar terrível, o sorriso torto e encantador torcido em uma careta.

Tanis olhou para Caramon. Seu rosto pálido e sério, o grandalhão balançou a cabeça. Lentamente, Tanis colocou o corpo de Kitiara no chão. Inclinando-se, ele tentou a beijar a testa fria, mas descobriu que não conseguia. O rosto do cadáver era sombrio demais, medonho demais.

Puxando sua capa sobre a cabeça de Kitiara, Tanis permaneceu ali por um momento, ajoelhado ao lado de seu corpo, cercado pela escuridão. Então ouviu os passos de Caramon, sentiu uma mão sobre seu braço.

— Tanis...

— Estou bem — O meio-elfo disse ríspido, levantando-se. Mas, em sua mente, ele ainda podia ouvir o apelo moribundo "Mantenha-o longe!"

Capítulo 7

Estou feliz você por você estar aqui comigo, Tanis — disse Caramon.

Estava na frente do Portal, olhando-o com atenção, vendo cada mudança e onda do vazio interior. Perto dele estava sentado Dalamar, apoiado em almofadas em sua poltrona, seu rosto pálido e abatido pela dor, seu braço amarrado em uma tipoia grosseira. Tanis andava inquieto. As cabeças de dragão agora brilhavam tanto que machucava os olhos se olhassem diretamente.

— Caramon — ele começou —, por favor...

Caramon olhou para ele, sua mesma expressão séria e calma, inalterada. Tanis ficou perplexo. Como discutir com granito? Ele suspirou.

— Tudo bem. Mas como você vai entrar lá? — ele perguntou abruptamente.

Caramon sorriu. Ele sabia o que Tanis estivera prestes a dizer, e ficou grato por ele não ter dito.

Dando ao Portal um olhar sombrio, Tanis gesticulou em direção a abertura.

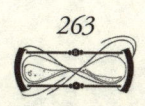

— Pelo que você me disse antes, Raistlin teve que estudar anos e virar este Fistandantilus e enganar a dama Crysania para ir com ele, e mesmo assim quase não conseguiu! — Tanis desviou o olhar para Dalamar. — Você pode entrar no Portal, elfo negro?

Dalamar balançou a cabeça.

— Não, como você diz, é preciso alguém de imenso poder para cruzar o terrível limiar. Não tenho tal poder, talvez nunca tenha. Mas, não faça cara feia, meio-elfo. Não perdemos nosso tempo. Estou certo de que Caramon não teria feito tudo isso se ele não soubesse como entrar. — Dalamar olhou atento para o grande guerreiro. — Pois ele deve entrar, ou estamos condenados.

— Quando Raistlin brigar com a Rainha das Trevas e seus lacaios no Abismo — Caramon disse, sua voz uniforme e inexpressiva — precisará se concentrar neles apenas neles, excluindo todo o resto. Não é verdade, Dalamar?

— Com certeza. — O elfo negro estremeceu e puxou mais as vestes pretas sobre si com sua mão boa. — Uma respiração, um piscar de olhos, uma contração muscular, e eles vão pegá-lo membro a membro e devorá-lo.

Caramon assentiu.

"Como ele pode estar tão calmo?" Tanis se perguntou. E uma voz dentro dele respondeu, "É a calma de quem conhece e aceita seu destino".

— No livro de Astinus — Caramon continuou — ele escreveu que Raistlin, sabendo que teria que concentrar sua magia ao lutar contra a Rainha, abriu o Portal para garantir sua rota de fuga antes de entrar na batalha. Assim, quando ele chegasse, o encontraria pronto para entrar quando retornasse a este mundo.

— Ele também, sem dúvida, sabia que estaria a essa altura fraco demais abri-lo — murmurou Dalamar. — Ele precisaria estar no auge de sua força. Sim, você tem razão. Ele vai abri-lo, e em breve. E quando o fizer, qualquer um com a força e a coragem necessárias para passar o limiar poderá entrar.

O elfo negro fechou os olhos, mordendo o lábio para evitar um grito. Ele recusou uma poção para aliviar a dor.

— Se você falhar — ele disse para Caramon —, sou a última esperança.

"Nossa última esperança", pensou Tanis, "um elfo negro. Isso é loucura! Não pode estar acontecendo". Apoiando-se na mesa de pedra, ele deixou a cabeça afundar nas mãos. Pelos deuses, ele estava cansado! O corpo doía, seus ferimentos queimavam e ardiam. Tinha removido o peitoral de sua armadura, tão pesado quanto uma lápide pendurada no seu pescoço. Mas mesmo que seu corpo doesse, sua alma doía mais.

Recordações esvoaçavam ao seu redor como os guardiões da Torre, estendendo a mão para tocá-lo com as mãos frias. Caramon roubando comida do prato de Flint enquanto o anão estava de costas. Raistlin conjurando visões maravilhosas e felizes para as crianças de Flotsam. Kitiara, rindo, colocando os braços em volta do seu pescoço, sussurrando em seu ouvido. O coração de Tanis encolheu dentro dele, a dor trouxe lágrimas aos seus olhos. Não! Estava tudo errado! Certamente, não ia acabar dessa maneira!

Um livro nadou em sua visão turva, o livro de Caramon, repousando sobre a mesa de pedra, o último livro de Astinus. Ou é era assim *que* ia terminar? Então, percebeu Caramon olhando para ele com preocupação. Com raiva, limpou os olhos e o rosto, e se ergueu com um suspiro.

Mas os espectros permaneceram, pairando perto dele. Perto dele... e perto do corpo queimado e quebrado que jazia em um canto embaixo de sua capa.

Humano, meio-elfo e elfo negro observavam o Portal em silêncio. Um relógio de água na lareira marcava o tempo, as gotas caindo uma a uma com a regularidade de um batimento cardíaco. A tensão na sala se esticou até parecer que ia se romper, chicoteando pelo laboratório com fúria. Dalamar começou a murmurar em élfico. Tanis olhou para ele atento, temendo que o elfo negro pudesse estar delirando. O rosto do mago estava pálido, cadavérico, seus olhos cercados por profundas sombras roxas haviam afundado em suas órbitas. O olhar dele nunca mudou, sempre encarando o vazio rodopiante.

Até a calma de Caramon parecia estar diminuindo. Suas grandes mãos fechavam e abriam ansiosas, o suor cobria seu corpo, brilhando à luz das cinco cabeças de dragão. Ele começou a tremer, involuntariamente. Os músculos em seus braços contraiam-se em espasmos.

Então Tanis sentiu uma estranha sensação rastejar sobre ele. O ar estava parado, parado demais. Sons da batalha furiosa na cidade, fora da Torre, sons que ele tinha ouvido sem sequer perceber isso, de repente cessaram. Dentro da Torre, também, o som se silenciou. As palavras que Dalamar murmurava faleceram em seus lábios. O silêncio os cobriu, espesso e sufocante como as trevas no corredor, como o mal dentro da sala. O gotejamento do relógio ficou mais alto, ampliado, cada gota parecendo abalar os ossos de Tanis. Os olhos de Dalamar se abriram de repente, sua mão contraiu, agarrando suas vestes pretas entre os dedos de nós brancos por nervosismo.

Tanis foi para perto de Caramon, só para encontrá-lo indo na sua direção. Ambos falaram ao mesmo tempo.

— Caramon...

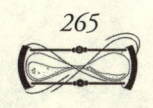

— Tanis...

Desesperado, Caramon agarrou o braço de Tanis.

— Você vai cuidar de Tika por mim, não vai?

— Caramon, não posso deixar você entrar lá sozinho! — Tanis agarrou o amigo. — Eu vou...

— Não, Tanis — a voz Caramon estava firme. — Se eu falhar, ele precisará da sua ajuda. Diga adeus a Tika por mim, e tente explicar tudo para ela, Tanis. Diga que eu a amo muito, muito, tanto que eu... — A voz dele falhou. Ele não podia continuar.

Tanis o segurou com força.

— Eu sei o que dizer para ela, Caramon — ele disse, lembrando sua própria carta de despedida.

Caramon assentiu, sacudindo as lágrimas de seus olhos e respirando fundo e trêmulo.

— E diga adeus a Tas. Eu... eu acho que ele nunca entendeu. Não de verdade. — Ele conseguiu sorrir. — Claro, você vai ter que tirá-lo daquele castelo voador antes.

— Eu acho que ele sabia, Caramon — Tanis disse em tom suave.

As cabeças de dragão começaram a fazer um som estridente, um grito fraco que parecia vir de muito longe.

Caramon ficou tenso.

Os gritos ficaram mais altos, mais próximos e mais estridentes. O Portal queimava em cor, cada cabeça de dragão brilhando com força.

— Prepare-se — avisou Dalamar, com a voz embargada.

— Adeus, Tanis. — Caramon apertou sua mão com firmeza.

— Adeus, Caramon.

Soltando seu amigo, Tanis deu um passo para trás.

O vazio sumiu. O Portal se abriu.

Tanis olhou para ele, sabia que olhava para ele, pois não podia desviar o olhar. Mas nunca conseguiu lembrar com clareza do que viu. Sonhava com aquilo, mesmo anos depois. Sabia que sonhava com aquilo porque acordava de noite, banhado em suor. Mas a imagem estava sempre sumindo da sua consciência, para nunca ser aprendida por sua mente desperta. E ele ficaria deitado, olhando para a escuridão, tremendo, por horas.

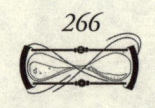

Mas isso foi depois. Tudo o que ele sabia agora era que ele *tinha* que parar Caramon! Mas ele não conseguia se mexer, não conseguia gritar. Paralisado, horrorizado, ele observou Caramon, com um último olhar silencioso, virar e subir na plataforma dourada.

Os dragões gritaram em aviso, triunfo, ódio... Tanis não sabia. Seu próprio grito, arrancado de seu corpo, perdeu-se naquele som estridente, ensurdecedor.

Houve uma onda ofuscante, rodopiante e estrondosa de luzes multicoloridas.

E então ficou escuro. Caramon se foi.

— Que Paladine esteja com você — Tanis sussurrou, apenas para ouvir, para seu desgosto, a voz fria de Dalamar, ecoar:

— Takhisis minha Rainha vá com você.

— Eu o vejo — disse Dalamar, depois de um momento. Olhando fixo para o Portal, ele se levantou, para ver com mais nitidez. Um suspiro de dor, esquecida na excitação, escapou-lhe. Amaldiçoando, ele afundou de volta na poltrona, o rosto pálido coberto de suor.

Tanis cessou seu andar inquieto e foi para o lado de Dalamar.

— Ali — o elfo negro apontou, sua respiração vinda de dentes fechados.

Relutante, ainda sentindo os efeitos do choque desde que primeiro olhara para dentro do Portal, Tanis olhou de novo. No início, ele não conseguia ver nada além de uma paisagem sombria e árida que se estendia sob um céu ardente. E então ele viu a luz tingida de vermelho cintilar em uma armadura. Viu uma pequena figura de pé perto da frente do Portal, espada na mão, virada de costas para eles, esperando...

— Como ele vai fechar isto? — Tanis perguntou, tentando falar com calma apesar da tristeza sufocar sua voz.

— Ele não pode — Dalamar respondeu.

— Tanis olhou para ele alarmado.

— Então, o que vai impedir a Rainha de entrar de novo?

— Ela não pode passar a menos que alguém passe à frente dela, meio-elfo — respondeu Dalamar, um tanto irritado. — Caso contrário, ela teria entrado muito antes. Raistlin o mantém aberto. Se atravessar, ela vem atrás. Com a morte dele, irá fechar.

— Então Caramon deve matá-lo... seu irmão?

— Sim.

— E ele deve morrer também — Tanis sussurrou.

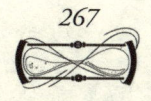

— Reze para que ele morra! — Dalamar lambeu seus lábios. A dor estava deixando-o tonto, nauseado. — Pois ele também não pode passar pelo Portal. E embora a morte nas mãos da Rainha possa ser muito lenta, muito desagradável, acredite em mim, Meio-Elfo, é muito melhor que a vida!

— Ele sabia disso...

— Sim, ele sabia. Mas o mundo será salvo, Meio-Elfo — comentou Dalamar cínico. Afundando de volta em sua poltrona, ele continuou a olhar para o Portal, a mão alternadamente amassando, depois alisando, as dobras de suas vestes pretas e cobertas de runas.

— Não, não o mundo, uma alma — Tanis começou a responder amargo, quando ouviu, atrás dele, a porta do laboratório ranger.

O olhar de Dalamar mudou no mesmo instante. Olhos brilhando, sua mão foi para pergaminho mágico que ele tinha colocado dentro do seu cinto.

— Ninguém pode entrar — ele disse com calma para Tanis, que tinha se virado com o som. — Os guardiões...

— Não podem detê-*lo* — disse Tanis, seu olhar fixo na porta com uma expressão de medo que espelhou, por um momento, a expressão de medo congelada no rosto morto de Kitiara.

Dalamar sorriu de forma sombria e voltou a se sentar na poltrona. Não precisava olhar. O frio da morte fluiu pela sala como uma nevoa maligna.

— Entre, Lorde Soth — disse Dalamar. — Eu estava esperando por você.

Capítulo 8

Caramon ficou cego pela luz ofuscante que queimava até mesmo através de suas pálpebras fechadas. Então a escuridão o envolveu e, quando abriu seus olhos, por um instante não conseguiu ver e entrou em pânico, lembrando-se quando ficou cego e perdido na Torre da Alta Magia.

Mas, aos poucos, a escuridão também se dissipou, e seus olhos se acostumaram com a luz sinistra do ambiente. Ela queimava com um brilho ímpar, rosado, *como se o sol tivesse acabado de se pôr*, Tasslehoff havia lhe contado. E a terra era como o kender havia descrito, um terreno vasto e vazio sob um vasto e vazio céu. Céu e terra eram da mesma cor em todos os lugares, em todas as direções.

Exceto em uma direção. Virando a cabeça, Caramon viu o Portal, agora atrás dele. Era a única mostra de cores na terra árida. Emoldurado pela porta oval de cinco cabeças de dragão, parecia pequeno e distante para ele mesmo sabendo que devia estar muito perto. Caramon achou que parecia uma pintura, pendurada na parede. Embora pudesse ver Tanis e Dalamar com nitidez, eles não estavam se movendo. Podiam muito bem ter sido pinturas, capturados em movimentos, forçados a passar sua eternidade pintada olhando para o nada.

Virando as costas para eles com firmeza, perguntando-se, com aflição, se eles podiam vê-lo como ele os via, Caramon puxou a espada da bainha e ficou de pé, os pés plantados firmes na terra oscilante, esperando por seu gêmeo.

Caramon não tinha dúvidas, nenhuma mesmo, que uma batalha entre ele e Raistlin acabaria com a sua morte. Mesmo enfraquecida, a magia de Raistlin ainda seria forte. E Caramon conhecia seu irmão bem o suficiente para saber que Raistlin nunca, se pudesse evitar, se permitiria ficar totalmente vulnerável. Sempre haveria um último feitiço, ou no fim, a adaga em seu pulso.

"Mas, mesmo que eu morra, meu objetivo será alcançado", Caramon pensou com calma. "Eu sou forte, saudável e só preciso de um golpe de espada naquele corpo fino e frágil."

Ele podia fazer isso, sabia, antes da magia de seu irmão o murchar como o havia murchado uma vez, há muito tempo, dentro da Torre da Alta Magia...

Lágrimas ardiam em seus olhos, escorriam por sua garganta. Ele as engoliu, forçando seus pensamentos em outra coisa, para tirar sua mente do seu medo e da sua tristeza.

Dama Crysania.

Pobre mulher. Caramon suspirou. Ele esperava, pelo bem dela, que tivesse morrido rápido... sem saber...

Caramon piscou, espantado, olhando para sua frente. O que estava acontecendo? Onde antes não havia nada além do horizonte rosado e brilhante, agora havia um objeto. Destacava-se totalmente preto contra o céu rosa, e parecia plano, *como se tivesse sido recortado de papel.* As palavras de Tas voltaram a ele. Mas ele reconheceu aquilo: uma estaca de madeira. Do tipo... do tipo que usavam nos velhos tempos para queimar bruxas!

As memórias voltaram à tona. Ele podia ver Raistlin amarrado à estaca, ver montes de madeira amontoados ao redor de seu irmão, que estava lutando para se libertar, gritando desafiador a quem ele tentou salvar de sua própria loucura por expor um clérigo charlatão. Mas eles acreditaram que ele era um bruxo.

— Chegamos bem na hora, Sturm e eu — Caramon murmurou, lembrando-se da espada do cavaleiro brilhando no sol, só a sua luz fazendo recuar os supersticiosos camponeses.

Olhando mais de perto para a estaca, que parecia se aproximar dele por vontade própria, Caramon viu uma figura deitada ao seu pé. Seria? A estaca ficava mais e mais próxima... ou era ele que caminhava em sua direção? Caramon tornou a virar a cabeça. O Portal estava mais longe, mas ainda podia vê-lo.

Alarmado, temendo ser levado, lutou para parar e assim o fez, imediatamente. Então, ele ouviu a voz do kender novamente. *Tudo que você precisa fazer para ir a qualquer lugar é pensar que está lá. Tudo o que você precisa fazer para ter o que quiser é pensar nisso, só tenha cuidado, porque o Abismo pode torcer e distorcer o que você vê.*

Olhando para a estaca de madeira, Caramon pensou e no mesmo instante estava de pé bem ao lado dela. Virando-se mais uma vez, olhou na direção do Portal e o viu, pendurado como uma pintura em miniatura entre o céu e terra. Satisfeito por poder voltar a qualquer segundo, Caramon correu para a figura caída perto da estaca.

A princípio, pensou que estava vestida com vestes pretas, e seu coração deu um pulo. Mas agora viu que só parecia como uma silhueta negra contra o chão brilhante. As vestes eram brancas. E então ele soube.

Claro, ele estivera pensando nela...

— Crysania — ele disse.

Ela abriu os olhos e virou a cabeça para o som de sua voz, mas seus olhos não se fixaram nele. Olhou para além dele e percebeu que ela estava cega.

— Raistlin? — ela sussurrou com uma voz tão cheia de esperança e desejo que Caramon teria dado qualquer coisa, a vida em si, para confirmar essa esperança.

Mas, balançando a cabeça, ele se ajoelhou e pegou a mão dela.

— É Caramon, dama Crysania.

Ela voltou seus olhos cegos para o som de sua voz, apertando sem força a mão dele na sua. Ela olhou na direção dele, confusa.

— Caramon? Onde estamos?

— Eu atravessei o Portal, Crysania — ele disse.

Ela suspirou, fechando os olhos.

— Então você está aqui, no Abismo, conosco.

— Sim.

— Eu fui uma tola, Caramon — ela murmurou. — Mas estou pagando por minha loucura. Eu queria... eu queria saber... Mais alguém se feriu... além de mim? E ele? — A última palavra foi quase inaudível.

— Senhora... — Caramon não sabia como responder.

Mas Crysania o deteve. Ela podia ouvir a tristeza na voz dele. Fechando os olhos, lágrimas escorrendo pelo rosto, ela apertou a mão contra os lábios.

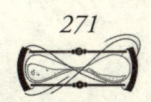

— É claro. Eu entendo! — ela sussurrou. — Por isso que você veio. Lamento muito, Caramon! Lamento tanto!

Ela começou a chorar. Aproximando-se dela, Caramon segurou-a, balançando-a suavemente, como uma criança. Soube então que ela estava morrendo. Sentia sua vida se esvaindo de seu corpo enquanto a segurava. Mas o que a feriu, que feridas ela tinha sofrido, não podia imaginar, pois não havia nenhuma marca sobre sua pele.

— Não há nada para se lamentar, minha senhora — ele disse, ajeitando para trás o cabelo preto espesso e brilhante que caía sobre o rosto mortalmente pálido. — Você o amava. Se essa é a sua loucura, então é a minha também, e eu pago por ela de bom grado.

— Se isso fosse verdade! — ela gemeu. — Mas foi meu orgulho, minha ambição, que me trouxe aqui!

— Foi, Crysania? — perguntou Caramon. — Se sim, por que Paladine atendeu suas orações e abriu o Portal para você quando se recusou a atender as demandas do Rei-Sacerdote? Por que ele te abençoou com esse dom se não porque ele viu verdadeiramente o que tem dentro do seu coração?

— Paladine afastou seu rosto de mim! — ela chorou. Pegando o medalhão em sua mão, ela tentou arrancá-lo do pescoço. Mas estava fraca demais. Sua mão se fechou sobre o medalhão e lá permaneceu. E, ao fazê-lo, uma expressão de paz tomou seu rosto. — Não — ela disse, conversando suavemente consigo mesma — Ele está aqui. Ele me envolve. Eu o vejo com tanta clareza...

Caramon a ergueu em seus braços. A cabeça dela afundou no seu ombro, ela relaxou no seu abraço firme.

— Vamos voltar para o Portal — ele disse.

Ela não respondeu, mas sorriu. Teria ouvido, ou estava ouvindo outra voz?

De frente para o Portal que brilhava como uma joia multicolorida à distância, Caramon pensou em estar perto dele, e logo começou a se mover.

De repente, o ar ao redor dele se dividiu e rachou. Raios golpearam do céu, relâmpagos como ele nunca tinha visto. Milhares de galhos roxos e crepitantes atingiram o chão, prendendo-o por um espetacular instante em uma prisão cujas barras eram a morte. Paralisado pelo choque, não conseguia se mexer. Mesmo depois que o relâmpago desapareceu, ele esperou, encolhendo-se, pela rajada explosiva do trovão que iria ensurdecê-lo para sempre.

Mas havia apenas silêncio, silêncio e, ao longe, um grito agonizante.

Os olhos de Crysania se abriram.

— Raistlin — ela disse. A mão dela apertou o medalhão.

— Sim — Caramon respondeu.

Lágrimas deslizando por suas bochechas, ela fechou os olhos e se agarrou em Caramon. Ele continuou na direção do Portal, viajando devagar, uma ideia perturbadora e inquietante vindo à sua mente. Dama Crysania estava morrendo, com certeza. A batida da vida em seu pescoço estava fraca, vibrando sob seus dedos como o coração de um passarinho. Mas ela não estava morta, ainda não. Talvez, se a passasse pelo Portal, ela poderia viver.

Poderia fazê-la passar, porém, sem levá-la?

Segurando-a nos braços, Caramon aproximou-se do Portal. Ou melhor, o Portal se aproximou deles, pulando em cima dele enquanto se aproximava, as cabeças de dragão o encarando com seus olhos brilhantes, suas bocas abertas para agarrá-lo e devorá-lo.

Ele ainda podia ver através dele, podia ver Tanis e Dalamar, um em pé, o outro sentado; sem se mover, ambos congelados no tempo. Poderiam ajudá-lo? Poderiam pegar Crysania?

— Tanis! — ele chamou. — Dalamar!

Mas se o ouviram gritar, não reagiram.

Gentilmente, colocou dama Crysania no chão instável na frente do Portal. Caramon soube então que era inútil. Sabia o tempo todo. Se a levasse de volta, ela viveria. Mas isso significaria que Raistlin viveria e escaparia, atraindo a Rainha atrás dele, condenando o mundo e sua gente a destruição.

Ele afundou no chão estranho. Sentado ao lado de Crysania, tomou a sua mão. De certa forma, estava contente que ela estivesse ali com ele. Não se sentia tão sozinho. O toque de sua mão era reconfortante. Se pudesse salvá-la...

— O que você vai fazer com Raistlin, Caramon? — Crysania perguntou suavemente, depois de um momento.

— Vou impedi-lo de deixar o Abismo — Caramon respondeu, a voz sem expressão.

Ela assentiu em compreensão, sua mão apertando a dele com firmeza, seus olhos cegos encarando-o.

— Ele vai matar você, não vai?

— Sim — Caramon respondeu com firmeza. — Mas não antes de ele mesmo cair.

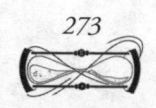

Um espasmo de dor contorceu o rosto de Crysania. Ela agarrou a mão de Caramon.

— Eu vou esperar por você! — Ela se engasgou, sua voz enfraquecendo. — Eu vou esperar por você. Quando acabar, você será meu guia, pois não consigo ver. Você vai me levar para Paladine. Você irá me levar para longe da escuridão.

Seus olhos se fecharam. Sua cabeça caiu para trás devagar, como se ela tivesse descansado em um travesseiro. Mas sua mão ainda apertava a de Caramon. Seu peito subia e descia com sua respiração. Ele colocou um dedo no seu pescoço, a vida pulsando abaixo deles.

Ele estava preparado para se condenar à morte, estava preparado para condenar seu irmão. Tudo era tão simples!

Mas... poderia condená-la?...

Talvez ele ainda tivesse tempo. Talvez pudesse carregá-la através do Portal e retornar...

Cheio de esperança, Caramon se levantou e começou a erguer Crysania nos braços outra vez. Então vislumbrou um movimento com o canto de seu olho.

Virando, ele viu Raistlin.

Capítulo 9

Entre, Cavaleiro da Rosa Negra — repetiu Dalamar.

Olhos de fogo encararam Tanis, que colocou a mão no punho de sua espada. No mesmo instante, dedos finos tocaram seu braço, assustando-o.

— Não interfira, Tanis — disse Dalamar tranquilo. — Ele não se importa conosco. Veio por uma coisa só.

O olhar tremeluzente e flamejante passou por Tanis. A luz das velas cintilou na armadura antiga, antiquada e ornamentada que ainda tinha, abaixo das marcas enegrecidas de queimado e das manchas de seu próprio sangue, há muito transformado em pó, a tênue silhueta da Rosa, símbolo dos Cavaleiros de Solamnia. Pés calçados com botas, que não faziam barulho atravessaram a sala. Os olhos alaranjados tinham encontrado seu objetivo no canto sombreado, o amontoado embaixo da capa de Tanis.

Mantenha-o longe! Tanis ouviu a voz frenética de Kitiara. *Eu sempre amei você, meio-elfo!*

Lorde Soth parou e ajoelhou-se ao lado do corpo. Mas ele parecia impedido de tocá-lo, como se barrado por uma força invisível. Levantando-se, ele se virou, seus olhos alaranjados flamejando na escuridão vazia debaixo do elmo que ele usava.

— Libere-a para mim, Tanis Meio-Elfo — disse a voz oca. — Seu amor a liga a este plano. Desista dela.

Tanis, pegando sua espada, deu um passo à frente.

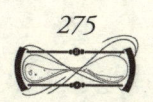

— Ele vai matar você, Tanis — avisou Dalamar — Vai te matar sem hesitação. Deixe-a ir até ele. Afinal, acho que talvez ele tenha sido o único de nós que realmente a entendeu.

Os olhos alaranjados brilharam.

— Entendê-la? Eu a admirava! Como eu, ela foi feita para governar, destinada a conquistar! Mas ela foi mais forte do que eu era. Ela conseguiu jogar fora um amor que ameaçava acorrentá-la. Se não fosse uma reviravolta do destino, ela teria governado Ansalon!

A voz oca ressoou na sala, assustando Tanis com sua paixão, seu ódio.

— E lá estava ela! — O punho da cota de malha se fechou. — Presa em Sanção como uma fera enjaulada, fazendo planos para uma guerra que ela não esperava vencer. Sua coragem e sua determinação estavam enfraquecendo. Ela até permitiu acorrentar-se como uma escrava a um elfo negro! Melhor morrer lutando do que deixar sua vida se apagar como uma vela cortada.

— Não! — Tanis murmurou, a mão buscando a espada. — Não...

Os dedos de Dalamar se fecharam sobre seu pulso.

— Ela nunca amou você, Tanis — ele disse com frieza. — Ela usou você como usou a todos, até ele. — O elfo negro olhou para Soth. Tanis parecia prestes a falar, mas Dalamar interrompeu. — Ela usou você até o fim, meio-elfo. Mesmo agora, ela o alcança do além, querendo que você a salve.

Ainda assim, Tanis hesitou. Em sua mente queimava a imagem do rosto dela cheio de horror. A imagem queimava, chamas se erguiam...

Chamas encheram a visão de Tanis. Olhando para elas, viu um castelo, outrora orgulhoso e nobre, agora negro e em ruínas, caindo em chamas. Ele viu uma adorável e delicada donzela elfa, uma criança em seus braços, caindo em chamas. Ele viu guerreiros, correndo e morrendo, caindo em chamas. E fora das chamas, ouviu a voz de Soth.

— Você tem uma vida, meio-elfo. Você tem muito pelo que viver. Há aqueles entre os vivos que dependem de você. Eu sei, porque tudo o que você tem uma vez foi meu. Joguei fora, escolhendo viver nas trevas em vez da luz. Você irá me seguir? Vai jogar tudo que você tem de lado por uma que escolheu, tempos atrás, caminhar pelas estradas da noite?

Eu tenho o mundo, Tanis ouviu suas próprias palavras. O rosto de Laurana sorriu sobre ele.

Ele fechou os olhos... O rosto de Laurana, lindo, sábio, amoroso. A luz brilhava em seu cabelo dourado, em seus olhos claros e élficos. A luz ficou mais brilhante, como uma estrela. Cintilou pura e brilhante, inundando-o com tal brilho que não podia mais ver em sua memória o rosto frio por baixo da capa.

Devagar, Tanis tirou a mão da sua espada.

Lorde Soth se virou. Ajoelhando-se, ele levantou o corpo envolto no manto, agora manchado de sangue, em seus braços invisíveis. Disse uma palavra de magia. Tanis teve uma visão repentina de um abismo escuro aos pés do cavaleiro da morte. Um frio de rasgar a alma varreu a sala, a força fazendo-o virar a cabeça, como se contra um vento amargo.

Quando ele olhou, o canto estava vazio.

— Ele se foram. — A mão de Dalamar liberou seu pulso. — E Caramon também.

— Se foi? — Virando-se instável, tremendo, seu corpo encharcado em suor frio, Tanis encarou o Portal mais uma vez. O panorama incandescente estava vazio.

Uma voz oca ecoou. *Vai jogar tudo que você tem de lado por uma que escolheu, tempos atrás, caminhar pelas estradas da noite?*

Canção de Lorde Soth

Deixe de lado a luz enterrada
De velas, madeira e archote ardente
E escute a noite que já é chegada
Preso em seu sangue ascendente

Como é tranquila a meia-noite, amor
Como são quentes os ventos para o corvo voar
Onde a luz mutável, amor
Empalidece em seu etéreo olhar

Como seu coração bate alto, amor
Como a escuridão está perto do seu coração
Como são agitados os rios, amor
Fluindo por seu pulso em vazão

E amor, que calor sua pele frágil dissimula
Puro como sal, e como a morte, cheio de doçura
E no escuro a lua vermelha perambula
No brilho que em seu fôlego fulgura

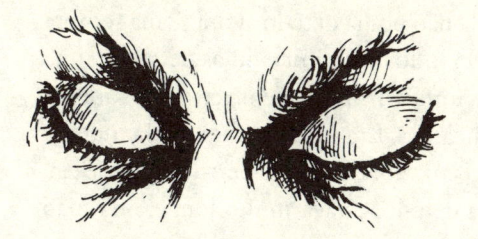

Capítulo
10

À sua frente, o Portal.

Atrás dele, a rainha. Atrás dele, dor, sofrimento... À sua frente... vitória.

Apoiando-se no Cajado de Magius, tão fraco que mal conseguia ficar de pé, Raistlin manteve a imagem do Portal sempre na sua mente. Parecia que tinha andado, tropeçado, rastejado quilômetros e mais quilômetros intermináveis para alcançá-lo. Agora ele estava perto. Podia ver suas cores bonitas e brilhantes, cores de vida: o verde da Relva, o azul do céu, o branco das nuvens, o preto da noite, o vermelho do sangue...

Sangue. Ele olhou para suas mãos, manchadas de sangue, seu próprio sangue. Seus ferimentos eram numerosos demais para contar. Atingido pela maça, esfaqueado pela espada, chamuscado por um raio, queimado por fogo, ele havia sido atacado por clérigos sombrios, magos sombrios, legiões de carniçais e demônios, todos servidores de Sua Majestade Sombria. Suas vestes negras pendiam sobre ele em farrapos manchados. Não conseguia respirar sem ser uma dolorosa agonia. Tinha há muito parado de vomitar sangue. E apesar de tossir, tossir até não conseguir ficar de pé, até ser forçado aficar de joelhos, vomitando, não saía nada. Não havia nada dentro ele.

E, tudo isto ele suportou.

A exultação corria como febre em suas veias. Tinha suportado... tinha sobrevivido. Ele viveu... por pouco. Mas viveu. A fúria da Rainha zumbia atrás dele. Ele podia sentir a terra e o céu pulsando com isto. Tinha derrotado seus melhores, e não havia mais ninguém agora para desafiá-lo. Ninguém, exceto ela.

O Portal brilhou com uma miríade de cores em sua visão de ampulheta. Mais e mais próximo. Atrás dele, a Rainha, sua fúria tornando-a descuidada, desatenta. Ele escaparia do Abismo, ela não podia detê-lo agora. Uma sombra passou por cima dele, esfriando-o. Olhando para cima, viu os dedos de uma mão gigante ensombrecendo o céu, as unhas brilhando em vermelho sangue.

Raistlin sorriu e continuou avançando. Era uma sombra, nada mais. A mão que lançou a sombra o procurava em vão. Ele estava perto demais, e ela, tendo contado com seus lacaios para detê-lo, estava muito longe. Sua mão agarraria as bordas de suas vestes pretas esfarrapadas quando ele cruzasse o limiar do Portal, e, com suas últimas forças, ele a arrastaria pela porta.

E então, em seu plano, quem provaria ser o mais forte? Raistlin tossiu, mas mesmo enquanto tossia, enquanto a dor o rasgava, ele sorriu... sorriu um sorriso de lábios finos e manchado de sangue. Ele não tinha dúvidas. Nenhuma dúvida.

Agarrando seu peito com uma mão, o Cajado de Magius com a outra, Raistlin avançou, medindo sua vida com cuidado, aproveitando cada respiração ardente que puxava como um avarento regozijando-se sobre uma moeda de cobre. A batalha vindoura seria gloriosa. Seria sua vez de convocar legiões para lutar por ele. Os deuses responderiam ao seu chamado, pois com a Rainha aparecendo no mundo com todo seu poder e sua majestade traria a ira dos céus. Luas cairiam, planetas mudariam em suas órbitas, as estrelas mudariam seus cursos. Os elementos fariam sua vontade, vento, ar, água, fogo, tudo sob seu comando.

E agora, à frente dele, o Portal, as cabeças de dragão gritando em fúria impotente, sabendo que não tinham o poder para impedi-lo.

Apenas mais uma respiração, mais um batimento cardíaco vacilante, mais um passo...

Ergueu a cabeça encapuzada e parou.

Uma figura, não vista antes, obscurecida por uma névoa de dor e sangue e sombras da morte, levantou-se diante dele, diante do Portal, uma espada reluzente na mão. Raistlin, olhando para ele, fitou-o por um momento em completa e total incompreensão. Então, a alegria surgiu em seu corpo estilhaçado.

— Caramon!

Ele estendeu a mão trêmula. Que milagre foi aquele, não sabia. Mas seu gêmeo estava ali, como se sempre estivesse estado ali, esperando por ele, esperando para lutar ao seu lado...

— Caramon! — Raistlin ofegou. — Ajude-me, irmão.

A exaustão estava tomando conta dele, a dor reclamando-o. Ele estava perdendo rapidamente o poder de pensar, de se concentrar. Sua magia já não brilhava em seu corpo como mercúrio, mas movia-se lenta, congelando como o sangue em seus ferimentos.

— Caramon, venha até aqui. Não consigo andar sozinho...

Mas Caramon não se moveu. Ele apenas ficou lá, a espada em sua mão, olhando para ele com olhos de amor mesclado a tristeza, uma tristeza profunda e ardente. Uma tristeza que atravessou a névoa de dor e expôs a alma estéril e vazia de Raistlin. E então ele soube. Soube por que seu gêmeo estava ali.

— Você está no meu caminho, irmão — Raistlin disse com frieza.

— Eu sei.

— Saia da frente, então, se você não vai me ajudar! — a voz de Raistlin, vinda de sua garganta ferida, falhava com a sua raiva.

— Não.

— Seu tolo! Você irá morrer! — Isso saiu em um sussurro, suave e letal.

Caramon respirou fundo.

— Sim — ele disse firme — E dessa vez, você também.

O céu acima deles escureceu. Sombras reuniram-se ao redor deles, como se a luz estivesse aos poucos sendo sugada. O ar ficava mais frio conforme a luz diminuía, mas Raistlin podia sentir um calor flamejante e vasto atrás dele, a ira da sua Rainha.

O medo torceu suas entranhas, a raiva torceu seu estômago. As palavras de magia surgiram, com gosto de sangue em seus lábios. Começou a uivá-las para seu gêmeo, mas ele engasgou, tossiu e caiu de joelhos. As palavras ainda estavam lá, a magia era sua para comandar. Ele veria seu gêmeo queimar em chamas como uma vez, há muito tempo, vira uma ilusão dele queimar na Torre da Alta Feitiçaria. Se ao menos, ao menos conseguisse recuperar o fôlego...

O espasmo passou. As palavras de magia fervilhavam em seu cérebro. Ele olhou para cima, um rosnado grotesco torcendo seu rosto, a mão levantada...

Caramon estava a sua frente, a espada na mão, encarando-o com piedade em seus olhos.

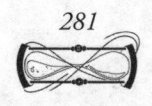

Piedade! O olhar atingiu Raistlin com a força de cem espadas. Sim, seu gêmeo morreria, mas não com aquela expressão no rosto!

Apoiando-se em seu cajado, Raistlin se levantou. Levantando a mão, tirou o capuz preto de sua cabeça para que seu irmão pudesse ver a si mesmo, condenado, refletido nos olhos dourados.

— Então você tem pena de mim, Caramon — ele silvou. — Seu idiota gaguejante desmiolado. Você que é incapaz de entender o poder que conquistei, a dor que superei, as vitórias que foram minhas. Você se atreve a ter pena de *mim*? Antes de eu te matar, e eu *vou* te matar, meu irmão, quero que você morra com o conhecimento em seu coração de que eu estou saindo para o mundo para me tornar um deus!

— Eu sei, Raistlin — Caramon respondeu ainda firme. A piedade não desapareceu de seus olhos, apenas se aprofundou. — E é por isso que tenho pena de você. Pois eu vi o futuro. Eu sei o que acontecerá.

Raistlin encarou seu irmão, suspeitando de algum truque. Acima dele, o céu tingido de vermelho ficou ainda mais escuro, mas a mão estendida parou. Ele podia sentir a Rainha hesitante. Ela tinha descoberto a presença de Caramon. Raistlin sentiu a *sua* confusão, *seu* medo. A dúvida persistente de que Caramon poderia ser alguma aparição conjurada para impedi-lo desapareceu. Raistlin deu um passo para mais perto de seu irmão.

— Você viu o futuro? Como?

— Quando você atravessou o Portal, o campo mágico afetou o dispositivo, jogando Tas e a mim no futuro.

Raistlin devorava seu irmão ansioso com os olhos.

— E? O que vai acontecer?

— Você vai vencer — Caramon disse com simplicidade. — Você será vitorioso, não só contra a Rainha das Trevas, mas sobre todos os deuses. Somente sua constelação brilhará nos céus... por um tempo...

— Por um tempo? — Os olhos de Raistlin se estreitaram. — Diga-me! O que acontece? Quem me ameaça? Quem vai me depor?

— Você vai — Caramon respondeu, sua voz cheia de tristeza. — Você irá governar um mundo morto, um mundo de cinzas, ruínas fumegantes e cadáveres inchados. Você estará sozinho naqueles céus, Raistlin. Você tentará criar, mas não sobrou nada dentro de você, e você irá sugar a vida das próprias estrelas até que finalmente explodam e morram. E então não haverá nada ao seu redor, nada exceto você.

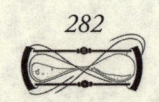

— Não! — Raistlin rosnou. — Você está mentindo! Maldito! Mentiras! — Atirando o Cajado de Magius para longe, Raistlin cambaleou a frente, suas mãos agarrando seu irmão. Espantado, Caramon ergueu a espada, mas ela caiu no chão instável a uma palavra de Raistlin. O aperto do grandalhão nos braços de seu gêmeo se intensificou em ondas. "Ele poderia me quebrar em dois", Raistlin pensou, desdenhoso. "Mas ele não vai. Ele é fraco. Ele hesita. Está perdido. E eu irei saber a verdade!"

Estendendo a mão, Raistlin pressionou sua mão queimada e manchada de sangue na testa de seu irmão, arrastando as visões de Caramon da mente dele para a sua.

E Raistlin viu.

Viu os ossos do mundo, os tocos das árvores, a lama cinzenta, as cinzas, a rocha explodida, a fumaça subindo, os corpos apodrecidos dos mortos...

Ele se viu, suspenso no vazio frio, vazio ao redor dele, vazio dentro dele. Pressionava-o, apertando-o. Isso o roeu e o devorou. Ele se torceu sobre si mesmo, procurando desesperado algum alimento: uma gota de sangue, um pedaço de dor. Mas não havia nada lá. Nunca haveria nada lá. E ele continuaria a se contorcendo, serpenteando para dentro, sem encontrar nada... nada... nada.

A cabeça de Raistlin caiu, sua mão escorregou da testa do irmão, fechada com dor. Ele sabia que isso iria acontecer, sabia com cada fibra de seu corpo estilhaçado. Sabia disso porque o vazio já estava lá. Tinha estado lá, dentro dele, por tanto, tanto tempo já. Ah, não o consumira totalmente, ainda não. Mas ele quase podia ver sua alma, assustada, solitária, agachada em um canto escuro e vazio.

Com um grito amargo, Raistlin empurrou seu irmão para longe. Ele olhou ao redor. As sombras se aprofundaram. Sua Rainha não hesitava mais. Estava reunindo suas forças.

Raistlin baixou o olhar, tentando pensar, tentando encontrar a raiva dentro dele, tentando acender a chama ardente de sua magia. Mas até isso estava morrendo. Dominado pelo medo, tentou correr, mas estava muito fraco. Dando um passo, tropeçou e caiu de joelhos. O medo o sacudiu. Procurou ajuda, estendendo a mão...

Ele ouviu um som, um gemido, um choro. Sua mão se fechou em um pano branco, ele sentiu carne quente!

— Bupu — Raistlin sussurrou. Com um soluço abafado, ele rastejou em frente.

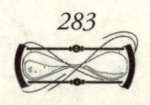

O corpo da anã tola estava diante dele, seu rosto abatido e faminto, seus olhos arregalados de terror. Miserável, aterrorizada, ela se encolheu para longe dele.

— Bupu! — Raistlin exclamou, agarrando-a em desespero. — Bupu, você não se lembra de mim? Você me deu um livro, uma vez. Um livro e uma esmeralda. — Pescando em uma de suas bolsas, ele tirou a cintilante pedra verde. — Aqui, Bupu. Olhe, 'a pedra bonita'. Pegue, guarde! Irá protegê-la!

Ela estendeu a mão, mas quando ela fez, seus dedos endureceram na morte.

— Não! — Raistlin gritou, e sentiu a mão de Caramon sobre seu braço.

— Deixe-a em paz! — Caramon gritou ríspido, pegando seu gêmeo e arremessando-o para trás. — Você já não fez o bastante?

Caramon pegou a espada de volta na mão. A luz brilhante feriu os olhos de Raistlin. Nesta luz, Raistlin viu, não Bupu, mas Crysania, sua pele enegrecida e cheia de bolhas, seus olhos o encarando sem ver.

Vazio... vazio. Nada dentro dele? Sim. Alguma coisa ali. Alguma coisa, não muito, mas alguma coisa. Sua alma estendeu a mão. Ele estendeu a mão, tocando a pele cheia de bolhas de Crysania.

— Ela não está morta, ainda não — disse ele.

— Não, não ainda — Caramon respondeu, erguendo a espada. — Deixe-a! Deixe-a pelo menos morrer em paz!

— Ela irá viver, se você a levar através do Portal.

— Sim, ela vai viver — Caramon disse amargo —, assim como você, não é, Raistlin? Eu a levo através do Portal e você vem bem atrás da gente...

— Leve-a.

— Não! — Caramon sacudiu a cabeça. Apesar das lágrimas brilhando em seus olhos, e do rosto pálido de tristeza e angústia, deu um passo em direção ao seu irmão, a espada pronta.

Raistlin levantou a mão. Caramon não conseguia se mexer, sua espada suspensa no ar quente.

— Leve-a, e leve isto também.

Esticando-se, a mão frágil de Raistlin fechou-se ao redor do Cajado de Magius que estava ao seu lado. A luz do cristal brilhou claro e forte na escuridão profunda, derramando seu brilho mágico sobre os três. Levantando o cajado, Raistlin o estendeu para seu gêmeo.

Caramon hesitou, a testa enrugada.

— Pegue! — Raistlin exclamou, sentindo sua força diminuir. Ele tossiu. — Pegue! — ele sussurrou, ofegante. — Leve o cajado e Crysania de volta através do Portal. Use o cajado para fechá-lo atrás de você.

Caramon olhou para ele, sem entender, então estreitou os olhos.

— Não, não estou mentindo — Raistlin rosnou. — Eu menti para você antes, mas não agora. Tente. Veja por si mesmo. Olhe, eu o libero do feitiço. Não posso lançar outro. Se você achar que estou mentindo, pode me matar. Não vou conseguir impedi-lo.

O braço da espada de Caramon ficou livre. Ele podia movê-lo. Ainda segurando sua espada, seus olhos em seu gêmeo, ele estendeu sua outra mão, hesitante. Seus dedos tocaram o cajado e ele olhou com medo para a luz no cristal, esperando que ela apagasse e os deixasse na escuridão crescente e arrepiante.

Mas a luz não vacilou. A mão de Caramon se fechou ao redor do cajado, acima da mão de seu irmão. A luz brilhou com força, derramando seu brilho sobre as vestes pretas rasgadas e ensanguentadas, sobre a armadura amassada e coberta de lama.

Raistlin soltou o cajado. Lentamente, quase caindo, cambaleou e conseguiu se levantar, endireitando-se e se aprumando, ficando em pé sem ajuda. O cajado, na mão de Caramon, continuou a brilhar.

— Corra — Raistlin disse frio — Irei impedir que a Rainha o siga. Mas minha força de vontade não vai durar muito.

Caramon olhou para ele por um momento, depois para o cajado, sua luz ainda brilhando com força. Por fim, respirando com dificuldade, ele embainhou sua espada.

— O que vai acontecer... com você? — ele perguntou áspero, ajoelhando-se para erguer Crysania em seus braços.

Você será torturado na mente e no corpo. Ao fim de cada dia, irá morrer de dor. No começo cada noite, irei trazê-lo de volta a vida. Você não poderá dormir, mas irá ficar acordado, estremecendo na antecipação do dia que virá. De manhã, meu rosto será a sua primeira visão.

As palavras se enrolaram ao redor da mente de Raistlin como uma cobra. Atrás dele, podia ouvir a risada sensual e zombeteira.

— Vá embora, Caramon — ele disse. — Ela está vindo.

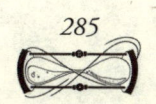

A cabeça de Crysania descansou contra o peito largo de Caramon. Os cabelos escuros caíam sobre seu rosto pálido, sua mão ainda apertava o medalhão de Paladine. Quando Raistlin olhou para ela, ele viu a devastação do fogo desaparecer, deixando seu rosto sem cicatrizes, suavizando a aparência de um doce e pacífico descanso. O olhar de Raistlin ergueu-se para o rosto do irmão, e viu a mesma expressão estúpida que Caramon sempre usava, o olhar de confusão, de mágoa perplexa.

— Seu tolo! Por que se importar com o que acontece comigo? — Raistlin rosnou. — Saia!

A expressão de Caramon mudou, ou talvez não tenha mudado. Talvez tivesse estado assim o tempo todo. A força de Raistlin estava diminuindo muito rápido, sua visão escurecia. Mas, nos olhos de Caramon, achou que vira compreensão...

— Adeus, meu irmão — Caramon disse.

Segurando Crysania em seus braços, o Cajado de Magius em uma mão, Caramon virou-se e foi embora. A luz do cajado formou um círculo ao redor dele, um círculo de prata que brilhava na escuridão como os raios da lua de Solinari brilhando sobre as águas calmas do lago Cristalmir. Os raios de prata atingiram as cabeças de dragão, congelando-as, transformando-as em prata, silenciando seus gritos.

Caramon atravessou o Portal. Raistlin, observando-o com sua alma, um borrado vislumbre de cores e vida, e sentiu um breve sussurro de toque quente na sua bochecha funda.

Atrás dele, podia ouvir o riso zombeteiro virar um silvo agudo e sibilante. Ouviu os sons deslizantes de uma cauda gigantesca escamada, o ranger dos tendões das asas. Atrás dele, cinco cabeças sussurravam palavras de tormento e terror.

Firme, Raistlin ficou ali, encarando o Portal. Viu Tanis correr para ajudar Caramon, ele o viu levar Crysania em seus braços. Lágrimas borraram a visão de Raistlin. Ele queria segui-los! Queria que Tanis tocasse sua mão! Ele queria segurar Crysania nos braços... Deu um passo à frente.

Viu Caramon se virar para encará-lo, o cajado na sua mão.

Caramon olhou para o Portal, olhou para seu gêmeo, olhou além de seu gêmeo. Raistlin viu os olhos de seu irmão se arregalarem de medo.

Raistlin não teve que se virar para saber o que seu irmão via. Takhisis se agachava atrás dele. Ele podia sentir o frio do repugnante corpo de réptil fluir ao seu redor, agitando suas vestes. Ele a sentiu atrás dele, mas seus pensamentos não estavam nele. Ela viu seu caminho para o mundo, aberto...

— Feche isso! — Raistlin gritou.

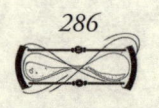

Uma explosão de chamas queimou a carne de Raistlin. Uma garra atingiu-o nas costas. Ele tropeçou, caindo de joelhos. Mas nunca tirou os olhos do Portal, e viu Caramon, o rosto de seu gêmeo angustiado, dar um passo à frente, em direção a ele!

— Feche isso, seu tolo! — Raistlin gritou, cerrando os punhos. — Me deixe em paz! Eu não preciso mais de você! Eu não preciso de você!

E então a luz se foi. O Portal se fechou, e a escuridão se lançou sobre ele com fúria, uma fúria estraçalhante. Garras rasgaram sua carne, dentes atravessaram músculos e trituraram ossos. O sangue escorria de seu peito, mas não tomaria a sua vida.

Ele gritou, e iria gritar, e iria ficar gritando, infinitamente...

Alguma coisa tocou nele... uma mão. Ele a agarrou enquanto ela o sacudia, suavemente. Uma voz chamou: "Raist! Acorde! Foi apenas um sonho. Não tenha medo. Não vou deixá-los ferirem você! Aqui, veja... Eu vou fazer você rir".

As espirais do dragão se apertaram, esmagando sua respiração. Presas negras e brilhantes comiam seus órgãos vivos, devoravam seu coração. Rasgando seu corpo, procuravam sua alma.

Um braço forte o envolveu, segurando-o. Uma mão levantada, brilhante na luz prateada, formando imagens infantis na noite, e a voz, vagamente ouvida, sussurrava "Olha, Raist, coelhos."

Ele sorriu, sem medo mais. Caramon estava aqui.

A dor se aliviou. O sonho foi repelido. De muito longe, ouviu um uivo de amargo desapontamento e raiva. Não importava. Nada mais importava. Agora só se sentia cansado, muito, muito cansado...

Apoiando a cabeça no braço de seu irmão, Raistlin fechou os olhos e mergulhou em um sono escuro, sem sonhos e sem fim.

Capítulo 11

As gotas de água dentro do relógio pingavam constantemente, devagar, ecoando pelo silencioso laboratório. Encarando o Portal com olhos que queimavam com o esforço, Tanis achava que as gotas deviam estar caindo, uma a uma, em seus nervos esticados e tensos.

Esfregando os olhos, ele se virou do Portal com um rosnado amargo e caminhou para olhar pela janela. Ficou admirado ao ver que era apenas o fim da tarde. Depois do que passou, não teria ficado muito surpreso se descobrisse que a primavera chegou e se foi, o verão floresceu e faleceu, e outono estava se acomodando.

A fumaça espessa não rodopiava mais pela janela. Os incêndios, tendo consumido o que podiam, estavam morrendo. Olhou para o céu. Os dragões desapareceram de vista, tanto os bons quanto os maus. Ele escutou. Nenhum som vinha da cidade abaixo dele. Uma névoa de neblina, tempestade e fumaça ainda pairava sobre ela, ainda mais sombreada pela escuridão do Bosque Shoikan.

A batalha tinha acabado, ele percebeu, entorpecido. Terminou. E ganhamos. Vitória. Uma vitória oca e miserável.

E então, uma vibração de azul brilhante chamou sua atenção. Olhando sobre a cidade, Tanis ofegou.

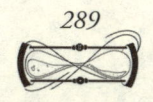

A cidadela voadora de repente surgiu à vista. Descendo das nuvens de tempestade, estava deslizando alegremente, tendo em algum lugar adquirido uma bandeira azul brilhante que balançava ao vento. Tanis olhou mais de perto, pensando que reconhecia não apenas a bandeira, mas o gracioso minarete de onde voava e que agora estava empoleirado, feito bêbado, em uma das torres da cidadela.

Sacudindo a cabeça, o meio-elfo não conseguiu evitar um sorriso. O estandarte e o minarete já haviam feito parte do palácio de Lorde Amothus.

Encostado na janela, Tanis continuou observando a cidadela, que havia adquirido um dragão de bronze como guarda de honra. Ele sentiu a desolação, a tristeza e o medo aliviarem e a tensão em seu corpo relaxar. Não importa o que acontecia no mundo ou nos planos além, algumas coisas — kender entre elas — nunca mudam.

Tanis observou enquanto o castelo voador flutuava sobre a baía, mas ficou bastante espantado ao ver a cidadela girar de repente e ficar suspensa de cabeça para baixo.

— O que Tas está fazendo? — ele murmurou.

E então ele soube. A cidadela começou a balançar para cima e para baixo rapidamente, como um saleiro. Formas pretas com asas de couro caíram das janelas e das portas. Para cima e para baixo, para cima e para baixo balançava a cidadela, e cada vez mais figuras negras caíam. Tanis sorriu. Tas estava se livrando dos guardas! Então, quando nenhum draconiano podia mais ser visto caindo na água, a cidadela se endireitou de volta e continuou seu caminho... então, enquanto saltitava alegre, sua bandeira azul tremulando ao vento, desceu em um selvagem mergulho, direto para dentro do oceano!

Tanis prendeu a respiração, mas quase no mesmo instante a cidadela reapareceu, saltando para fora da água como um golfinho de estandarte azul, para subir no céu mais uma vez, água saindo por todas as aberturas concebíveis, e desapareceu no meio das nuvens de tempestade.

Balançando a cabeça, sorrindo, Tanis se virou para ver Dalamar gesticular em direção ao Portal.

— Ali está ele. Caramon retornou para sua posição.

Apressado, o meio-elfo atravessou a sala e parou diante do Portal mais uma vez.

Ele podia ver Caramon, ainda uma pequena figura de armadura reluzente. Dessa vez, carregava alguém em seus braços.

— Raistlin? — Tanis perguntou, intrigado.

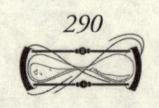

— Dama Crysania — respondeu Dalamar.

— Pode ser que ela ainda esteja viva!

— Seria melhor para ela se não estivesse — disse Dalamar friamente. A amargura endureceu ainda mais sua voz e sua expressão. — Melhor para todos nós! Agora Caramon deve fazer uma escolha difícil.

— O que você quer dizer com isso?

— Inevitavelmente ocorrerá a ele que poderia salvá-la trazendo-a de volta através do Portal. O que deixaria a todos à mercê de seu irmão, da Rainha ou de ambos.

Tanis ficou em silêncio, observando. Caramon estava se aproximando mais do Portal, a figura da mulher vestida de branco em seus braços.

— O que você sabe sobre ele? — Dalamar perguntou de repente. — Que decisão ele irá tomar? Da última vez que o vi, ele era um bufão bêbado, mas suas experiências parecem tê-lo mudado.

— Eu não sei — disse Tanis, preocupado, falando mais consigo do que para Dalamar. — O Caramon que eu conhecia era apenas metade de uma pessoa, a outra metade pertencia a seu irmão. Ele está diferente. Ele mudou — Tanis coçou a barba, franzindo a testa. — Pobre sujeito. Eu não sei...

— Ah, parece que sua escolha foi feita por ele — Dalamar disse, alívio misturado com medo em sua voz.

Olhando para o Portal, Tanis viu Raistlin. Ele viu o encontro final entre os gêmeos.

Tanis nunca falou com ninguém sobre aquela reunião. Apesar das visões que vira e das palavras que ouvira estarem gravadas para sempre em sua memória, descobriu que não podia falar sobre isso. Dar-lhes voz parecia rebaixá-las, tirar seu horror terrível, sua beleza terrível. Mas muitas vezes, se ele estava deprimido ou infeliz, ele se lembrava do último presente de uma alma ignorante, fechava os olhos e agradecia aos deuses por suas bênçãos.

Caramon trouxe dama Crysania pelo Portal. Correndo para ajudá-lo, Tanis pegou Crysania em seus braços, olhando maravilhado para a visão do grande homem carregando o cajado mágico, a luz ainda brilhando forte.

— Fique com ela, Tanis — Caramon disse — eu devo fechar o Portal.

— Faça isso depressa! — Tanis ouviu a respiração intensa de Dalamar. Ele viu o elfo negro olhando para o Portal com horror. — Feche isto! — ele gritou.

Segurando Crysania em seus braços, Tanis olhou para ela e percebeu que estava morrendo. Sua respiração vacilava, sua pele estava cinza, seus lábios azuis. Mas ele não podia fazer nada por ela, exceto levá-la para um lugar seguro.

Seguro! Olhou ao redor, seu olhar indo para o canto sombrio onde outra mulher moribunda estivera. Era ainda mais distante do Portal. Ela estaria segura lá, tão segura quanto em qualquer outro lugar, ele supôs com tristeza. Deitando-a, deixando-a o mais confortável possível, voltou às pressas para a abertura no vazio.

Tanis parou, hipnotizado com a visão perante seus olhos.

Uma sombra do mal encheu o Portal, as cabeças de dragão metálico que formavam a passagem uivavam em triunfo. As cabeças vivas do dragão além do Portal contorceram-se acima do corpo de sua vítima conforme o arquimago caía em suas garras.

— Não! Raistlin! — O rosto de Caramon contorceu-se de angústia. Deu um passo na direção do Portal.

— Pare! — Dalamar gritou, furioso. — Impeça-o, Meio-Elfo! Mate-o se precisar! Feche o portal!

A mão de uma mulher avançou para a abertura e, enquanto assistiam em terror atordoado, a mão se tornou a garra de um dragão, unhas pintadas de vermelho, o esporão manchado de sangue.

Cada vez mais perto do Portal estava a mão da Rainha, querendo manter esta porta para o mundo aberta para que, uma vez mais, pudesse entrar.

— Caramon! — Tanis gritou, saltando para a frente. Mas, o que ele poderia fazer? Ele não era forte o suficiente para superar fisicamente o grande homem. "Ele irá até ele", pensou Tanis em agonia. "Não vai deixar seu irmão morrer..."

Não, falou uma voz dentro do meio-elfo. Ele não vai... e aí está a salvação do mundo.

Caramon parou, preso pelo poder daquela mão manchada de sangue. A garra do dragão estava perto, e atrás dela brilhavam olhos risonhos, triunfantes e malévolos. Devagar, lutando contra a força do mal, Caramon ergueu o Cajado de Magius.

Nada aconteceu!

As cabeças de dragão do Portal de entrada racharam o ar com suas trombetas, saudando a entrada de sua Rainha no mundo.

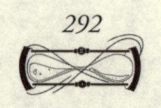

Então, uma forma sombria apareceu, de pé ao lado de Caramon. Vestindo vestes pretas, cabelo branco fluindo sobre seus ombros, Raistlin levantou uma mão de pele dourada e, estendendo-a, agarrou o Cajado de Magius, a mão pousada perto da de seu gêmeo.

O cajado se inflamou com uma luz prateada pura.

A luz multicolorida dentro do Portal girou e se torceu e lutou para sobreviver, mas a luz prateada brilhou com o brilho constante da estrela da tarde, brilhando no céu do crepúsculo.

O Portal fechou.

As cabeças de dragão metálico pararam de gritar tão de repente que o silêncio ressoou em seus ouvidos. Dentro do Portal, não havia nada, nem movimento nem quietude, nem escuridão nem luz. Não havia simplesmente nada.

Caramon estava diante do Portal sozinho, o Cajado de Magius na mão. A luz do cristal continuou a queimar brilhante por um tempo.

Cintilou.

E morreu.

A sala se encheu de escuridão, uma doce escuridão, uma escuridão repousante para os olhos depois da luz ofuscante.

E através da escuridão uma voz sussurrou.

— Adeus, meu irmão.

Capítulo 12

Astinus de Palanthas sentava-se no seu escritório na Grande Biblioteca, escrevendo sua história nos traços pretos claros e nítidos que registraram toda a história de Krynn desde o primeiro dia em que os deuses olharam o mundo até o fim, quando o grande livro seria para sempre fechado. Astinus escreveu, alheio ao caos ao seu redor, ou melhor, tal era a presença do homem, que parecia que ele forçara o caos a não o perceber.

Foi apenas dois dias após o fim do que Astinus referiu nas *Crônicas* como o "Teste dos Gêmeos" (mas que todos chamavam de "Batalha de Palanthas"). A cidade estava em ruínas. Os únicos dois prédios que ficaram de pé foram a Torre da Alta Magia e a Grande Biblioteca, e a Biblioteca não escapou incólume.

O fato de ainda estar de pé devia-se, em grande parte, ao heroísmo dos Estetas. Liderados pelo rotundo Bertrem, cuja coragem foi despertada, assim foi dito, pela visão de um draconiano se atrevendo a colocar uma mão em garra sobre um dos sagrados livros, os Estetas atacaram o inimigo com tal zelo, selvageria e irresponsável desprezo por suas vidas que poucas criaturas escaparam.

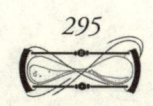

Mas, como o resto de Palanthas, os Estetas pagaram um preço doloroso pela vitória. Muitos de sua ordem pereceram na batalha. Estes foram pranteados por seus irmãos, suas cinzas descansando com honra entre os livros que eles sacrificaram suas vidas para proteger. O galante Bertrem não *morreu*. Apenas um pouco ferido, ele viu seu nome entrar em um dos grandes livros ao lado dos nomes dos outros Heróis de Palanthas. A vida não podia oferecer mais nada no sentido de recompensa para Bertrem. Ele nunca passava por aquele livro em especial sem que sorrateiramente o pegasse, abrisse na página e se aquecesse na luz da sua glória.

A bela cidade de Palanthas agora não era mais nada do que memória e algumas palavras de descrição nos livros de Astinus. Montes de pedras carbonizadas e enegrecidas marcavam a sepulturas de propriedades palacianas. Os ricos armazéns com seus barris de vinhos finos e cervejas, seus estoques de algodão e de trigo, suas caixas de maravilhas de todas as partes de Krynn, viraram montes de cinza. Cascos queimados de navios flutuavam pelos portos sufocados em cinzas. Comerciantes vasculhavam os escombros de suas lojas, salvando o que podiam. As famílias olhavam para as casas em ruínas, abraçando-se umas às outras e agradecendo aos deuses por terem ao menos sobrevivido.

Pois havia muitos que não. Dos Cavaleiros de Solamnia dentro da cidade, quase todos pereceram, lutando uma batalha sem esperança contra Lorde Soth e suas legiões mortais. Um dos primeiros a cair foi o arrojado Sir Markham. Fiel ao seu juramento a Tanis, o cavaleiro não lutou contra Lorde Soth, porém tinha reunido os cavaleiros e os liderado em uma carga contra os guerreiros esqueléticos. Embora perfurado com muitas feridas, ainda lutou com bravura, levando seus homens sangrentos e exauridos várias vezes em cargas contra o inimigo até enfim cair do seu cavalo, morto.

Por causa da coragem dos cavaleiros, muitos viviam em Palanthas que de outra forma teria perecido nas lâminas geladas dos mortos, que desapareceram misteriosamente, como foi contado, quando seu líder apareceu entre eles, carregando um corpo em seus braços.

Lamentados como heróis, os corpos dos Cavaleiros de Solamnia foram levados por seus companheiros para a Torre do Alto Clerista. Ali foram sepultados em um sepulcro onde jazia o corpo de Sturm Brightblade, Herói da Lança.

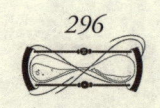

Ao abrir o sepulcro, que não havia sido perturbado desde a Batalha da Torre do Alto Clerista, os cavaleiros ficaram impressionados ao encontrar o corpo de Sturm inteiro, intacto pelo tempo. Uma joia élfica de algum tipo, brilhando em seu peito, foi tida como a responsável por este milagre. Todos aqueles que entraram no sepulcro naquele dia em luto por seus entes queridos caídos olharam para aquela joia de brilho constante e sentiram paz dentro da amarga picada de seu luto.

Os cavaleiros não foram os únicos que foram lamentados. Muitos cidadãos comuns também morreram em Palanthas. Homens defendendo a cidade e a família, as mulheres defendendo o lar e as crianças. Os cidadãos de Palanthas queimaram seus mortos de acordo com o costume antigo, espalhando as cinzas de seus entes queridos no mar, onde se misturaram com as cinzas de sua amada cidade.

Astinus registrou tudo enquanto estava ocorrendo. Ele continuou a escrever, como os Estetas relataram com admiração — mesmo quando Bertrem sozinho espancou até a morte um draconiano que ousara invadir o estúdio do mestre. Escrevia ainda quando aos poucos tornou-se ciente, por cima dos sons de martelar, varrer, bater e arrastar, que Bertrem estava bloqueando sua luz.

Erguendo a cabeça, franziu a testa.

Bertrem, que não havia empalidecido uma única vez na frente do inimigo, ficou mortalmente pálido, e recuou no mesmo instante, deixando a luz solar cair mais sobre a página.

Astinus retomou sua escrita.

— Bem? — ele disse.

— Caramon Majere e um... um kender estão aqui para vê-lo, Mestre. — Se Bertrem tivesse dito que um demônio do Abismo estava ali para ver Astinus, dificilmente teria conseguido colocar mais horror na sua voz do que quando falou a palavra "kender".

— Mande-os entrar — respondeu Astinus.

— *Eles,* Mestre? — Bertrem não pôde deixar de repetir em choque.

Astinus olhou para cima, a testa franzida.

— O draconiano não danificou sua audição, não é, Bertrem? Você não recebeu, por exemplo, um sopro na sua cabeça?

— N... não, Mestre. — Bertrem corou e recuou apressado da sala, tropeçando em suas vestes ao fazer isso.

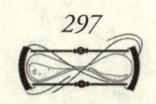

— Caramon Majere e... e Tassle... foot Bu... burr-hoof — anunciou o perturbado Bertrem, momentos mais tarde.

— Tasslehoff Burrfoot — disse o kender, apresentando uma pequena mão para Astinus, que a sacudiu sério. — E você é Astinus de Palanthas — continuou Tas, seu topete balançando com excitação. — Eu já o conheci antes, mas você não se lembra porque ainda não aconteceu. Ou melhor, pensando nisso, isto nem vai acontecer, não é, Caramon?

— Não — respondeu o grande homem. Astinus voltou seu olhar para Caramon, examinando-o com atenção.

— Você não se parece com seu gêmeo — Astinus disse com frieza. — Mas Raistlin tinha passado por muitas provações que o marcaram física e mentalmente. Ainda, há alguma coisa dele dentro dos seus olhos.

O historiador franziu a testa, intrigado. Ele não entendia, e não havia nada na face de Krynn que ele não entendesse. Consequentemente, ficou zangado.

Astinus raras vezes ficava zangado. Sua irritação por si só mandava uma onda de terror através dos Estetas. Mas estava com raiva agora. As sobrancelhas grisalhas eriçadas, os lábios apertados, e havia um olhar em seus olhos que fez o kender olhar nervoso para os lados, perguntando-se se ele não tinha deixado algo do lado de fora no salão que precisasse agora!

— O que é isso? — O historiador exigiu por fim, batendo sua mão sobre seu livro, fazendo sua caneta pular, a tinta derramar, e Bertrem, esperando no corredor, correr para longe o mais rápido que suas sandálias poderiam levá-lo.

— Há um mistério sobre você, Caramon Majere, e não há mistérios para mim! Eu sei tudo o que acontece sobre Krynn. Conheço os pensamentos de cada ser vivo! Vejo suas ações! Leio os desejos de seus corações! Ainda assim não consigo ler seus olhos!

— Tas lhe disse — disse Caramon imperturbável. Pegando uma mochila que ele usava, o grandalhão puxou um enorme volume encadernado em couro que colocou com cuidado sobre a escrivaninha na frente do historiador.

— Esse é um dos meus! — Astinus disse, olhando para ele, sua carranca se aprofundando. Sua voz aumentou até ele realmente gritar. — Onde você pegou? Nenhum dos meus livros sai sem o meu conhecimento! Bertrem...

— Olhe a data.

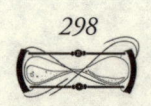

Astinus olhou furioso para Caramon por um segundo, então desviou o olhar raivoso para o livro. Ele olhou para a data sobre o volume, preparado para gritar outra vez por Bertrem. Mas o grito ressoou em sua garganta e morreu. Ele encarou a data, seus olhos se arregalando. Afundando em sua cadeira, olhou do volume para Caramon, então de volta para volume.

— É o futuro que eu vejo em seus olhos!

— O futuro que está nesses livros — Caramon disse, muito solene.

— Nós estávamos lá! — disse Tas, pulando ansioso. — Você gostaria de ouvir sobre isso? É a história mais maravilhosa. Veja, voltamos para Consolação, só que não parecia Consolação. Pensei que era uma lua, na verdade, porque eu estava pensando sobre uma lua quando usamos o dispositivo mágico e...

— Silêncio, Tas — disse Caramon gentilmente. Levantando-se, ele colocou a mão no ombro do kender e saiu da sala em silêncio. Tas, sendo conduzido com firmeza porta afora, olhou para trás.

— Adeus! — ele chamou, acenando com a mão. — Bom ver você de novo, antes, uh, depois, ou, bem, o que seja.

Mas Astinus não ouviu nem notou. O dia em que ele recebeu o livro de Caramon Majere foi o único que passou em toda a história de Palanthas que não teve nada gravado exceto uma entrada:

Este dia, como Pós-Vigia ascendente *14, Caramon Majere trouxe-me as* Crônicas de Krynn, *Volume 2000. Um volume que nunca escreverei escrito por mim.*

O funeral de Elistan representou, para as pessoas de Palanthas, o funeral de sua amada cidade também. A cerimônia foi ao amanhecer como Elistan tinha pedido, e todos em Palanthas compareceram: velhos, jovens, ricos, pobres. Os feridos que puderam ser movidos foram levados de suas casas, seus catres colocados sobre a grama queimada e enegrecida do outrora belo gramado do Templo.

Entre estes estava Dalamar. Ninguém murmurou quando o elfo negro foi ajudado a atravessar o gramado por Tanis e Caramon até seu lugar sob um bosque de álamos carbonizados e queimados. Pois os rumores diziam que o jovem aprendiz tinha lutado contra a Dama das Trevas, como Kitiara era conhecida, e a derrotado, deste modo causando a destruição de suas forças.

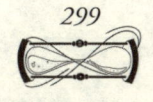

Elistan queria ser enterrado em seu Templo, mas isso era impossível agora, com o Templo sendo apenas uma casca esviscerada de mármore. Lorde Amothus ofereceu o túmulo de sua família, mas Crysania recusou. Lembrando que Elistan tinha encontrado sua fé nas minas de escravos de Pax Tharkas, a Reverenda Filha, agora cabeça da igreja, decretou que ele iria descansar sob o Templo em uma das cavernas subterrâneas que antes fora usada para armazenagem.

Apesar de alguns ficarem chocados, ninguém questionou suas ordens. As cavernas foram limpas e santificadas, uma sepultura de mármore construída a partir dos restos do Templo. E dali em diante, até nos grandes dias da igreja que estavam por vir, todos os sacerdotes foram colocados para descansar neste lugar humilde que se tornou conhecido como um dos lugares mais santos em Krynn.

As pessoas se acomodaram no gramado em silêncio. Os pássaros, sem saber nada sobre morte ou guerra ou tristeza, só que o sol estava surgindo e que estavam vivos naquela manhã brilhante, preenchiam o ar com música. Os raios do sol pintaram as montanhas com ouro, afastando as trevas, levando luz para corações pesados de tristeza.

Apenas uma pessoa se levantou para fazer o tributo de Elistan, e foi considerado apropriado por todos que ela o fizesse. Não só porque estava agora tomando seu lugar, como ele havia solicitado, como chefe da igreja, mas porque ela parecia ao povo de Palanthas sintetizar sua perda e sua dor.

Naquela manhã, eles disseram, foi a primeira vez que ela se levantou de sua cama desde que Tanis Meio-Elfo a trouxe da Torre da Alta Magia para os degraus da Grande Biblioteca, onde os clérigos trabalhavam entre os feridos e os moribundos. Ela mesma esteve perto da morte. Mas sua fé e as orações dos clérigos a restituíram à vida. Não puderam, porém, restaurar sua visão.

Crysania estava diante deles naquela manhã, seus olhos olhando direto para o sol que ela nunca mais veria. Seus raios brilharam no cabelo preto que emoldurava um rosto tornado bonito pela expressão profunda de compaixão e fé.

— Aqui de pé na escuridão — ela disse, a voz clara subindo doce e pura entre as músicas das cotovias. — Sinto o calor da luz sobre minha pele e sei que meu rosto está virado na direção do sol. Posso olhar para o sol, porque meus olhos estão para todo sempre cobertos de trevas. Mas se vocês que podem enxergar olharem tempo demais para o sol, perderão sua visão, assim como aqueles que vivem muito tempo na escuridão gradualmente perdem as suas.

— Isto Elistan nos ensinou, que os mortais não foram feitos para viver aqpenas na luz ou na sombra, mas em ambas. Ambas têm seus perigos, se mal utilizadas, ambas têm suas recompensas. Nós passamos por nossos testes de sangue, de trevas, de fogo... — Sua voz estremeceu e quebrou nesse ponto.

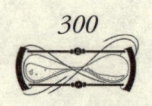

Aqueles mais próximos viram lágrimas em suas bochechas. Mas, quando ela continuou, sua voz estava forte. Seu pranto brilhava na luz solar. — Passamos por essas provações como Huma passou, com grande perda, com grande sacrifício, mas fortes no conhecimento de que nosso espírito brilha e que nós, talvez, sejamos as mais brilhantes entre todas as estrelas dos céus.

— Pois ainda que alguns optem por trilhar os caminhos da noite, olhando para a lua negra para guiá-los, enquanto outros caminham os caminhos do dia, as trilhas ásperas e pedregosas de ambos podem ser facilitadas pelo toque de uma mão, a voz de um amigo. A capacidade de amar, de cuidar, é dada a todos nós, o maior Presente dos Deuses para todas as raças.

— Nossa bela cidade pereceu nas chamas. — Sua voz suavizou-se. — Perdemos muitos a quem amávamos, e parece talvez que vida é um fardo difícil demais para suportar. Mas estendam a sua mão, e ela irá tocar a mão de alguém estendendo-a para você, e, juntos, encontrarão a força e a esperança de que precisam para continuar.

Após as cerimônias, quando os clérigos desceram o corpo de Elistan ao seu local de descanso final, Caramon e Tas procuraram dama Crysania. Eles a encontraram entre os clérigos, seu braço apoiado no braço da jovem que era sua guia.

— Aqui estão dois que querem falar com você, Reverenda — disse a jovem clériga.

Dama Crysania virou-se, estendendo a mão.

— Deixe-me tocá-lo — ela disse.

— É Caramon — o grandalhão começou sem jeito — e...

— Eu — disse Tas em voz mansa, subjugada.

— Vocês vieram dizer adeus — dama Crysania sorriu.

— Sim. Estamos partindo hoje — Caramon disse, segurando sua mão na dele.

— Vai direto para casa em Consolação?

— Não, não... ainda não — Caramon disse, sua voz baixa. — Vamos voltar para Solanthas com Tanis. Então quando... quando eu me sentir um pouco mais eu mesmo, vou usar o dispositivo para voltar para Consolação.

Crysania agarrou sua mão com força, puxando-o para perto dela.

— Raistlin está em paz, Caramon — ela disse suave. — Você está?

— Sim, minha senhora — Caramon disse, voz firme e decidida. — Estou em paz. Finalmente. — Ele suspirou. — Eu só preciso falar com

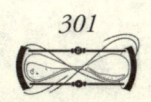

Tanis e resolver as coisas na minha vida, colocar de volta em ordem. Para começar — acrescentou com um rubor e um sorriso envergonhado — preciso saber como construir uma casa! Eu estava morto de bêbado a maior parte do tempo em que trabalhei na nossa, e não tenho a menor noção do que estava fazendo.

Ele olhou para ela, e ela, ciente de seu escrutínio apesar de não poder ver, sorriu, sua pele pálida tingida com o rosa mais fraco. Vendo aquele sorriso, e vendo as lágrimas que caíram, Caramon puxou-a para perto.

— Me desculpe. Queria ter conseguido poupá-la disso.

— Não, Caramon — ela disse com voz tranquila. — Pois agora eu vejo. Eu vejo claramente, como Loralon prometeu. — Ela beijou sua mão, pressionando-a em sua bochecha. — Adeus, Caramon. Que Paladine vá com você.

Tasslehoff fungou.

— Adeus, Crysani... quero dizer, Reverenda Filha — disse Tas em voz baixa, sentindo-se subitamente solitário e pequeno — Eu... eu... me desculpe pela bagunça que eu fiz...

Mas a dama Crysania o interrompeu. Virando-se, ela estendeu a mão e alisou para trás seu topete.

— A maioria de nós anda na luz e na sombra, Tasslehoff — ela disse —, mas existem os poucos escolhidos que andam neste mundo, carregando sua própria luz para iluminar ambos, dia e noite.

— Sério? Eles devem ficar terrivelmente cansados, carregando uma luz assim? É uma tocha? Não pode ser uma vela. A cera derreteria e pingaria em seus sapatos e... diga, você acha que eu poderia conhecer alguém assim? — Tas perguntou com interesse.

— Você é alguém assim — dama Crysania respondeu. — E não acho que você precise se preocupar com cera pingando em seus sapatos. Adeus, Tasslehoff Burrfoot. Não preciso pedir a benção de Paladine para você, pois sei que você é um de seus amigos próximos e pessoais.

— Bem — perguntou Caramon de repente enquanto ele e Tas caminhavam através da multidão —, você já decidiu o que vai fazer? Você tem a cidadela voadora, Lorde Amothus deu a você. Você pode ir a qualquer lugar em Krynn. Talvez até à lua, se você quiser.

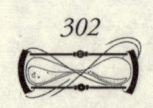

— Oh aquilo. — Tas, parecendo um pouco impressionado depois de sua conversa com dama Crysania, parecendo ter problemas para lembrar ao que Caramon estava se referindo. — Eu não tenho mais a cidadela. Era muito grande e entediante depois que consegui explorá-la. E não dá para ir para a lua. Tentei. Sabia — disse ele, olhando para Caramon com os olhos arregalados — que se você subir alto o suficiente, seu nariz começa a sangrar? Além disso faz um frio tremendo e desconfortável. Além do mais, as luas parecem estar muito mais longe do que eu imaginava. Agora, se eu tivesse o dispositivo mágico... — Ele olhou para Caramon pelo canto do olho.

— Não — disse Caramon severamente. — Absolutamente não. Isso vai voltar para Par-Salian.

— Eu poderia levar para ele — Tas ofereceu prestativo. — Isso me daria uma chance de explicar sobre o conserto de Gnimsh e de ter perturbado o feitiço e... não? — Ele deu um suspiro. — Acho que não. Bem, de qualquer forma, decidi ficar com você e Tanis, se vocês me quiserem, né? — Ele olhou para Caramon um pouco melancólico.

Caramon respondeu puxando e dando ao kender um abraço que esmagou vários objetos de interesse e valor incertos em suas bolsas.

— Mas então — Caramon acrescentou, em uma reflexão tardia —, o que você *fez* com a cidadela voadora?

— Oh — Tas acenou com a mão indiferente —, eu dei para Rounce.

— O anão tolo! — Caramon parou, espantado.

— Ele não pode pilotar, não sozinho! — assegurou. — Embora — acrescentou depois de um momento de profunda reflexão —, presumo que ele poderia se conseguisse mais alguns anões tolos para ajudar. Nunca pensei nisso...

Caramon gemeu.

— Onde está?

— Eu coloquei para ele em um lugar agradável. Um lugar muito agradável. Era uma parte muito rica de alguma cidade sobre a qual voamos. Rounce gostou dela, da cidadela, não da cidade. Bem, eu acho que ele também gostava da cidade, pensando bem. De qualquer forma, ele foi de grande ajuda e tudo, então perguntei se ele queria a cidadela e ele disse que sim, eu apenas coloquei a coisa neste lote vago.

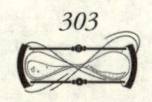

— Causou uma grande sensação — Tas acrescentou alegre. — Um homem saiu correndo deste castelo muito grande que ficava em uma colina bem ao lado de onde eu larguei a cidadela, e ele começou a gritar sobre isso ser sua propriedade e que direito tínhamos de jogar um castelo nele, e causou uma discussão maravilhosa. Apontei que seu castelo certamente não cobria toda a propriedade e disse algumas coisas acerca de compartilhar que teria ajudado bastante, tenho certeza, se ele ouvisse. Então Rounce começou a dizer como ele ia trazer todo o clã Burp ou algo assim e eles iam vir morar na cidadela e o homem teve um ataque de algum tipo e eles o levaram e logo toda a cidade estava lá. Isto tudo foi muito excitante por um tempo, mas por fim ficou chato. Fiquei feliz por Fulgor ter decidido ir. Ele me trouxe de volta.

— Você não me contou nada disso! — Caramon disse, olhando feio para o kender e tentando com dificuldade parecer sério.

— Eu... acho que isso só escapou da minha mente — Tas murmurou. — Tive muito para pensar esses dias, você sabe.

— Eu sei que você tem, Tas — disse Caramon. — Tenho estado preocupado com você. Eu vi você conversando com outro kender ontem. Você poderia ir para casa, sabe. Você me disse uma vez como pensava nisso, em voltar a Kendermore.

O rosto de Tas assumiu uma expressão incomumente séria. Escorregando sua mão para a de Caramon, ficou mais perto, olhando para ele com seriedade.

— Não, Caramon — ele disse calmo — Não é o mesmo. Eu... eu não consigo mais falar com outro kender. — Ele sacudiu a cabeça, seu topete balançando. — Tentei contar a eles sobre Fizban e seu chapéu, e Flint e sua árvore e... e Raistlin e o pobre Gnimsh. — Tas engoliu e, puxando um lenço, secou seus olhos. — Eles não parecem entender. Eles simplesmente não... bem... se importam. Isso é difícil, se importar, não é, Caramon? Isso dói as vezes.

— Sim, Tas — Caramon disse com calma. Eles haviam entrado em um bosque sombrio de árvores. Tanis estava esperando por eles, de pé sob um álamo alto e gracioso cujas folhas novas de primavera brilhavam douradas no sol da manhã. — Machuca na maior parte do Tempo. Mas a dor é melhor do que ser vazio por dentro.

Caminhando até eles, Tanis colocou um braço em volta dos ombros amplos de Caramon e o outro ao redor de Tas.

— Prontos? — ele perguntou.

— Prontos — Caramon respondeu.

— Bom. Os cavalos estão aqui. Pensei em cavalgarmos. Poderíamos ter tomado a carruagem, mas, para ser honesto, detesto ficar preso naquela coisa apertada. Assim como Laurana, no entanto ela nunca admitiria isto. O campo é bonito nesta época. Vamos sem pressa e aproveitar.

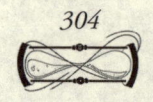

— Você mora em Solanthas, não é, Tanis? — Tas disse enquanto montavam em seus cavalos e desciam pela rua enegrecida e arruinada. As pessoas deixando o funeral, retornando para recolher os cacos de suas vidas, ouviram a voz alegre do kender ecoar nas ruas grandes muito depois dele ir.

— Já estive em Solanthas uma vez. Eles têm uma prisão terrivelmente boa lá. Uma das melhores em que estive. Foi um engano, claro. Um mal-entendido sobre um bule de prata que caiu, muito por acidente, dentro de uma das minhas bolsas.

Dalamar subiu as escadas íngremes e sinuosas que levavam ao laboratório no topo da Torre da Alta Magia. Subiu as escadas, em vez de se transportar magicamente, porque tinha uma longa jornada pela frente naquela noite. Apesar dos clérigos de Elistan terem curado seus ferimentos, ainda estava fraco e não queria sobrecarregar sua energia.

Mais tarde, quando a lua negra estivesse no céu, ele viajaria através dos éteres até a Torre da Alta Magia em Wayreth para participar de um Conclave dos Feiticeiros, um dos mais importantes a ser realizado naquela era. Par-Salian estava deixando o posto de Chefe do Conclave. Seu sucessor deveria ser escolhido. Provavelmente seria o Veste Vermelha, Justarius. Dalamar não se importava. Sabia que ainda não era poderoso o suficiente para tornar-se o novo arquimago. Ainda não, de qualquer forma. Mas havia alguns achando que um novo chefe da Ordem das Vestes Negras também deveria ser escolhido. Dalamar sorriu. Ele não tinha dúvidas de quem seria.

Tinha feito todas suas preparações para partir. Os guardiões tinham suas instruções: ninguém, vivo ou morto, devia entrar na Torre em sua ausência. Não que fosse provável. O Bosque Shoikan mantinha sua própria vigília, ileso pelas chamas que varreram o resto de Palanthas. Mas a sombria solidão em que a Torre vivera por tanto tempo iria em breve chegar a um fim.

Por ordem de Dalamar, várias salas da Torre foram limpas e remodeladas. Ele planejava trazer com ele vários aprendizes — Vestes Pretas, certamente, mas talvez um ou dois Vermelhas se encontrasse algum adequado. Ele estava ansioso para passar as habilidades que tinha adquirido, o conhecimento que tinha aprendido. E admitia para si mesmo que gostaria da companhia.

Mas, primeiro, havia algumas coisas a fazer.

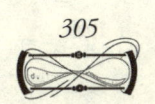

Entrando no laboratório, parou na porta. Não tinha voltado a esta sala desde que Caramon o carregara dali naquele último, fatídico dia. Agora, era de noite. O quarto estava escuro. Em uma palavra, velas se acenderam em chamas, aquecendo o quarto com uma luz suave. Mas as sombras permaneceram, pairando nos cantos como coisas vivas.

Levantando o castiçal na mão, Dalamar fez um circuito lento na sala, selecionando vários itens — pergaminhos, uma varinha mágica, vários anéis — e enviando-os abaixo para seu estúdio com uma palavra de comando.

Ele passou pelo canto escuro onde Kitiara havia morrido. Seu sangue ainda manchava o chão. Aquele lugar no quarto estava frio, gélido, e Dalamar não se demorou. Ele passou pela mesa de pedra com seus copos e garrafas, os olhos ainda olhando para ele suplicantes. Com uma palavra, ele os fechou — para sempre.

Finalmente, chegou ao Portal. As cinco cabeças de dragão, voltadas eternamente para o vazio, ainda gritavam seu silencioso e congelado hino à Rainha. A única luz que brilhava nas cabeças metálicas, sombrias e sem vida, era o reflexo da luz das velas de Dalamar. Olhou dentro do Portal. Nada. Por um bom tempo, Dalamar o encarou. Então, estendendo a mão, puxou uma corda de seda dourada que pendia do teto. Uma densa cortina caiu, encobrindo o Portal em veludo púrpura.

Virando-se, Dalamar viu-se encarando as estantes que ficavam no fundo do laboratório. A luz das velas brilhou fraca nas filas de volumes encadernados em azul noturno, decorados com runas de prata. Um ar frio fluía a partir deles.

Os livros de feitiços de Fistandantilus — agora seus.

E onde essas fileiras de livros terminavam, uma nova fileira de livros começava, volumes encadernados em preto decorados com runas de prata. Cada um desses, Dalamar percebeu, sua mão aproximando-se de um deles, queimava com um calor interno que fazia os livros parecerem estranhamente vivos ao toque.

Os livros de feitiços de Raistlin — agora seus.

Dalamar olhou com atenção para cada livro. Cada um tinha suas próprias maravilhas, seus próprios mistérios, cada um tinha poder. O elfo negro percorreu o comprimento das estantes. Quando chegou ao fim, perto da porta, ele mandou o castiçal de volta para descansar sobre a grande mesa de pedra. Sua mão na maçaneta da porta, seu olhar foi para um último objeto.

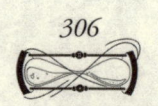

Em um canto escuro estava o Cajado de Magius, inclinado contra a parede. Por um momento, Dalamar prendeu a respiração, pensando que talvez tivesse visto a luz brilhando no cristal no topo do cajado, o cristal que tive permaneceu frio e sombrio desde aquele dia. Mas então percebeu, com uma sensação de alívio, que era apenas a luz das velas refletida. Com uma palavra, extinguiu a chama, mergulhando a sala na escuridão.

Ele olhou atento para o canto onde o cajado estava. Estava perdido na noite, nenhum sinal de luz.

Respirando fundo e soltando com um suspiro, Dalamar saiu do laboratório. Com firmeza, fechou a porta atrás dele. Alcançando uma caixa de madeira com poderosas runas, retirou uma chave de prata e a inseriu na ornamentada fechadura prateada — uma fechadura nova, uma fechadura que não tinha sido feita por nenhum serralheiro em Krynn. Sussurrando palavras de magia, Dalamar virou a chave para trancá-la. Clicou. Outro clique ecoou. A armadilha mortal estava armada.

Virando-se, Dalamar convocou um dos guardiões. Os olhos desencarnados flutuaram ao seu comando.

— Pegue esta chave — disse Dalamar — e guarde-a com você por toda a eternidade. Não entregue a ninguém, nem a mim mesmo. E a partir deste momento, seu lugar é guardar esta porta. Ninguém deve entrar. Que a morte seja rápida para quem tentar.

Os olhos do guardião se fecharam em aquiescência. Enquanto Dalamar descia as escadas, ele viu os olhos, abertos outra vez, emoldurados pela porta, seu brilho frio olhando para a noite.

O elfo negro acenou para si mesmo, satisfeito, e seguiu seu caminho.

Volta para casa

Tum tum.

Tika Waylan se sentou na cama.

Tentando ouvir acima das batidas de seu coração, ela escutou, esperando para identificar o som que a havia despertado de um sono profundo.

Nada.

Ela tinha sonhado? Empurrando para trás a massa de cachos ruivos caindo sobre o rosto, Tika olhou sonolenta pela janela. Era madrugada. O sol ainda não havia nascido, mas as sombras da noite profunda estavam fugindo, deixando o céu claro e azul na meia-luz da madrugada. Os pássaros se levantaram, começando suas tarefas domésticas, assobiando e brigando alegremente entre eles. Mas ninguém em Consolação estaria se mexendo ainda. Até o vigia noturno em geral sucumbia à influência quente e suave da noite de primavera e dormia nesta hora, sua cabeça caído no seu peito, roncando feliz.

"Devo ter sonhado", pensou Tika triste. "Será que algum dia vou me acostumar a dormir sozinha? Cada pequeno som me deixa bem acordada". Afundando de volta na cama, ela puxou a coberta e tentou voltar a dormir. Apertando os olhos bem fechados, Tika fingiu que Caramon estava lá. Estava deitada ao lado dele, pressionada contra seu peito largo, ouvindo-o respirar, ouvindo seu coração bater, caloroso, seguro... Sua mão acariciou seu ombro enquanto ele murmurava sonolento, "Foi apenas um sonho ruim, Tika... de manhã vai passar..."

Tum tum tum.

Os olhos de Tika se arregalaram. Ela *não* estava sonhando! O som, o que quer que fosse, estava vindo de cima! Alguém ou alguma coisa estava lá em cima, na copadeira!

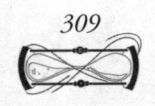

Jogando para o lado a roupa de cama e se movendo com a furtividade e o silêncio que aprendeu durante suas aventuras de guerra, Tika agarrou um roupão de dormir no pé de sua cama, lutou para entrar nele (misturando as mangas em seu nervosismo), e rastejou para fora do quarto.

Tum tum tum.

Seus lábios se apertaram em determinação. Alguém estava lá em cima, em sua nova casa. A casa que Caramon estava construindo em uma copadeira. O que estavam fazendo? Roubando? Lá estavam as ferramentas de Caramon...

Tika quase riu, mas em vez disso saiu um soluço. Ferramentas... o martelo com a cabeça ondulante que caia cada vez que batia em um prego, a serra com tantos dentes faltando que parecia um anão tolo sorrindo, a plaina que não alisaria manteiga. Mas eram preciosas para Tika. Ela as deixou exatamente onde *ele tinha* deixado.

Tum tum tum.

Rastejando para a sala de estar de sua pequena casa, a mão de Tika estava na maçaneta da porta quando ela parou.

— Arma — ela murmurou. Olhando em volta depressa, ela agarrou a primeira coisa que viu, sua pesada frigideira de ferro. Segurando-a firme pelo cabo, Tika abriu a porta da frente devagar e em silêncio e saiu furtiva.

Os raios do sol estavam apenas iluminando o topo da montanha, delineando seus picos nevados em ouro contra o céu azul claro e sem nuvens. A grama faiscou com o orvalho parecendo minúsculas joias, o ar da manhã era doce, fresco e puro. As novas folhas verdes brilhantes das copadeiras farfalharam e sorriram quando o sol as tocou, acordando-as. Tão fresca, clara e brilhante estava esta manhã que poderia ser a primeira manhã do primeiro dia, com os deuses olhando para seu trabalho e sorrindo.

Mas Tika não estava pensando em deuses ou manhãs ou no orvalho frio sobre seus pés nus. Agarrando a frigideira em uma mão, mantendo-a escondida atrás das costas, furtivamente subiu os degraus da escada que levava à casa empoleirada entre os fortes ramos da copadeira. Perto do topo, ela parou, espiando.

Ah, Ah! *Havia* alguém ali! Ela poderia apenas por muito pouco distinguir uma figura agachada em um canto sombrio. Erguendo-se pela beirada, ainda sem fazer nenhum som, Tika pisou com suavidade pelo chão de madeira, seus dedos pegando firme na frigideira.

Mas quando atravessou a distância, rastejando sobre o intruso, achou ter ouvido uma risadinha abafada.

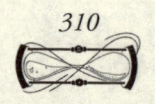

Ela hesitou, então continuou resoluta. "Apenas minha imaginação", disse para si mesma, chegando mais perto da figura encapuzada. Ela podia vê-lo claramente agora. Era um homem, um ser humano, e de braços fortes e ombros musculosos, um dos maiores homens que Tika já tinha visto! Ele estava de quatro, suas costas largas estavam viradas em direção a ela, e ela o viu erguer a mão.

Estava segurando o martelo de Caramon!

"Como ele ousa tocar nas coisas de Caramon! Bem, grande ou não, são todos do mesmo tamanho quando caem no chão".

Tika ergueu a frigideira...

— Caramon! Cuidado! — gritou uma voz estridente.

O homem ficou de pé e olhou ao redor.

A frigideira caiu no chão com um tinido. Assim como um martelo e um punhado de pregos.

Com um soluço agradecido, Tika abraçou seu marido.

— Isso não é maravilhoso, Tika? Aposto que você ficou surpresa, não ficou? Ficou surpresa, Tika? E diga, você ia mesmo bater na cabeça de Caramon se eu não a tivesse impedido? Até teria sido meio interessante de assistir, embora eu não ache que teria feito muito bem a Caramon. Ei, você se lembra quando você bateu naquele draconiano na cabeça com a frigideira, aquele que estava sendo preparado para arrasar Gilthanas? Tika?... Caramon?

Ele olhou para seus dois amigos. Eles não estavam dizendo uma palavra. Eles não estavam *ouvindo* uma palavra. Eles apenas ficaram lá abraçando um ao outro. O kender sentiu uma umidade suspeita rastejar em seus olhos.

— Bem — ele disse, engolindo em seco e sorrindo —, vou lá pra baixo e espero vocês na sala.

Deslizando pela escada, Tas entrou no pequeno e limpo lar que ficava abaixo da protetora copadeira. Dentro, pegou um lenço, assoou o nariz e começou alegremente a investigar os móveis.

— Pelo que parece... — ele disse para si mesmo, admirando uma jarra de biscoitos nova em folha que ele distraidamente enfiou na bolsa (biscoitos inclusos) mesmo convencido que ele tinha o colocado de volta na prateleira — Tika e Caramon vão ficar um tempo lá em cima, pode ser até o resto da manhã. Talvez este seja um bom momento para arrumar minhas coisas.

Sentado de pernas cruzadas no chão, o kender feliz revirou totalmente suas bolsas, derramando seu conteúdo sobre o tapete. Enquanto mastigava alguns biscoitos, o olhar orgulhoso de Tas foi primeiro para uma pilha inteira de novos mapas que Tanis lhe dera. Desenrolando-os, um após o outro, seu dedo mindinho traçou uma rota para todos os lugares maravilhosos que ele visitou em suas aventuras.

— Foi bom viajar — ele disse depois de um tempo — mas certamente é muito melhor voltar para casa. Vou ficar aqui com Tika e Caramon. Seremos uma família. Caramon disse que eu poderia ter um quarto na casa nova e... Ora, o que é isso? — Ele olhou o mapa de perto. — Merillon? Eu nunca ouvi falar de uma cidade chamada Merillon. Imagino como... Não! — Tas retrucou. — Você acabou de se aventurar, Burrfoot. Você tem histórias suficientes para contar a Flint. Você vai se estabelecer e vir a ser um respeitável membro da sociedade. Pode até mesmo tornar-se Alto Xerife.

Enrolando o mapa (sonhos afetuosos em sua cabeça de concorrer para Alto Xerife), ele o colocou de volta em seu estojo (não sem um olhar melancólico). Então, virando-lhe as costas, começou a olhar para seus tesouros.

— Uma pena de galinha branca, uma esmeralda, um rato morto... eca, onde eu consegui isso? Um anel esculpido para parecer folhas de hera, um pequeno dragão dourado... isso é engraçado, eu certamente não me lembro de colocar isso na minha bolsa. Um pedaço de cristal azul quebrado, um dente de dragão, pétalas de rosas brancas, um velho e desgastado coelho de pelúcia, e... oh, olhe. Aqui estão os planos de Gnimsh para o elevador mecânico e... o que é isso? Um livro! *Prestidigitação: Técnicas para surpreender e maravilhar!* Mas que interessante? Tenho certeza de que isso realmente será útil e, ah, não — Tas franziu a testa irritado. — A pulseira de prata do Tanis outra vez. Eu me pergunto como ele consegue se agarrar a qualquer coisa sem mim, sempre pegando as coisas atrás dele? Ele é tremendamente descuidado. Estou surpreso por Laurana aturar isso.

Ele espiou dentro da bolsa.

— Isso é tudo, eu acho. — Ele suspirou. — Bem, com certeza foi interessante. Principalmente... foi mesmo maravilhoso. Vi vários dragões. Voei numa cidadela. Virei um rato. Eu quebrei um orbe de dragão. Paladine e eu nos tornamos amigos pessoais.

— Houve alguns momentos tristes — disse ele para si mesmo suavemente. — Mas eles nem são tristes agora. Eles só me dão uma dor engraçada, bem aqui. — Pressionou a mão no coração. — Vou sentir muita falta de me aventurar. Mas não há ninguém para se aventurar mais. Todos eles se estabeleceram, suas vidas são brilhantes e agradáveis. — Sua pequena mão explorou o fundo liso de uma bolsa final. — É hora de eu me estabelecer também, como eu disse, e acho que Alto Xerife seria um fascinante trabalho e... Espere... O que é isso? Bem, lá no fundo. — Ele retirou um pequeno objeto, quase perdido, enfiado em um canto da bolsa. Segurando-o na mão, olhando com admiração, Tas prendeu uma profunda e trêmula respiração.

— Como Caramon perdeu isto? Estava sendo *tão* cuidadoso. Mas ele estava com a cabeça cheia ultimamente. Eu vou apenas devolver para ele. Ele provavelmente está com medo de perder isto. Depois de tudo, o que Par-Salian diria...

Estudando o pingente simples em sua palma, Tas nunca notou que sua outra mão, aparentemente agindo de acordo por conta própria desde *que ele* parou de se aventurar, deslizou para trás e se fechou sobre o estojo do mapa.

— Como era o nome do lugar? Merillon?

Deve ter sido a mão que falou. Certamente não foi Tas, que tinha parado de se aventurar.

O estojo do mapa foi para uma bolsa, junto com todos os outros tesouros; a mão pegando-os depressa e arrumando-os.

Além disso reuniu todas as bolsas, atirando-as sobre seus ombros, pendurando-as em seu cinto, colocando uma no bolso da sua nova calça vermelha e brilhante. A mão ocupou-se a mudar o pingente tão simples para o cetro que era mesmo muito lindo, todo coberto de joias, e parecia muito mágico.

— Assim que você terminar — Tas disse a sua mão severamente — Vamos levar isto direto lá pra cima dar para Caramon...

— Onde está Tas? — Tika murmurou no calor e conforto dos braços de Caramon.

Caramon, descansando o rosto contra a cabeça dela, beijou os cachos ruivos e a segurou com mais força.

— Não sei. Desceu para casa, acho.

— Sabe — disse Tika, aconchegando-se mais — não sobrou uma colher.

Caramon sorriu. Colocando a mão no queixo, ele levantou sua cabeça e a beijou nos lábios...

Uma hora depois, os dois estavam andando pelo chão da casa inacabada, Caramon apontando as melhorias e mudanças que ele planejava fazer.

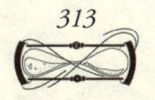

— O quarto do bebê vai ser aqui — ele disse. — Perto dos nossos quartos de dormir, e este vai ser o quarto para as crianças mais velhas. Não, acho que dois quartos, um para meninos e outro para meninas — ele continuou, ignorando que Tika corava. — E a cozinha e o quarto de Tas e o quarto de hóspedes... Tanis e Laurana estão chegando para visitar... e... — A voz de Caramon sumiu.

Chegou ao único aposento na casa que ele tinha terminado, a sala com a marca do mago esculpida em uma placa pendurada acima da porta.

Tika olhou para ele, seu rosto risonho de repente ficando pálido e sério.

Estendendo a mão, Caramon lentamente pegou a placa. Olhou-a em silêncio por longos momentos, então, com um sorriso, ele a entregou para Tika.

— Guarde isso para mim, sim, minha querida? — ele perguntou gentilmente.

Ela olhou para ele com admiração, seus dedos trêmulos indo para as suaves arestas da placa, passando pelo símbolo arcano gravado ali.

— Você vai me contar o que aconteceu, Caramon? — ela perguntou.

— Algum dia — disse ele, pegando-a em seus braços, apertando-a contra si. — Algum dia — ele repetiu. Então, beijando os cachos vermelhos, parou, olhando para fora para a cidade, vendo-a despertar e voltar a vida.

Através das folhas protetoras da copadeira, ele podia ver o telhado de duas águas da Hospedaria. Ele podia ouvir vozes agora, vozes sonolentas, rindo, brigando. Ele podia sentir o cheiro da fumaça de cozinha enquanto subiam no ar, enchendo o vale verde com uma suave neblina.

Ele segurou sua esposa em seus braços, sentindo seu amor cercá-lo, vendo seu amor por ele brilhando a sua frente, puro e branco como a luz de Solinari... ou a luz do cristal no topo de um cajado mágico...

Caramon suspirou profundamente, satisfeito.

— Não importa, de qualquer maneira — ele sussurrou. — Estou em casa.

Música de Casamento
(Uma reprise)

Mas eu e você, por planícies ardentes
Pela escuridão da terra
Reformamos o mundo, seu povo
Os céus que lhe criaram
O sopro que passa por nós
Esse novo lar onde estamos
E tudo se torna maior pelos
Votos entre mulher e homem

Para acompanhar as novidades da Jambô e acessar
conteúdos gratuitos de RPG, quadrinhos e literatura,
visite nosso site e siga nossas redes sociais.

www.jamboeditora.com.br

facebook.com/jamboeditora

twitter.com/jamboeditora

instagram.com/jamboeditora

youtube.com/jamboeditora

twitch.com/jamboeditora

Para ainda mais conteúdo, incluindo colunas, resenhas,
quadrinhos, contos, podcasts e material de jogo, faça parte da
Dragão Brasil, a maior revista de cultura nerd do país.

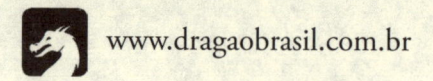

www.dragaobrasil.com.br

JAMBÔ

Rua Coronel Genuíno, 209 • Centro Histórico
Porto Alegre, RS • 90010-350
(51) 3391-0289 • contato@jamboeditora.com.br